1781

ANNELI JORDAHL

DIE TÖCHTER DES BÄRENJÄGERS

ROMAN

Aus dem Schwedischen
von Nina Hoyer

HOFFMANN UND CAMPE

Die Originalausgabe erschien 2022 unter dem Titel
Björnjägarens döttrar bei Norstedts, Stockholm.

Der Verlag dankt dem Kulturrådet / Swedish Arts Council
für die Förderung der Übersetzung.

Das dritte Motto auf S. 5 ist entnommen aus:
Aleksis Kivi, *Sieben Brüder. Eine Erzählung*, übersetzt von Gisbert Jänicke,

1. Auflage 2023
Björnjägarens döttrar

www.hoffmann-und-campe.de
Umschlaggestaltung: © wilhem typo grafisch
Umschlagabbildung: © Ondrej Prosicky Shutterstock
Satz: Pinkuin Satz und Datentechnik, Berlin
Gesetzt aus der Stempel Garamond LT
Druck und Bindung: GGP Media GmbH, Pößneck
Printed in Germany
ISBN 978-3-455-01640-6

HOFFMANN
UND CAMPE

Ein Unternehmen der
GANSKE VERLAGSGRUPPE

solange du nur einen Wald und
einen Wasserlauf um dich herum hast
kommst du schon an Nahrung!

SARA LIDMAN in *Kropp och själ*

Wer also zur Kenntnis der Natur gelangen will,
übe seinen sittlichen Sinn,
handle und bilde dem edlen Kerne seines Innern gemäß,
und wie von selbst wird die Natur sich vor ihm öffnen.

NOVALIS in *Die Lehrlinge zu Sais*

Nackt und glühend heiß
gingen sie von der Sauna in die Stube,
und ihre Körper waren rot wie
sonnenversengte Birkenrinde.

ALEKSIS KIVI in *Sieben Brüder*

DER BAUERNHOF

Erstes Kapitel

Sie fielen sofort auf. Zwar sahen sie von Weitem beim Verkauf von Brennholz, Pilzen und getrocknetem Hasenfleisch aus wie alle anderen. Meist erschienen sie zu zweit oder zu dritt auf den Märkten, gekleidet in Flanellhemden und schwarze Lederjacken. Kam man jedoch näher, war es ihr Geruch, der hervorstach und sich einem aufdrängte. Eine Mischung aus Baumharz, Schweiß und ungewaschenem Unterleib.

Mein Blick richtete sich auf ihre Jackenrücken; ein von Hand gemaltes Raubtierauge, darüber ein Gewehr. Unter dem Auge die Sieben als römisches Zahlzeichen. Ich schaute mir die Mädchen genauer an. Ob diese hier Drillinge waren? Sie sahen gleich aus: eine breite Stirn und rotbraunes zottiges Haar, das keinen Friseur kannte. Nein, eine unterschied sich von den anderen dadurch, dass ihre Nase im Profil betrachtet deformiert wirkte – vermutlich infolge einer Erfrierung.

Der Marktplatz war an diesem Tag von munterem Stimmengewirr erfüllt; ein Gemüseverkäufer erklärte seinen skeptischen Kunden gerade, dass Garten-Senfrauke tatsächlich dasselbe wie Rucola sei. Ein junges Paar erkundigte sich am Stand der örtlichen Bäckerei nach der Backweise des beliebten Rindenbrots – eine Spezialität, die von den Älteren verschmäht wurde, davon hatten sie im Krieg nun wirklich genug gehabt!

Ich konnte den Blick nicht von den drei Schwestern wenden. Sie zogen mich an, so diskret wie möglich umkreiste ich ihren Stand. Notierte ihre groben, von Kratzern und Wunden übersäten Hände, ihre langen Finger und die Schmutzränder unter den Nägeln, als sie ihren Kunden Pilze in Papiertüten reichten. Wie viele eingefleischte Tierfreunde aus der Stadt sie mittlerweile wohl als Kunden verprellt hatten, indem sie ihren Stand mit glänzenden Schwänzen frisch erlegter Tiere schmückten?

Jetzt ließen die Schwestern Fuchsschwänze vor der Menschenschar baumeln, um gleich darauf ihren Nutzen zu demonstrieren: Sie hängten sie sich um die Hüften und ließen sie obszön schwingen. Die Männer, die heute von ihren Frauen zum Marktbesuch überredet worden waren, machten amüsierte Mienen, die offenbarten, dass dieser Ausflug ihnen doch nicht so reizlos schien wie zunächst erwartet.

Auf den krakelig geschriebenen Verkaufstafeln der Mädchen wimmelte es vor Rechtschreibfehlern, als hätten sie eine Siebenjährige dafür angeheuert. *Bären fleisch. Süß Walthimbeeren.* Ich fotografierte die Mädchen aus einigem Abstand, als sie Bärenfelle auf den Marktstand legten, und richtete den Fokus auf die Glut; die von Hand gedrehten, dünnen Zigaretten wippten in ihren Mundwinkeln. Manchmal zogen sie so lange an der Kippe, dass sie sich die Lippen verbrannt haben müssten. Ich näherte mich ihrem Stand und lugte zwischen zwei breitschultrigen Männern hindurch, die von den Händlerinnen bestätigt haben wollten, dass die Bärenbestände in den letzten Jahren gewachsen seien. Als ich die Mädchen fragte, wie viel sie für das Holz nehmen würden und ob man bei ihnen mit Karte zahlen könne, wurde mir unwirsch mitgeteilt, dass sie nur Bargeld akzeptierten, wobei sie ihre dunkelbraunen Augen nicht von den behaarten Armen der Männer abwandten. Die Scheine und Münzen, die sie nach jedem Geschäft kassierten, verschnürten sie in einem braunen Lederbeutel. Sobald ihre Waren ausverkauft waren, zogen sie ihre Flachmänner hervor und tranken ein paar Schlucke daraus, wobei sie theatralisch das Gesicht verzogen. Die Zuschauer lachten. Es wurde zu einer richtigen Showeinlage.

Manchmal boten sie den Männern in der ersten Reihe einen Schluck an. Um den Stand der Schwestern scharten sich immer die meisten Kunden, und es herrschte ein hoher Lärmpegel: Auch heute ertönten wieder Pfiffe und Applaus. Schließlich stand ich direkt neben den breitschultrigen Männern und hob die Kamera, um das Foto des Jahres zu schießen, den Fokus auf die Narbe eines der Mädchen gerichtet, die in Form eines Regenwurms vom Augen- bis zum Mundwinkel verlief. Im Nu schlug die gerade noch ausgelassene Stimmung in Feindseligkeit um. Zwei Schwestern sahen auf, ihre Blicke hefteten sich jäh auf mein Gesicht. Meine Erinnerung an diesen Moment läuft stets wie in Zeitlupe vor meinem inneren Auge ab: wie ihre Pupillen schwarz wurden, wie aus Flirt Feindseligkeit wurde. Vier düster klaffende Löcher richteten sich auf mich. Das Mädchen mit der Narbe ließ demonstrativ einen Finger über ihre Kehle gleiten. Meine Beine zitterten, mein Herz wummerte, weshalb hatte ich sie nicht um Erlaubnis gefragt? Das tat ich sonst immer, bevor ich andere fotografierte. Ich schraubte den Objektivdeckel auf die Linse und hängte mir die Kamera über die Schulter. Die Mädchen widmeten sich wieder der Belustigung ihres Publikums und tranken den allerletzten Tropfen Schnaps. Ohne dass ich danach gefragt hätte, wurde mir der letzte Fuchsschwanz zu einem extrem günstigen Preis angeboten. Das Narbenmädchen schlenkerte ihn demonstrativ vor meinem Gesicht hin und her. Die unsichtbare, aber spürbar knisternde Energie der Händlerinnen sprang auf mich über, und zu meinem eigenen Erstaunen legte ich mit bebender Hand einen Schein hin.

Ich weiß nicht, wie oft ich sie so beobachtet habe. Die Frage, wie ihr Leben wohl aussah, ließ mich nicht los. Sie gingen mir einfach nicht mehr aus dem Kopf. Was sie wohl zum Frühstück aßen? Was taten sie, wenn sie einmal Zahnschmerzen hatten? Ich kaufte mir ein Notizbuch und schrieb meine Beobachtungen auf; wenn man mit der Hand schreibt, werden die Worte erst richtig wahr. Mit der Zeit fand ich mehr über die Mädchen heraus, indem ich Bekannte und verschiedene Leute aus der Stadt über sie befragte. Ich erstand ein weiteres Schreibheft und fuhr ein wenig besessen fort, erkundigte mich bei Angestellten in verschiedenen Instanzen der Gemeindeverwaltung nach ihnen. Was wussten sie über die Schwestern? Die Antworten der Leute waren widersprüchlich.

Ein paar traurige Gestalten, die mit der Gesellschaft nicht klarkämen, erwiderten die meisten. Um Himmels willen, ohne Fernseher, Computer oder Handy seien sie aufgewachsen! Hätten in den letzten zehn Jahren nicht einmal ein Telefon gehabt. Könnten vermutlich kaum lesen, weil sie nie eine Schule besucht hatten. Es kursierten Gerüchte: Demnach hatte eine Lehrerin (die ihre Anstellung verlor, nachdem sie einen Schüler mit dem Messer bedroht habe) einen gewissen Draht zu ihnen finden und das Vertrauen der Schwestern insoweit gewinnen können, als die jüngste zumindest eine Schulfibel angenommen hatte. Ein wissbegieriges Mädchen, flink im Kopf. Aber sie brach, nachdem sie die Kunst des Lesens gelernt hatte, den Kontakt zur Lehrerin ab, und diese konnte das Mädchen danach nicht mehr erreichen.

Ja, ja, zweifellos sei alles so richtig den Bach runtergegangen, seitdem die Mädchen sich um den verstümmelten Leichnam ihres Vaters gekümmert hätten, meinten einige. Ein Bär hatte ihn getötet. Ein scheußlicher Anblick müsse das gewesen sein: Das Tier habe schwer verletzt, aber noch lebend neben dem toten Jäger gelegen, Blut sei ihm aus dem Maul geströmt. Der schrecklich zugerichtete Körper des Mannes und sein entstelltes Gesicht zeugten von einem grauenhaften, erbitterten Kampf. Die älteste Tochter habe den Bären dann erschossen und ihn so von einem langen Leiden erlöst.

Der Vater hatte sich einen Ruf als geschickter Bärenjäger erworben. Viele bewunderten ihn für seine Ausdauer: Welch lange Wanderungen durch die tiefen Wälder er auf sich nahm, schleppte er doch einiges an Übergewicht mit sich herum und sei mit den Jahren immer beleibter geworden. Die wenigen Leute, die ihn bei der Jagd hatten beobachten können, meinten, dass er dennoch leichtfüßig wie ein Orientierungsläufer über Wurzeln, Stock und Steine gesprungen sei. Irgendwann aber sei dem Mann sein Ruhm zum Verhängnis geworden. Er wurde der Wilderei bezichtigt, und die Polizei suchte ihn mehrmals auf, aber er fand sich nie zu den Gerichtsverhandlungen ein. Das älteste Mädchen sei zu jener Zeit in die Schule gekommen, aber die Eltern hätten es einfach wieder abgemeldet, tja, so war das. Von da an habe die ganze Familie jeden sozialen Kontakt vermieden. Die Nachbarin, die Witwe Niskanpää, deren Hof zehn Kilometer von dem der Familie entfernt lag, übernahm einige Erledigungen für sie, so war es doch? Kaufte die nötigen Waren ein, füllte Benzinkanister und war bei Geburten behilflich, war sie doch von ihrer Mutter, einer Wildnissamariterin, angelernt worden. Ja, so erzählten die Leute.

Es wurde auch behauptet, der Vater der Mädchen habe sich vor seinem Tod manchmal vor wirklichen und eingebildeten Verfolgern im Wald versteckt. Sei vermutlich nachts heimgekommen und habe sich morgens wieder fortbegeben. Noch lange nach seinem Tod hätten seine Töchter in verfallenen Hütten und ausgedehnten Höhlen tief im Wald Spuren von ihm gefunden.

Die alleinerziehende Mutter und die trauernden Töchter seien nach der bestürzenden Todesnachricht nicht mehr miteinander ausgekommen, hieß es. Die Abneigung habe auf Gegenseitigkeit beruht, es sei zu Aggressionen gekommen, die wiederum führten zu noch mehr Gewalt. Nicht einmal Frau Niskanpää sei da noch ins Haus gelassen worden. Waldarbeiter hätten die

Schwestern abgemagert und blau geprügelt im Wald umherirren gesehen.

Beim Begräbnis des Vaters dann, als Mutter Louhi, die Nachbarin Niskanpää mit ihrem Sohn John und der Bruder der Mutter, Veikko Huovinen, gemeinsam mit den sieben Töchtern Abschied nahmen, sei Simone die Einzige von ihnen gewesen, die die Hände zum Gebet faltete und alle Kirchenlieder auswendig mitsang, erfuhr ich vom Pastor. Als die Mädchen der Reihe nach mit einer Zichorienblüte zum Sarg gingen, habe keine von ihnen geweint, auch wenn sie ihre tiefe Trauer nicht verhehlen konnten. Die älteste Tochter Johanna hielt am längsten vor dem Sarg inne, streichelte den Deckel und gab ein ersticktes Geräusch von sich. Nach dem Ende der Zeremonie hatte der Pastor Johanna und ihre Schwester Tanja beiseitegenommen und gesagt: *Macht euch bewusst, dass ihr privilegiert seid. Ihr habt eine Mutter und einen Hof. Ich habe im Lauf der Jahre von vaterlosen Kindern gehört, die wie schmuddelige Marder im Wald gehaust haben. Da seid ihr besser dran.*

Doch diese mahnenden Worte hätten nichts gebracht, erzählte mir der Pastor, als ich später auf seine Einladung hin mit meinem Notizbuch bei ihm auf dem Pfarrhof saß. Wie er mir im Vertrauen erzählte, habe er nach dem Tod des Vaters einen gewissen Kontakt zu der Mutter und einer der Töchter gehalten, welche ihr Treffen jedoch vor dem Rest der Familie hätten geheim halten wollen. Während dieser Zeit sei ein Stellungskrieg zwischen der Mutter und ihren Töchtern entbrannt. Der Pfarrer berichtete mir von Gewalttaten, und die lebhaften Gesten des sonst so seelenruhigen Mannes unterstrichen, dass er ebenso fasziniert von den sieben Schwestern war wie ich. Sie waren ein Mysterium, das man von verschiedenen Seiten beleuchten konnte. Aber wann immer wir dachten, ihre erbärmliche Existenz zu fassen bekommen zu haben, war es, als entwischten sie wieder.

Die Mutter habe ihren Nachkommen nicht länger beigestanden und von da an zeitweise dreißig Kilometer entfernt vom Hof bei ihrem Bruder gelebt, teilte mir der Pastor weiter mit. Als sie starb, habe sie sich daheim befunden; und so seien die Mädchen in dem heruntergekommenen, von Schimmel befallenen elterlichen Hof mit dem kaputten Dach allein ihrem Schicksal überlassen gewesen.

Will man das Leben der Töchter beschreiben, muss man sich vieler Negationen bedienen, vieles war eben *nicht*. Rechnungen beispielsweise waren *nicht* bezahlt, im Küchenofen hätten sich Inkassoschreiben und Pfändungsandrohungen des Gerichtsvollziehers getürmt.

Er habe die Mädchen aufgesucht und sie mit stoischer Geduld dazu bewegen wollen, Haltung anzunehmen und sich um die Beisetzung von Mutter Louhi zu kümmern, erzählte mir der Pastor. Als er jedoch die große Bauernküche betrat, habe sich ihm ein Anblick geboten, von dem er wusste, dass er ihn sein Lebtag verfolgen würde: Die Verstorbene lag auf der Küchenbank. Putzeimer fingen Regentropfen auf. Berge von Tellern mit eingetrockneter Hafergrütze und Makkaroni stapelten sich auf der Spüle und in einer Ecke Pizzakartons vom Boden bis zur Decke. Zwei Hühner trippelten auf dem Teppich aus Hundehaaren umher, der den einst gewiss schönen Holzfußboden aus breiten Dielen bedeckte.

Und ja, der dort vorherrschende Gestank wäre wohl noch schlimmer gewesen, hätten in der Küche nicht behagliche Schwaden von Pfeifen- und Zigarettenrauch gehangen. Sie weckten in dem Pastor herrliche Erinnerungen an genussvolle Züge, die er getan hatte, bevor er von Atembeschwerden heimgesucht worden war und ihm sein Arzt vermittelt hatte, wie gesundheitsschädlich es wäre, weiterhin Rauch in seine angegriffenen Lungen zu inhalieren.

Im Dämmerlicht seien sieben blasse Gesichter zu sehen gewesen, wirre braunrote Haarmähnen, die von Weitem wie ein Feld von wehendem Roten Straußgras aussehen konnten. Die Schwestern saßen am Küchentisch, in ihrer Mitte lag ein Gewehr. Der Pastor gab mir genauestens die Unterredung wieder, die er mit den Mädchen geführt hatte.

»Wo zum Teufel kommen Sie denn her?«, fuhr Tiina ihn an, als er in die Küche trat.

Simone war bedeutend höflicher: »Guten Tag auch, kommen Sie herein und nehmen Sie Platz. Möchten Sie eine North State? Wir haben welche von den verbotenen ergattert.«

Sie streckte dem Pastor eine grüne Zigarettenschachtel entgegen.

Begierig sah der Pfarrer sie an, sein Arm zuckte, aber er widerstand der Versuchung. Sein Blick fiel auf den Leichnam der Mutter. Ihre Miene war sanft, der Mund erstarrt in einem schwachen Lächeln. Die wenigen Male, die er sie zuvor getroffen hatte, war ihre Miene niedergeschlagen gewesen, ihr Körper gebeugt. Nun lächelte sie also ausnahmsweise einmal.

Milde streckte er den Schwestern die gewölbte Hand entgegen und sagte: »Ihr müsst eure Mutter in geweihter Erde beisetzen.«

Die Schwestern starrten einander wütend an. Zogen heftig an den Zigaretten.

Aune ergriff das Wort: »Wir werden sie in den Wald tragen, sie soll ihre letzte Ruhe am Moor finden. Der letzte Wunsch unsrer Mutter ist der erste, den wir ihr erfüllen wollen.«

»Dann müsst ihr sie kremieren lassen«, sagte der Pfarrer.

Johanna blies Rauch aus und sah ihn mit gerunzelter Stirn an: »Kremieren?«

»Den Leichnam verbrennen und die Asche verstreuen. Alles andere wäre ungesetzlich.«

»Übernehmen Sie das Verbrennen?«, fragte Tiina.

Der Pastor schüttelte den Kopf.

»Das tun die Leute, die solche Öfen betreiben.«

Johanna reagierte halsstarrig: »Wir verbrennen, wenn uns danach ist. Hier im Haus ist das unsre Sache.«

»Und ihr meint, das geht gut?«

Elga brach in schallendes Gelächter aus und sah den Pastor anerkennend an. Tiina funkelte sie an und begriff nicht, weshalb sie so feixte.

Johanna mischte sich ein: »Sie können den Leichnam ja morgen abholen, dann können wir uns noch von ihr verabschieden.«

»Um zehn. Danke für den Kaffee«, sagte der Pastor aus alter Gewohnheit und verließ eilig – und nach Kaffee lechzend – den schaurigen Hof.

Als er mir so den Dialog aus dem Gedächtnis wiedergab, wirkte er hochzufrieden über sein schauspielerisches Talent und sein detailliertes Erinnerungsvermögen, weshalb ich beschloss, meine Interviews künftig aufzuzeichnen. Die Dialoge sollten so authentisch und lebendig klingen wie möglich, den Rest müsste ich mir erdichten. Ich glaubte – und hoffte inständig –, wenigstens eine der Schwestern zu einer Zusammenarbeit mit mir bewegen zu können, damit sie mir von ihrem Leben erzählte. Als ich später eine von ihnen treffen durfte, war sie erstaunlich wortgewandt dafür, dass sie nie eine Schule besucht hatte, doch wie ich feststellte, hatte sie nichts Besonderes beizutragen. Nichts, das meine Geschichte wahrheitsgetreuer gemacht hätte. Ihr wisst schon, diese Einzelheiten, die einer Erzählung Leben einhauchen.

Inspiriert von den Schwestern trinke ich ein paar Porter, während ich so an meinem Schreibtisch sitze und meiner Phantasie freien Lauf lasse. Versuche, den Kern der Geschichte in einen mitreißenden Prolog zu gießen. Wie kann ich die körperliche

Gewalt, die Derbheit der Schwestern oder auch die Schönheit und Unberechenbarkeit der Natur in Worte fassen? Wie mit widersprüchlichen Angaben umgehen? Viele derer, die ich über sie befragt habe, haben mir ganz andere Sichtweisen vermittelt als jene Version von den Sorgenkindern. Sie haben bezeugt, dass die Mädchen zwielichtige Geschäfte trieben und völlig gewissenlos seien, so hartgesotten, dass sie nicht zögerten, zu roher Gewalt zu greifen, ja sogar zu töten, wenn sie sich bedroht fühlten. Sämtliche Leute, die ich gefragt habe, haben mich gewarnt und erzählt, wie geschickt sie im Umgang mit Schusswaffen seien – es werde sogar gemunkelt, dass sie zwei kolossale Hunde hätten … Manche haben gar behauptet, die Bestien seien darauf abgerichtet, anzugreifen – und nach dem Schritt zu schnappen.

Weshalb hatte die Gemeinde irgendwann resigniert und die Schwestern aufgegeben? Die Antworten, die ich bekam, ähneln Legenden: Gerüchten zufolge seien zwei Sozialarbeiter, nachdem sie – nach dem Tod des Vaters, des Bärenjägers also – Kontakt zu den Mädchen aufgenommen hätten, von ihnen in einen Schuppen gesperrt worden, der als Schlachtraum diente. Dort sollen sie angekettet und mit mittelalterlichen Folterwerkzeugen traktiert worden sein. Es heißt, die Mädchen hätten sogar einen abgehackten Penis gegrillt und zum Abendessen verspeist.

Mittlerweile unternehmen die Behörden keine Anstrengungen mehr, die Schwestern dazu zu bewegen, sich in der Gemeinde wohnhaft zu melden. Damit haben sie den Verlust dringend benötigter Steuereinnahmen für diese von Abwanderung betroffene Gegend und mittellose Kleinstadt akzeptiert, deren Hauptstraße von leeren Ladenlokalen gesäumt wird.

Bisher konnten die Töchter des Bärenjägers die Schätze des Waldes unbehelligt auf den Märkten feilbieten. Warum? Vermutlich aus verschiedenen Gründen – eine gewisse Feigheit der

Entscheidungsträger spielt eine Rolle, Mitgefühl und die Tatsache, dass wir den Blick von den Schwestern aus Schaulust nicht abwenden können.

Leute erzählen mit leuchtenden Augen vom Leben der sieben Schwestern, blühen regelrecht auf dabei. Selten habe ich in dieser Kleinstadt Menschen so begeistert gesehen. Das Interesse an ihnen ist derartig groß, dass es dumm von mir wäre, ihre Lebensgeschichte nicht aufzuzeichnen und mir meinen größten Traum zu versagen – Schriftstellerin zu werden.

Will man Grundlegendes über einen Menschen erfahren, ist die Kindheit entscheidend. Wie kann man etwas über eine andere Person, ein anderes Lebewesen wissen, ohne die Eltern, die häusliche Umgebung und die gesellschaftliche Stellung der Familie zu kennen? Der Kindheit kannst du nicht entrinnen, sie ist dir ein Leben lang auf den Fersen, schnappt mit den spitzen Zähnen eines Wolfsjungen nach dir. In manchen Lebensphasen blickt man zurück, und alles erscheint einem in hellem Licht, in anderen ist alles von abgrundtiefer Finsternis durchdrungen. Ihr versteht sicher, dass die Kinderjahre der Schwestern ein schwer zusammenzufügendes Puzzle für mich waren, nachdem die Familie so isoliert lebte und der geliebte Onkel der Mädchen, der Seemann Veikko Huovinen – aus einer Ironie des Schicksals heraus ein Namensvetter des bekannten finnischen Autors –, nach meinem einzigen Gespräch über die Schwestern mit ihm verstarb. Der Bruder der Mutter galt als talentierter Geschichtenerzähler und wurde auf seine alten Tage alljährlich zum Kaffeeklatsch anlässlich des Treffens des Heimatvereins angeheuert.

Was ich als Hobbyethnologin mit Sicherheit über die ersten Lebensjahre der sieben Mädchen sagen kann? Nicht viel. Doch, dies: Ihre Welt war von Wald umgeben. Von hohen Kiefern und dichten Fichten. Zarten Birken mit kreideweißen Stämmen, die bis dicht an den Hof reichten. Die tiefen Wälder waren ihr eigentliches Zuhause, nicht das Roggenfeld. Sie verabscheuten jeden Moment des Pflügens, Eggens, Säens und Erntens; jener Schufterei, die sie mit den schweren Schritten, den geschwollenen Waden und der grimmigen Miene ihrer Mutter assoziierten.

Dachse hielten sich unbekümmert in der Nähe der Mädchen auf, wenn sie in Waldseen badeten, im Moor herumtollten oder ihren Durst mit klarem Bachwasser stillten. Die Tauben und die Eichhörnchen dagegen, wie auch die Otter und die Marder, lernten mit der Zeit, sich vor ihnen zu hüten.

Nun will ich euch aber endlich die Schwestern vorstellen. Sie lassen sich nicht als Typen charakterisieren – wie: die Mürrische, die Scheue, die Fröhliche und so weiter –, ziemlich menschenscheu sind sie nämlich alle sieben. Und fröhlich sind sie, wenn sie hemmungslos Selbstgebrannten und selbstgebrautes Bier saufen. Was fürwahr häufiger geschieht. *Branntwein – der einzige weiße Wein von Wert!*, tönen sie im Chor, als wäre das ihr persönlicher Trinkspruch. Johanna skandiert immer am lautesten von allen, sie verträgt den meisten Alkohol, bis schließlich auch sie der Länge nach sturzbetrunken hinschlägt. Als Älteste der Geschwisterschar ist sie dieser Tage zwanzig geworden. Obwohl sie ein ziemlicher Schluckspecht ist, kann man sie dennoch als recht tüchtig und fürsorglich bezeichnen – wenn die Jüngeren sie auch für altklug, ja besserwisserisch halten. Sie hassen es, wenn sie predigt: *Jetzt machen wir das hier aber mal ordentlich, Mädels. Gemeinsam finden wir schon eine Lösung!* – zumal Johanna nicht sonderlich helle ist. Elga, die Jüngste und Scharfsinnigste der Schwesternschar, ließ sie das immer wieder auf schnippische und vorpubertär-nervige Art wissen. So gerieten die beiden häufig in Streit und lebten in ständiger Fehde miteinander. Ja, die Erst- und die Letztgeborene haben nie die bitter nötige Friedenspfeife geraucht.

Tanja und Aune sind sich nicht so ähnlich, wie man es bei eineiigen Zwillingen erwarten würde. Tanja ist die praktisch Veranlagte, Selbstsichere, während Aune ungeschickte Hände hat, in ihrer eigenen Gedankenwelt lebt und in der Tradition ihres Onkels Veikko Geschichten erzählt – selbst erfundene, aber auch bekannte Volksmärchen. Die anderen Zwillinge, Tiina und Laura, unterscheiden sich ebenfalls voneinander, aber ihre Unbeholfenheit haben sie gemeinsam. Tiina ist zwar ausdauernd und stark wie ein Preisboxer, scheint allerdings motorische Beeinträchtigungen zu haben. Sie stellt sich oft tölpelhaft an, während die kurzsichtige Laura mit ihrer schlaftrunkenen Körpersprache auf eigenen Pfaden wandelt. Nachdem die Eltern das irdische Leben verlassen hatten, war Laura die stärkste treibende Kraft dahinter, in die Wildnis zu ziehen und den elterlichen Hof aufzugeben. Sie hat eine so enge Beziehung zu Fichten, als wären diese ihre wahren Eltern.

Oh, einen Moment! Ich habe Simone vergessen. Sie ist die Einzige, die buchstäblich an Gott Vater und die Bibel glaubt. Die Einzige, die sich – heimlich – an die Mutter hielt. Die anderen sechs juckt es gewaltig, wenn Simone Gottesworte um sich herum verstreut und behauptet, Jesus und der Teufel höchstpersönlich seien ihr erschienen. Dennoch hören sie alle gern Geschichten aus der Bibel – die ihnen wie grausige Märchen und wilde Abenteuererzählungen vorkommen –, in denen vor allem Frauen übel mitgespielt wird.

Über die Kindheit der Eltern gibt es nicht viel zu sagen. Sie litten Hunger und schufteten, seit sie zehn waren. Wie sich ausgerechnet Heikki und Louhi kennenlernten und Lust bekamen, ihre nackten Körper aneinanderzureiben, ist den meisten Menschen ein Rätsel. Und dass dies erwiesenermaßen mindestens fünfmal geschehen war, ein noch viel größeres. Doch werfen nicht die meisten Paarkonstellationen Fragen auf? Heikki und

Louhi teilten sich zwar ein Heim, verrichteten jedoch nichts harmonisch miteinander. Die Arbeiten auf dem kleinen Bauernhof mit Land- und Forstwirtschaft, Milchkühen auf der Weide und den Roggenfeldern in dem ertragreichen Tal waren streng zwischen ihnen aufgeteilt. Ohne die Töchter wäre ihr Dasein sehr still gewesen, doch das laute Gelächter und Gejohle der Mädchen schallte regelmäßig über die Baumwipfel, ja, ihr Geschrei war manchmal gar über zehn Kilometer weit zu hören, bis zum Busbahnhof am Rande der Stadt! Wie die Katzen balgten sie sich im Gras, wobei es so hart zuging, dass rote Haarbüschel in die Luft flogen und Blut aus den Nasen troff. Als der Sohn der Nachbarsfrau, John Niskanpää, noch daheim wohnte, schlich er häufig zum Hof der Schwestern und beobachtete sie im Unterholz verborgen durchs Fernglas. Johns Beobachtungen waren für meine Arbeit von unschätzbarem Wert.

Wann immer die Eltern sie dazu bewegen wollten, mit dem ohrenbetäubenden Geschrei aufzuhören, griff derselbe Trick wie bei Hunden: Ablenkung. Da konnte es geschehen, dass der Vater in der Diele das Gewehr von der Wand nahm und hinausging zu seinen sich prügelnden Töchtern – nur die jüngste beteiligte sich nicht, sie führte Buch und kürte die Siegerin. Er nahm die Kiefernwipfel ins Visier und traf ins Schwarze; ein Eichhörnchen fiel langsam von Ast zu Ast zu Boden. Daraufhin erhoben sich sechs vor Schweiß dampfende, lehmverschmierte Schwestern mit Beulen auf der Stirn und blutigen Kratzern an den Armen. Sie folgten dem Vater, rangen um den dichtesten Platz an seiner breiten Brust, seinem kräftigen Männerkörper, umarmten ihn innig vertraut, während er sanft die schmutzigen Mädchenleiber beiseiteschob, sich hinabbeugte und den Schwanz des toten Tieres packte, um den noch immer warmen Tierkadaver ins Sonnenlicht zu halten.

»Wenn es Krieg gibt oder irgendeine Seuche, dann könnt ihr

das hier essen. Viel Fleisch hat es nicht auf den Rippen, aber das Hirn des Eichhörnchens ist fett und schmackhaft.«

Die ihn umringenden Mädchen hörten ihm aufmerksam zu, sogen jede seiner Bewegungen in sich auf; ahmten alles nach, was ihr Vater tat, wie sieben junge Füchse. Nein, sechs. Laura lief wie üblich nebenher, hörte nur zerstreut zu, sah in den Himmel, als hätte sie etwas Interessantes in den Baumwipfeln erblickt, obwohl doch alles vor ihren Augen verschwommen war. War es wieder einmal Zeit für die Ausbildung der Töchter, rief er Laura mit einem Pfeifen herbei. Dann gehorchte sie träge und mit blasierter Miene. »Auf Eichhörnchen zu zielen ist eine gute Übung, mit ihnen ist es am schwersten. Eichhörnchen sitzen nie still.«

Ein jedes Mädchen musste daraufhin das Gewehr halten und den Kiefernzweig ins Visier nehmen, auf dem der Nager gesessen hatte, selbst die Kleinste sollte es versuchen. Beim Halten der schweren Waffe bekam sie Hilfe von ihrem Vater. »Ziele etwas tiefer«, sagte Heikki dann mit seiner ruhigen väterlichen Stimme, »sonst schießt du drüber weg. Aber auch nicht so tief, dass du den Körper pulverisierst.«

Das Fell des Tieres musste unversehrt bleiben, wäre es doch sonst unverkäuflich. Elga feuerte einen Schuss ab. Eine Elster fiel vom Himmel.

Manchmal erschien die Mutter, wenn sie so trainierten, um ihre Töchter mit unterdrücktem Zorn zum Melken abzukommandieren. Vergebens. Wenn sie in zusammenhanglosen Sätzen sprach, vereinzelte Worte ausstieß, wurde dies stets mit siebenstimmigem Hohngelächter quittiert, während der Vater der Mädchen brüllte: »Verdammich, Weib, ich bring den Mädels gerade das Überleben bei!«

*

Im Lauf der Jahre griff die Mutter zu immer gewaltsameren Mitteln, um ihre Kinder zur Mitarbeit bei den täglichen Aufgaben zu zwingen, zumindest aber die Kühe zu melken. Als der Vater wieder einmal in den Wäldern auf Bärenjagd war, zischte Laura nur »Weiberarbeit!« auf das Flehen der Mutter hin. »Ich will Künstlerin werden, nicht Dienstmagd«, schrie sie und stampfte mit dem Fuß auf. Elga wiederholte sogleich, was ihre Schwester über typische Frauenarbeit geäußert hatte, und meinte, sie würde eh Professorin werden. Da ergriff der Teufel von der Mutter Besitz. Sie packte Elga, zwang sie zu Boden, ließ sich selbst auf die Knie herab und gab dem Mädchen sieben kräftige Hiebe mit einem Holzscheit auf das Hinterteil. Die Wangen der Mutter waren gerötet, sie japste laut, putschte sich anscheinend selbst an der Rohheit auf. Dann ging sie weiter und verabreichte den älteren Kindern Schläge mit dem Kochlöffel – kurze, harte Schläge in einem schnellen Rhythmus ins Gesicht, bis der Stiel abbrach und Blut von Lauras Ohr rann. Johanna und Tiina gaben sich dann aus reinem Trotz stoisch und lachten die Mutter weiterhin ungeniert aus, während Elga heulte; sie hatte noch nicht gelernt, die Tränen zu unterdrücken.

Doch der Tag würde kommen, an dem sie alle die geistige Stärke besäßen, ihren Schmerz bewusst auszublenden.

»Er kommt, Vater ist wieder da!«, rief Johanna von der Vortreppe aus, und sechs Schwestern kamen mit strahlenden Augen angerannt. Der Vater verströmte einen herrlichen Geruch nach Nadelwald, Schweiß und Bärenblut. Er marschierte geradewegs in die Küche, setzte sich in den wackeligen Sessel an der Feuerstelle, warf seine Jacke und den Pullover auf einen Stuhl und zog sich die Stiefel aus. Nadeln, Sand und Birkenlaub schüttete er einfach auf den Küchenfußboden. Sogleich krabbelte das Nesthäkchen Elga auf seinen Schoß und setzte sich auf den blutigen Hosen zurecht, lehnte ihr Köpfchen gegen sein gelbschweißiges Unterhemd, aus dem raues Brusthaar hervorquoll, und schnupperte nach dem beruhigenden Schweißgeruch seiner Achselhöhle. Er vermischte sich mit der herben Ledernote seiner Stiefel. Der Vater stopfte seine Pfeife und zog begierig daran, während er das Streichholz an den Tabak hielt. Dann packte er das kleine Mädchen, setzte es auf seinen rechten Fuß und ließ es auf dieser selbstgemachten Wippe auf und ab hüpfen. Jetzt spürte Elga ihren von den Hieben der Mutter so geschundenen Hintern kaum mehr, als sie immer wieder hoch in die Luft gewirbelt wurde.

Hoppe, hoppe, Reiter, wenn er fällt, dann schreit er, fällt er in den Graben, fressen ihn die Raben.

Und damit war die lieblose Behandlung der Mutter für diesmal vergessen.

Sowie sie morgens aufwachte, gesellte Johanna sich zu ihrem Vater auf die Vortreppe, der dort in einer Wolke aus Pfeifenrauch saß. Wie so oft war sein Blick auf die Baumwipfel und den blaugrauen Berg in der Ferne gerichtet. Er nahm die Pfeife aus dem Mund und witterte wie ein Raubtier in verschiedene Himmelsrichtungen; dann nickte er Johanna zu. Sie wusste, dass er ein inneres Gespür besaß, das ihm sagte, wo sich ein Bär aufhielt, selbst wenn er noch kilometerweit entfernt war. *Kann ich mit? Kann ich mit? Ja, das kannst du.* Es waren Momente wie diese, in denen sie beide ihre Jagdtasche packten und Johanna ihren sechs eifersüchtigen Schwestern zum Abschied winkte, dass sie ein herrliches Kribbeln im Bauch verspürte, weil ihre Macht in der Geschwisterschar dadurch doch zunahm. Johanna war mit dem Recht der Erstgeborenen besonders für die Rolle der Anführerin und als Oberhaupt geeignet, wie sie selbst fand; dazu bestimmt, in die Jagdgeheimnisse des Vaters eingeweiht zu werden und seine telepathische Verbindung zu Bären zu erlernen. Der Vater kam immerhin so häufig mit einem erlegten Petz nach Hause, dass das grobfaserige, wohlschmeckende Fleisch die Körper der Mädchen aufbaute und ihnen kräftige Armen und breite Schultern bescherte. Nur bei Elga wirkte der hohe Eiweiß- und Fettgehalt nicht, sie blieb schmächtig. Womöglich würde sich das in ein paar Jahren ändern, doch sie schien von einer anderen Art zu sein, wenn auch mit derselben Haarfarbe beschenkt. Ob sie überhaupt denselben Vater hatte?

Das Jagdglück des Vaters führte dazu, dass sich seine ganze Welt irgendwann nur noch um die Bärenjagd und die damit zusammenhängenden praktischen und mentalen Vorbereitungen drehte: Strategien, um eine gereizte Bestie zu überlisten. Würde er dieses Wochenende wieder mit einem erlegten Tier nach Hause zurückkehren? Immer häufiger vergaß er seine geliebten Mädels während der kurzen Zeit, die er auf dem Bauernhof zubrachte. Weder sah noch hörte er sie, wenn sie im Kreis um ihn herumsaßen, während er die Büchsen reinigte, sie mit Luchsfett schmierte und Porter, das beliebte Starkbier, in sich hineingoss. Schon am nächsten Tag war er wieder fort.

Nachts lagen die Mädchen auf ihren Bärenfellen, wimmerten, sehnten sich und riefen im Schlaf nach ihrem Vater. In ihren Träumen kehrte er auf einem riesigen Braunbären reitend heim. Tanja und Aune lagen dicht beieinander und hielten sich an den Händen. Wenn Johanna nicht einschlafen konnte, legte sie sich in das Bett ihres Vaters und sog den Geruch seines Kopfkissens ein. Die Eltern hatten schon lange getrennte Schlafräume; die Mutter besaß ihren eigenen Winkel oben auf dem Dachboden. Dorthin aber wollte keine der Schwestern gehen, hing doch ihr penetranter, beißender Körpergeruch in der kleinen Kammer.

Erstickte Laute waren von dort oben zu vernehmen. Schrie sie etwa im Schlaf?

An Elgas zwölftem Geburtstag war der Vater auf der Jagd. Seinen Töchtern hatte er gesagt, er würde den verdrießlichsten Bären herausfordern, auf den er jemals gestoßen sei, und das unter solch gefährlichen Umständen, dass sie ihn diesmal nicht begleiten könnten. Erst recht nicht, da sie ihn ja instinktiv nachahmen würden. Daheim auf dem Hof verfielen sie in einen trübseligen Gang. Während des langen Wartens wurden ihre Spiele von Tag zu Tag rauer. Elga wurden Beine gestellt, Knüffe verpasst, Schnittwunden zugefügt, und sie wurde in eigens für sie bereitete Fallen gelockt. Als sie einmal die Tür zum Kuhstall öffnete, ergoss sich ihr eine demütigende Kanne Wasser über den Kopf. Klitschnass und frierend wurde sie von ihren Schwestern ausgelacht, und Johanna ätzte: »Geschieht dir recht, du widerliches kleines Hurenbalg!«

Nach dem tödlichen Unfall des Vaters verstummte das Freudengeheul auf dem Hof, es gab keine Ringkämpfe, kein Kuhfladen-Bingo mehr. Der Elchstutzen lag wie eine Reliquie mitten auf dem Küchentisch, die zentrale Präsenz der Waffe repräsentierte den Geist des Vaters im Raum. Keine der Töchter wollte das Bärenfleisch vom letzten Kampf des Vaters essen, so als handelte es sich um seinen eigenen Leib; stattdessen wurde es auf dem Markt verkauft. Das mit dem Blut des Vaters getränkte Bärenfell bewahrten sie auf. Der große Schädel des Bären mit dem kampflustigen Blick, die scharfen, gekrümmten Krallen an den Tatzen, all dies stand gleichzeitig für den größten Verlust ihres Lebens. Die grimmige Miene des Bären gab den Schwestern Orientierung für den Rest ihres Daseins.

Nach diesem Verlust konnte sie nichts mehr schrecken.

Trauer lag ihnen einige düstere Jahre lang schwer auf der Brust. Schleppend gingen sie auf dem Hof umher, für Spaß und Spiel hatten sie keine Kraft mehr. Nur wenn Onkel Veikko zu Besuch kam, um Sagen und Geschichten zu erzählen, hoben sich die Mundwinkel der Mädchen zu einem Lächeln, und sie lauschten ihm aufmerksam; ja, ihm gelang es sogar, ihre Mutter zu besänftigen. Zwischen der Mutter und ihren Töchtern stellte sich dann eine dringend erforderliche Feuerpause ein.

Veikko war schon weit über sechzig und nahezu blind; humpelnd stützte er sich auf einen kräftigen Stock. Doch erkannte er die Stimmen seiner Nichten wieder, wie sie durcheinanderredeten, meist ohne einander zuzuhören. Er begrüßte sie stets von der ältesten zur jüngsten: Johanna, die Zwillinge Tanja und Aune, Simone, danach die Zwillinge Tiina und Laura und schließlich die junge Elga. Wann immer Veikko es sich auf dem mit Biberfellen bedeckten Holzkasten in der Küche bequem machte – dort saß er stets, wenn er erzählte –, wurde seine Stimme klar.

»*Castor*«, sagte er und tätschelte das Fell. »Biber heißt auf Lateinisch *castor*.« Ja, das war wichtig zu wissen.

Die Schwestern legten Holz in den Ofen, und Tanja entfachte ein Feuer, das ruhig und ohne zu flackern brannte. Bärenfelle wurden ausgelegt; im Halbkreis saßen sie um ihren Onkel. Als er zu erzählen begann, klang es wie Gesang aus einer jungen Kehle. Der wohltönende Bariton, rhythmisch, wortlustig, und dann kam sie:

Die Geschichte. Sie trug sie davon.

Aune strahlte beim Zuhören immer die höchste Konzentration von allen aus; sie setzte sich ihrem Onkel stets gegenüber, ganz dicht, um sicherzugehen, auch ja jedes Wort, jede Betonung und jede die Spannung steigernde Kunstpause mitzubekommen. Genauestens verfolgte sie die untermalenden Gesten der von Adern durchzogenen Hand mit dem blauen Daumennagel und dem verstümmelten Mittelfinger. Johanna lauschte, dann schloss sie die Augen. Ob sie schlief? Tiina saß im Schneidersitz und schnippte mit den Fingern, bevor sie die Beine ausstreckte und sich auf den Bauch legte. Böse glotzte Elga sie an. Als Tiina einen Liegestütz machte, versetzte Tanja ihr einen Schubs.

Jetzt zog ihr Onkel einen handgelenkbreiten Birkenstock aus seiner Tasche und begann rhythmisch zu schnitzen, während er sprach. Bären und Elche entstanden unter seinen Händen, nach seinem Tastgefühl; verinnerlichtes Wissen über Form und Maße, während er zu einer weiteren Geschichte ansetzte, die seine Nichten schon häufiger gehört hatten – den Mythos von der jungen Aino, die sich ertränkte, um nicht den bärtigen alten Barden Väinämöinen heiraten zu müssen, erbaten sich die Mädchen jedes Mal von ihm, wie kleine Kinder, die immer wieder nach demselben Märchen verlangten. Nun waren seine Zuhörer jedoch Teenager, von Elga – die noch keine dreizehn war – und Johanna – die ja bereits ihren zwanzigsten Geburtstag gefeiert hatte – einmal abgesehen.

Wenn Veikko ihnen etwas Neues erzählte, baten sie ihn in der Regel vor seinem Aufbruch darum, ihnen noch eine ihrer Lieblingsgeschichten vorzutragen. »Wir möchten von Hagar hören, die man in die Wüste Sinai verbannt hat«, wünschten sich die Mädchen. Am besten aber gefiel ihnen die Erzählung von Lemminkäinens Mutter aus dem Kalevala-Epos, die den schönen Körper ihres ertrunkenen Sohnes wieder zusammenflickt und zum Leben erweckt hatte. »Es war einmal am Ufer des Flusses von Tuonela … Dort saß sie mit ihrer heilenden Mutterhand auf dem leblosen nackten Leib, wo …« In diesem Moment kam die wirkliche Mutter in die Küche und brach den Bann. Die Schwestern seufzten gereizt. »Louhi, setz dich doch ein Weilchen zu uns«, bat Veikko seine Schwester mit sanfter Stimme. Doch sie schüttelte den Kopf; die strengen Falten in ihrem Gesicht aber glätteten sich, als sie ihren Bruder ansah. »Der Milchwagen kommt gleich«, erwiderte sie kurz angebunden.

Nachdem die Mädchen der rhythmischen Erzählstimme ihres Onkels zwei Tage lang unentwegt gelauscht hatten, von früh bis spät, ob mit Grillwurst in der Hand oder in der Sauna schwitzend, begleiteten sie ihn über eine Abkürzung durch den Wald nach Hause. Langsam tasteten sie sich voran; es war eine weite Strecke, und man konnte einen alten Mann nun mal nicht zu größeren Schritten bewegen. Dort, wo die Wege mit Stolperwurzeln übersät und die Hügel glatt und matschig vom Regen waren, trugen sie ihn abwechselnd über die Hindernisse. Wenn sie sich auf Baumstümpfen oder trockenen Grasbüscheln im Moor niederließen, damit er ausruhen konnte, spann er seine Geschichten weiter. Erzählte von Höhlen in dunklen, moosbewachsenen Felsblöcken, in denen früher Menschen gehaust hatten – flüchtige Gefangene und Landstreicher, ledige Frauen mit ihren unehelichen Kindern. Ja, er habe selbst mit dem Sohn der Waldhure gespielt und erinnerte sich noch lebhaft daran, wie sie sich ins tiefste Innere der kalt-feuchten pechschwarzen Dunkelheit einer Grotte gesetzt und darum wettgeeifert hätten, wer von ihnen die schrecklichste Spukgeschichte zum Besten geben könne. In so einem Fall müsse man entsetzliche Einzelheiten zusammenfabulieren, bläute er den Mädchen ein.

Die Mutter des Jungen indes sei nicht etwa »Waldhure« genannt worden, weil sie gegen Bezahlung Männer empfangen habe, berichtete er, sondern weil sie schwanger vom Rektor der Dorfschule gewesen sei; sie war die Kammerjungfer seiner Frau. Als das herausgekommen sei, habe man sie hinausgeworfen, und sie sei überall auf Ablehnung gestoßen, als sie eine Mietwohnung in der Stadt suchte. Niemand wollte so eine Frau zur Nachbarin haben, wer könne schon wissen, ob das uneheliche Balg nicht womöglich ansteckend sei und andere Kinder gefährde! Deshalb also habe sie sich mit ihrem Sohn – wie so viele unverheiratete Mütter zuvor – in einer Grotte niedergelassen.

»Wollt ihr Sagen zum Besten geben, müsst ihr euch in Höhlen versammeln«, sagte Veikko, als sie ihre Wanderung wieder aufnahmen und er wie ein Junge auf Tiinas starken Schultern ritt, mit atemloser, hüpfender Stimme weiter von den freundlichen Wesen des Waldes erzählend, von Trollen, Kobolden und Elfen. Man bekomme sie selten zu Gesicht, doch wahre Freunde des Waldes begegneten ihnen gelegentlich. Der Wald könne natürlich auch todbringend sein, wenn ein Feuer oder ein Sturm darin wüte oder Meister Petz einen anfalle, aber eines sei gewiss, die Natur zumindest verurteile einen nicht wie die Menschen.

Auf dem langen Rückweg vom Haus des Onkels versuchte Aune die Erzählkunst Veikkos nachzuahmen und wurde von ihren Schwestern sogleich mit Flüchen bedacht. Nach zehn Kilometern protestierten sieben knurrende Mägen im Chor. Seit dem Frühstück hatten sie nichts mehr gegessen, und selbst das hatte nur aus einem gekochten Ei und einem steinharten Brotkanten bestanden. Der Gedanke, wie weit der Weg war, den sie immer noch vor sich hatten, quälte sie. Versuchte ihre Mutter sie etwa durch Hunger in die Knie zu zwingen? Das Leben als Witwe schien sie noch knauseriger gemacht zu haben.

Als die Geschwister schließlich wieder daheim ankamen, muhte das Vieh beunruhigt und stand im Mist, in der Küche stapelte sich kunterbunt das schmutzige Geschirr, und hohes Farnkraut hatte sich überall auf dem Grundstück ausgebreitet. Eine lange nicht mehr gewässerte gelb gewordene Monstera auf der Fensterbank klammerte sich an die feuchte Scheibe, als wollte sie sich durch das Glas pressen, nach draußen, als gierte sie nach frischer

Luft und Regen. Ihr Elternhaus wirkte verlassen, fremd, ja sogar bedrohlich. Laura, die nur selten mit Entschlossenheit ihre Meinung kundtat, kam mit einem drastischen Vorschlag: »Das Gemecker der Alten ist Gift für uns. Wir hauen ab in den Wald.«

»Ja, sie stürzt uns noch alle ins Verderben«, sagte Tanja. »Wir versammeln uns zum Widerstand! Wenn wir alles gründlich planen, können wir …«

Tiina hieb die Faust auf den Tisch.

»Jaaa, wir gehn weg!«

»Was würde Veikko wohl dazu sagen?«, bemerkte Aune zaghaft.

»Vielleicht fi-finden wir ja Spuren unseres Vaters«, sagte Johanna, die nach dem Tod des Vaters zu stottern begonnen hatte. »Er hat mir einmal ein-ne K-Karte gezeichnet, auf der er unsre Rastplätze markiert hat.«

Das Stottern ärgerte sie, untergrub es doch ihre Autorität als Anführerin. Sie merkte sofort, dass sie den Respekt ihrer Familie, ihres Stammes einbüßte. Wie spöttisch die verfluchte Elga schon wieder grinste!

»Vater ist im Wald und beschützt uns«, sagte Simone eifrig. »Ich spüre, dass er uns Zeichen hinterlassen hat. Auf uns niederblickt. Gib uns göttliche Kraft, Vater!«

Elga sorgte wie üblich dafür, das letzte Wort zu behalten: »Die Kraft muss schon aus uns selbst kommen.«

Zweites Kapitel

Du kennst Finnland erst, wenn du in seinen tiefen Wäldern gewandert bist, wo die schön gealterten Coloradotannen hoch oben mit Porlingen bewachsen sind. Deshalb träumten die Schwestern davon, die prächtigen Wälder im hohen Norden zu sehen, in die sich nur eingefleischte Kenner des Waldes oder todesmutige Abenteurer wagen. Ich dagegen bin viel zu bequem und urban, um das spartanische und beschwerliche Leben der Schwestern zu führen – besonders das, was nun bevorstand. Um darüber schreiben zu können, habe ich mich intensiv mit der dortigen Flora und Fauna beschäftigt und vor allem die überlieferten Lebensschilderungen alter Samen studiert – sie wussten alles darüber, wie man sich die Schätze des Waldes für sämtliche Lebensnotwendigkeiten zunutze macht, wussten, wie man in Schnee und Kälte überlebt, und natürlich, wie man sich Tiere zum Freund macht oder aber sie als Nahrung erjagt.

Johanna hatte eine Wasserflasche und Reispiroggen in den Rucksack gepackt, Tanja trug eine Thermoskanne mit Kaffee, einen Becher und Sauerteigknäckebrot. Tiina einen Flachmann, Streichhölzer, Birkenrindenstreifen und Schlingen.

Zehn Kilometer vom Hof entfernt erreichten sie Niskanpääs Hühnerstall, wo Johanna der jungen, gelenkigen Elga befahl, ins Hühnerhaus zum Federvieh und dem erstickenden Hühnermistgeruch zu kriechen, um so viele Eier zu stehlen, wie sie nur konnte, während die Älteren Schmiere standen. Die Kartons holten sie sich aus einem Schuppen direkt neben dem Stall.

Die Spätsommerhitze war selbst im dichten Fichtenwald zu spüren. Obwohl die Schwestern sich mit Kienöl eingeschmiert hatten, plagten sie die Mücken. Sie liefen und liefen, bis Laura und Elga jammerten und rasten wollten. Ihre Stirnen waren schweißüberströmt, und Elga beschwerte sich, dass sich ihre Beine wie zwei Besenstiele anfühlten. In diesem Augenblick breitete sich eine Lichtung vor ihnen aus, und ein großer, sonnenbeschienener Fels schien ihnen von dort zuzurufen: *Lasst mich eure Ofenplatte sein, Mädchen!* Die Hitze, die der Stein ausstrahlte, war ihre Rettung, hätte ein offenes Feuer sie doch möglichen Verfolgern verraten. Aune schlug die Eier an der Seite auf, wo der Stein eine flache, gleichmäßige Vertiefung aufwies. Sie würden sicher auch dann satt machen, wenn man sie in Waffenfett briet! Johanna verlangte von den anderen, ein Stück des Steines sauber zu reiben, die Eier zuzubereiten und sie ihr zu servieren, während sie eine Fichte von überflüssigen Ästen befreite und ein prächtiges Lager daraus errichtete. Sie schien der Auffassung zu sein, dass sie in ihrer Eigenschaft als Anführerin der Truppe ohnehin für zwei arbeite und ihr deshalb mehr Ruhepausen zustünden als den anderen. Auf dem Rücken liegend sah sie zu, wie die Wolken über den Fichtenwipfeln rasch dahinzogen, während sie auf ihr Sauerteigknäcke mit Ei wartete.

Nachdem sie das Essen runtergeschlungen und Tiina laut gerülpst hatte, hörten sie in der Ferne Hundegebell, und ihre Namen schallten über die Wipfel: Die durchdringende Stimme der Mutter übertönte die dumpfen Männerstimmen. Jäh setzten sich die Schwestern auf und horchten; es klang, als würde eine ganze Schar nach ihnen suchen, aber es war schwer zu sagen, wie weit sie noch entfernt waren. Johanna versteckte ihr Reisiglager unter einer dichten Fichte, verwischte sämtliche Spuren und beorderte ihre Schwestern, gemeinsam die Flucht anzutreten. Dann liefen sie nacheinander geradewegs in den dunklen, kühlen Wald hinein. Sie passierten Moore und machten einen Umweg um einen Sumpf, wo ein Reiher aufflog und mit langgestrecktem Körper Kurs auf einen weniger bedrohlichen Ort nahm.

Vierzehn kraftlose Beine, vierzehn nackte Füße, die sich weigerten, weiter Dienst zu tun. Vier Stunden später sank Elga wimmernd auf die Knie, und Tiina streckte sich der Länge nach auf einem Moosbett aus. Schwarzspecht. Eichelhäher. Aber keine Spur irgendwelcher Verfolger. Hatten sie sich verhört? Sieben Paar junge Ohren können doch wohl nicht den Ruf eines Kauzes mit der tiefen Stimme der Mutter verwechselt haben?

Tanja und Johanna machten sich stolpernd auf die Suche nach einem geeigneten Rastplatz und entdeckten einige Hundert Meter entfernt einen Waldsee. Alle sieben warfen ihr Gepäck ab, rissen sich die Kleider vom Leib und sprangen hinein – sieben Fontänen. Tiina kraulte mit Simone um die Wette, sogar Laura machte mit bei dem Spiel. Die Mädchen planschten herum und prusteten genießerisch.

Mit frischer Kraft errichteten sie eine einfache Reisighütte und teilten sich die Piroggen, während es dämmerte und die Nachttiere im Unterholz zu rascheln begannen. Der Flachmann wanderte von Mund zu Mund, der Trank brannte und wärmte, der Halbmond leuchtete und spiegelte sich auf der Wasseroberfläche. Erneut glitten weiße Leiber in dem pechschwarzen Wasser umher. Elga hielt sich die Nase zu und sprang hinein, und Tiina gab vor, ihr das Leben zu retten, nur um im nächsten Moment den Kopf ihrer kleinen Schwester zu packen und ihn lange unter die Wasseroberfläche zu drücken. Rohes Gelächter schallte der panisch Hustenden und nach Atem Ringenden entgegen.

Anschließend saßen sie fröstelnd zusammen, bis sie ihre matten Leiber im Moos ausstreckten; dicht beieinander, die eine hatte den Kopf auf dem Bauch, die nächste den Kopf auf den Schultern der anderen, sie waren miteinander verschlungen wie junge Hunde, die die Wärme der Welpengeschwister suchten. Die Schwestern fielen in einen tiefen Schlaf, wie sie ihn seit dem Tod des Vaters nicht mehr gekannt hatten. Kann man so tief schlafen, dass der Übergang zum Tod nahezu fließend ist?

Doch halt – nicht alle schliefen ein. Laura hatte mit ihrem Schnitzmesser eine Fichte abgeästet und sich an der Wurzel, wo die schweren, schützenden Zweige des dicht gewachsenen Baums ins Moos hinabtauchten, ein behütendes Lager bereitet. Sie lauschte den beruhigenden Geräuschen der Nacht: dem Zirpen der Fledermäuse und dem Geraschel von Füchsen und Hirschen.

Johanna wurde davon wach, dass jemand an die Tür klopfte. Ach nein, es war ein Grünspecht, der eine große Öffnung in eine Kiefer zimmerte sowie eine kleinere Höhle unter dem Nest der Erwachsenen. Die Älteren wollten offenbar ungestört schlafen. Schlaftrunken reckte sich Johanna, streckte die schmerzenden Beine aus, bis ihr bewusst wurde, dass sie im Wald und dicht neben der schwer atmenden Tiina lag, deren Achselhöhle widerwärtig stank. Der Specht klopfte weiter, ansonsten waren nur die Atemzüge der Geschwister und Tiinas Schnaufen zu hören; im Schlaf klang sie wie ein alter Mann. Johanna durchsuchte den Rucksack nach den letzten Reispiroggen. Kaute mit vollen Backen und ließ ihren Blick über den See schweifen, über dem die Libellen im Morgennebel spielten. Gierig starrte sie die letzte so lecker aussehende Pirogge an, zügelte sich jedoch, als sich in ihr ein seltener, gönnerhafter Gerechtigkeitssinn meldete – den Rest durften sich die Geschwister teilen. Der Hunger war wirklich ihre einzige Sorge an diesem schönen Ort. Johanna holte die Schlingen aus dem Rucksack. Wenn sie nach der Methode ihres Vaters vormittags Fallen auslegten, würden sie bestenfalls abends etwas zu essen haben. Dann würden sie allerdings ein verräterisches Feuer entfachen müssen.

Johanna tauchte in den See und weckte mit ihrem morgendlichen Bad die anderen. Tanja und Aune gähnten lautstark und schüttelten Simone. Elga, die kein Morgenmensch war, schnarchte weiter, während Tanja und Aune ins Wasser glitten und sich zu Johanna gesellten. Simone verschränkte die Hände und murmelte ein Morgengebet. Laura kroch aus ihrem Fichtenversteck, blickte zum See und zu den herumplanschenden Geschwistern. Schlüpfte in die Stiefel, steckte sich eine Zigarette an und stromerte für sich allein im Wald herum; manchmal beugte sie sich hinab und befühlte das Moos. Sie entdeckte dunklen Ton und wühlte darin herum, streifte sich den Pullover ab und füllte so viel Ton wie möglich hinein, drückte das Wasser aus, trug das Bündel ein Stück mit sich und setzte sich auf einen großen, flachen Stein. Unter ihren behutsam knetenden Fingern entstand aus dem Tonklumpen ein Mädchen mit Fuchsnase.

Die Arbeiten an diesem Spätsommertag – Vorbereitungen für das abendliche Lagerfeuer und das Präparieren der Schlingen – gingen ihnen leicht von der Hand. Johannas optimistischer morgendlicher Plan war von Erfolg gekrönt, zwei Tauben waren nämlich in die listig gelegten Fallen getappt. Wortlos gedachten die Schwestern ihres Vaters in seinem Himmel. Johanna machte es sich auf einem Moospolster bequem, spähte hoch zu den Fichtenwipfeln und trällerte einen Gassenhauer vor sich hin. Tanja stimmte summend ein, als sie den toten Vögeln die Federn ausrupften. Simone baute eine einfache Hütte aus Fichtenreisig, und ein paar Meter abseits loderte ein Feuer. Auf dem Kohlenbett rösteten Aune und Simone die zuvor auf Stöcke gespießten Vögel; ihre Wangen waren rußig, ihre Kleider zerrissen. Neben ihren Schwestern saß, versunken in ihre eigene Welt, Laura und formte einen Esel aus Ton.

Die Mücken fielen sie an. Fluchend schlugen die Schwestern um sich. Simone zündete einen Birkenporling an, dessen Rauch den Schwarm etwas auseinandertrieb. Während sie darauf warteten, dass das Fleisch durchgarte, erzählte Aune ihnen eine Geschichte – die von dem Mädchen Aino, das zur Heirat mit dem alten Helden Väinämöinen gezwungen wurde, jenen traurigen Mythos, den auch Veikko immer wieder zum Besten gab.

Die Schwestern brannten darauf, neue Details zu erfahren: »Aino lernte, dass es eine Gunst sei, einen so weithin angesehenen Mann zu ehelichen, diesen göttergleichen mit der betörend tiefen Gesangsstimme, die Scharen von Zuhörern in ihren Bann zog. Doch die junge Aino ertränkte sich lieber, statt das schrumpelige Glied eines alten Mannes in ihren Schoß einzulassen. Väinämöinen trauerte um seine Jungfer mit den langen, glänzenden Haaren; er ruderte hinaus auf den See zu dem Ort, an dem das Mädchen sich umgebracht hatte, und was sah er da? Einen starken Lichtschein auf der Wasseroberfläche. Er erhaschte einen Blick auf die junge Aino, die in der Tiefe in einen silbrig glänzenden Fisch verwandelt worden war. Das Boot wäre beinahe gekentert, als …«

»Hat's sie wirklich gegeben?«, unterbrach Tiina Aune.

»Klar hat's sie gegeben«, erwiderte Aune ruhig.

»Aber dass sie in einen Fisch verwandelt wurde … das glaubt ihr doch wohl nicht«, meinte Elga.

»Es gibt zu viele derartige Erzählungen, als dass ich *nicht* dran glauben würde«, sagte Simone. »Wie die von …« Und schon waren sie wieder mittendrin und erzählten.

Man merkte, dass der Herbst nahte. Früh setzte die Abenddämmerung ein, und der Waldsee wurde von Nebelschwaden umhüllt. Die Schwestern starrten in das Weiß. War das womöglich ein Zeichen, befand sich Ainos Geist in der Schwärze darunter? Jede gemeine Prachtlibelle, die auf der blanken Wasseroberfläche Muster hinterließ, war ein Gruß von ihr. Als es dunkel wurde, erhob sich ein dumpfes Summen, und wieder machten sich dichte Mückenschwärme über die Schwestern her.

»Kr-kr-kratzt nicht ... Blut ... dann kommen alle«, kommandierte Johanna.

»Genauso gut könntest du sagen, dass wir mit dem Saufen aufhören solln«, entgegnete Tiina.

Die Schwestern kratzten an ihren Mückenstichen, und der Mund wurde ihnen wässrig, als das Vogelfleisch über dem Feuer zischte und Simone das Essen unter ihnen aufteilte. Hungrig schnappten sie mit den Fingern nach den heißen Fleischstücken und verbrannten sich Gaumen und Daumen. Als sie die Tauben verspeist hatten, dachten sie, dass sie nie wieder Vogelfleisch essen könnten, nicht einmal Hunger danach bekommen würden. Johanna ließ die Branntweinflasche kreisen. Tiina rülpste, furzte eine Melodie und forderte die anderen auf, das Lied zu erraten, während Elga eine pubertäre Miene aufsetzte, die große Entfremdung ausdrückte. Sie wollte sich vom Rudel loslösen.

»Jetzt werd ich mir das Maul erfrischen.«

Sie riss sich die Kleider herunter, sprang in den See, sodass glitzernde Bläschen wie zu einem Schaumbad aufstoben.

Tiina folgte ihr.

»Ich will meinen Arsch abkühlen.«

Sie verschwand so lange unter der Wasseroberfläche, dass Johanna sich besorgt fragte, ob sie sich in den Seerosen verheddert hatte. Laura kletterte auf einen Felsen und tauchte die Füße ins kalte Wasser. Nachdem die anderen fertig gebadet hatten, ließ sie sich in den See gleiten und schwamm gemächlich hinüber ans andere Ufer. In einem Waldsee zu schwimmen ist aufregend, kann man doch nie wissen, was sich unter einem befindet. Mit Schädeln von Steinzeitmenschen und Skeletten von Selbstmördern ist immer zu rechnen. Mit Bärenschädeln. Einem Pferd, das eines Winters, als Veikko noch jung war, ins Eis eingebrochen war. Und nun durfte das Wasser die verschmutzten Kleider der Mädchen säubern, die anschließend am Feuer zum Trocknen aufgehängt wurden.

Nach dem Bad standen sie alle nackt um das Feuer und wärmten sich. Den älteren Geschwistern fiel auf, dass Elgas Schamhaar den Sommer über dicht geworden war und Tanjas Brüste gewachsen waren. Johanna ließ den Flachmann herumgehen. Als die Flasche leer war, verstummten sie. Johanna seufzte. Alle wussten, was das hieß. Sie hatten auf das Zeichen gewartet. Nun ließen sie sich im Kreis um das Lagerfeuer nieder. Johanna kletterte auf einen kleinen Hügel, erhob sich buchstäblich über die anderen. Laura setzte sich schräg hin und streckte die Beine aus dem Kreis.

»Wär's nicht schön, die ver-verrückte Alte daheim los zu sein?«, sagte Johanna und sah ihre Geschwister auffordernd an.

»Willst du sie umbringen?«, fragte Elga mit einem schiefen Lächeln.

»Nee, aber für immer weglaufen«, erwiderte Johanna.

Die Schwestern im Chor: *»Jaaa!«*

Johanna bedeutete ihnen, ihr Geschrei zu dämpfen, und wurde ernst.

»Die Frage ist, ob wir auf Dauer das Vagabundenleben packen …?«

»Obdachlose schlafen auch unter freiem Himmel«, sagte Aune sanft.

»Die Haut härtet durch Herbststürme und Wolfswinter ab. Wir passen uns den Umständen an. Hasenherzig sind wir nicht. Dafür haben unsre werten Eltern gesorgt. Und Veikko hat uns auch allerhand beigebracht.«

»Bald setzen die ersten Frostnächte ein«, gab Tanja zu bedenken. »Der Herbstregen. Wir müssen uns auf eine Lösung einigen.«

»Die Fichten sind unser Schutz, unsere Schilde. Stellt euch bloß vor, hier mit Wölfen und Bären als Nachbarn zu hausen!«, sagte Aune.

Johanna ging in die Hocke; leise sprach sie weiter.

»Ich gl-gl-glaube … unser geliebter Vater … dort oben auf dem Gipfel des Berges, raucht Pfeife, umgeben von Engeln … Wisst ihr übrigens, was er mir sagte, als wir auf der Jagd in der Hütte übernachtet haben?«

»Nööö.«

»Ich habe das ewige Leben. Ich bin immer bei euch. Unsre Herrschaft wird niemals enden.«

»Aber kann er uns im Schneesturm beschützen?«, wandte Elga ein und brach so den Bann.

»Der Heilige Geist beschützt uns immer«, sagte Simone. »Das weiß zumindest ich, aber unsre liebe Mutter lebt jetzt sicher in Todesangst.«

»Die Olle brennt doch nur drauf, uns sämtliche Knochen im Leib zu brechen«, fauchte Tanja.

»Die Steine des Waldes sind zärtlicher, als es die Vettel jemals war«, sagte Tiina.

»Zu Hause erwa-wartet uns die P-Peitsche«, gab Johanna zu bedenken. »Sie macht Mus aus uns, wenn sie uns in die Klauen kriegt.«

Sogar die sonst so sanfte Aune wurde drastisch: »Die Alte ist das genaue Gegenteil von Lemminkäinens zärtlicher Mutter.«

»Die hatte einen Sohn, nicht sieben Tö-Töchter«, sagte Johanna.

Unsere siebenköpfige Schar verstummte und verfiel in Melancholie. Die Geräusche der Nacht regierten, Kälte packte die Mädchen, sie froren, und ihre Lippen wurden blau. Simone pulte nervös an ihren Zehennägeln, dann sagte sie zweifelnd: »Die Zeit ist knapp. Die Nächte sind schon frostig. Wir schaffen es nicht mehr, uns vor dem Herbst an die Kälte zu gewöhnen. Ich hab das Gefühl, dass der Teufel uns holt, wenn wir hierbleiben. Wir können genauso gut nach Hause wandern und unsre Strafe auf uns nehmen, es hinter uns bringen. Morgen früh – nachdem wir geschlafen und ein Bad im See genommen haben – machen wir uns auf den Rückweg.«

»Es geht uns ja auch recht gut zu Haus am Fluss und den Bächen des Tals«, sagte Johanna. »Dort haben wir alle nötigen Zutaten für Branntwein und Bier. Lasst uns unsre Flucht für das nächste Frühjahr planen, liebe Leute.«

»Erdkellerkalter Porter, das ist zu Hause für mich!«, schwärmte Tiina.

»Wir können Veikko bitten, bei uns zu leben, das besänftigt auch Mutter«, sagte Aune. »Lasst uns diese Tage im Schoß des Waldes als schöne Erinnerung behalten, von der wir zehren und noch erzählen werden, wenn wir alt sind.«

Simone sah zum Himmel und faltete fromm die Hände.

»Was unsre arme Mutter wohl vorhat?«, sagte sie. »Ob sie nach Hause zurückgekehrt ist und Leute für einen Suchtrupp zusammentrommelt?«

»Wir können ihr nicht entkommen«, sagte Aune.

»Wi…wir sind zäh. Gemeinsam sind wir unbesiegbar«, erwiderte Johanna.

»Wir gehn langsam heimwärts, nehmen aufrecht die Schläge hin«, sagte Simone.

»Dann müssen wir hier auch nicht mehr liegen wie eine Herde Lämmer«, meinte Tiina.

»Aber das Lamm geht nie frei…willig zur Schlachtbank«, wandte Johanna ein.

»Wir wurden ja auch nicht mit ’nem Schafspelz auf dem Buckel geboren«, sagte Aune.

»Wir beißen die Zähne zusammen und begeben uns standhaft

heim. All unsre Argumente laufen auf diese Entscheidung hinaus«, meinte Simone.

Elga räusperte sich.

»Ich schlage vor, dass wir wenigstens noch einen Tag mit unsren noch unversehrten Buckeln darüber nachdenken. Oder was meinst du, Laura, da drüben in der Pfütze mit deinen Lehmbären?«

»Ich bleibe. Hier lässt sich's gut arbeiten. Geht ihr nur.«

»Und wovon willst du dich ernähren? Willst du etwa Ton fressen?«, fragte Elga.

»Ja.«

»Und wenn der Frost kommt, was isst du dann?«, fragte Elga weiter.

»Schnee und Flechten.«

»O…okay. Einen Tag noch«, willigte Johanna ein. »Und was soll *das* sein, was hast du diesmal zusammengeschustert?«

Laura sah Johanna an.

»Mädchen mit Bär.«

Johanna wachte mitten in der Nacht auf; Aunes schmutziger Fuß lag an ihrem Mund. Ihr Schienbein juckte, wo die Mücken gesaugt hatten. Sie hörte ein Rascheln. War es nah oder fern? Ein Bär? Oder ein Vielfraß? Vielleicht Wölfe, die Blut gewittert hatten. Ihr Vater hatte sie alle davor gewarnt, mit blutiger Büx in der freien Natur zu schlafen. Tanja und Aune hatten immer gleichzeitig ihre Tage. Als sie das gegrillte Fleisch gegessen hatten, war ihnen das Blut an den Beinen heruntergelaufen.

Johanna setzte sich auf und horchte konzentriert, was war das? Ach, nur Laura, die pinkeln gegangen war. Sie war schwierig, Laura, aber nicht die Schlimmste. In dem Albtraum, aus dem

Johanna gerade hochgeschreckt war, waren alle Geschwister so schrecklich schnippisch gewesen wie Elga. Würde es so kommen? Würden sie ewig miteinander im Clinch liegen? Johannas Nase war eiskalt; sie legte eine Hand auf ihren knurrenden Magen. Es würde schwer sein, ohne Brot und Kaffee aufzustehen, schwer, den weiten Weg nach Hause mit leerem Magen zu gehen. Hier und da war noch spärliches Blaubeerreisig mit vereinzelten Beeren zu sehen. Die Preiselbeeren aber waren noch nicht reif. Onkel Veikko hatte oft von Marjatta erzählt, die obergärige Preiselbeeren gegessen hatte und davon mit ihrem Sohn Suomi schwanger geworden war. Wir Schwestern sind nicht dazu gemacht, Kinder zu gebären, das hatte Johanna schon vor langer Zeit für sich festgestellt. Dieses ganze Blut … Nein, sie hatte nicht vor, Kinder in die Welt zu setzen, das hatte ja ihre Mutter schon wahrlich mehr als genug getan. Nie mehr würde sie, Johanna, sich um brüllende Blagen kümmern!

Wie hatte Gott – wenn es ihn denn überhaupt gab – die Mutter nur mit sieben Töchtern strafen können? Was hatte Louhi getan, um das zu verdienen?

In Selbstmitleid versunken, redete Johanna mit sich selbst. Was für grauenhafte Schlampereien ihre Schwestern immer veranstalteten, während sie, Johanna, für das bisschen Ordnung, das sie zu halten versuchte, verspottet wurde! *Jemand muss die Führung übernehmen, sonst löst sich die Truppe auf, und wir sehen dem Untergang entgegen. Menschen haben schrecklichen Frevel an uns begangen, behaupten, wir lebten falsch, doch wir, wir sind bereit zu kämpfen!*

Aber es gibt Schwachpunkte, sinnierte sie weiter. *Laura, die sich nie richtig einfügen will, ist ein Risiko, ein Riss in der Mauer. Ich behalte sie besser im Auge*, dachte Johanna, *auch wenn ich glaube, dass von ihr keine Gefahr ausgeht, so schlafwandlerisch, wie sie mit ihren peinlichen Stöckchen umherbummelt.*

Einen aus großen Augen anglotzt, wenn man sie anspricht, auf Zurechtweisungen mit Schweigen reagiert. Der zweite Riss ist Elga. Würde sie Verrat an unserer Familie begehen, würde sie das mehr als nur eine Stichwunde kosten! Das Problem ist bloß, dass jede Bestrafung sie noch störrischer macht.

Wann hatte Johanna jemals wild und ungezogen sein dürfen? Das quälte sie. Laute, selbstmitleidige Monologe flammten in ihr auf: nie die sein zu können, die sich Freiheiten herausnahm. Immer die schwere Bürde der Ältesten zu schultern, gezwungen, den Wächter zu spielen. Das war der Preis, den sie dafür zahlte, die Auserwählte ihres Vaters zu sein. Jeden Morgen, wenn sie im Bett ihres Vaters aufwachte, dessen Bettzeug immer noch nach seiner Rasierseife roch, wollte sie aufstehen und ihren Pflichten entfliehen. Verschwinden. Nach Irland fahren. Davon hatte sie immer geträumt; dort gab es steile, moosige Klippen und ein wildes Meer. Dort tranken die Leute Schwarzbier und Whiskey und waren lieb und nett, machten nicht so ein Gewese von sich, waren nicht so überheblich. Aber das Englische? Konnte jemand, der nicht lesen kann, überhaupt reisen? Hm. Ihre kurze Schulzeit hatte gezeigt, aus welchem Holz sie geschnitzt war. Bücher würden sich ihr nie öffnen. So war das auch für ihren Vater gewesen, wenngleich er das nie zugegeben hatte.

Er war trotzdem berühmt geworden, und sie, die älteste Tochter, bemühte sich, die Schwestern nun so zu erziehen, dass sie alles erfuhren, was er ihr beigebracht hatte – die dagegen taten so, als wäre das alles nur ein Witz! Tanja immerhin besaß eine Unze Weisheit, von ihr kamen weder Häme noch Hiebe. Ja, mit Tanjas Unterstützung wären sie beide Wölfinnen mit wehrhaften Klauen.

Bevor Johanna wieder in den Schlaf zurückglitt, durchzuckte sie plötzlich eine glasklare Erkenntnis: *Jetzt weiß ich's,* so *ist das also – anfangs hat der Bestrafende gleich große Angst wie sein*

Opfer, wenn hinter dem Schlag keine lang angestaute Wut steckt. Dann läuft's wie geschmiert.

Als sie sich dem Lager der Ausreißerinnen näherten – verstreute Kleider lagen herum –, befahl Mutter Louhi den Hunden Killi und Kiiski, Platz zu machen und nicht in Richtung des Rauchgeruchs davonzustürzen. Später würden ihre Töchter sich darüber wundern, dass ihre Mutter einen Mann dabeihatte; sie hatte nämlich den Förster um Hilfe gebeten. Er war sofort bereit gewesen mitzukommen und empfand die Suche nach den Töchtern des Bärenjägers als aufregende Abwechslung von seiner Arbeit. Trotz aller Wut genoss Mutter Louhi es, im Beisein dieses hochgewachsenen Kerls, der einen Elchstutzen geschultert hatte, durch den Wald zu streifen. Er flüsterte ihr zu, dass sie sich vorsichtig dem Lager der Mädchen nähern sollten; und so gingen sie fünfzig Meter entfernt lautlos in die Knie und lauschten. Warteten darauf, dass die Morgendämmerung einsetzte, die ihnen den Weg weisen würde. Ein wegweisendes Licht schenken würde. Als die Mutter Tiinas typische schnarchende Atmung hörte – ja, sie konnte tatsächlich jedes Schlafgeräusch der richtigen Tochter zuordnen –, nickte sie dem Förster mit vielsagendem Blick zu. Er antwortete mit einer Geste, und sie schlichen zum Lager. Die Mutter holte tief Luft und stieß einen entschiedenen Kehllaut aus, der sicherlich mehr als dreißig Kilometer weit zu hören war.

»Kommt raus, Mädchen, das Spiel ist vorbei!«

Sieben Leiber setzten sich auf; die Mädchen starrten einander an. Die Hunde rasten auf sie zu und begrüßten sie einzeln, schnüffelten an der Feuerstelle und schleckten übrig gebliebene Krumen auf. Elga wusste sofort, was die Stunde geschlagen hatte, schob die Zweige beiseite und versuchte zu fliehen. Vergeblich, versperrte ihr doch ein Riese mit stählernen Armen den Weg. Er fing sie ein, nackt, wie sie war, und hielt sie unnachgiebig fest, presste ihren Körper an sich. Neben ihm stürmte die Mutter mit rasender Miene und geballten Fäusten vorwärts.

Dann standen sieben nackte, zitternde Mädchen vor der Mutter und dem Förster, der ein Fremder für sie war. Die Mutter richtete den Zeigefinger auf sie.

»Stellt euch auf! Die Jüngste zuerst!«

Die Mutter hielt eine kleine Kelle in der Hand und winkte Elga herbei. Ihre Tochter kniff die Augen zusammen, als sie zwei Hiebe auf jede Wange erhielt. Sie schrie auf, kauerte sich zusammen, hielt sich wimmernd das Gesicht. Der Förster gebrauchte eine übergroße Taschenlampe, die die Schwestern bisher nur bei der Polizei gesehen hatten; ihr gleißender Schein blendete. Die Schwestern blinzelten.

»Raus mit euch, Tanja und Aune! Platz!«

Killi und Kiiski bellten bei jedem Schlag. Sie sausten verwirrt und unselig umher, als ihren Frauchen Schmerzen zugefügt wurden. Die Mutter kam in Schwung, mit jeder Wange wurden die Schläge härter. Simone, die ihre Mutter mit tief bekümmertem Hundeblick ansah, kassierte etwas leichtere. Bei Laura, die zu Boden sah, waren sie wieder härter.

Als Johanna vortrat, um sich ihren Anteil an der Tracht Prügel abzuholen, starrte sie ihrer Mutter unnachgiebig schweigend in die Augen. Es war ein Kräftemessen, das schier endlos wirkende fünf Sekunden währte; keine wich dem Blick der anderen aus. Johanna sprach als Erste:

»Wo i-ist er … unser ge-ge-geliebter Vater?«

Die Mutter lachte roh, kam noch näher, atmete Johanna ins Gesicht, sah ihr geradewegs in die Pupillen. Ins finstere Schwarz der Augen.

»Hast du denn nicht begriffen …? Er ist tot. Er hat die Bären gewählt … Du wolltest das nicht wahrhaben.«

Die Mutter ging einen Schritt zurück. Holte kraftvoll aus. Ein Schlag. Zwei. Schallend trafen die Hiebe auf die Wangenknochen.

Johanna spannte sämtliche Muskeln an, und ihre Wangen glühten vor Zorn. Ohne ersichtliche Gefühlsregung unterdrückte sie jedes Gejammer.

Die Mutter senkte den Arm, stopfte die Kelle zurück in den Rucksack. Sah den Förster an. Mit einem Nicken forderte sie ihn zum Sprechen auf: »Mädchen. Jetzt ist aber Schluss mit lustig. Wenn ihr euch nicht benehmt, wird eure Mutter mit meiner Hilfe dafür sorgen, dass ihr in die Besserungsanstalt kommt.«

Es wurde hell. Schweigend kehrten sie alle mit schweren Schritten zurück nach Hause, von Elga hörte man Hicksen und Schluchzen. Ihre Mägen grummelten laut vor Hunger. Die Schwestern wichen den Blicken der Mutter aus. Johanna beherrschte ihren schwelenden Zorn. Tiina litt unter störendem Husten, sie räusperte sich immer wieder und spuckte auf den Boden. Auf dem Heimweg beschimpfte die Mutter ihre Töchter, nannte sie Aas, Abschaum und Schlangenfutter. Schrie sie an, gefälligst im Gleichmarsch zu laufen, brummte und fauchte, dass sie das Schicksal dafür verdamme, kein einziges Mal einem Gör mit Schwanz das Leben geschenkt zu haben. Die siebenfache Strafe Gottes, sagte sie und sah auf einmal leidend und vorwurfsvoll zum Himmel – obwohl sie behauptete, nicht an Gott zu glauben. Aber das galt vielleicht nur, solange Vater noch lebte – nur keine Gottesworte zu äußern, um sich Schläge zu ersparen.

Sie wanderten den ganzen Tag ohne Rast – ach nein, einmal fielen sie im Moos auf die Knie und löschten ihren Durst an einer kalten Quelle. Sie stiegen hinein, kühlten ihre Beulen und die blutenden Schürfwunden an den gebeutelten Füßen, wuschen die Schrammen aus, die das Fichtenreisig auf ihren Wangen hinterlassen hatte. Laura gab sich geschlagen, sie zog wimmernd die Beine hinter sich her und hielt alle auf, als sie Preiselbeeren pflückte. Die Mutter versetzte ihr einen solch harten Stoß in den Rücken, dass sie der Länge nach hinfiel und sich das Kinn an einem Stein aufschlug.

Da blieb die Schar erneut vor Erschöpfung schwankend stehen, während die Mutter Laura am Kragen packte und wieder hochzerrte.

»Jetzt seid ihr gleich zu Hause«, tröstete der Förster, der sich nach seinem Abendessen sehnte, die Schwestern. »Beeilt euch, Mädchen!«

Sie schleppten sich noch einige Kilometer weiter. Dann rief Louhi aus: »Halt! Seht doch! Ein Ameisenhaufen. Geht alle hin und spuckt darauf. Einen großen Klecks, ja, spuckt noch mal auf den Hügel. Gut. Und jetzt fahrt mit den Händen über die Ameisen.«

»Auuu, tut das weh!«, rief Tiina.

»Das brennt ja höllisch«, sagte Johanna.

»Es muss brennen. Ameisenpisse heilt die meisten Wunden«, sagte die Mutter und rieb Lauras Kinn damit ein.

Laut schrie Laura auf vor Schmerz.

*

Sie erreichten den Hof in der Abenddämmerung. Trotteten die Treppe zur Kate hinauf, öffneten die Haustür und stürmten vor lauter Hunger geradewegs in die Küche. Ihre Mutter sah zu, wie ihre Töchter drei ganze Roggenbrote, vierzehn rohe Eier und sieben geräucherte Bärenzungen verschlangen.

Der Heißhunger ließ ihre Töchter so schnell essen, dass sie husten mussten. Sie kauten das elchbraune Roggenbrot nicht ordentlich und verschluckten sich. Spülten es mit so viel Porter herunter, dass sie Schluckauf bekamen. Elga hielt sich den schmerzenden Bauch.

Die Mutter wandte sich mit feuchten Augen ab, um ihren Kindern gegenüber zu verbergen, dass sie einen überraschenden Anflug von Dankbarkeit empfand, dass die Herumtreiberinnen wieder zu Hause waren.

An dieser Stelle endete das erste Fluchtabenteuer der Schwestern. Doch der Keim der Freiheit war gesät.

Drittes Kapitel

Mütter und Töchter. Ich brauche diese Worte nur hinzuschreiben, und ich (so wie sicherlich auch einige von euch) lese: Zwist. Töchter können ihre Mütter ein Leben lang ablehnen und glauben, dass das wahre Leben und die bahnbrechenden Ideen naturgegeben Jungen, Männern und Vätern vorbehalten sind. Erst im Licht ihres Lebensabends erkennen nicht wenige von ihnen ihren Selbstbetrug.

Louhis Töchter, diese sieben Schwestern, würden ihre Mutter später mit anderen Augen betrachten, doch bis dahin dauert es noch ein Weilchen.

Nach dem Fluchtabenteuer verschwand Louhi für mehrere Tage, und als sie schließlich wiederkam, schwieg sie eisern, reagierte auch nicht auf Ansprache. Andere auszuschweigen ist eine grausamere Strafe als jede körperliche Gewalt. Nach einer Nacht, in der unheimliche Windgeräusche sie wach hielten, dämmerte es Johanna, dass sie als die älteste Tochter im Haus die Verantwortung für die Geschwister übernehmen müsse, wenn ihre Mutter nicht bald wieder zu Kräften käme und ihrer Arbeit nachginge. Sie streckte den Rücken durch.

Die Mutter hatte die Arbeit auf dem Hof als das bittere Schicksal ihres Lebens angesehen. Nach dem Tod ihres Mannes gab es für sie keinen Grund mehr, weiter für ihn zu malochen. Doch was sollte sie stattdessen anfangen? Ihr Leben war zerstört, und so hockte sie mit hängenden Schultern und leer vor sich hin starrend auf der Vortreppe, auf einem Baumstumpf im Wald oder an ihrem Lieblingsplatz am Moor.

Niedergeschlagen vergrub Johanna an diesem Morgen ihre Nase in dem vom Blut des Vaters getränkten Bärenfell. Die Wärme und die Gerüche, die darin saßen, wirkten beruhigend auf sie. Sie erhob sich mühselig und stellte sich auf die Vortreppe; ihr Blick schweifte zu den dichten Nebelschwaden, die über dem Roggenfeld hingen. Als sie die Treppe hinunterging, stolperte sie über den Schaft einer Sense, die Tölpel-Tiina irgendwann von sich geworfen hatte. Was hätte nicht alles passieren können! Sie, Johanna, hätte hier zappelnd mit abgetrennten Knöcheln liegen können! Sie musste besser genau schauen, wohin sie trat, um nicht über andere herumliegende Geräte zu fallen. Die Hunde folgten ihr auf dem Fuße.

Im Stall fiel ihr auf, dass die Kühe bis auf die Rippen abgemagert waren, sich mit knochigen Leibern aneinanderdrängten und leise, ängstliche Laute ausstießen. Johanna gab ihnen frisches Wasser, und als sie die Tiere mit Kartoffelschalen und Gras fütterte, fasste sie einen Entschluss: Von nun an würde sie ihre Mutter genau im Auge behalten, um Klarheit darüber zu erlangen, was sie alles vernachlässigte und versäumte.

Johanna zuckte zusammen, als sie auf der Straße ein Motorengeräusch hörte. Wer das wohl sein konnte? Sie öffnete die klapprige Stalltür, das Scharnier knarrte. Auf dem Vorplatz stand der pockennarbige Fahrer des Milchwagens; seine Schirmmütze saß verkehrt herum.

»Wo ist die Milch?«, fragte er verärgert. Er ahnte, dass er die Fahrt zum Hof umsonst gemacht hatte.

»Unsre Mutter ist krank«, sagte Johanna und stellte zu ihrem eigenen Erstaunen fest, dass sie nicht stotterte.

»Herrgott, warum habt ihr dann nicht angerufen?!«, rief er verärgert, machte auf dem Absatz kehrt und ging zurück zu seinem im Nebel kaum sichtbaren Laster.

Johanna rührte sich nicht vom Fleck, hörte die Wagentür zuschlagen. Der Mann kurbelte die Scheibe herunter, »Verfluchtes Pack!«, schrie er ihr noch zu, bevor er abfuhr.

Von diesem Tag an molk Tanja die Kühe und hielt die Verschläge rein – zumindest reiner als die Küche. Tanja und Johanna erledigten zusammen die Arbeiten, die ihre Mutter zu ihrer aller Verdruss nicht länger verrichtete. Waren die Versäumnisse ihrer Mutter eine Folge von Vergesslichkeit? Von Kummer? Oder hatte sie die Absicht, sie alle miteinander in ein schwarzes Loch hinabzuziehen? Johanna konnte sich keinen Reim darauf machen. Die Mutter mit ihrem Verhalten zu konfrontieren war unmöglich, denn die Alte hatte die Neigung, alles sofort als Drohung und Kritik aufzufassen. Statt sich zu erklären, listete sie dann jedes Mal sämtliches Unrecht, sämtliche Kränkungen, alles Böse, was ihre Töchter ihr jemals angetan hätten, auf. Mit manchem hatte sie recht, anderes war nichts als Übertreibung. Johanna wollte einen Streit mit ihr vermeiden, aber doch an ihre Mutter appellieren.

Sie ging auf den Vorplatz und ließ ihren Blick über die Felder wandern. Der Roggen hing schlaff herab, niemand hatte Vorbereitungen für die Ernte getroffen. Der Förster hatte recht mit dem, was er bei ihrer Begegnung so harsch gesagt hatte, mit kräftigen, behaarten Händen den Elchstutzen haltend: Jetzt war Schluss mit lustig. Wenn sie sich nicht am Riemen rissen, würde man sie noch einsperren.

In die Anstalt zu kommen, das geht gar nicht, das müssen die anderen einsehen, dachte Johanna, als sie sie weckte. Sie machte sich fertig und stellte Kaffee und Roggenfladen mit Honig auf den Tisch. Dann fuhr sie zärtlich über das dort liegende Gewehr ihres Vaters, schloss die Augen, verspürte den Impuls, es vom Esstisch zu nehmen, ließ es aber doch sein. Gellend pfiff sie ihre Schwestern herbei. Der Reihe nach kamen sie schlaftrunken angewankt, zuletzt Laura mit schweren Lidern und bockiger

Miene. Dass es ihr gelungen war, ihre Schwestern zum Appell zu versammeln, stimmte Johanna für einen flüchtigen Moment zufrieden.

Die Schwestern nahmen Platz, schlangen das Essen herunter, kippten Kaffee, rülpsten. Tiina setzte noch einen Furz obendrauf. Johanna ermahnte sie: »*Jetzt machen wir das hier aber mal ordentlich, Mädels* – wenn wir uns nicht *ganz bewusst* dafür entscheiden, den Hof verrotten und die Kühe krepieren zu lassen.«

»Lasst uns die Aufgaben verteilen«, sagte Tanja. »Wie öde sie auch sind, sie müssen erledigt werden.«

Ein Schatten fiel über Elgas Gesicht; sie sah aus, als würde der Weltuntergang nahen. Laura sank in sich zusammen, schien sich in einen Dämmerzustand zu flüchten.

Tiina reckte die geballte Faust in die Höhe: »Ich fahr den Mähdrescher. Basta!«

Johanna verteilte die sterbenslangweiligen Pflichten. Elga und Laura wurden in den Kuhstall abkommandiert, wo sie bockig ihre Aufgaben übernahmen. Sie wussten, sie würden dem nicht entrinnen, und zählten die Jahre, die sie diese seelenlose Arbeit noch würden ausüben müssen. Tanja kümmerte sich um die Küche und fand überraschenderweise Gefallen an den damit verbundenen Routinen: je monotoner, umso besser. Sie buk pechschwarzes Roggenbrot, während Johanna alles Wild erlegte, das ihr vor den Lauf der Büchse kam.

Tanja hatte die Abendgrütze gekocht, sie war ihr glatt und geschmeidig gelungen. Simone stellte fromm eine klebrige Flasche polnischen Fruchtwein auf den Tisch, den sie im letzten Winkel des Erdkellers entdeckt hatte. Der klebrig-süße Wein ging herum, schweigend tranken sie. Ab und an drangen erstickte Laute vom Dachboden zu ihnen. Sie erstarrten, horchten. Instinktiv wollte Johanna nachsehen, ob ihre Mutter krank war, beherrschte sich aber. Die anderen würden sie für eine Memme halten.

Während sie aßen, hörten sie die Mutter in ihrem Bett wimmern. Sie tauschten ängstliche Blicke. Nicht einmal die Laute eines wilden Tieres hätten sie mehr erschrecken können.

*

Sechs Gestalten mit völlig ausgelaugten, schmerzenden Gliedern stapften in die Küche. Sie rochen penetrant nach Schweiß. Der Geruchssinn ist der niederste Sinn des Menschen und zugleich der geduldigste; auch schlimmste Schweinereien erträgt er. Wie sonst würden Kanalreiniger ihren Arbeitstag überstehen? Nun wetteiferten der Duft des Brots und der Schweißgestank um die Vorherrschaft im Raum. Tanja durchsuchte den Kühlschrank und die Speisekammer wie verrückt nach Essbarem, fand aber nur Salzgurken, Senf und Zwiebeln. Sie stellte das Gurkenglas auf den Tisch und bemühte sich, nicht daran zu denken, wie lecker Butter zu der salzigen Note schmecken würde – diesen Luxus könnten sie sich erst wieder gönnen, wenn es den Kühen besser ging. Die Schwestern setzten sich zu Tisch, knabberten jede an ihrer Gurke und warteten auf Johanna. Hoffentlich würde sie bald mit frisch erlegtem Wild über der Schulter im Türrahmen stehen. Oder wenigstens mit einer Taube, der sie abwechselnd die Federn ausrupfen konnten.

Als Johanna mit gesenktem Blick, leeren Händen und spitzer Zunge wiederkam, schlug sich Tiina verärgert auf die Schenkel. Wie ihr Vater konnte Johanna nur schwerlich mit Misserfolgen umgehen. »Wo steckt eigentlich Mutter? Ist sie auf dem Dachboden?«, fragte Tiina. Im Keller sei keine einzige Kartoffel mehr, nicht mal ’ne verschimmelte!, stellte Tanja grimmig fest. Johanna riss die Augen auf und legte mit einer übertriebenen, dramatischen Bewegung das Gewehr mitten auf den Tisch. Die Schwestern ahnten, wie heftig es in Johannas Innerem gerade brodelte. Schwer atmend griff sie sich nun doch wieder das Gewehr, lud es, nahm die Haustür ins Visier und stiefelte hinaus. »Mein Gott!«, sagte Simone und ging ihr nach.

Tanja, Elga, Aune und Tiina blieben wie erstarrt am Küchentisch sitzen und horchten, fuhren zusammen, als sie den Schuss hörten. Er musste irgendwo entfernt auf dem Hof gefallen sein – zumindest nicht auf dem Dachboden. Johanna war hartherzig, ja, aber keine Muttermörderin. Tiina unterdrückte ein schmähliches Weinen, und als die Haustür wenig später wieder geöffnet wurde, saßen sie alle wie zu Skulpturen erstarrt da. Johanna und Simone kamen zurück in die Küche, Johanna hielt ein totes Eichhörnchen in der Hand. Sie klatschte den Kadaver auf die Spüle.

»Vater hat gesprochen.«

Tanja erhob sich wie eine fügsame Hausfrau.

»Ich kümmre mich darum.«

Simone war erleichtert, dass Johanna der Mutter gegenüber nicht gewalttätig geworden war. Als die anderen versuchten, die kleinen Fleischhappen zuzubereiten, ging Simone zögernd und ängstlich die Stiege zum Dachboden hinauf. Was sie wohl dort oben vorfinden würde? Ein widerlicher, süßlicher Gestank schlug ihr entgegen. Mutters Kammertür stand offen, sie sah hinein. Schmutzige Laken lagen zerknüllt auf einer gelblich verblichenen Matratze in der Ecke. Wo nur befand sich ihre Mutter? Hier jedenfalls nicht, wie Simone konstatierte, nachdem sie jeden Winkel inspiziert hatte. Nichts als Mäusekötel, tote Wespen und Fliegen.

Simone stieg die knarrenden Stufen wieder hinunter.

»Ist sie krank?«, fragte Johanna.

»Sie ist nicht da. Aber ich kenne ihre geheimen Rückzugsorte«, sagte Simone.

Die anderen tauschten verstohlene Blicke. Die Alte hatte also heimliche Schlupfwinkel?

»Irgendwann muss ja auch sie mal essen«, gab Elga zu bedenken.

Simone suchte weiter. Rief draußen nach ihrer Mutter. Im Stall. Ihr Blick fiel auf die Kühe, diese armen Viecher mit den prallen Eutern! Verdammte Schluder-Elga! Ob Mutter vielleicht zum Einkaufen in die Stadt gefahren war und vergessen hatte, ihnen Bescheid zu sagen? Aber das Quad stand noch da wie auch die rostigen Drahtesel. Vielleicht hatte Frau Niskanpää sie ja zum Supermarkt mitgenommen? Falls ihre Mutter Reißaus in den Wald genommen hätte, müssten sie sie suchen gehen. Simone sank im feuchten Moos auf die Knie und hielt sich den Bauch; sie brauchte erst einmal etwas zu essen, bevor sie weitersuchen konnte. Das Eichhörnchen war mittlerweile bestimmt durchgebraten. Ob es wie Hühnerschenkel schmeckte? Simone wurde der Mund wässrig; sie schluckte. Auf dem Rückweg dachte sie daran, wie Jesus übers Wasser gegangen war, und schob jeden Gedanken an Grillwurst beiseite.

Langsam, zögernd kosteten die Schwestern schließlich das Eichhörnchenfleisch. Es war ihr erstes Mal; zwar waren sie kaum zimperlich, aber dennoch gefasst auf den einen oder anderen Brechreiz hervorrufenden Beigeschmack. Vor ihrem inneren Auge sahen sie den rotbraun glänzenden Schwanz des Tieres vor sich. Wie es so voller Leben gewesen war, als es von Ast zu Ast gesprungen war, als gäbe es in den finnischen Wäldern Lianen. Die Schwestern kauten und kauten und konnten ihrem Vater wieder einmal recht geben – an dem Fleisch gab's nichts auszusetzen. Schade nur, dass man nicht auch den Schwanz zubereiten konnte. Und schade, dass das Tier eben nur ein *einziges* wohlschmeckendes Gehirn besaß.

»Morgen müssen wir los, einkaufen. Womit, weiß ich aber nicht«, stöhnte Johanna.

Wenn sie unter Druck stand, sprach sie mittlerweile unwirsch und formulierte undeutlich, stotterte jedoch nicht mehr – ihr

Stottern schien sich gelegt zu haben, seit sie das Kommando über die Familie übernommen hatte. Tiina ging zu ihr, verpasste ihr einen spielerischen Boxhieb.

»Komm, wir gehn zum Fluss und ringen ’ne Runde im Schlamm. Es hat die ganze Nacht geregnet. Ist vielleicht das letzte Mal in diesem Leben, dass wir ’n bisschen Spaß haben.«

Da rannten fünf Schwestern zum Fluss, der vielmehr einem Bachbett mit dunkelbraunem Wasser glich. Elga kam gleich darauf mit einer Schirmmütze auf dem Kopf hinterher, ihrer »Kampfrichterkappe«, wie sie sie nannte. Laura trug einen Eimer, den sie mit leicht zu knetendem, vom Regen durchweichten Ton füllen wollte, um sich damit in den Wald zurückzuziehen. Bald schon erschallte Geschrei über den Baumwipfeln, und die Hunde bellten froh und wälzten sich im Schlamm. Tiina nahm Anlauf und setzte zu einem hohen, wildkatzengeschmeidigen Weitsprung an. Sie landete auf dem Hintern und schlitterte unter den Anfeuerungsrufen und dem Kreischen der Schwestern mehrere Meter vorwärts durch den Schlamm. Dann stand sie auf, streckte triumphierend die Hände in die Luft und stieß ein himmelschreiendes Gebrüll aus. Sie riss sich die letzten zerschlissenen Klamotten vom Leib, fiel auf die Knie und fasste sich in den Schritt, rubbelte ihn immer heftiger, bis sie bebend zum Höhepunkt kam und laut aufschrie.

Ihre Schwestern lachten, klatschten in die Hände, feuerten sie an. Sie wussten nicht, das Niskanpääs John einige Hundert Meter entfernt mit seinem Fernglas im Gebüsch lag und sich, sein Glied ins Moos gebohrt, einen runterholte.

Als die Schatten länger wurden und die Sonne über dem mittlerweile abgeernteten Feld sank, tummelten sich die Schwestern immer noch am Flussufer. Die Mädchen hatten gar nicht gemerkt, dass schon drei Stunden vergangen waren. Fünf von Erde, Schlamm und Wasser glitschige Leiber, die ein imposantes

Bild abgaben, halbnackt, wie sie waren. Ihre Brüste und Schenkel waren rot gesprenkelt, hatten sie doch – ohne es im Eifer des Gefechts zu merken –, Mücken und Kriebelmücken feurig-frisches Blut serviert. Elga reichte den Teilnehmerinnen des Wettstreits Porter, und sie tranken gierig, während Elga ihnen das Ergebnis verkündete. Tiina hüpfte johlend umher und vollführte ein paar Saltos, während Johanna sie grimmig mit verschränkten Armen anstarrte. Wieder einmal war sie nach einer Niederlage auf Krawall gebürstet.

Laura schlich sich davon, fort von dem Geschrei, zog sich die Kapuze der Jacke über den Kopf, als sie weiter in den Wald hineinging. Die Hunde begleiteten sie, kreuz und quer umherspringend, und so erreichten sie das Moor. Es begann, dunkel zu werden. Tiere raschelten in den Bäumen und im Unterholz, das Geräusch schenkte Laura Geborgenheit. Sie sog die frische Luft ein, nach der es sie sogar stärker verlangte als nach Wurstbroten und Bier. Die Hunde hielten inne und nahmen Witterung auf, die Nasen dicht über dem Boden folgten sie einander flink, erschnüffelten sich eine deutliche Spur. Laura erstarrte. Witterten sie etwa einen Bären? Sie blieb stehen, beobachtete genauestens die Hunde. Einem Bären allein ohne Waffen gegenüberzustehen, damit würde sie klarkommen, aber durch die Hunde könnte sie in Gefahr geraten. Wenn Killi und Kiiski einen Bären aufspürten und ihn verfolgten, konnten sie ihn so erschrecken, dass er angreifen würde. Die Hunde liefen über das Moor davon. Einige Hundert Meter voraus hörte sie sie zweimal bellen. Laura spähte umher. Verschwommene Kiefern, unscharfe Wiesen. Sie wollte jetzt nicht an ihre schlechten Augen denken, sie musste wirklich bald zu einem Optiker! Nahrung, Kippen und Benzin konnte man stibitzen, aber keine Augenuntersuchung. Wenn ihr Sehvermögen sich nur nicht verschlechterte – dann wäre sie verloren. Ihre Tonfiguren verlangten gute Sehschärfe, und die hatte sie auch, wenn ihr alles dicht vor Augen stand. Im Wald dagegen floss alles ineinander, wie die sich gelb färbenden, flatternden Espenblätter vor ihr.

Die Hunde hatten bestimmt einen Biber oder ein Eichhörnchen gerochen, sie bemerkte jedenfalls nichts, was ihnen sonst Anlass zum Bellen gegeben haben könnte. Sie rief nach ihnen, aber die Tiere blieben winselnd und kläffend im Moor, ein ganzes Stück entfernt. Instinktiv wollte sie kehrtmachen, wollte um ihr Leben rennen und die Hunde allein nach Hause finden lassen. Hoffentlich waren sie nicht eingesunken und saßen jetzt fest. Nun bellten sie noch eifriger und jaulten laut. Sie ging weiter, und als sie Killi und Kiiski fast erreicht hatte, sah sie die beiden an einem Baumstamm lecken. Ein paar Schritte weiter entdeckte sie Stiefel – die abgelaufenen Stiefel ihrer Mutter. Daneben einen umgekippten Eimer mit Preiselbeeren. Laura stampfte vorwärts zu dem reglos daliegenden Körper. War sie eingeschlafen? In Ohnmacht gefallen? Mutters Wange fühlte sich kalt an. Wann hatte sie ihrer Mutter eigentlich zuletzt die Wange gestreichelt? Hatte ihre Mutter das zugelassen, als Laura noch klein gewesen war? Laura konnte sich nur daran erinnern, dass ihre Schwestern sich um sie gekümmert hatten, wenn sie auf dem Hof herumgewackelt war.

Ihre früheste Erinnerung stammte aus der Zeit, als sie drei Jahre alt gewesen war. Damals hatte Tiina sie in einen Vogelbeerbaum gehoben und ihr beigebracht, auf einem Ast zu sitzen. Tiina war in die Esche neben ihr geklettert und hatte gerufen: *Winke, winke!* Laura winkte, schwankte, verlor das Gleichgewicht, fiel vom Baum. Der Aufprall presste ihr die Luft aus den Lungen, und sie wurde ohnmächtig, aber da sie in einen Laubhaufen fiel, blieben ihr ernste Verletzungen erspart.

Wie zum Ausgleich für ihre schlechte Sehkraft verfügte sie immerhin über ein ausgezeichnetes Gehör. Sie konnte von Weitem hören, was gesprochen wurde, konnte hören, wie ihre Mutter immer wieder zu ihrem Vater sagte: *Laura steckt in ihrem eigenen Kopf fest. Den Schaden hat sie von dem Sturz.*

Jetzt sank Laura neben dem Körper der Mutter zusammen, während die Hunde ihr Frauchen, das ihre Fressnäpfe zuletzt nicht mehr aufgefüllt hatte, winselnd anstupsten und knufften. Laura und die Hunde teilten sich die Preiselbeeren, obwohl Killi und Kiiski Blaubeeren vorzogen; waren sie jedoch richtig ausgehungert, brachten sie selbst Preiselbeeren hinunter. Es wurde dunkel, und Erinnerungen stiegen in Laura auf. Wie sie auf Klein Elga aufpasste, weil Mutter sie ablehnte – das hatte Laura bemerkt, sie war sich sicher, dass ihre Mutter dem Nesthäkchen gegenüber am gleichgültigsten gewesen war. Sie war überhaupt eine Mutter gewesen, die Distanz zu ihren Kindern hielt, als wären sie trotz ihrer Stärke von einer Schwäche befallen, mit der sie nicht umgehen konnte.

Lauras Gesäß war pitschnass; ein letztes Mal zerrte sie an ihrer Mutter, schlug ihr auf die Wangen und knuffte gegen ihre Brust, doch es gab keinen Zweifel: Das Leben war aus ihr herausgeronnen. Sie war mausetot. Die Hunde sausten nervös umher und winselten. *Killi und Kiiski, lauft heim und holt die Schwestern! Holt Johanna, Tanja, Aune, Simone, Tiina und Elga!*

So konnten sie die Mutter heute Nacht nicht liegen lassen, sie würde aufgefressen werden. Die Hunde stoben davon und gaben ihr Äußerstes, die Botschaft zu überbringen.

Sieben Schwestern saßen die ganze Nacht neben der Küchenbank, auf die sie den Leichnam der Mutter gebettet hatten. Simone murmelte mit verschränkten Händen ein Gebet. Sie ging hinaus, nahm, ohne zu fragen, das Quad, fuhr zur Kirchengemeinde und klopfte an die Tür des Pfarrhofs. *So was Unnötiges!*, fauchte Tiina Simone ins Ohr, als der Pastor einige Stunden später zu ihnen nach Hause kam und für die Mutter Gottes Wort las. Die Hunde kläfften in der Diele und schlugen so heftig mit dem Schwanz, dass Laura sie in ihre Hundehütte sperrte, wo sie ihnen jeweils einen Eichhörnchenknochen gab, damit sie während des Abschiednehmens Ruhe bewahrten. Zu dem Gottesgerede des Pastors zurückzukehren hatte sie keinerlei Lust. Sie lechzte nach Kaffee, und ihr fiel ein, dass sie noch nicht einmal mehr Sauerteigknäcke dahatten, das sie ihm hätten anbieten können. Salzgurken allein stellten einen Pastor nach Beendigung seiner Tätigkeit am Totenbett wohl kaum zufrieden.

Der Pastor versuchte vergebens die Hände der Toten zu falten. Sie fielen immer wieder in ihre natürliche Lage neben dem Körper zurück. Er rührte sich nicht, sah sich nur um: musterte das schmutzige Geschirr, das sich auf der Spüle und dem Küchentisch türmte, den mit Erde, Nadeln und Kies verschmutzten Eimer mitten im Raum, den abgenagten Hundeknochen in der einen Ecke. Die Schnapsflaschen und Kanister mit einem aufgemalten Totenkopf in der anderen. Der Pastor versuchte die Luft anzuhalten, so schrecklich war der Gestank. Er öffnete kaum seinen Mund, als er sagte: »Ich habe eine Tüte Himbeerkekse mitgebracht. Habt ihr Kaffee da?«

»Nein … aber polnischen Fruchtschnaps«, erwiderte Johanna.

Die Mädchen starrten gierig auf die Plätzchentüte.

»Ja, danke, das passt gewiss gut zusammen«, sagte der Pastor.

Er nahm Platz, gab jeder einen Keks und sah mit kummervollem Herzen zu, wie sie sie verschlangen. Der Gottesmann hatte noch nie jemanden so schnell essen gesehen wie diese elternlosen rothaarigen Mädchen mit ihren dreckigen, zerkratzten Gesichtern. Wie ein nach Leckerbissen gierender Hund leckte eines der Mädel die Krümel vom Tisch. Sie reichte eine Tüte Tabak herum.

Sieben von Hand gedrehte Zigaretten verbreiteten einen angenehmen Geruch, den die geplagten Geruchsorgane des Pfarrers erfreuten. Er schluckte. Hmm, welche Versuchung ... Doch dann überfiel ihn Besorgnis. Hier war es zu Misshandlungen gekommen, dachte er. Die Mädchen, deren Arme mit blauen Flecken übersät waren und in fleckigen Lumpen vor ihm saßen, mussten gerettet werden. Das Mädel mit dem größten Bizeps brach das Schweigen.

»Raten Sie mal: Was ist braun, wächst unter der Erde und stinkt? Na?«, fragte Tiina.

»Hm, das ist schwer ...«, erwiderte der Pfarrer.

»Sie erraten es nicht! Eine Furzel!«

Tiina lachte wiehernd und war enttäuscht, als die anderen nicht mitlachten.

Der Pastor sah sie offen an, ratlos, was er sagen sollte. Er wollte sich nach ihren blauen Flecken und ihrem Hunger erkundigen, befürchtete aber, sie dadurch in Verlegenheit zu bringen. Stattdessen griff er zu einer Notlösung.

»Wo geht ihr zur Schule? Ihr, die Jüngsten?«

Er hatte im Lauf der Jahre gelernt, immer nur offene Fragen zu stellen, auch wenn er die Antworten schon kannte.

Sieben Augenpaare sahen ihn an. Sieben Münder blieben geschlossen. Da stand er auf und bedankte sich. Johanna begleitete ihn hinaus, und er schlug vor, sich noch einmal auf dem Pfarrhof zu besprechen. Wenn er das hier nicht geregelt bekäme, würde die Verstorbene nicht eingesargt werden. Die Mädchen besaßen keinen Pfennig für ein Begräbnis, geschweige denn die sich üblicherweise anschließende Kaffeetafel. Johanna nickte und bestätigte, dass sie am folgenden Montag zu ihm kommen würde. Der Pastor verabschiedete sich, und als die Schwestern seinen Automotor hörten, stellte Johanna eine Flasche Branntwein vor sie hin. Es war die letzte.

»Wir brauchen jetzt starke Nerven. Dieser polnische Scheiß taugt nicht für Feinschmecker. Trinkt andächtig. Bald sitzen wir auf dem Trockenen.«

Simone schlug vor, ein Kirchenlied zu singen, und wurde ausgebuht. Stattdessen erzählte Laura von Lemminkäinens Mutter. Keine der anderen hielt diese Geschichte jetzt für passend, und sie waren es leid, von dieser aufopferungsvollen Mutter und ihrem ach so tollen Sohn zu hören. Simones Blick irrte umher. Beunruhigt sah sie Johanna an.

»Hast du wirklich gesagt, das ist der letzte Rest? Du musst gleich morgen Kartoffeln und Hefe kaufen.«

»Wir müssen hier jeden Winkel nach Dingen durchforsten, die verkäuflich sind«, sagte Tanja.

»Wir brauchen Kaffee und Benzin«, meinte Tiina.

»Vaters Elchstutzen ist das einzig Wertvolle«, bemerkte Aune.

Johanna ließ ein Knurren hören.

»Kommt nicht infrage! Er versorgt uns mit Nahrung.«

Doch Aune gab nicht nach, ließ trotz Johannas harschem Blick nicht locker.

»Wir können ihn auf der nächsten Auktion verkaufen. Die Meisterbüchse des legendären Bärenjägers! Die Leute kaufen alles von Berühmtheiten. Selbst seine Unterhosen könnten wir zu Geld machen.«

»Die trage ich inzwischen«, sagte Johanna verletzt. »Wenn man in der Jagdhütte übernachtet, halten sie einen so schön warm.«

»Na, dann macht doch bessre Vorschläge«, sagte Aune kühl und wünschte sich insgeheim, ihre Familie bestünde nur aus Laura, Elga und ihr.

Schweigend saßen sie da. Auf dem Hof gackerten die Hühner. Tanjas Finger trommelten auf dem Tisch. Simone schloss die Augen. In diesem Moment sprang Tiina brüllend auf und knallte die Faust so hart gegen die Wand, dass das Blut von den Fingerknöcheln spritzte.

»Möchtet ihr jemanden zur Beerdigung einladen?«

Amüsiert sah der Pastor zu, wie Johanna die Wurstbrote und Schachbrettkekse – die letzten aus der gut gefüllten Plätzchenschale – verschlang. Johanna widerstand dem Impuls, die Krümel von der Tischplatte zu lecken; ein paar Manieren hatte sie immerhin. Die Haushälterin des Pastors schenkte Kaffee nach, erst ihm, dann Johanna. Johanna goss die Tasse bis zum Rand mit Sahne auf. Hielt sie so gerade wie möglich, verschüttete aber trotzdem etwas vom Kaffee auf ihre Bluse.

Diskret reichte ihr der Pfarrer eine weitere Serviette.

»Unser Onkel liegt im Sterben, also wird wohl nur die Nachbarin zur Beerdigung kommen, aber sie ist nicht gut auf uns zu sprechen.«

»Weshalb?«

»Wir haben sie manchmal aus der Not heraus bestohlen. Eier und so.«

»Könnt ihr sie nicht um Vergebung bitten?«

Johanna schwieg und gab Schmatzgeräusche von sich, während sie nachdachte.

»Die kleine Kapelle neben der Kirche würde sich für den letzten Abschied von eurer Mutter eignen«, sagte der Pastor. »In der großen Kirche wäre man zu verloren.«

»Es gibt da ein Problem«, erwiderte Johanna.

Der Pfarrer sah ihr in die Augen, nickte und wartete darauf, dass sie weitersprach.

»Sie will … im Wald beim Moor liegen. Sie hatte dort einen eigenen Trostbaum.«

»Ihr müsst eure Mutter in geweihter Erde bestatten. So ist das einfach. Sonst finden die Toten und ihre Angehörigen keine Ruhe.«

Er sah Johanna an. Wartete vergebens auf eine Reaktion.

»Die kleine Kapelle, nächsten Sonntag um elf. Ihr werdet zu siebt, vielleicht auch zu acht sein. Das sind mehr Trauernde als … Stell dir vor, wie leer es in der Kirche ist, wenn eine arme kinderlose Bauernwitwe begraben wird. Dann nehmen nur der Kantor und ich teil. Kinder sind ein Reichtum, *ihr* seid ein Reichtum.«

Skeptisch nickte Johanna, blickte aus dem großen, sauber geputzten Fenster, betrachtete die Rosenbüsche in den Rabatten und die Blätter der Birken, die sich bereits gelb färbten. Um einen Kaffeefleck auf der weißen Bluse wegzureiben, die ihrer Mutter gehört hatte, tauchte sie die Hand in das kristallene Wasserglas. Der Gottesmann versuchte milde und väterlich zu klingen, als er sagte: »Du bist im arbeitsfähigen Alter, aber deine jüngsten Geschwister müssen zur Schule gehen. Das steht im Gesetz, das wisst ihr.«

Johanna sah auf und dem Pastor in die Augen. Seine sanfte Stimme nervte sie.

»Mein Vater hatte größere Pläne für uns.«

Ihr herausfordernder Blick bewegte den Pfarrer dazu, auf sein Mandelplätzchen hinabzusehen. Er räusperte sich: »Ihr wollt doch gewiss nicht zu den Strolchen gezählt werden?«

Johanna musterte den gepflegten Vollbart des Pfarrers, in dem jetzt Kekskrümel hingen.

Dann verzog sie ihren großen Mund zu einem breiten Lächeln. Der Fleck auf der Bluse war verschwunden.

Sie waren in der Küche versammelt; keine von ihnen kam auf die Idee, die Nachbarin einzuladen – oder vielmehr konnten sie sich nicht dazu aufraffen, vorher sauber zu machen, damit das ging. Nervös rauchten sie; Elga hustete, umgeben von Rauchschwaden, was sofort mit einem strengen Blick der Schwestern quittiert wurde, sie solle sich gefälligst zusammenreißen! Der Ernst des Augenblicks war eingekehrt. Ihnen allen war mittlerweile bewusst geworden, wie viel ihre Mutter doch geleistet hatte, während sie sich ihren Vergnügungen hingegeben hatten, schwimmen gegangen waren, sich im Armdrücken gemessen hatten und mit getunten Motoren umhergebraust waren. Nun waren sie selbst für ihr Überleben verantwortlich. Und innerlich riefen sie alle gleichzeitig um Hilfe.

Die Worte ihres Vaters hallten in Johannas Kopf wider: *Traut niemals den zwei P – dem Pastor und der Polizei*, so hörte sie ihn seinen Töchtern ins Gewissen reden, wie er da so auf einem Baumstumpf saß. *Wer denkt, die wollten einem was Gutes, der ist nicht ganz gescheit. Das wollen die nie, die haben immer Hintergedanken. Vergesst das nicht, meine kleinen Füchse.* Das Regelwerk ihres Vaters war Johanna allgegenwärtig, sie vergaß es nie. Almosen aus der Armenkasse der Kirchengemeinde anzunehmen lehnte sie ab. Und sie erweiterte die Regeln um zwei S: die Steuerbehörde und das Sozialamt. Aber dass es ein ernst zu nehmendes G gab, den Gerichtsvollzieher nämlich, das hatte ihr Vater nicht erwähnt.

Johanna konnte deutlich die Zukunft vor sich sehen. Sehr deutlich. Sie sah Fallgruben, aber auch gangbare Wege.

»Wir haben zwei Möglichkeiten, uns als Elternlose im Leben zurechtzufinden: Entweder wir bleiben hier wohnen und richten den Hof wieder so her, dass er sich bewirtschaften lässt.

Oder wir ziehn in den Wald«, teilte sie ihren Schwestern mit. »Wir können draußen in der Wildnishütte leben.«

Als Johanna ihnen mit aller Deutlichkeit vermittelte, dass sie an einem Scheideweg standen, begann es im Raum zu brodeln, und der Zigarettenqualm verdichtete sich noch. Tiina suchte die letzten Tropfen aus vermeintlich leeren Flaschen und Kanistern zusammen. Erhitzt diskutierten sie.

»Lasst uns unsren Verstand zusammennehmen und unser Wissen bündeln. Hier haben wir immerhin ein Dach überm Kopf, Öfen und solide Wände, sodass wir die Winter überstehn«, argumentierte Aune.

»Wir haben den Schornsteinfeger aber schon ein paar Jahre nicht reingelassen und Feuerverbot. Würde jemand im Ofenrohr herumstochern, wär die ganze Küche voller Ruß. Die Brandgefahr ist riesig«, sagte Tanja.

»Äh, wir sind aber doch zu siebt. Das wären zwei ganze Feuerwehrzüge«, wandte Tiina ein.

»Ohne Ausrüstung. Oder willst du vielleicht ins Feuer pissen?«, ätzte Elga.

Johanna ließ die Faust auf den Tisch hinabsausen. Das Geschwätz verstummte.

»Apropos Verstand, ich ernenne mich hiermit zum Boss dieses Unternehmens. Ich bin hier die Anführerin, die Vorsitzende und das Oberhaupt. Außerdem erkläre ich mich zuständig für wichtige Dinge wie Schusswaffen, Munition, Fallen und Messer.«

»Auf dem Dachboden regnet's rein«, sagte Tanja, die sich als Johannas rechte Hand betrachtete. »Wer kann das Dach neu decken? Für neue Ziegel und Teerpappe sorgen? Du, Elga, bist doch handwerklich ganz geschickt, und du, Laura, weißt mit Messern umzugehen.«

»Ich spar mir meine Kraft lieber für wichtigere Dinge auf«, entgegnete Elga überheblich.

Johanna warf ihrer jüngsten Schwester einen verhassten Blick zu.

»Gib bloß acht, du Rattengezücht! Ich spar mir meine Kraft auch auf – für den Rohrstock.«

»Ich bin die Spirituosenchefin. Kümmre mich um den Zucker, die Hefe und den Hopfen. Um die ganze Brennerei und Brauerei«, sagte Tiina.

»Dafür braucht es eine, die besser dafür geeignet ist«, ließ Johanna sie abblitzen.

»Du spinnst doch, was soll das denn!«

»Eine, die das Zeug nicht nur in sich hineinkippt.«

»Wer von uns tut das bitte schön nicht?!«

»Ich habe 'nen Vorschlag …«, setzte Tanja an, wurde aber unterbrochen.

»Wir wetteifern miteinander. Wer die meisten Biere kippt, wird Braumeisterin«, schlug Elga plötzlich ganz konstruktiv vor.

»Gute Idee«, stimmte Johanna zu. »Aber zuerst müssen wir etwas verkaufen, damit wir Geld für Lebensmittel haben. Die Kühe und die Hunde sind unser Vermögen. Killi und Kiiski taugen aber nicht mehr für die Jagd.«

»Wer will schon diese Gerippe kaufen, die sich Kühe schimpfen?«, sagte Elga.

Laura protestierte.

»Ich kümmre mich um sie. Sie sind alt. Viel bekommen wir nicht für sie.«

»Okay, die Kühe kannste umsonst haben«, sagte Johanna. »Sorg du für diese hungernden Kreaturen.«

»Können wir uns überhaupt so viel Futter leisten, dass sie wieder auf die Beine kommen?«, fragte Aune. »Die armen Viecher sind kurz vorm Krepieren.«

Nachdem das Wort »Krepieren« gefallen war, wurde es still am Tisch. Tiina stand auf und tigerte durch die Küche. Tanja, der schon länger etwas auf der Zunge lag, konnte jetzt endlich auch etwas sagen: »Wir haben da ja noch Frau Niskanpää. Natürlich, wir wolln nichts mit der zu tun haben, aber bei 'ner richtigen Krise könnte sie ganz nützlich sein. Solln wir sie um Rat fragen?«

Simone faltete die Hände. Schloss die Augen.

»Gott sagt uns, was getan werden muss.«

»Dann kannst du ja die Hausfrau sein. Dein Gott hilft dir schließlich«, sagte Aune.

»Hausfrau?!«

Simone sah mit gerunzelter Stirn auf.

»Na, dann eben Köchin. Jemand muss ja das Essen ranschaffen.«

Elga verzog das Gesicht zu einer Grimasse.

»Ich will nichts essen, das eine von uns zubereitet hat. Kennen wir nicht irgendein hübsches Mädel für diesen Job?«

»Lasst uns noch mal drüber nachdenken«, sagte Johanna. Dann hob sie einen Finger. »Ich hab 'ne Idee. Ich weiß, was wir verscherbeln können – Mutters Ehering.«

»Den hat Vati doch aus 'nem Kaugummiautomaten gezogen«, erwiderte Tanja darauf.

Tiina, die ihr Herumtigern beendet hatte, ließ sich so hart auf den Küchenstuhl plumpsen, dass eine Strebe am Stuhlrücken brach. Sie fuhr sich durch ihr langes, zottiges Haar. Man sah ihr an, dass sie nachdachte. Dann trommelte sie auf der Tischkante herum.

»Zuerst fahrn wir in die Stadt und kaufen uns Pizza für unser letztes Geld«, sagte sie. »Haben wir etwas im Bauch, können wir arbeiten.«

»Wenn wir uns ins Zeug legen, können wir vielleicht 'ne Köchin bezirzen, zu uns zu ziehen«, schlug Johanna vor.

Elga sah Johanna an.

»Du als Älteste bist doch ein Halbjahr zur Schule gegangen, bevor alles endgültig den Bach runterging, oder?«, sagte sie, ausnahmsweise einmal in freundlichem Ton. »Gab's da keine, an der du Gefallen fandst? Gibt's überhaupt irgendeine nette Frau in diesem Kaff?«

Johanna überlegte. Lächelte dann verlegen.

»Doch ... eine wüsst ich. Lygia.«

»Wann hast du sie zuletzt gesehn?«, wollte Elga wissen.

Johanna dachte nach, während sie sich eine weitere Zigarette anzündete.

»An einem Abend im August, drei Jahre her vielleicht. Die Sonne schien schwach, die Schatten waren lang, und im Wald hat es nach Zimt und Moschus gerochen ... Vati und ich verfolgten am See eine Bärenspur, als wir ein Plätschern und Jauchzen hörten. Zuerst dachten wir, es sei ein Elch, aber es war Lygia. Ich habe sie an ihrem dunklen Haar erkannt. Sie badete splitternackt.«

»Wie konntest du dir da so sicher sein?«, konterte Elga.

»Sie kam ans Ufer und trocknete sich ab. Das Abendlicht war hell, da hab ich ihre Statur erkannt, wie sie geschaffen war. Ihr hättet ihr rußschwarz wucherndes Schamhaar zwischen ihren Schenkeln sehen sollen. Der reinste Trollwald!«

»Ich hab sie auch mal gesehen, wenn auch mit Badeanzug. Beim Triathlon«, warf Aune dazwischen.

Johanna verweilte mit geröteten Wangen in ihrer Erinnerung.

»Ich hab sie mehrmals am See gesehn. Sie hat immer allein gebadet. Immer abends zur selben Zeit.«

»Selbst ich ...«, begann Tanja, doch Elga kam ihr zuvor.

»Weißt du, wo sie wohnt?«

»Ich hab mich beim Pastor danach erkundigt. Sie ist noch nicht verheiratet. Wohnt am Marktplatz, arbeitet im Kindergarten.«

Elga zuckte mit den Schultern.

»Aber dann hat sie ja schon ’ne Arbeit?«

Doch Johanna wollte die Hoffnung noch nicht aufgeben.

»Es sei denn, sie wohnt lieber mit uns auf einem Bauernhof mit wogenden Roggenfeldern, Vogelbeerbäumen und blühenden Zichorien. Wer weiß. Man kann in die Menschen nicht reingucken, vor allem nicht in Städter.«

»Die Städter haben abgestumpfte Geruchsorgane«, sagte Aune.

»Jungs, die in der Stadt aufwachsen, bekommen verkümmerte Hoden. Mit Krüppelsperma!«, meinte Tiina.

»In der Stadt bringt niemand sieben Kinder zur Welt«, glaubte Elga.

»In der Stadt sterben die Kinder noch im Mutterleib«, behauptete Tiina.

Johanna stand auf, klatschte in die Hände und verlangte Aufmerksamkeit: »Wir fahren zum Einkaufen in die Stadt und halten Ausschau nach Lygia, wenn sie Feierabend macht.«

Tanja, die Nummer zwei nach Johanna, stand ebenfalls auf: »Haben wir Seife? Und was Sauberes anzuziehen? Wir gehen zum Bach und waschen uns.«

Und das taten sie. Unterwegs spielten sie Fangen. Brüllten, boxten, stellten sich Beine. Tanja lief gedankenverloren direkt hinter den Schreihälsen her, Laura bummelte als Letzte hinterdrein. Tanja atmete heftig, eine gewaltige Wut auf die Schwestern staute sich in ihr. *Selbstgefällig sind sie*, brummte sie vor sich hin, *richtige Schaumschläger, doch das kapieren die nicht. Unfähig und aufgeblasen*. Was wäre, wenn sie, Tanja, genauso wäre wie sie, genauso großtuerisch? Gedanken surrten in ihrem Kopf: *Ich habe die Geduld eines Ochsen, das ist meine größte Stärke.*

Sie sah sich selbst, alt und plump auf dem Hof umhertrottend – wie damals ihren Vater, *ach, der geliebte Vater*. Ihr kam die Erinnerung, wie Aune und sie auf seinen weichen Knien gesessen hatten. *Er hat mich auf eine ganz eigene Art an sich gedrückt. Er hat mich wahrgenommen: Tanja, das Trollmädchen. Hat Aune das auch gespürt?*

Tanjas Blick heftete sich auf Aunes sehnigen Rücken, als sie mit ausgreifenden Schritten zum Bach ging. Sie sah die Schwester als kleines Mädchen vor sich, altklug und schwach, während sie, ihr Zwilling Tanja, immer trotziger und stärker wurde. Ganz so, als wäre ihr als Kind die doppelte Portion Eier und Bärenfleisch zugeteilt worden. Tanja hielt sich immer mehr an ihre große Schwester Johanna, sie beide zogen gleich. Unter Johannas Schutz gewann Tanja mehr und mehr an Kraft, während nur ein kleiner Schubs reichte, um Aune umzustoßen.

Erstaunlich, dass so ein kurzer Gang zum Bach einen die gesamte Kindheit und auch gegenwärtige Kränkungen rekapitulieren lassen konnte! Tanja versuchte nicht länger daran zu denken, wie enttäuscht sie von Johanna war.

Sie glaubt, sie würde uns anführen, dabei bin ich es, die das tut. Und Tiina bildet sich ein, sie verstünde sich auf Motoren, dabei bin ich die Einzige, die die Reifen des Quads aufpumpt, die Kette der Motorsäge austauscht und Öl nachfüllt, wenn sie danach lechzt. Wäre ich nicht da, wären alle Maschinen und Küchengeräte längst kaputt bei diesen unfähigen Trullas. Dabei bricht sowieso schon alles um uns herum immer mehr zusammen.

Nagende Unruhe hatte sie gepackt. Was sollten sie mit Simone anfangen, die behauptete, Stimmen zu hören, obwohl Totenstille herrschte? Wie konnte sie, Tanja, mit Aune aus derselben Fruchtblase hervorgegangen sein, die nichts tat, als Sagen und Märchen zu erzählen, und alle praktischen Dinge den anderen überließ? Tanja war sauer. Würde man Aune beordern, die Ortgangbretter am Haus instand zu setzen, wäre das der reinste Totschlag. Sie hatte außerdem bemerkt, dass ihre Zwillingsschwester mittlerweile immer mehr Veikko nacheiferte, ihre

Sprache in schöne Worte kleidete und seinen Tonfall nachahmte.

Sie würde sich gewiss ihr ganzes Leben nach einem Quäntchen Dankbarkeit sehnen müssen. Keine hatte sich bedankt, als sie damals die Toilettenrohre gereinigt und eine Überschwemmung gestoppt hatte. Männerarbeit. Aber das Schlimmste von allem: *Ich leiste noch dazu Frauenarbeit.*

Jetzt rief Johanna vom Bach nach ihr.

»Komm schon, Tanja. Schrubb mir den Rücken!«

Nachdem sie den Leichnam ihrer Mutter in den Erdkeller gebracht hatten, wurden sie von Hunger gepackt. Im Lauf des Tages hatten sie Leergut zusammengesucht und so viel gefunden, dass es nun locker für Pizza und Bier reichte. Die meisten Menschen hatten offenbar dicke Geldbörsen. Sie machten sich nicht einmal mehr die Mühe, Dosenpfand zu kassieren. Lygia hatten sie in der Stadt nirgends gesehen, jedenfalls nicht vor dem Kindergarten. Vielleicht war sie krank, oder aber sie hatte frei. Abends saßen sieben bedrückte Schwestern daheim, aßen erkaltete Pizza und tranken Porter.

Sie rülpsten, rauchten und gerieten sich in die Haare. Als Elga erwähnte, dass sie die Kunst des Lesens lernen wolle, sodass sie ihre Geschwister darin unterweisen könne, regte Johanna sich tierisch auf und bezeichnete Elga wie üblich als aufsässig. Erneut lag sie den anderen damit in den Ohren, was Vater ihnen eingeimpft hatte: dass gebildete Menschen keine andere Absicht kannten, als andere wie die Sklaven schuften zu lassen.

»Kapierst du denn nicht, dass wir uns von Lehrern, Polizisten, Sozialklempnern und am besten auch von Pastoren fernhalten müssen, Elga? Sie haben es nur darauf abgesehen, uns zu entzweien. Auch der Kantor. Du bist ihm übrigens verdammt ähnlich. Woran das wohl liegt?«

Daraufhin stürzte sich Elga auf Johanna und biss sie außer sich vor Raserei in den Arm. Johanna wiederum boxte die jüngste Schwester so kräftig in den Magen, dass sie rückwärtsflog. Elga sprang wieder auf und attackierte die Boxerin geradezu tollwütig. Schließlich mussten fünf Schwestern Johanna und Elga voneinander trennen, die auf dem Boden so heftig miteinander rangen, dass die Haarbüschel nur so flogen. Johanna hörte auf, um sich zu schlagen, und beruhigte sich wieder, straffte den Rücken, setzte eine strenge Miene auf.

Später an diesem Abend legte Johanna demonstrativ die Ochsenpeitsche neben das Gewehr des Vaters auf den Tisch. Es war Aune, die die befreienden Worte aussprach: »Wir landen noch im Kittchen, wenn wir nicht der Schulpflicht gehorchen. Denkt mal drüber nach, ihr Waldverrückten.«

Früh am nächsten Morgen stand Elga leise auf und zog sich an, schlich hinaus, atmete die frische, feuchte Luft ein und fuhr dann mit dem Quad in die Stadt. Es war lange her, dass sie es selbst gefahren hatte, selbst den angenehmen Windzug im Gesicht gespürt, den Nadelduft gerochen hatte, der sie freier atmen ließ. Endlich mal allein unterwegs! Sie nahm schmale, holprige Wege, wo der Staub nur so aufstob und Kies gegen ihre Waden spritzte; sie wollte sichergehen, dass nicht irgendein Frühaufsteher bei der Polizei sie an den Straßenrand winkte. Keine der Schwestern besaß einen Führerschein. Was sollen wir damit?, hatte Vater nur gesagt. Fahrstunden zu nehmen ist doch albern, die wollen den einfachen Leuten nur das Geld aus der Tasche ziehen.

Die Schule lag wie ein roter Palast aus Ziegelsteinen unmittelbar vor der Innenstadt. Elga bog auf den Parkplatz und stellte das Quad neben einigen brandneuen Automodellen ab, die, wie sie fand, nüchtern und hässlich aussahen. Warum die Autos in der Stadt bloß alle weiß waren? Ihr Blick fiel auf ihre zerlumpten, fleckigen Turnschuhe.

Die kreischenden Schulkinder auf dem Schulhof lärmten schlimmer als ihre Schwestern und sie bei ihren Ringkämpfen. Elga blieb auf der Eingangstreppe stehen und ließ ihren Blick über den Schulhof schweifen; registrierte Thermojacken in Rot, Weiß, Blau. Warme Stiefel mit dicken Sohlen und robuste Turnschuhe mit hohem Schaft. Sie drehte sich um und betrat die Schule. Abgestandene Luft schlug ihr entgegen, der Geruch von Linoleum und von altem Papier – Sinneseindrücke, die ihr neu waren. Aber dann schnupperte sie: In der Eingangshalle standen zwei Frauen, die Pappbecher in den Händen hielten. Der Kaffeeduft machte Elga den Mund ganz wässrig. Sie ging zu den Frauen hinüber.

»Hallo. Ich suche die Lehrerin.«

Die Frauen – eine war Lehrerin, eine Hilfskraft – musterten Elga und bemühten sich, nicht sogleich zurückzuzucken. Schon lange hatten sie kein Mädchen mehr mit derart zerschlissener Kleidung gesehen. Derart verfilztem Haar. Und solchen blauen Flecken auf der Stirn.

»Zu wem möchtest du?«, fragte die Hilfskraft.

Elgas Blick wurde angezogen von dem Haar der Frau. Es war hellrosa. Sie schluckte und gab sich einen Ruck.

»Ich möchte hier zur Schule gehen.«

»Komm mit«, sagte die Rosahaarige und ging eine Treppe hinauf. Elga folgte ihr. Sah einen langen Flur, viele Türen mit Namensschildern. Ein Schlüsselbund klirrte in der Kostümjacke der Mitarbeiterin. Elga versuchte den Namen an der Tür zu lesen, konnte ihn aber nicht aussprechen.

»Komm rein«, sagte die Rosahaarige. »Ich heiße Inkeri.«

»Elga.«

»Ein schöner Name. Meine Tochter heißt auch so.«

Inkeri deutete auf einen Stuhl vor dem Schreibtisch. »Bitte sehr.« Sie setzte sich hinter ihren Computer und hämmerte auf die Tastatur ein. Elga ließ ihren Blick über die bunten Ordner im Bücherregal wandern. Bücher sah sie keine. Inkeri blickte auf.

»Wie heißt du mit Nachnamen?«

»Leskinen.«

Inkeri zuckte nicht zusammen, eine sonst übliche Reaktion, wenn der Name fiel. Tastaturgeklapper. »Es dauert immer etwas«, sagte Inkeri hinter dem Bildschirm.

Sie brauchte eine halbe Stunde, um sich mit Elgas Lebenssituation und ihren Familienverhältnissen vertraut zu machen. Ihr Name ergab nämlich keinen Treffer, stattdessen notierte Inkeri Elgas eigene Erklärung: dass sie nie eine Schule besucht habe, da ihre Eltern der Ansicht gewesen seien, dass ihre Kinder gut ohne sie auskämen. Inkeri dachte einen Augenblick nach, dann stand sie auf.

»Ich muss das mit der Rektorin besprechen. Kannst du warten? Möchtest du vielleicht solange eine Tasse Kaffee?«

Mit schnellen Schritten verließ sie den Raum. Elga futterte ein Stück Schokokuchen und trank Kaffee, während sie Inkeris private Fotos betrachtete, die an eine Pinnwand geheftet waren. Urlaubsbilder von einer Taverne am Meer. Drei Kinder, die in Badesachen Bananensplit aßen. Ein hellblauer Ozean mit Fischerbooten im Hintergrund.

Da kam Inkeri wieder mit einem Ordner unter dem Arm ins Zimmer gehastet. Sie blätterte darin, fand Dokumente, die bekräftigten, was die Rektorin gesagt hatte: Die Schule hatte wiederholt versucht, Kontakt zu den Eltern auf dem entlegenen Bauernhof aufzunehmen.

Die Schulleitung hatte vor jedem neuen Schulhalbjahr an die Leskinens geschrieben, ohne dass diese darauf reagiert hätten, man hatte die Eltern sogar zu Hause aufgesucht. In diesem Moment machte es bei Inkeri klick, sie erkannte den Vater als den berüchtigten verstorbenen Bärenjäger Leskinen und zählte eins und eins zusammen: Die Schulleitung hatte irgendwann ihre Bemühungen wegen des so drohend auftretenden Mannes aufgegeben. Nun würde dieses destruktive Muster durchbrochen werden, und die Jüngste, ein zwölfjähriges Mädchen, würde endlich in die Schule gehen. Und im besten Fall könnten sie den vier älteren, ebenfalls schulpflichtigen Geschwistern auch den Schulbesuch schmackhaft machen.

»Das war's. Du bekommst die Benachrichtigung mit der Post«, sagte Inkeri.

Ihr wurde innerlich ganz warm ums Herz, als sie sah, wie das Mädchen aufatmete und sich ein Lächeln auf ihrem Gesicht ausbreitete.

In dieser Nacht hatte Elga auf ihrem Bärenfell einen unruhigen Schlaf. Den Schwestern hatte sie vorgelogen, mit dem Quad zum Pfandflaschensammeln gefahren zu sein, dass ihr die Obdachlosen aber schon alles weggeschnappt hätten. Elga hatte aus dem Zimmer der schulischen Hilfskraft Tee und kleine Kaffeemilchverpackungen mitgehen lassen. So hatte sie zumindest eine kleine Ausbeute, die sie ihren Schwestern präsentieren konnte. Der Tee schmeckte scheußlich, das Vanillearoma zum Kotzen. Elga wusste, dass sie Prügel kassieren würde, wenn Johanna erfuhr, dass sie auf eigene Faust die Schule aufgesucht hatte, und machte sich auf das Schlimmste gefasst, hatte jedoch nicht vor, auch nur einen Millimeter nachzugeben.

Jeden Tag kontrollierte Elga nun den Briefkasten an der Straße. Er war immer leer. Nachdem eine Woche vergangen war, wollte sie schon resignieren, doch dann lag da plötzlich ein weißes Kuvert im Kasten. Sie steckte es in die Hosentasche, um sicherzugehen, dass ihre Schwestern – vor allem Johanna und Tanja –

es nicht entdecken und zerreißen würden, wie es ihr Vater immer getan hatte. Auf dem Klo entfaltete sie das Schreiben. Was stand da bloß? Sie kannte niemanden, der lesen konnte, bis auf den Pastor. Und zum Pfarrhof wollte sie nicht gehen. Entschlossen fuhr sie noch einmal zur Schule, lief die Treppe hinauf, den Flur hinunter und klopfte an Inkeris Tür.

Sie schwang auf. Elga starrte Inkeris große Ohrringe an.

»Hallo. Ich bin gerade beschäftigt. Ist es was Wichtiges?«

Elga betrat mutig das Zimmer und legte den Brief auf Inkeris Schreibtisch. Zeigte darauf.

»Was steht da?«

Und Inkeri verstand den Ernst der Lage.

Man bot den Geschwistern an, ein Wochenende lang im Lesen unterrichtet zu werden. Danach sollte Elga sich bei der Volkshochschule für den zweiten Bildungsweg einschreiben, würde aber daheim bei einer der Lehrerinnen unterrichtet werden. Aufgrund von Sicherheitsbedenken wollten weder die kommunale Schule noch die Volkshochschule eine der Schwestern als Schülerin annehmen, das würde nur für Unruhe bei der Elternschaft und Angst bei den Schülern sorgen. Fühlte man sich unsicher, hemmte dies das Lernen, das war in sämtlichen Studien mit unzweifelhafter Statistik schließlich nachgewiesen worden.

Elga erzählte zuerst Aune von alldem, die völlig überwältigt war; es brodelte und sprudelte nur so in ihr. Vielleicht würde sie irgendwann in einer schönen Maiennacht ja selbst lesen und schreiben können, wenn die Nachtigall sang und die Fuchsjungen herumtollten! Ich werde das schaffen, dachte Aune, die Geschichten in meinem Kopf werden mir dabei helfen. Etwas Großes könnte passieren, wenn sie diese irgendwann zu Papier bringen könnte, überlegte sie, als sie auf dem Findling am Bach saß und rauchte.

Wenn Onkel Veikko nicht gewesen wäre, hätte ich mich in einem Sumpf ertränkt und es genossen, den Geist aufzugeben. In meinem Kopf schreibe ich schon so lange, in meinem Kopf kann ich längst lesen und schreiben. Wenn sich die Dunkelheit der Nacht herabsenkt und ich sieben Mägen vor Hunger knurren höre, dann dichte ich, übe mich in bedeutungsvollen Pausen und Betonungen. Dinge, auf die Veikko immer Wert legte. Ich erzähle sie laut den Hunden, während sie sich zu meinen Füßen legen und mit geschlossenen Augen lauschen, vielleicht mit einem Auge blinzeln, wenn die Handlung sich dramatisch zuspitzt. Eines Tages werde ich womöglich einen Abenteuerroman schreiben, aber davon werde ich Elga nichts sagen. Sie ist hier schließlich die Sprachbegabte. Meine Zweifel halten den Schnabel, wenn ich Porter trinke. Wenn ich Siebensterne vor meinem inneren Auge sehe, ja, dann bin ich Väinämöinen höchstpersönlich.

Aune machte sich Sorgen um Veikko, der auf der Intensivstation lag und drohte an Herzversagen zu sterben. Frau Niskanpää hatte dem Müllmann die Nachricht für sie mitgegeben. So hatten sie auch erfahren, dass ihre Mülltonne heute zum letzten Mal geleert worden war. Die Abfallwirtschaft konnte nicht länger Almosen verteilen. Das Maß war voll.

Aune verlor sich in Tagträumen, wünschte insgeheim, sie wäre Veikkos Tochter und nicht die dieses Rohlings, der ihr Vater gewesen war. *Als Vater sein Leben verlor, wurde mir leichter ums Herz. Wenn ich daran denke, wie sie diesem Tölpel die Stiefel geleckt haben, all meine Schwestern, ja, selbst Laura.*

Viertes Kapitel

Nicht selten rissen die Leute bei einem Schluck Kaffee oder Wein Witze über die Töchter des Bärenjägers und ihre mangelhafte Bildung. Ich, die ich eine der Schwestern kennengelernt habe, konnte dagegen feststellen: Nur weil man keine Schule besucht hat, ist man keineswegs dumm.

Was jedoch alle Schwestern an den Tag legten, war ihre Hilflosigkeit in etwas, das einem normalerweise hilft, den Alltag zu bewältigen: Struktur.

Am Tag X, als man von ihnen erwartete, bei einer Lehrerin zu erscheinen, wachten sie fröstelnd und in dem unschönen Gefühl auf, einen Termin einhalten zu müssen. Brot war auch keines mehr da. Mit Kaffee sah es nicht anders aus. Tiina versetzte der Kühlschranktür einen Tritt. Ihnen blieb wohl nichts anderes übrig, als wieder mal Bier zu trinken und eine rohe Kartoffel zu essen, irgendetwas frühstücken mussten sie nun mal.

Sieben mürrische Münder am Küchentisch. Siebzig flinke Finger, die Zigaretten drehten. Sieben beruhigende Rauchkringel. Vereinzelte Regentropfen trommelten eine stille Melodie in den Eimer, der mitten im Raum stand.

Johanna krümmte sich, stöhnte. »Mein Magen macht sich bemerkbar. Er ahnt, dass eine Folterkammer auf ihn wartet.«

»Es wird dir nicht schaden, zur Abwechslung mal deinen Kopf zu gebrauchen«, spottete Elga und zwinkerte Johanna dabei zu, um ihr zu signalisieren, dass sie das scherzhaft meinte.

»Hö, hö, hö, ohne mich würdet ihr keinen Tag überleben, ohne dich aber würden wir dreihundert Jahre leben.«

»Wir werden sehn.«

Elga sah Johanna so freundlich an, wie sie nur konnte. Als sie von der Schule und der Lehrerin erzählt hatte, die sie alle bei sich zu Hause unterrichten würde, hatte sie keine Prügel bezogen. Johanna kannte nämlich noch genau diese Lehrerin aus ihrer kurzen Schulzeit: ein lustiges und ordentliches Frauenzimmer, die Einzige, die Johanna dazu hatte bringen können, sich einigermaßen zu entspannen, während sie die Schulbank drückte. Wenn sie die Schule noch ein paar Jahre weiter hätte besuchen können, könnte sie inzwischen bestimmt die Jagdzeitschriften ihres Vaters lesen. Ob es noch Hoffnung gab, ob sie jetzt wohl noch lesen lernen könnte?

Wie viele Leute haben Platz auf einem Quad? Tiina auf dem Lenker. Auf der Sitzbank zwei – eine in Fahrtrichtung blickend, eine rücklings gegen sie gelehnt – und drei auf dem kleinen Anhänger. Johanna gab Gas, schaltete grob und ruckartig. Tanja, die hinter ihr saß, paffte im Gegenwind, nahm Lungenzüge und grimassierte besorgt angesichts der seltsamen Geräusche, die Schalthebel und Motor von sich gaben. Ob sie wohl wieder einen Hebel klauen müssten? Viel Benzin hatten sie auch nicht mehr.

»Wir müssen uns anstrengen und uns an einem Tag wie diesem anständig benehmen«, schärfte Johanna ihrer Schar ein.

Elga lächelte in sich hinein, Tiina zappelte mit den Beinen, so wie sie da auf dem Lenker thronte, während Simone mit gefalteten Händen und trüben Augen dasaß; sie hatte morgens früh in der Küche das Abendmahl zu sich genommen. Laura hielt sich selbst umschlungen, fröstelte in ihrer zerschlissenen Jeansjacke in der frischen Herbstluft und starrte über Felder und Waldlichtungen, die in klares Sonnenlicht getaucht waren. Für sie verschwamm alles zu einer grünen Fläche mit hellgelben Punkten.

Elga pfiff vor sich hin, während sie den klobigen Wildnisrucksack umschlungen hielt, in den sie einen Schreibblock und frisch gespitzte Stifte gepackt hatte; sie hatte sie von ihrem Pfandgeld kaufen können, von einem Haufen Flaschen, den sie im Holzschuppen gefunden hatte. Für ihren Vater hatte Bier schwarz und süß sein müssen, um etwas zu taugen. Das Etikett mit dem gezeichneten Bären hatte er immer abgekratzt.

Johanna fuhr eine scharfe Kurve und parkte beim Tabakhändler. Aune sagte aufgebracht, dass sie zu spät kämen, und Johanna schnauzte zurück, dass sie einen Scheiß darauf gebe, sie bräuchte eben mehr Glimmstängel, worauf Aune wiederum erwiderte, dass sie ja zum Teufel wenigstens an ihrem ersten Tag pünktlich kommen könnten. »Nimm vierzehn!«, rief Tiina der älteren Schwester zu. Johanna öffnete die bimmelnde Ladentür und stürzte in das kleine Geschäft, während Elga unablässig auf ihre Armbanduhr sah. Rufe drangen aus dem Laden, dann kam Johanna angerannt, schwang sich auf das Quad und drehte den Zündschlüssel um. Drei ungeschlachte Frauen reiferen Alters kamen hinterher und zerrten Johanna auf den Asphalt, bevor der Motor richtig ansprang.

Lasst eure dreckigen Finger von unseren Zigaretten und Wurstbroten, ihr verdammten Schlampen!

Johanna wurde von den Tritten in den Rücken die Luft geraubt. Tiina sprang vom Quad auf den Rücken einer Angreiferin und klammerte sich wie ein kampflustiger Schimpanse an ihr fest. Dafür kassierte sie wiederum einen Karatehieb von der Kollegin der Angreiferin. Und so prügelten sie sich zu fünft. Laura starrte wie gelähmt auf den Tumult, während Elga feststellte, dass sie noch nicht einmal einen Knüppel bei sich hatten. Alles, was mit der Schule zu tun hatte, lenkte sie ab und ließ sie ihre sonstigen Gewohnheiten vergessen.

Blut lief ihnen aus den Nasen, und eine Angreiferin spuckte einen Zahn aus.

»Schluss mit der Prügelei!«

Ein Mann Anfang vierzig kam von der Rückseite des Ladens mit einem erhobenen leuchtend gelben Gummischlauch angerannt, besprühte die Raufbolde mit Wasser, und fünf Rothaarige und zwei Dunkelhaarige hielten schützend die Hände vors Gesicht, als sie sich durchnässt, verdreckt und blutig gekratzt aufrappelten.

Elga sprang vom Quad und stellte sich vor die breitschultrige Tochter des Tabakhändlers, die schnaubte, dass ihr der Rotz aus der Nase lief.

»Wie viel schulden wir euch?«

Die Tabakverkäuferin sah sie verächtlich an und verdoppelte die Summe. Gefaltete Scheine wurden ihr in die schmerzende Hand gedrückt.

»Dann wolln wir jetzt mal Gras über die Sache wachsen lassen«, sagte Elga.

Johanna stieg klatschnass wieder aufs Quad und trocknete sich beim Fahren wimmernd mit der behaarten Hundedecke aus der Seitentasche ab. Tiina versuchte ihre Rückenschmerzen zu ignorieren, aber die schmerzverzerrte Grimasse blieb auf ihrem Gesicht haften.

»Du hast also Geld!«

Elga erwiderte nichts darauf, sah nur auf ihre Armbanduhr. »Wir sind eine halbe Stunde zu spät.«

»Ihr hättet ruhig mal anruf…« Die Lehrerin, die auf der Türschwelle stand, verbiss sich den Rüffel, als sie die übel zugerichtete Geschwisterschar sah – nass bis auf die Haut, Blutergüsse, zerzauste Haarschöpfe, Nasenblut. Die Älteste, die auf der obersten Treppenstufe stand, trug Stiefel, die fast in völligem

Auflösungszustand waren. Der Pulli eines anderen Mädchens war zerrissen, und ihre Brust lugte hervor, die andere neben ihr hatte eine kahle Stelle an der Schläfe.

Die Lehrerin ließ ihren Blick über sie wandern; einige der jüngsten Geschwister auf der untersten Treppenstufe waren barfuß; sie sahen durchnässt, aber nicht blau geschlagen aus. Zwei der Mädchen waren schmächtiger als die anderen, kräftigen. Die mit dem Rucksack über der Schulter war feingliedrig und hatte einen aufgeweckten Blick, das Mädchen neben ihr hatte eine schlaffe Haltung und müde blinzelnde Augen.

»Wir sind von Bestien überfallen worden«, sagte die Älteste.

Mitleidig und entschlossen sah die Lehrerin das übel zugerichtete Mädchen unmittelbar vor ihr an.

»Ihr müsst zum Arzt.«

»Nicht nötig, wir kümmern uns selbst darum«, erwiderte Johanna. »Haben Sie Alkohol da?«

Die Lehrerin nickte, ging in die Küche und kehrte mit Reinigungsalkohol, Pflastern und Kompressen wieder. Reichte ihnen Handtücher und Sicherheitsnadeln.

»Bitte säubert euch gründlich, bevor ihr hereinkommt.«

Die Lehrerin zeigte ihnen das Bad. Elga und Laura blieben erstaunt über ihr eigenes Spiegelbild vor dem Flurspiegel stehen, als eine Zimmertür aufging und ein Junge mit Brille und neongelbem T-Shirt im Spiegel erschien, der mit keckem Grinsen sagte: »Na, dann mal herzlich willkommen.« Er machte eine auffordernde Geste Richtung Wohnzimmer.

»Mein Sohn Matti, mein Assistent«, sagte die Lehrerin. »Ich heiße Leena. Schön, dass ihr da seid.«

Sie drängten sich im Flur und gingen eine nach der anderen ins Zimmer, Elga ausnahmsweise an der Spitze. Tiina blieb mit der Schulter an einer Wandlampe hängen, die zu Boden fiel. Leena sammelte die Lampe auf und stellte fest, dass sie keinen Schaden genommen hatte; selbst die Glühbirne nicht. Der Stoffschirm war ihr Schutzengel gewesen.

»Bitte sehr, setzt euch.«

Breitbeinig, sodass ihre Knie sich streiften, saßen die Schwestern im Kreis. Tiina und Johanna lagen halb auf den Stühlen. Sie sahen, dass alle vier Wände vom Boden bis zur Decke mit Büchern bedeckt waren. Die Lehrerin bemerkte, dass Tiina nicht verstanden hatte, weshalb sie ihr die Sicherheitsnadel gegeben hatte. Ihre linke Brust quoll sichtbar aus dem Pulli hervor. Leena reichte ihr eine weitere Sicherheitsnadel und tätschelte ihre eigene Brust, um ihr zu demonstrieren, wofür sie gedacht war. Tiina starrte auf die Brust der Lehrerin, dann hinab auf ihre eigene und stach die Sicherheitsnadel durch ihr Ohrläppchen. Leena bat ihren Sohn, Tiina etwas zum Anziehen zu leihen. Als er Tiina ein weißes T-Shirt reichte, zog diese ihren kaputten Pullover aus, wischte sich damit über die Stirn und warf ihn auf den Boden. Zwei entblößte Brüste zogen alle Blicke auf sich, während Tiina Mattis Oberteil überstreifte.

»Besten Dank!«

»Na also, lasst uns anfangen! Ich dachte, dass wir heute keine Mittagspause machen, weil ihr so spät gekommen seid. Habt ihr Lesebücher?«

Lehrerin Leena verteilte Bücher und bemerkte, dass Elga und Aune rasch ihre Namen schrieben. Tiina malte einen Löwen, und Laura nahm den Stift und schrieb ein »L« und ein »A« und setzte danach einen Punkt. Matti entfuhr ein Prusten, und er lächelte spöttisch, bis ihn ein strenger Blick seiner Mutter zurechtwies. Schon da spürten die Analphabetinnen Trotz in sich aufsteigen, der sich noch steigern sollte.

So viele Fragen, die es zu beantworten galt!

»Könnt ihr den Namen eurer Mutter schreiben?«

Schweigen. Seufzer.

»Wir haben einen Hund namens Kiiski«, sagte Tiina. »Der andere heißt ...«

»Kannst du den ersten Buchstaben seines Namens aussprechen?«

»Nee.«

Leena stülpte die Lippen vor und sagte: »Kaaa.«

Johanna fuhr auf: »Der beginnt aber doch mit Kiii!«

»So wie in Kaaa-rtoffel«, probierte Tiina es.

»Gut! Und jetzt sagt den ersten Buchstaben des Alphabets. Wer möchte?«

»Aaaa«, sagte Elga.

Alle taten es ihr nach. *Aaaaaa.*

»Wie wenn wir morgens mit Branntwein gurgeln«, sagte Tiina.

Das sagte sie nicht, um sich wichtigzutun. Das war tatsächlich die tägliche Mundhygiene der Schwestern, nachdem ihr Vater immer entschieden behauptet hatte, Zahnpasta würde den Zahnschmelz kaputt machen. Denn Zahnbürsten und Zahnpasta gebe es nur, damit sich die Leute unnötiges Zeug kauften und um heraushängen zu lassen, wie schlau sie seien. Die Grönländer hätten die besten Zähne von allen Völkern der Erde, hatte ihr Vater gesagt. Sie äßen frisches Eisbärenfleisch und bürsteten sich nie die Zähne.

»Der nächste Buchstabe.«

»Beee«, sagte Elga.

»Beeee«, übertönte Simone sie alle. »B« wie »beten«, dieser Laut lag ihr.

»Ich muss aufs Klo«, unterbrach sie Laura.

»Wieder Kaaa«, sagte Elga.

Leena nickte. Laura stand auf und schlurfte in den Flur.

»Ich komme mit«, sagte Tiina.

Und so ging es weiter. Sie mussten alle nacheinander aufs Klo. Dann wollten sie prompt eine Zigarettenpause einlegen. Johanna war nicht in der Lage, still zu sitzen. Ihr kam es so vor, als würden die Wörter, die Laute, von ihrer breiten Stirn ab- und zurück in den Raum prallen. Sie ballte die Hände zu Fäusten; ihre Knöchel wurden ganz weiß. Sie schweifte ab, spazierte in Gedanken durch einen Herbstwald, der in allen Farben leuchtete. Als die Sonne nach einem intensiven Regenguss durch die Wolken brach, roch es nach frischer Fichte. Sie lief den Waldweg entlang, hinter ihrem Vater her … Und dann war sie plötzlich wieder zurück in der Gegenwart, in diesem Zimmer, und ihr Herz setzte aus bei dem Gedanken, lesen lernen zu müssen. Sie sah, dass Tiina Schweißflecken auf den Buchseiten hinterlassen hatte und Simone zu allem, was die Lehrerin sagte, nickte, obwohl man ihr ansah, dass sie keinen Deut begriff und nicht glaubte, selbst irgendwann einmal lesen zu können. Der Wille aber war da, sie wollte die Heilige Schrift studieren können. Bei der Lautung von »Jjjott« schoss Johanna wie ein Blitz vom Stuhl hoch, so plötzlich, dass die anderen zusammenzuckten.

»Liebe Leute, ich hab was Besseres zu tun, als hier den Dummkopf zu spielen. Ich zische ab, geh einkaufen und hol euch ab, wenn ihr so weit seid.«

»Ich komme mit.« Tiina stand auf, dabei kippte ihr Stuhl um.

»Ich auch«, kam es von Tanja.

Aune, Laura, Simone und Elga blieben sitzen. Jetzt kehrte Ruhe ein, alle zogen an einem Strang.

Während Aune und Laura sich noch mit der Aussprache herumplagten, schrieb Elga schon Sätze. Matti und sie kamen gut miteinander zurecht; er war überhaupt nicht so eingebildet, wie er zuerst gewirkt hatte. Wenn er neben ihr stand, ganz nahe, nahm sie den leichten Schweißgeruch wahr, den er verströmte; ihre Beine kribbelten, ihr Stift zitterte. Sie verschrieb sich plötzlich. Radierte es aus. Zerriss dabei versehentlich das Papier.

Die Nachmittagsstunden rauschten nur so vorbei. Als Lehrerin Leena in die Hände klatschte, zuckten sie zusammen.

»Mädchen! Ihr seid in dieser kurzen Zeit weit gekommen. Morgen geht's in die nächste Runde. Jetzt brauchen wir eine kleine Zwischenmahlzeit.«

Die Schwestern bekamen eine Brottüte mit je einem Croissant, Rosinen und einem Apfel. In weniger als einer Minute hatten sie den Inhalt verschlungen, selbst das Kerngehäuse.

Dann gingen sie.

Als das Zimmer leer war, wischte Matti die Krümel von den Stühlen und öffnete weit die beiden Fenster – um den Schweißgeruch hinauszulassen.

Das Quad parkte vor dem Haus von Lehrerin Leena; Johanna trommelte gegen den Lenker und blies Kaugummiblasen. Das wurde aber auch Zeit! Tiina hielt eine Fleischwurst in der Hand, aus ihrer Jackentasche ragte eine Senftube. Tanja saß mit dem Rücken zu ihr auf dem Anhänger, einen großen Stapel Tiefkühlpizza und einen Sack Kartoffeln im Arm. Johanna winkte hektisch, als die vier Schwestern mit einem Sprung die Treppe nahmen.

»Rauf mit euch!«

Tiina ließ einen lauten Pfiff hören, während Johanna den Motor des Quads bis an seine Grenze brachte und sich resolut in die Kurven legte. Der Fahrer eines dunkelgrünen SUV hupte, als ihre Karosse verkehrswidrig eine rote Ampel überfuhr. Mit Vollgas düsten sie am Marktplatz vorbei, durch die Innenstadt, bis zu Lygias Kindergarten.

»Die Kinder sind alle draußen«, sagte Tanja.

»Wir warten hier, bis sie Feierabend hat«, meinte Tiina.

Johanna bremste ab und hätte um ein Haar eine Stallkatze überfahren, die wie ein schwarz-weißer Pfeil auf den Gehweg sauste. Sie parkten das Quad vor dem Eingang.

»Ob sie noch genauso aussieht … wie früher … in der Schule?«, fragte Tanja.

»Das Mädel erkenn ich wieder, da kannste dir sicher sein!«, sagte Johanna.

Sie stellte sich an die Pforte und ließ ihren Blick über die große Schar von Kindern schweifen, die in Spielhäusern spielten und im Sandkasten buddelten. Die anderen Schwestern liefen auf und ab, den Blick zu Boden gerichtet, und hielten Ausschau nach alten Zigarettenstummeln und Kaugummis auf dem Asphalt; an einer Bushaltestelle wurden sie fündig. Auf dem Rasenstück vor der Pforte reihten sie sich auf und wetteiferten darum, wer die größte Kaugummiblase zustande brachte. Vorbeigehende Eltern, die ihre Kinder abholten, sahen aus den Augenwinkeln zu ihnen hinüber und beschleunigten ihre Schritte. Ein Mann mit einem lässigen Dutt auf dem Kopf und bougainvillefarbener taillenkurzer Jacke wollte gerade sein Fahrrad mit Kindersitz vor der Pforte abstellen, schob es dann aber hektisch auf das Gelände des Kindergartens, nachdem er die Schwestern entdeckt hatte.

Tiina zog eine Grimasse.

»Stellt euch vor, diese Witzfigur wär unser Vater.«

»Das arme Kind«, sagte Tanja.

»Da ist sie. Still jetzt. Reißt euch zusammen«, flüsterte Johanna.

Eine Frau mit trauriger Miene in dünner Thermoweste und weißen Turnschuhen schloss die Pforte des Kindergartens und überquerte, die Hände in die Jackentaschen gesteckt, die Straße. Sie blieb stehen, als sieben rothaarige Muskelprotze vor ihr eine Mauer bildeten.

»Halt!«

Lygia wich ein paar Schritte zurück, sah die verdreckten Mädchen an. Etwas an deren Ausstrahlung ließ sie mit bebenden Händen die Geldbörse vorstrecken.

»Hier. Nehmt sie!«, sagte sie. Ihre Stimme zitterte.

Johanna trat an Lygia heran und wies die Börse mit einer ruhigen, bestimmten Bewegung zurück. Danach hielt sie Lygia eine Schachtel Zigaretten hin. Lygia schüttelte den Kopf und wirkte immer noch ängstlich, als sie die Reihe von Riesinnen ansah; eine allerdings war genauso klein und schmächtig wie sie. Ihre Knie gaben unter ihr nach, als die muskulösen Leiber noch näher rückten.

»Hallo, Lygia! Lang nicht gesehn«, sagte Johanna.

»Kennen wir uns?«, sagte Lygia unsicher.

»Japp, wir sind mal in dieselbe Klasse gegangen. Johanna.«

»Abbrecher-Jo?«

Johanna grinste.

»Hast du nicht im Wald gewohnt?«

Johanna nickte.

»Und du bist von der Schule abgegangen.«

»Ich wurde zu Hause unterrichtet. Im Wald. Das hier sind meine Schwestern.«

»Was wollt ihr von mir?«

»Wir wohnen in der Nähe des Waldsees«, sagte Tiina mit einem Augenzwinkern.

Lygia runzelte die Stirn und ließ ihren Blick von einer zur anderen wandern. Hob ratlos die Schultern.

»Wo du gerne nackt badest.«

»Wovon redest du?«

Tiina setzte eine unschuldige Miene auf.

»Ich war es nicht, die dich beobachtet hat.«

Johanna schwang zu Tiina herum und signalisierte ihr mit einer drohenden Geste, dass sie die Klappe halten solle. Sie sagte: »Wir haben ein großartiges …«

»… Stellenangebot für dich«, sprach Tanja weiter.

»… bei uns zu Hause«, schloss Simone.

»Eine Stelle?«

Tanja legte eifrig Köder aus: »Auf unsrem Bauernhof im Wald. Ein paar Kilometer nördlich der Stadt. Wir brauchen deine Hilfe im Haushalt. Mahlzeiten zubereiten. Würstchen und Kartoffelbrei, Pfannkuchen und so was. Nichts Ausgefallenes.«

Simone machte einen Schritt auf Lygia zu und legte sich die Hand aufs Herz.

»Unsre liebe Mutter hat gerade das Zeitliche gesegnet.«

»Ich bin Kindergärtnerin«, sagte Lygia und wand sich vor Unbehagen und einem andauernden Angstgefühl.

»Wissen wir«, sagte Johanna. »Komm doch mit und koste unseren berühmten Porter. Dann erfährst du mehr über unser Angebot.«

»Ich kann kaum Würstchen zubereiten«, sagte Lygia.

»Das lernst du schon«, erwiderte Tanja.

Tiina fand, dass sie jetzt lange genug den Mund gehalten hatte, und sagte mit einem Lächeln – obwohl sie sich geschworen hatte, nie zu lächeln und ihre beiden Zahnlücken zu zeigen: »Ein Angebot, das du dir nicht entgehen lassen solltest.«

Lygia drehte sich um, blickte zum Garten der Vorschule, wo Kinder schaukelten oder in einer Hütte spielten, auf deren Dach eine Piratenflagge wehte.

»Ich arbeite gern mit Kindern. Fragt jemand anderes.«

Jetzt rückte Tiina ganz nahe an sie heran und spannte ihren Bizeps an.

»Solln wir Armdrücken machen?«

Lygias Blick flackerte, ihre Stimme zitterte, brach.

»Ich muss jetzt nach Hause. Mein Hund muss gleich zur Hundeschule. Lasst mich bitte durch!«

Tiina packte Lygias Taille und hob die junge Frau hoch in die Luft. Geschockt ruderte Lygia mit den Armen.

»Hundeschule. Hast du Hundeschule gesagt? He?«

»Hör auf, Tiina! Lass sie runter. Lass sie gehen«, sagte Tanja barsch.

Dann ging Lygia, nein, sie rannte zum Parkplatz und legte mit ihrem Auto einen Kavalierstart hin.

Johannas Wangen glühten. Elga ging zu ihr und deutete einen Luftkuss an, Johanna konterte, indem sie Elga in den Bauch boxte, sodass diese sich zusammenkrümmte.

»Hört auf, verflixt. Wir hatten einen Scheißtag«, sagte Tanja.

Johanna schob die Hände in die Hosentaschen und ging zum Quad.

»Diese Welt stinkt wie eine verreckende Ratte.«

Johanna stellte die Lebensmittel in die Speisekammer und den Erdkeller. Nein, lieber nicht in den Erdkeller, dachte sie. Dort roch es nach Mutters Leiche.

Nun war es so weit. Länger konnten sie nicht warten. Müde, schrecklich müde stellte sie die immer noch warmen Pizzen und sieben Bierflaschen auf den Tisch. Sie aßen direkt aus dem Karton, während ein heftiger Regenguss gegen die Scheiben schlug und auf das kaputte Dach niederging.

Als die Wassereimer überzulaufen drohten, leerte Tanja sie.

»Der Hof fällt zusammen«, sagte Johanna mit schwerem Seufzer.

»Und wir besitzen keinen Pfennig«, stimmte Aune in das Klagen mit ein.

Tiina tat ihr Bestes, um die Atmosphäre aufzuheitern.

»Ich werde selbstgebrautes Bier und Selbstgebrannten auf dem Markt verkaufen. Schließlich verlangen die Städter nach dem, was wir haben.«

»Ich gehe solange in die Schule. Bald kann ich unsre Buchführung übernehmen. Wer von mir etwas lernen will, den unterrichte ich gern«, sagte Elga.

Der Gedanke an Schulstunden machte Johanna schlechte Laune.

»Ich bin über zwanzig Jahre ohne diese Aaas, Beees, Ceees zurechtgekommen.«

»Zurechtkommen lässt sich verschieden definieren. Du schlurfst in einem verfallenen Rattennest herum. Du …«

Peng! Da hatte Elga eine lupenreine Rechte kassiert und sackte zu Boden.

Tiina hob ihren schlaffen Körper an und tätschelte unsanft Elgas blasse Wangen.

Mit eisenharter Stimme sagte Johanna: »Ihr befasst euch weiterhin mit nichts anderem als Scheißkram. Wenn der Regen aufgehört hat, gehen wir gemeinsam zum Moor und begraben Mutter an der Birke.«

Fünftes Kapitel

Wie lauten die passenden Worte, wenn eine Mutter begraben wird? Wie sollen sich Geschwister auf die richtigen Formulierungen einigen, wenn sie sich uneins sind über die Bedeutung, die ihre Mutter für sie hatte? Ich habe selbst am Sarg meiner Mutter gestanden und die Grabrede des Pastors als unpassend empfunden, während meine Geschwister Tränen darüber vergossen haben.

Darf man erleichtert sein, wenn die Mutter gestorben ist? Nun will ich aber nicht weiter über mich sprechen, doch so ist das nun mal mit Geschichten – wer schreibt, schreibt zwischen den Zeilen.

Mehr als eine Bärenjäger-Tochter fühlte sich befreit, als ihre Mutter verschied. Dass sie sich verlassen fühlten, stand dem nicht entgegen, aber das war etwas, das jede für sich behielt. Leere machte sich breit. Womit lässt sich innere Leere füllen?

Puh, ihre Füße waren zwei Eisblöcke. Ob sie gestern am Moor Erfrierungen davongetragen hatte? Johanna wachte einen weiteren Morgen mit dem unschönen Gefühl auf, einen Termin einhalten zu müssen. So durfte das nicht weitergehen! Ihr Rücken war ganz steif, und ihre Armmuskeln brannten vom Ausheben des Grabes.

Johanna verlor sich in Gedanken. Diese Arbeit hätte die ganze Nacht gedauert, wenn nicht die Stärksten ihres Stammes die Muskeln hätten spielen lassen. Das meiste hatten Tiina und Johanna mithilfe von Tanja ausgeführt. Die anderen hatten so läppisch geschaufelt wie die Stadtfräuleins. Das hatten sie auch deutlich zu hören bekommen. *Ihr müsst die Wurzeln doch nur mit ganzer Kraft angehen, ihr müsst angriffslustig sein*, bekamen die Schwächlinge zu hören. Mehrere Stunden hatten sie damit verbracht, eine ausreichend tiefe Grube zu graben. Alles, was nur notdürftig verscharrt ist, zieht Raubtiere an.

Es wurde Mitternacht, und der Mond spendete ihnen wegweisendes Licht, als sie alle mit den Spaten den Boden ebneten. Nun war sie also unter der Erde, wenn auch nicht in geweihter und auch nicht im Sarg. »Möge unsre Mutter sich nicht im Grabe rühren«, sagte Tiina, was von Simone mit einem Knuff von der Seite quittiert wurde. Simone sah hinauf zum Mond und herunter auf das Grab, sank auf die Knie und sprach ein kurzes Gebet: »Unsere geliebte Mutter am Moor, das du …«

»Nee«, unterbrach Elga sie. »Sag etwas, über das wir uns einig sind.«

Aune unternahm einen weiteren Versuch: »Unsre Mutter an ihrem geliebten Moor, möge der Tod deinem Geist Frieden schenken.«

»Sieben Töchter werden dich in guter Erinnerung behalten«, sprach Simone weiter.

»In *guter?*«, sagte Tiina und verzog das Gesicht.

Aune sagte: »Deine Töchter gedenken deiner.«

Laura stellte eine von ihr geschnitzte und schwarz-weiß bemalte Milchkuh auf den Erdfleck, sie hatte sich mit dem Euter und den Zitzen viel Mühe gegeben. »Von dort, wo Mutter jetzt liegt, kann sie den Unterbau der Kuh sehen und wird sich wie zu Hause fühlen«, sagte Tanja.

Was Johanna betraf, so brachte sie keinen einzigen Laut hervor.

Als sie ihren schmerzenden Körper endlich im Bett ausstrecken konnte, war sie so übermüdet, dass sie nicht einschlafen konnte. Ihr schwirrte der Kopf von den Worten ihrer Schwestern. Was hätte sie selbst über ihre Mutter gesagt? Ein kalter Schauder überlief sie. Sie hörte ihre Schwestern schnarchen und schnaufen und merkte, wie ärgerlich sie darüber wurde, dass sie so unbekümmert schliefen, während sie selbst noch immer nicht zur Ruhe kam. Sie versetzte Elga einen Knuff, die störrisch wimmerte und im Schlaf Aune trat, die mit dem Rücken zu ihr lag. Elga sollte sich um zehn Uhr bei der Lehrerin einfinden, und Johanna hatte ihr versprochen, sie hinzufahren, weil sie das Quad so kurz vor der Ernte selbst brauchte. Der Motor von Vaters Traktor war ebenso tot wie ihre Mutter. Auch wenn sie es Elga und den anderen gegenüber nie zugeben würde, im Stillen hoffte sie immer noch, eines Tages die Jagdzeitschriften lesen zu können.

Ihr Bauch krampfte sich wegen einer weiteren Hürde vor Beklommenheit zusammen: Wie konnte man die Zeit einhalten, wenn es in der Familie nie eine Uhr gegeben hatte? Die Armbanduhr, die Elga sich auf dem Markt gekauft hatte, funktionierte nur manchmal, am besten bei Gewitter. Was die Zeit betraf, hielten sie sich an ihr Bauchgefühl.

Uhren und Spiegel machen die Menschen unglücklich, hatte ihre Mama immer gesagt. Insgeheim nannte sie sie Mama, nach außen hin Mutter oder auch nur: die Alte. Mamas sagen so viel. Sie sagen so viele kluge Dinge, aber das fällt einem erst viel später auf, wenn man selbst erwachsen ist und die Mutter unter der Erde begraben liegt. Johanna rief sich ihr eigenes Spiegelbild in Erinnerung, das sie in der Wohnung der Lehrerin gesehen hatte. Sie war vor Entsetzen zusammengezuckt, als sie in ihrem Gesicht die breite Stirn und das markante Kinn ihrer Mutter erkannt hatte. Dabei hatte sie sich ein anziehendes Gesicht mit klaren Zügen vorgestellt, das Gegenteil der grobschlächtigen Wangen und der Ringerstirn ihrer Mutter. Wie sonst hatte ihr

Vater sie liebevoll ansehen können? Sie atmete den restlichen Schweißgeruch ein, der noch am Kissen ihres Vaters klebte. Die Einzige, die sich bei der Lehrerin in ihrem Spiegelbild gesonnt hatte, war Tiina. Ach nein, seltsamerweise auch Laura. Sie musste wirklich blind sein!

Und jetzt sollte sie also Klein Elga zur Lehrerin fahren, ihr wie ein Lakai zu Diensten sein. Sie spürte ihren Zorn anschwellen, und das umso mehr, wenn sie an das System dachte. Oh, mit welchem Groll ihr alter Herr immer über »das System« geschimpft hatte. Vater hatte sämtliche Behörden abfällig als menschenfressende Monster dargestellt. *Das System macht uns zu willenlosen Marionetten.* Damit hatte er recht. Er hatte immer recht gehabt.

Die Behörden würden jetzt nach dem Tod des Bärenjägers und seiner garstigen Frau mutiger werden. Johanna und Tanja fürchteten diese Bedrohung wie eine Giftschlange, die jederzeit ihre Fangzähne in sie schlagen konnte. Von nun an mussten sie vorbereitet sein, Gefahren vorhersehen und Gegenmaßnahmen ergreifen. Sie mussten dieses neue Leben ernst nehmen, diese gefährliche Reise der Waisen.

Johanna stand auf, und ihre Glieder knackten, als wäre sie mindestens hundert Jahre alt. Sie musterte die Schwielen an ihren Händen, sah aus dem Fenster, das mit gelbem Blütenstaub bedeckt war. Sie fröstelte. »Wird das Wetter etwa jetzt schon mies?«, sagte sie laut. Es war doch erst Anfang September, nicht zu glauben!

Johanna redete häufig laut vor sich hin. Kommentierte, was sie gerade tat. *Jetzt stehe ich auf. Jetzt ziehe ich mir die Hose an. Jetzt hole ich die Büchse.* Sie, die Vaters prächtiges Bett und seine Bettwäsche in Beschlag genommen hatte, sollte sich ihr Gejammer besser verkneifen, dachte Elga, die neben den anderen auf dem Boden lag, wo nachts die Waldmäuse umherliefen. Was sie alle vorzogen, nur um nicht im Bett ihrer Mutter schlafen zu müssen: Sie wollten nicht von ihrem schalen Geruch erstickt werden, der noch darin hing.

Auf dem Bett ihrer Mutter hatten sie stattdessen Dinge ausgebreitet, für die sie keine Verwendung hatten – so wie den rostigen Rockwärmer, etwas, das alte Weiber anno dazumal im Winter mit in die Kirche genommen hatten, um damit, während sie Gottes Wort lauschten, ihre Muschi zu grillen. Wer weiß, wozu der noch mal zu gebrauchen ist, hatte Tanja gedacht, als sie nach dem Tod ihrer Mutter ihr Erbe gesichtet hatte.

Wieder einmal trockene Brotkanten, Salzgurken und Zigaretten zum Frühstück. Und dieser Brechreiz auslösende Tee mit Vanillearoma. Johanna öffnete die Keksdose und nahm den letzten Zwieback heraus. Während Elga noch aß, packte sie parallel ihren Rucksack, kämmte sich die Haare und band sie zu einem Pferdeschwanz hoch.

»Los jetzt! Sei nicht so 'ne Prinzessin«, schnauzte Johanna sie an.

»Ich möchte bloß nicht aussehen wie du«, erwiderte Elga mit ihrer eine Spur freundlicheren Hechtmiene.

»Bald trägst du wohl auch noch Röcke. Schön, dich bei dieser hochnäsigen Tussi abliefern zu können.«

»Schön, aus diesem Strafgefangenenlager rauszukommen.«

»Dann frag doch das Fräulein Lehrerin, ob du nicht bei ihr einziehen darfst. Du scheinst ja ganz scharf auf diesen Hanswurst zu sein.«

»Er heißt Matti.«

Während der Fahrt schwiegen sie. Johanna raste mit Vollgas vorwärts, in ihrem Mund steckte eine Zigarette. Die Temperaturen waren unter null gesunken, aber dass die Straßen glatt sein könnten, schien sie nicht zu bekümmern. Hinter Johanna sitzend, blieb Elga nichts anderes übrig, als sich auf eine demütigende Weise an sie zu klammern und so hautnah Johannas Aufgewühltheit und ihre harten Bauchmuskeln zu spüren.

Johanna drehte den Kopf und sagte über die Schulter: »Du musst die Beine breit machen und Benzin kaufen ... Und du musst selbst fahren, wenn du weiter einen auf Schulmädchen machen willst.«

»Mach doch selbst deine alte Muschi zu Geld. Ich werde bald eine richtige Arbeit haben. Dann sag ich für immer Goodbye.«

»Den Tag werden wir mit schweineteurem Whiskey begießen!«

Dafür, dass es noch so früh am Tag war, waren überraschend viele Menschen in der Stadt. Bürohengste auf dem Weg zur Arbeit, müde Jugendliche, die in der letzten Minute vor Beginn der ersten Schulstunde eintrudelten. Eltern mit heulenden Kleinkindern, die in die Kita sollten.

»Hier ist es. Halt an!«

Johanna drosselte das Tempo und drehte sich zu Elga um.

»Spring doch!«

»Halt an!«

»Spring doch, du Feigling!«, zischte Johanna mit eisiger Stimme. Sie wendete an der Kreuzung unmittelbar hinter dem Haus der Lehrerin und fuhr langsam wieder zurück. In Sekundenbruchteilen zogen Bilder ihrer Kindheit an Elgas innerem Auge vorbei. Die rohen Spiele der Schwestern. Johanna, eine Riesin mit Händen aus Stein. Wie sie schubste und schubste.

»Du Aas.«

»Spring, du Memme.«

Johanna löste Elgas Griff um ihren Bauch.

»Spring endlich, du Streberfotze!«

Elga schwang ein Bein über die Sitzbank und warf sich vom Quad, landete unsanft auf dem Asphalt, schlug sich ein Knie auf, blieb wimmernd liegen. Dann setzte sie sich langsam auf und sah das Quad davonfahren – einen roten Punkt, der immer kleiner wurde. Sie humpelte zum Haus der Lehrerin und hielt sich am Geländer fest, als sie die Treppe hochstieg. Sie hasste es, sich so erbärmlich zu fühlen, und hoffte beim Klingeln, dass Matti nicht zu Hause wäre.

Lehrerin Leena riss die Tür auf.

»Nur eine halbe Stunde Verspätung diesmal … Du blutest ja! Was ist passiert?«

Die Zurechtweisung, die ihr auf der Zunge lag, unterdrückte sie, als sie Elgas zerschrammtes Gesicht und ihr aufgeschürftes Knie bemerkte.

»Meine Uhr ist stehen geblieben.«

»Komm rein! Das Uhrengeschäft in der Einkaufsstraße tauscht die Batterien sofort aus, man muss nur kurz warten.«

Elga erwiderte nichts. Sie war noch nie in den Geschäften in der Haupteinkaufsstraße gewesen. Nur auf dem Markt und bei den Werkstätten am Stadtrand. Auch den Tabakladen und die Pizzeria kannte sie, wo ausschließlich Männer in ölbefleckten Overalls Kunden gewesen waren.

Leena wollte sie nicht fragen, ob sie und ihre Schwestern nach dem Tod ihrer Eltern eine Unterstützung für das Lebensnotwendigste erhalten hatten. Sie wollte, dass Elgas und ihre Beziehung unbelastet bliebe, von der Freude am Lernen geprägt wäre. Der Rest war Sache der Sozialbehörden, dachte sie.

»Du musst lernen, ein Zeitgefühl zu entwickeln«, sagte Leena gleichermaßen liebevoll und bestimmt. »Ich helfe dir, die Uhr zu lesen.«

»Da, wo wir wohnen, spielt Zeit keine Rolle.«

Leena hakte sie unter und brachte sie dazu, sich auf den Schemel im Flur zu setzen.

»Dann lerne, dass man manchmal pünktlich sein musst. Sonst

behältst du deinen Arbeits- oder Ausbildungsplatz nicht lange. Komm, zieh die kaputte Hose aus. Wir waschen sie, und du kannst solange eine von Matti leihen.«

Elga verzog das Gesicht, als Leena ihre blutende Kniescheibe mit Wundreiniger abtupfte.

»Au!«

»Und …? Was ist passiert?«

Leena schnitt ein großes Pflaster ab und klebte es auf Elgas mageres, knubbeliges Knie.

»Bin auf dem Eis ausgerutscht.«

Leena wirkte skeptisch, stellte Elgas Aussage aber nicht infrage, holte nur eine Jeans aus dem Zimmer ihres Sohnes und reichte sie ihr.

»Er schießt gerade in die Höhe. Wenn die hier passt, gehört sie dir. Wir hätten sie sonst zur Kleiderkammer gegeben.«

Elga ging ins Bad, befühlte den Stoff, roch daran. Waschmittel. Sie zog die Jeans an; sie saß perfekt. Ihr Spiegelbild sagte ihr: eng sitzend, ohne zu eng zu sein. Autsch! Aber die Wunde am Knie tat weh.

Wie bei ihrem ersten Besuch bei Leena betrachtete Elga erstaunt ihr Gesicht im Spiegel, studierte dieses Mysterium. Trat näher, lächelte, sonnte sich in ihrem Spiegelbild. Sie hatte gar nicht gewusst, dass sie mit ihrem roten Haar und der spitzen Nase so gut aussah. Hatte zwar geahnt, dass sie schlau aussähe, jedoch nicht, dass sie einen so schönen Mund und – das war das Seltsamste – mandelförmig geschnittene Augen besäße.

Leena rief aus dem Wohnzimmer nach ihr, und Elga eilte hinaus.

»Bitte, setz dich!«

Da sah sie die Schulbank, die dastand, den Stapel Bücher darauf.

»Bekomme ich … eine eigene Bank?«

Elga strich über den Pultdeckel und griff nach einem Buch, blätterte darin. Sah mit strahlender Miene zu Leena auf.

»Eine ganz eigene«, sagte Leena. »Du kannst die Bücher hierlassen, wenn du keine Hausaufgaben von mir bekommst.«

Elga hob den Deckel an und schaute ins Innere. Da lagen Stifte, ein Radiergummi und ein Notizblock.

»Die Bänke sollten in der Schule auf den Sperrmüll wandern«, erklärte Leena. »Das fand ich zu schade, also habe ich ein paar von ihnen in meinen Keller geschafft. Ist sie nicht schön? Sieh mal, mit welcher Sorgfalt dieses Möbelstück geschreinert wurde.«

Elga nickte und schrieb ihren Namen auf den Einband des Notizbuchs.

»Heutzutage ist alles auf die Neuen Medien ausgerichtet«, schüttete Leena der neuen Schülerin ihr Herz aus. »Die Menschen können kaum noch schreiben, auch nicht lesen. Sie wischen bloß noch auf einem Display herum, und dort spielt sich dann ihr ganzes Leben ab.«

Elga nickte zustimmend und fragte nicht, was denn ein »Display« sei.

»Dann sind wir uns ja einig. Jahrtausendealte Fähigkeiten gehen verloren. Bald können die jungen Leute weder mit der Hand schreiben noch einen längeren Text lesen.«

»Das … klingt nicht so gut«, sagte Elga zögernd.

»Du bist beim letzten Mal bis zur Mitte des Buches gekommen. Fang jetzt an, den Text von Seite siebzig an zu lesen.«

Zuerst war nur ein gedämpftes Murmeln zu hören. Bald summte Elga wie eine Hummel. Eine Buchseite, zwei. Artikulierte Silben. Dann aber verschwammen die Wörter und Sätze vor ihren Augen zu einem schwarzgesprenkelten Durcheinander. Ihr Magen zog sich unangenehm zusammen, vielleicht würde sie doch niemals richtig lesen können.

»Erzwinge nichts. Sieh dir jeden Buchstaben an, nimm seine Form in dich auf, sieh, wie die Buchstaben zusammenarbeiten, um Wörter zu bilden. Du hast es fast geschafft.«

Elga ballte eine Hand zur Faust, hielt ihren Daumen umklammert. Ihr war schwindelig, wann hatte sie überhaupt zuletzt etwas gegessen? Bohrende Kopfschmerzen machten sich bemerkbar.

Leena verstand, dass Elga nicht mehr konnte.

»Möchtest du einen Kaffee? Also, ich brauche auf jeden Fall eine Tasse.« Sie ging in die Küche, es klirrte, der Kühlschrank wurde geöffnet und wieder geschlossen. Sie kam mit einer Thermoskanne und zwei Roggenbrötchen mit Käse wieder. Schenkte Kaffee in zwei Becher.

»Nimmst du Milch?«

»Milch?« Elga war verwirrt. Sie schüttelte den Kopf, trank einen Schluck. Wagte es nicht, nach einem Stück Zucker zu fragen.

Nach der Kaffeepause geschah das Wunder – nahezu ein Erweckungserlebnis für eine Ungläubige:

In ihrem Kopf machte es klick!

Ihr ging ein Licht auf,

sie las,

langsam, tastend.

»Prima!«, lobte Leena.

Ein Glücksrausch erfasste Elga:

Sie konnte lesen!

Dieser Rausch war besser als jeder andere nach der fünften Flasche Bier.

»Gut! Jetzt kannst du es deinen Schwestern beibringen.«

»Darf ich nicht mehr weiterlernen?«

Beunruhigt, bittend sah sie ihre Lehrerin an.

»Wenn du das willst, machen wir mit schwierigeren Texten weiter. Du solltest auch schreiben können.«

»Und Mathe?«

»Wie du willst. Für die Mathematik ist Matti zuständig. Aber zuerst möchte ich, dass du flüssig lesen kannst.«

Als der Unterricht vorbei war und Elga leicht hinkend das Haus verließ, war Johanna nirgends zu sehen. Elga setzte sich an den Straßenrand und wartete. Wie sie diese Despotin hasste, die ihre kleine Schwester bestrafte, indem sie sie hier hängenließ! Aber ihre Frustration hielt nicht lange an – mit diesem Abend war eine andere aus ihr geworden: ein Mädchen, das lesen konnte, in einer heilen, hübschen Jeans, die sich wie angegossen an ihren Hintern schmiegte. Sie fühlte sich wie neugeboren und verspürte eine überschäumende Freude. Die Bücher gehörten jetzt ihr. Bald würde es dämmern, und sie sah keinen anderen Ausweg, als sich selbst auf den langen Weg nach Hause zu machen. Vielleicht könnte sie ja trampen, auch wenn die anderen ausflippen würden, wenn sie das täte.

Sie humpelte los, und ihre Gedanken schweiften zu dem Aufgabenheft in ihrem Rucksack und zu der neuen Hose. Wie eine Akrobatin auf dem Seil tänzelte sie die Straße entlang. Sie musste allerdings einen zügigen Schritt halten, sonst wäre sie nicht vor Einbruch der Dunkelheit zu Hause.

Sie war schon recht lange gegangen, als sie ein Motorengeräusch hörte. Gut sichtbar streckte sie den Daumen heraus. Ein Quad mit einem ganzen Haufen johlender, grölender junger Leute näherte sich – die kannte sie doch?! Ausnahmsweise freute sich Elga darüber, ihre unverfrorenen Schwestern zu sehen. Tanja fuhr, Johanna saß vergnügt auf der Ladefläche, Branntwein aus einer Flasche saufend, und Tiina sang lauthals, während die anderen drei – sogar Laura – auf dem Anhänger tanzten.

Tanja bremste, und Simone, die von ihnen am betrunkensten schien, fiel um.

»Wir wollen zum Herbsttanz im Park«, rief Tanja. »Spring rauf!«

»Ich will nach Hause«, protestierte Elga. Ihr Knie schmerzte. Vorwurfsvoll sah sie Johanna an.

»Dann musst du laufen«, konterte Johanna hart.

»Komm schon, Elga!«, rief Aune überraschend munter.

»Wir brauchen mal ’ne Party«, sagte Tiina. »Geil, deine Jeans! Wem hast du’s besorgt? Dem Mathegenie?«

Elga erwiderte nichts, dachte, dass sie bald nichts mehr mit Tiinas ermüdenden vulgären Scherzen, diesem Fotzengefrotzel zu tun haben würde. Ihr Knie tat weh, als Tiina sie mit starken Armen die Ladefläche hochzog. In einer Ecke saß Simone und sah aus, als versuchte sie, ihren Blick irgendwo festzumachen. Johanna goss versehentlich Schnaps über Elga, zog sie hoch zum Tanzen, und Aune und Laura wackelten mit dem Po um die Wette. Johanna schreckte heftig zusammen, als Aune zufällig mit dem Glimmstängel ein Loch in die weiße Bluse ihrer Mutter brannte. Nachdem Johanna vom Pastor wiedergekommen war, hatte sie die Bluse im Durcheinander des Wäscheschranks versteckt, wo alles – bis auf saubere Wäsche – zu finden war.

Elga nahm die Flasche, die Aune ihr reichte, und kippte das Bier hinunter. Schrie laut heraus: »Ich kann lesen!«

»Scheiße, ist ja der Hammer!«

Aune klopfte ihrer kleinen Schwester so fest auf den Rücken, dass diese sich verschluckte und hustend nach Atem rang.

»Ich bring es dir bei, Aune«, sagte Elga und prostete ihr klirrend zu.

»Mir auch!«, rief Laura.

»Allen, die wollen«, schrie Elga laut hinaus.

»Viele werdet ihr nicht sein«, keifte Johanna.

»Ich kann dir vor dem Schlafengehen aus Vaters Jagdzeitschriften vorlesen.«

»Halt deine dreckige Fresse. Heut Abend wollen wir uns amüsieren.«

Die Wiese neben dem Stadtpark war vollgeparkt; die dicht an dicht stehenden Oldtimer ließen einen glauben, auf einem Autofriedhof gelandet zu sein. Grüppchen verschiedenen Alters standen um die Fahrzeuge herum, lachten und tranken, um anschließend grölend in Richtung Park zu torkeln. Aus dem Wald tönten E-Gitarre, Akkordeon und eine kräftige Männerstimme herüber, die von Rosen und unerfüllter Liebe sang.

Geschmeidig hüpfte Tiina noch während der Fahrt von der Ladefläche. Die anderen waren vorsichtiger. Elga bat Aune um Hilfe; ihre Kniewunde pochte. Sie ließen die Schnapsflasche kreisen, während Johanna zur Waldlichtung fuhr, um zu parken. Der Park vor ihnen war in den milden Schein bunter Glühbirnen getaucht, vor dem Eingang wartete eine lange Menschenschlange. Die Schatten an diesem Septemberabend hingen tief, der Mond war im Unterschied zu den Vergnügungssüchtigen nur annähernd voll. Die Birken sahen aus, als wappneten sie sich dafür, rot anzulaufen und die Blätter abzuwerfen.

Fünf Schwestern schlichen sich von der Rückseite an die Anlage heran und kletterten über den Zaun, nur Elga und Aune pressten sich unten durch. Sieben Zigaretten glommen auf und schwebten wie eine Wolke aus Licht in Richtung Bühne. Mädchen in taillierten, gepunkteten Sommerkleidern fröstelten neben ihren Begleitern in bulligen Lederjacken, die Würstchen mit Brot mampften. Die Schwestern hielten sich die Nase zu, um von dem herrlichen Wurstgeruch nicht ganz verrückt zu werden. Die Mücken schlugen zu, die Schwestern schlugen zurück. Als die sieben sich der Menschenmenge vor der Bühne näherten, sagte Johanna, dass ihre Eltern ihnen das hier nicht erlaubt hätten.

»Vater hat immer gesagt, sobald man aus dem Haus geht, könnte man als Erstes den Steuereintreibern über den Weg laufen.«

»Was wäre das für ein Dasein, wenn man sich nie in Gefahr begibt …«, sagte Aune.

»Er hat auch das hier gesagt«, bemerkte Johanna, »Hör mir zu, Tiina!:

Sie glauben, sie seien allmächtig.
Sie glauben, sie könnten uns kleinkriegen.
Aber sie irren sich.«

»Glaubt ihr wirklich, dass jemand, der hierherkommt, beim Finanzamt arbeitet?«, fragte Elga.

»Tanzen wollen alle«, gluckste Tiina.

»Zieht's die nicht irgendwohin, wo es schicker ist?«

Kreideweiße Birkenstämme, orangefarbene Blätter. Die Glut von sieben Zigaretten ohne Filter. Sieben zottige Häupter mit braunroter Haarmähne. Starke, kräftig gebaute Leiber neben zwei zierlichen. Mit Aune in Jeansjacke an der Spitze, dahinter Johanna in den Kunststofflatschen ihres Vaters. Elga, deren neue Jeans dazu einlud, mit dem Po zu wackeln, musste an Matti denken. Jemand wie er würde sicher nie zu so einem Deppenfest gehen. Laura schlurfte in Holzschuhen hinterher. In der Menschenmenge bildeten sie eine lange Kette, bahnten sich ihren Weg zur Tanzfläche, schoben Faltenröcke und blumige Puffärmel beiseite. Lauter dumme Hühner, die in Stöckelschuhen umhertrippelten.

Tanja lehnte sich zu Johanna hinüber. »Siehst du, was ich sehe?«

»Da tanzt Lygia.«

»Fordere sie auf«, sagte Tanja ermunternd.

»Aber zuerst her mit 'nem Schluck.«

Sie standen am Rand der Tanzfläche und glotzten, nahmen alles in sich auf. Die Lederjacke des Sängers mit fransenbesetzten

Taschen, die verschiedenen Tanzstile der Tanzwütigen. Johanna und Tanja applaudierten nach jedem Song und setzten die Flasche an den Mund. Tiina pfiff laut auf zwei Fingern. Laura, Elga und Aune standen ein wenig für sich und trugen gelangweilte Mienen zur Schau, während Simone sich in das Wäldchen begeben hatte und sich schon jetzt heftig übergab. Tiina entdeckte sie, zeigte auf sie.

»Simone kniet im Unterholz und betet.«

Johanna stieß einen missbilligenden Laut aus.

»Was zur Hölle, jetzt schon?! … Ein bisschen muss man doch wohl abkönnen!«

»Wir haben schließlich gerade erst angefangen, uns zu amüsieren«, schnaufte Tanja.

Als eine Akkordeon spielende Frau mit roter Baskenmütze dem Sänger auf der Bühne Gesellschaft leistete, flüsterte Elga Laura ins Ohr, dass sie sich schon mal für ein Nickerchen auf die Ladefläche des Quads legen würde. Laura überraschte Elga damit, dass sie noch bleiben wollte.

Jetzt gab Johanna sich einen Ruck und setzte sich in Bewegung.

»Ich werd jetzt tanzen!«

»Ich auch!«, stimmte Tiina ein und legte ihrer Schwester die Hände auf die Schultern.

Sie gingen zur Tanzfläche, zeigten mit dem Finger auf andere und lästerten über ihre albernen Tanzschritte ab.

»Guck mal, an welchem Blödhammel Lygia hängt!«, sagte Tiina.

»Oh, dieses Lied! Ich fordere sie auf.«

Unverfroren marschierte Johanna zu Lygia und ihrem Tanzpartner. Ihr Kavalier blieb nach dem Liedende stehen und hielt Lygias Rücken umfasst, so als wäre der nächste Tanz selbstverständlich ebenfalls seiner, und auch der nächste Song handelte von unerfüllter Liebe, wie der Sänger gerade ansagte. Atemlos lächelte sich das Paar an, als Johanna sich vor ihnen aufbaute, unangenehm dicht, wie die beiden zu finden schienen. Sie machten einen Schritt zur Seite.

»Hallo!«

Lygia zuckte zusammen, als sie Johanna erkannte, sah beunruhigt zu ihrem Freund, der seinen Griff um Lygias Taille verstärkte.

»Hallo«, sagte sie reserviert.

»Ich will mit dir tanzen«, sagte Johanna.

»Ich tanze mit Buster.«

Lygia sah ihren Tanzpartner an, der reagierte, indem er ihre Hand nahm und sie fest drückte.

»Nur einen Tanz. Komm schon!«, ließ Johanna sich nicht beirren.

»Ich tanze mit Buster!«, wiederholte Lygia genervt.

Vom Widerstand angestachelt, weigerte Johanna sich aufzugeben.

»Was für 'ne Langweilerin man doch sein kann! Die ganze Zeit mit ein und demselben Kerl zu tanzen. Willst du nicht mal 'n bisschen Spaß haben?!«

»Bitte geh«, sagte Lygia.

»Was sagst du da?! Mensch, wir sind doch alte Klassenkameradinnen.«

Jetzt stellte sich Lygias Freund vor Lygia. Bohrte seinen Blick in Johannas.

»Du musst ein Nein respektieren.«

Dieser Ton gefiel Johanna gar nicht, und sie starrte ihn nun ihrerseits unnachgiebig an.

»Buster, ja? Was für 'n beschissener Name!«

Lygias Freund fuhr auf.

»Hau ab!«, zischte er Johanna an.

»Nicht weil du es sagst.«

»Sie hat Nein gesagt. Kapier das endlich!«, rief Buster.

»Sie möchte tanzen … Das kann ich ihr ansehen«, reizte ihn Johanna weiter.

Buster ballte die Hände zu Fäusten.

»Wir sind nicht allein hier, damit du's weißt!«, drohte er. »Meine Freunde und ich machen in zwei Minuten Hackfleisch aus dir und deinen dreckigen Schwestern!«

Da spannte Johanna ihren Bizeps an.

»Ha, ha, ha! Und wir machen in einer Sekunde Rübenmus aus dir!«

Mit eisernem Griff packte Buster Johannas Arm und zerrte sie von seiner Freundin weg, von der Tanzfläche herunter durch die Menschenmenge und Richtung Wurstbude.

Doch die Sache ging schief. Mit ganzer Kraft warf sich Johanna nach hinten. Buster ließ sie los. Als Johanna ihm in den Schritt trat, sackte er wimmernd in sich zusammen. Da marschierten drei breitbeinige Muskelprotze auf sie zu, packten Johanna, die wild auskeilte und mit den Armen fuchtelte. Die drei Männer schleiften sie durch den Eingang hinaus, auf den Parkplatz, um es ihr so richtig zu geben. *Diese verdammte Hure*, konnte einer der Männer noch äußern, bevor er hinterrücks angegriffen wurde. Tiina sprang auf seinen Rücken und rang ihn nieder in den Staub, hielt seine Arme fest. Fauchte in sein Ohr: »Wir sind viele. Und wir schrecken vor nichts zurück. Auch nicht vor Mord.«

Tanja boxte einem der Männer in den Bauch, und Laura zog vor Buster ihr Messer; Buster blieb stocksteif stehen und starrte die scharfe Klinge an. Laura schnellte vor und schnitt ihm als Warnung eine Kerbe in die Stirn; sie ähnelte der Zahl Sieben. Blut strömte aus der Wunde. Aune und Elga versuchten zu begreifen, was in dem ganzen Durcheinander geschah. *Laura, Laura!*, feuerten sie die Schwester laut johlend an.

Fünf Männer vom Wachdienst kamen angerannt und rissen Tiina von ihrem Opfer fort, die ein Knie auf den Stiernacken des von ihr niedergerungenen Mannes drückte.

Die Leute schrien und brüllten mit plötzlich aufflammendem kollektiven Mut. *Verfluchtes Gesindel! Ihr verwilderten Tussis, bleibt bloß auf eurem Bettlerhof! Wir wollen eure widerlichen Fressen hier nicht mehr sehen!*

Elga, die am ganzen Körper schlotterte, während ihr Rotz aus der Nase lief, bekam einen Schock. *Das war's also mit der Schule!*, sagte ihr eine innere Stimme. All das Wunderbare, was heute geschehen war … Und jetzt war es gleich wieder vorbei. Jetzt würden sie bestimmt hinter Gitter kommen. Elga schlich sich davon, fort von der Schlägerei, verließ das Gelände und ging zum Quad. Simone hatte inzwischen sämtliches Übel ausgespuckt und konnte allmählich wieder klarer sehen und denken. Sie näherte sich dem Menschenauflauf von der Seite her mit einem langen gebogenen Rohr, das sie im Wald gefunden und mit nach Hause hatte nehmen wollen, es wäre ja vielleicht noch zu etwas zu gebrauchen gewesen. Das Rohr war so schwer, dass sie es kaum halten konnte. Wie das Manöver vor sich gegangen war, war im Nachhinein schwerlich zu begreifen. Simones unschuldige, sanfte Miene täuschte alle, niemand hielt gerade sie für eine Vandalin. Sie nahm die Leute des Wachdienstes ins Visier und raste vorwärts. Die wichen erschrocken zurück und rannten Schutz suchend zurück auf das Parkgelände. Es gelang Simone, das Rohr so zwischen die Menge zu manövrieren, dass es Tiina und Johanna vor ihr abschirmte. Simone, das Rohr vor sich haltend, stürmte schnaubend und brüllend mit einer Kraft, die ihr von Gott dem Vater persönlich gegeben sein musste, wie eine kampflustige Bestie in die Menschenmenge. Der Mob zerstreute sich, ließ Johanna, Tiina und anschließend auch Tanja, Aune und Laura hindurch.

Dann führte Simone die Schwesternschar durch die aufgebrachte Menge. Bahnte ihnen eine Passage. *Jesus geht über das Wasser*, presste sie hervor. *Jesus kann übers Wasser gehn.* Als die erzürnte Menge sich endgültig zerstreut hatte, die meisten wieder zurück auf die Tanzfläche wollten, um zum großen Hit der Band zu tanzen, schlurften die Schwestern zurück zum Quad, wo Elga lang hingestreckt im Schockzustand auf der Lastfläche lag. Jetzt machte sie sich bereit, um den Motor zu starten. Als alle von ihnen auf der Ladefläche saßen, fuhr sie los, und sie brausten davon, während Laura Steine nach den Burschen warf, die dem Fahrzeug nachstellten.

Johanna sah Simone an, als hätte sie sie noch nie zuvor gesehen.

»Himmel und Hölle, ich wusste gar nicht, dass so eine Kriegerin in dir steckt …! Verflixt, ich blute. Ich hab ein Loch im Hinterkopf … Es blutet wie Sau.«

»Her mit dem Alkohol, dann mach ich die Wunde sauber«, sagte Tanja.

»Der Schnaps ist alle. Haben wir überhaupt noch irgendwas, womit wir die Wunde reinigen können?«, fragte Aune.

Alle durchsuchten ihre Taschen. Nichts, nur Snus und Zigarettenschachteln. Die Straße war schmal; der Anhänger hüpfte und schlingerte. Sie wurden von einer Seite zur anderen geschleudert.

»Wenn wir zu Hause sind, gehn wir in die Sauna und reinigen unsre Wunden. Meine Fresse ist ein Kraterloch. Sind mir alle Schneidezähne flöten gegangen?«, fragte Tiina und sperrte den Mund auf.

»Einer, nein, zwei«, stellte Tanja fest.

In Tanjas Augen standen Tränen, als sie in der Sauna die dicken Lippen, Beulen und Schnittwunden an Brust und Armen der Schwestern näher in Augenschein nahm. Mit zitternden Stimmen redeten sie durcheinander. Johannas Platzwunde am Hinterkopf hätte eigentlich genäht werden müssen, aber damit die Notaufnahme aufzusuchen, war undenkbar. Man würde sie verhaften.

»Nimm etwas Branntwein ... ein Handtuch ... und mach das sauber, Tanja«, stöhnte Johanna, nahe daran, vor Schmerzen umzukippen.

Sie legte sich auf die oberste Saunabank.

Tanja raste zurück ins Haus. Suchte. Fand eine Schere. Kehrte atemlos wieder.

»In diesem Haus gibt's nur schmutzige Handtücher. Du musst ein paar Haare opfern, wir müssen die Wunde freilegen.«

»Eine normale Familie hätte Pflaster und Kompressen daheim«, seufzte Elga.

Tanja säuberte Johannas Wunde mit Alkohol und Weißmoos. Simone goss Wasser auf den Saunaofen. Dampf stieg auf.

»Ihr dürft meine unversehrte Schwarte mit Birkenreisig bearbeiten. Ihr seid ja eh schon rot gestreift.«

»Nie im Leben werd ich dich peitschen. Diesen Genuss gönne ich dir nicht«, wehrte sich Elga.

»Wie kompromisslos du aussiehst, Aune.«

Aune bewegte vorsichtig ihren Mund. Es knackte.

»Ich kann meinen Kiefer nicht schließen. Glaube, er ist ausgerenkt.«

»Du hast doch nichts weiter getan, als zu glotzen«, sagte Tiina vorwurfsvoll.

»Wir wurden geschubst. Ich bin hingefallen, und jemand ist voll auf mich drauf gesprungen«, erklärte Aune.

Aune war panisch: ihr Mund, das Werkzeug der Erzählerin ...! Ob's das jetzt war?

»Den kann ich dir wieder einrenken«, sagte Tiina und umfasste mit festem Griff Aunes Gesicht.

»Neiiin! Auuu! Stooopp!«

Aune wand sich, jammerte und stöhnte.

»Wir arbeiten hart für unser Brot und wollten uns ausnahmsweise mal vergnügen. Warum hassen uns die Leute so? Was haben wir ihnen getan?«

»Eine wie ich darf ja nicht mal jemanden zum Tanz bitten«, sagte Johanna.

»Wirklich gebeten hast du sie ja auch nicht«, bemerkte Elga.

»Wie hieß dieser Lackaffe noch mal?«

»Buster«, schnaufte Johanna.

»Wie kann man nur mit einem ins Bett gehen, der Buster heißt?!«, sagte Tiina.

»Ich schnitz mir ’nen Buster«, spottete Laura.

»Der Teufel in Verkleidung«, sagte Simone.

Sobald Tanja die Platzwunde restlos gesäubert hatte, nahm sie einen Schluck aus der Flasche, bevor sie den anderen davon anbot. Lange schwiegen sie vor sich hin, während es in der Sauna immer heißer wurde. Simone peitschte sich selbst mit dem Birkenquast. Tiina ging hinaus aufs Plumpsklo. Dann kam sie wieder hereingerannt: »Kommt mal, das müsst ihr euch ansehen! Der Mond ist blutrot. Lasst uns aufs Dach klettern!«

Die anderen folgten ihr, selbst die verletzte Johanna. Sie standen dort, wo die Dachpfannen heile waren. Prosteten dem Mond zu.

»Was für ein seltsames Licht über der Stadt liegt«, sagte Johanna.

»Schmutzig gelb«, fand Laura.

»Hört mal, Leute, findet ihr nicht auch …?«, begann Tiina. »Wir stehen über diesem ganzen Misthaufen, wir sind größer als die. Die Menschen sind schlecht, kein Schwein will Leuten wie uns etwas Gutes.«

»Ich denke eher darüber nach, dass alles, was die Leute uns hinterherschreien, mit ›Sch‹ anfängt«, meinte Aune: »Die Alten schreien ›Scheißgören‹, ›Schweinebande‹ und ›Schafsköpfe‹. Und die Jungen, die schreien ›Schicksen‹, ›Schlunzen‹, ›Schwanzlutscher‹, ›Schlampen‹.«

»Und jetzt noch alle Wörter auf ›H‹«, fiel Elga ein. »›Huren‹, ›Hornochsen‹, ›Hexen‹, ›Hohlköpfe‹.«

»Bäume sind nie gemein«, sagte Laura. »Hühner auch nicht.«

»Der Wald ist weiß Gott auch nicht immer nett und freundlich zu einem«, schränkte Aune ein. »Das wissen wir, wenn's stürmt. Aber Unwetter ziehn zumindest vorbei.«

»Schmerz adelt, vergesst das nicht, Mädels«, meldete sich Simone zu Wort. »Fürchtet euch nicht … Der Schmerz will uns etwas sagen.«

»Wie seltsam deine Stimme plötzlich klingt«, sagte Tiina. »So als würdest du gerade lustvoll 'nen Schwanz lutschen.«

Wie sehr Simone das verletzte, war in der Dunkelheit nicht zu erkennen.

»Ich habe euch heute gerettet. Ihr könntet ruhig etwas netter sein.«

»Hältst du dich ernsthaft für 'ne Heilige, Simone?«, fragte Elga geradeheraus.

»Ihr sprecht von *anderen* immer so, als wären *sie* die Bösen. Was ist mit euch selbst?«, erwiderte Simone herausfordernd.

Tanja dachte laut nach: »Wir kämpfen, wenn wir dazu gezwungen werden. Wir haben unsre Mutter nicht gerade in Ehren gehalten. Abgesehen davon sind wir nette Leute.«

»Wir sind wie Panther. Greifen nur an, um uns selbst zu verteidigen«, sagte Elga.

»Wir hätten die Olle in die Schranken weisen und zurückschlagen sollen.«

»Die Gosche der Alten war das Tor zur Hölle », meinte Tiina.

Simone protestierte: »Ich bitte dich … Ich fühle mich unsrer Mutter gegenüber brennend schuldig. Hier! Im Herzen! Wir waren zu siebt und hätten mit anpacken können, haben Mutter aber bestraft und uns Vater gegenüber zum Narren gemacht.«

»Ich geb dir recht, Simone«, sagte Aune.

»Vater hatte etwas Mütterliches. Mutter war eine Tyrannin«, brachte Elga es auf den Punkt. »Viele haben schon auf dieser Erde gelitten, ohne deshalb ihre Kinder zu misshandeln.«

»Sie hatte niemanden auf ihrer Seite bis auf die alte, ausgemergelte Flora, die keine Milch mehr gab«, sagte Simone mit einem Zittern in der Stimme.

»Ihr Muffelköppe. Können wir nicht auch mal 'n bisschen Spaß haben!«, sagte Tiina, der das ganze Gemaule reichte.

Aber Elgas Gedanken spulten weiter.

»Louhi wollte mich am liebsten den Räubern im Wald überlassen.«

»Und jetzt sind wir die Räuber«, stellte Aune fest.

»Wenn wir schon so schlimm sind, ist es nur gut, dass wir allein sind«, sagte Elga. »Niemand würde uns Arbeit geben. Aber ich werde weiterlernen, bis ich ein Genie bin. Und dann erfinde ich etwas, das denen allen eine Mordsangst einjagt. Ihr werdet schon sehn, dass sie uns dann mit Respekt behandeln!«

»Du kannst ja mit deinen Büchern hier auf dem Hof wohnen bleiben«, sagte Tiina. »Sobald die Bachstelze im Frühjahr zurückkehrt, verriegeln wir für immer das Haus und ziehen mit unsrem Krempel tief in den Wald. Zur Hölle mit den anderen!«

»Im Wald sind wir frei«, sagte Tanja. »Jagen, essen, schlafen. Wir halten die Kälte fern und wärmen uns an 'nem guten Schluck. Sonst nichts.«

Plötzlich prasselte ein Regenschauer auf sie nieder. Sie legten den Kopf in den Nacken und tranken das frische Wasser, hoben die Arme und genossen die harte Dusche. Tiina ließ den Regen über ihre frischen Wunden fließen. Sie zog ihre Hose aus und machte einen Handstand. Ebenso jäh wie der Himmel seine Schleusen geöffnet hatte, schloss er sie wieder. Ein Donner ertönte, ein Blitz folgte dem anderen.

»Der Donnerschlag ist ein Vorbote des Jüngsten Gerichts«, predigte Simone. »Große Veränderungen erwarten uns. Wir müssen einen drastischen Entschluss fassen, sonst enden wir in der Hölle.«

»Um es noch mal mit Vaters Worten zu sagen: Wir müssen die Herde zusammenhalten«, sagte Johanna. »Uns nicht verlieben und zulassen, dass Fremde einen Keil zwischen uns treiben. Alles Geld muss in der Familie bleiben. Wären wir nicht sieben Schwestern – Schwestern, die zusammenhalten, wenn Gefahr dräut –, hätten wir diesen Abend nie überstanden.«

»Jetzt bist du wieder voll wie 'ne Haubitze«, sagte Tiina. »Sprichst wieder genauso geschwollen und altertümelnd, wie Vater das konnte ... *wenn Gefahr dräut*. Also, ich mach jetzt Feuer, und dann grillen wir Wurst.«

Sie setzten sich im Kreis um das Lagerfeuer. Bald war die nur oberflächlich gegrillte Fleischwurst aufgegessen; lange zu warten, das war nichts für sie.

*

In der Nacht nach diesem verhängnisvollen Abend im Park träumte Johanna. Träumte, dass sie vor Soldaten floh und einem Kugelhagel entkam, indem sie in dichtem Fichtenwald untertauchte. Spitze Zweige rissen an ihr, zerrissen sie, als sie sich unter die Bäume duckte. Mitten im Schlaf fing sie an, um sich zu schlagen, als ginge es um ihr Leben, während Tanja versuchte sie wach zu rütteln. Ihr Mund war trocken wie Sägemehl. Ihr Kopf schwer wie ein Roggensack. Das Kopfkissen fleckig von Blut.

»Zur Sauna, komm!«, forderte Tanja sie auf.

»Jetzt?! Es ist doch noch früh am Morgen, verdammt.«

Tanja blieb hartnäckig.

»Komm, hab ich gesagt!«

Johanna richtete sich auf, quälte sich langsam aus dem Bett und fasste sich an den Nacken. Au! Die anderen folgten ihr, nur die immer noch schnarchende Tiina nicht.

Als sie auf der Veranda standen, bot sich ihnen ein grausiger Anblick: Von der Sauna war nichts mehr als Ruß und Asche übrig. Johanna konnte nicht anders, sie musste sich setzen.

»Haben wir vergessen, das Feuer zu löschen?«

»Oder ist der Blitz eingeschlagen, ohne dass wir es gemerkt haben?«, sagte Aune.

»Ein Jammer, dass unsre Eltern keine Versicherung hatten«, ärgerte sich Tanja.

»Sie haben bloß an die vielen Tausender gedacht, die die Menschen ein Leben lang blechen, ohne dafür jemals eine Gegenleistung zu erhalten«, erklärte Johanna.

»Tja, jetzt wär es natürlich gut gewesen, einfach die Versicherung anzurufen«, meinte Tanja.

»Wir haben doch sowieso kein Telefon«, sagte Johanna und fasste sich grimassierend an den Hinterkopf.

Wenig später standen sie alle um den Aschehaufen herum und ließen die Köpfe hängen.

»Schade, im Winter nicht mehr saunieren zu können«, sagte Aune.

»Wir können froh sein, dass das Feuer sich nicht auf das Wohnhaus ausgebreitet hat«, meinte Tanja.

Simone blickte zum Himmel auf und tönte: »Alles ist zu Asche verbrannt. Was habe ich gestern nicht vom Tag des Jüngsten Gerichts gesagt? Dies ist ein weiteres Zeichen. Unser Weg führt in die Wildnis. In ein Dasein, wie die heiligen Eremiten es lebten.«

»Dieser Winter wird der letzte sein, den wir hier noch aushalten. Damit ist das entschieden!«, schloss Johanna.

»Alle Bretter des Hauses sind morsch, bald bricht es ganz zusammen«, sagte Aune.

Und Simone sagte: »Vor unsren armen Augen. Ich werde für uns beten. Herr, verlass uns nicht.«

Sechstes Kapitel

Ja, ihr ahnt vermutlich, dass sich die Schlinge zuzieht, aber noch haben die Geschwister nicht alles verloren. Noch haben sie einander, haben die Hühner, die Hunde; die gewaltige Kraft gegenseitiger Verbundenheit. Die Energie, die sie den Winter überstehen lässt – aus der kleinen Roggenernte, der Jagd und dem Fischfang, was sie mit der nötigen Nahrung versorgt. Durch den Verkauf von Fellen, Pelzen und Fleisch auf dem Wintermarkt und dem Schwarzgebrannten unterm Ladentisch. Gemeinsam ertragen sie die Kälte im Haus; ja, welch ein Glück, dass es ein milder Winter ist.

Doch wie stark sie mit ihren vierzehn Beinen und vierzehn Armen auch sind, können sie bei ihrer Umsiedlung nicht alles mitnehmen. Bis dahin dauert es nun nicht mehr lang, der Aufbruch naht.

Ihr, die das Packen vor einer Reise gewohnt seid, seid euch vielleicht nicht im Klaren darüber, dass nicht alle diese Kunst beherrschen. Um klug zu verstauen, was mitmuss, benötigt man Reiseerfahrung, eine Vorstellung von in der Zukunft liegenden Bedürfnissen, die von Wind und Wetter, Arbeit und Pausen bestimmt werden. Erforderlich sind auch ein gewisses Maß an Ordnungssinn und natürlich die passenden Taschen für die jeweilige Art der Reise. Sind sich die Schwestern in einem Punkt gleich, dann darin: dem Unvermögen, ja der an Hilflosigkeit grenzenden Unerfahrenheit darin, Dinge zu systematisieren und zu strukturieren. Gesetzmäßigkeiten liegen ihnen nicht.

Im Vorfeld ihres Wegzugs und der damit verbundenen Ängste

lagen die Schwestern nachts wach und hörten zu, wie die Eulen sich paarten und Niskanpääs rollige Katzen vor Geilheit schrien. Diese Geräusche liebten sie. Mittlerweile war der Frühling da. Die erste Bachstelze des Jahres wippte auf dem Hof mit dem Schwanz, als Laura auf der Vortreppe ihren Kaffee trank. Sie verfolgte ihren jähen Spurt. Die Zeit war gekommen. Doch wie sollten sie nur alles mitbekommen, was sie benötigten?

Ein Wegzug verleiht dem Ort, den man verlässt, klarere Konturen.

Laura ließ die Hunde raus und dachte daran, was sie alles verlieren würde. Die Sauna musste sie nicht vermissen, davon waren nur noch der Saunaofen und ein schwarzer Fleck mit verkohlten Brettern übrig. Eine eigene Lichtung im Wald und einen eigenen Baum würde sie auch an ihrem neuen Zuhause finden. Am wichtigsten waren die Werkzeuge, und so schwer waren die ja nicht.

Sie schmuste mit den Hunden, die freudig bellten und zum Spielen aufgelegt waren. Sie brauchten nur wenig, um glücklich zu sein; und wie die Hunde freute auch sie sich schon über ein schön geformtes Stöckchen. Stöckchenwurf dagegen war ihre schlimmste Disziplin. Warum nur hatte ausgerechnet sie so schwache Arme? *Tiinas Oberarme sind so kräftig wie meine Schenkel*, dachte sie. Vor ihr stieg ein Bild auf: Wie sie sich den Platz im Bauch der Mutter geteilt und die Schwester ihr den Großteil des Mutterkuchens weggeschnappt hatte. Voller Abscheu stellte sie sich vor, wie sie beide aus dem Unterleib ihrer Mutter herausgepresst worden waren. Tiina war die Erstgeborene gewesen und hatte schon als Säugling mehr auf die Waage gebracht als Laura.

Die Hunde legten sich neben sie und ließen die Köpfe auf Lauras Füßen ruhen. Killi und Kiiski würden glücklicherweise mit ihnen kommen. Sie kraulte sie hinter den Ohren, und sie gaben ein genüssliches Brummen von sich. Sie hatte in ihrem Leben gewiss mehr mit den Hühnern und den Hunden gesprochen als mit ihren Schwestern, ja sogar mehr als mit Tiina. Der Gedanke an ihren Zwilling katapultierte sie buchstäblich in das Dornengestrüpp von Ungerechtigkeiten zurück, das sie mit ihrer Kindheit verband.

Es war nicht so, dass Laura ihre Zwillingsschwester nicht mochte. Sie war ihr einfach gleichgültig.

Tiina hatte keine Angst vorm Blutvergießen. Je mehr sie sich prügelte, umso härter wurde ihr Panzer. Sie sorgte sich nicht wie Laura um ihre zarte Haut oder fürchtete sich vor allem, das blutete, schmerzte und brannte.

Wenn ich hinfiel und mir wehtat, habe ich nach Mama gerufen … doch sie kam nie, und ich rief lauter und lauter, heulte, bis meine Stimme brach. Dann schließlich kam sie angedampft und schimpfte. So eine klitzekleine Wunde, und du brüllst, was das Zeug hält! Hat sie mich eigentlich jemals auf ihren Schoß genommen und mich getröstet? Mir gesagt, dass der Schmerz nicht so schlimm sei, dass er vorübergeht?

Tiina boxte sich vorwärts, konnte kein Zimmer betreten, ohne dabei alles zu zerstören und herunterzureißen. Die Vase auf dem Tisch – in Scherben. Sie streifte ein Tellerregal – schon lag alles zersplittert auf dem Boden. Tiinas grobe Art hatte zur Folge, dass Laura sich in ihre eigene Phantasiewelt zurückzog; in ihrem Kopf spielte sie ein Spiel, das nur sie spielen konnte: das Einzelkind unter sechs Rowdys. Ja, in ihrem Kopf herrschte glücklicherweise Stille und Frieden. Langsamkeit und Achtsamkeit waren nötig, hielt man nach dem besten Ton Ausschau. Tiina dagegen ist noch nie gemächlich durch den Wald gestreift; wenn sie angestapft kommt, bebt der Boden, Vogeljunge fallen aus dem Nest, und es regnet Fichtenzapfen.

Zum Glück hab ich die Hunde. Meine richtigen Eltern, meine wahren Geschwister. Auch die Kühe waren immer sofort angetrottet gekommen, wenn sie sie sahen; sie wussten, Laura würde sie liebkosen. Mittlerweile waren sie jedoch so ausgemergelt, dass sie kaum mehr laufen konnten. Sie hatten keinen Heuvorrat mehr, und Kühe mochten keine Pizza. Was sollten sie mit den Tieren machen, wenn sie in den Wald zogen? Es gab nur eine Lösung, aber daran wollte sie jetzt nicht denken. Das musste Johanna veranlassen.

Dass sie völlig auf die anderen angewiesen sein würde, war für sie das Schlimmste an dem Umzug in die einsame Hütte in der Wildnis. Hier konnte sie immerhin heimlich in die Stadt radeln, ein paar Pfund Blaubeeren verkaufen, konnte Glasur und anderes erstehen, was sie für ihre Figuren brauchte. Wie lange würde sie wohl mit ihren Pinseln, dem Holzleim und den Farben in den tiefen Wäldern auskommen? Zwei Wesen kämpften in ihrer Brust. Einerseits die Sehnsucht nach der Wildnis und den tiefen Wäldern und andererseits die Abscheu davor, mit ihren Schwestern auf noch engerem Raum als hier auf dem Hof zusammenzuleben. Sie fühlte sich wie ein alter Waldschrat, wie ein Mann, der nie einer Frau nahe gekommen war, nur seinen aus Birkenholz geschnitzten Elfenfiguren. *Ich werde jeden Tag vierzehn Figuren machen, bis ich mehrere Tausend haben werde. Und wenn ich dann eine uralte Vierzigjährige bin, werde ich ein Museum eröffnen.*

Die Haustür quietschte, die Verandabretter knarrten, als Aune mit dem Kaffeekessel aus dem Haus kam. Sie setzte sich neben Laura, streckte die Beine von sich und wackelte mit den Füßen, schenkte Laura Kaffee nach. Kraulte und tätschelte das Fell der Hunde.

»Die Bachstelze ist zurück«, sagte Laura.

»Dann ist die Zeit gekommen«, sagte Aune. »Johanna und Tanja meinen, in einer Woche.«

»Worin sollen wir unser Zeug verstauen? In Pizzakartons?«, fragte Laura.

»Wir nehmen Säcke. Jagdtaschen. Die Rucksäcke unsrer Eltern. Wir müssen uns was einfallen lassen.«

»Sieben Bärenfelle sind für eine Strecke von hundertfünfzig Kilometern schon allein schwer genug zu tragen«, brummte Laura missmutig.

»Menschen sind zu allen Zeiten mit Gepäck umhergezogen und haben das bewältigt«, sagte Aune.

»Nicht alle ...«, kommentierte Laura düster.

»Ich werde dir eine Geschichte erzählen, die ich mir selbst ausgedacht habe – glaube ich jedenfalls: Es war einmal ein Mann mit einem solch mulmigen Gefühl im Bauch, dass er am liebsten laut drauflosgeschrien hätte. Aber das tut man ja nicht, dann halten die Leute einen für verrückt, und man riskiert, eingesperrt zu werden. Seine Schreie, sein Kreischen muss man unterdrücken. Der Mann sehnte sich immer danach, dass es April wurde und die Kraniche wiederkamen. Sie schrien und kreischten für ihn mit und schenkten ihm so Erleichterung. Als er eines Tages mit dem Gefühl in den Wald ging, dass ihn die Todesangst in Stücke riss, gelangte er an einen kleinen See. Schwarzes Wasser, weiße Seerosen. Der Wald rings um den Weiher war licht. Mehrere Kraniche hielten sich dort auf. Sie kreischten und lärmten und bemerkten den Mann nicht, der sich ins Moos legte und sie beobachtete.

Wenn sie schrien, schrie auch er. Er öffnete weit den Rachen und ließ alles heraus, was ihn schmerzte. Da konnte er wieder leichter atmen. Er verspürte eine Erleichterung, als sei ihm ein Stein von der Brust gefallen und sämtliche giftigen Gase seien aus ihm gewichen. Er schrie noch einmal, und da geschah das, was nicht geschehen durfte: Der Kranich, der ihm am dichtesten stand, hörte die Lautäußerung des Fremden. Mit bedrohlichen ruckartigen Schritten kam der Vogel geradewegs auf ihn zu. Bevor sich der Mann aufrappeln konnte, um zu fliehen, stürzte sich der Kranich auf ihn und attackierte sein Stirnbein. Es schmerzte höllisch! *Verzeih*, sagte der Mann. *Verzeih.* Mit letzter Kraft stand er auf und lief davon. Der Kranich kehrte zu seinen Kameraden zurück – vielleicht waren sie aber auch seine Geschwister.«

Der Lauf der Geschichte ließ sich an Lauras Zügen ablesen, sie versetzte sich mit verschiedenen Grimassen in das Geschehen hinein. Ein zaghaftes Lächeln zeigte sich in ihrem Gesicht, dann spiegelte sich Entsetzen darin, ihre Augen weiteten sich, sie zog die Brauen zusammen. Am Ende war sie eine Weile stumm, dann sagte sie: »Lass Elga die Geschichte aufschreiben.«

»Ich ertrage Elgas selbstgefällige Belehrungen nicht, aber was sie uns beibringt, werde ich in mich aufsaugen.«

»Sie rächt sich jetzt. Für alles, was wir ihr angetan haben. Bald wagt es keiner mehr, sie Klein-Schlumpe zu nennen.«

»Doch, Johanna wird das sicher weiter tun. Sie ist inzwischen genauso zügellos und aufbrausend wie Mutter. Keilt nach allen Seiten aus wie ein bockiger Teenager. Sie wird nie lesen lernen. Irgendein Tor in ihrem Kopf ist verschlossen. Selbst Tiina kann ein bisschen lesen, zumindest ihren eigenen Namen.«

»Einerseits will ich in die Wildnishütte, andererseits nicht«, sagte Laura nachdenklich. »Ich weiß nur, dass ich ein ganz ruhiges Gefühl im Bauch bekomme, wenn ich draußen in den tiefen Wäldern bin.«

»Du und ich, wir könnten den Hof sowieso nicht alleine bewirtschaften«, wandte Aune ein.

Laura zog die Knie an und legte ihren Kopf darauf. Sie musste wirklich genau durchdenken, was sie dort in der Einöde brauchen würde.

»Wir bitten Elga, uns Packlisten zu schreiben, und wenn sie

das tut, lesen wir die Wörter gleichzeitig mit. Ich glaube, es geht schneller mit dem Lesenlernen, wenn man einen praktischen Nutzen von den Wörtern hat.«

Jetzt kam Tiina auf die Veranda. Als sie Laura und Aune über Wörter und das Schreiben reden hörte, gähnte sie laut, nahm mit einem Sprung die Treppe und landete sicher in den Gummistiefeln ihres Vaters; ein Kiesregen ergoss sich über Aune und Laura. Tiina stiefelte los in Richtung Wald, blieb aber an der Pforte stehen, zog wie ein Kerl die Hose runter und pinkelte. Dann verschwand sie zwischen den Fichten.

*

In der letzten Nacht vor ihrem Aufbruch schliefen die Schwestern unruhig. Laura hatte nach den Schüssen im Kuhstall geweint; die Trauer ließ ihren ganzen Körper erbeben. Simone rang damit, dass die Batterien in Mutters Transistorradio leer waren, das sie doch hatte mitnehmen wollen. Tiina hatte einsehen müssen, dass das Quad nicht würde mitkommen können, in Sümpfen, Mooren und dichtem Wald war es wertlos. Elga konnte gar kein Auge zutun, sie ärgerte sich darüber, dass sie viel zu wenig Stifte und Blöcke hatte. Sie hatte nie ernsthaft daran glauben können, dass ihre Schwestern eine so weitreichende Entscheidung treffen und auch tatsächlich durchziehen würden; sonst hätte sie sich dagegen gewehrt und vielleicht Lehrerin Leena um Rat gefragt. Vielleicht hätte sie gewusst, wo Elga hätte bleiben können. Allein auf dem Bauernhof auszuharren kam nicht infrage, bald würde das Dach einstürzen. Vielleicht hätte sie ja in Niskanpääs Schuppen wohnen und weiterlernen können; lernen, schwere Bücher zu lesen. Und natürlich Mathe – mit Matti. Sie wollte sich am liebsten zu Hause festketten, aber woran? Vor ein paar Tagen erst war der schönste Tag ihres Lebens gewesen, und morgen würde es ihr schrecklichster sein. Sie wand sich in ihrem Bett, drehte sich bald auf den Bauch, bald auf den Rücken. Hörte, wie Johanna im Schlaf seufzte, wimmerte und sprach: *Bist du das? Bist du bei mir, Vater?*

In ihrem Traum, der ungewöhnlich detailreich war, durchströmte Johanna eine angenehme Wärme. Vater lag hinter ihr, sein großer, weicher Bauch berührte ihren Rücken. Er hielt sie im Arm, und sie spürte seine Hand an ihrer Brust, seinen Atem im Nacken.

Er flüsterte ihr ins Ohr:

Ich werde dir den Weg bahnen, meine erste Kriegerin. Hüterin deiner Schwestern. Du wirst sie in das neue Reich führen. Mit fester Hand wirst du ihnen den Weg weisen.

Mit sehr fester Hand.

DIE WILDNISHÜTTE

Siebtes Kapitel

Dann waren sie unterwegs. Ein befreundeter Psychologe hat mal behauptet, dass der Verlust eines Angehörigen, eine Scheidung und ein Umzug – ja, in ebendieser Reihenfolge – zu den größten Belastungen im Leben eines Menschen zählen. Den Geschwistern gingen höchst unterschiedliche Gedanken durch den Kopf. Manche von ihnen hatten die Wanderung ersehnt, sie verlieh ihnen neuen Lebensmut und gab ihnen das Gefühl von Freiheit. Für die anderen war es ein erzwungener Aufbruch ins Unbekannte, und sie fühlten sich ohnmächtig wie dem Tode Geweihte.

Ihr Vater hielt sein Versprechen, über seine Nachkommen zu wachen, damit sie den Weg zur Wildnishütte fänden. Johanna und er hatten während der Jagd einmal mehr als die Hälfte der Strecke bis dorthin zurückgelegt. Die Hunde kannten die Route genau, sie hatten den Vater schon viele Male begleitet.

In einer flechtenbärtigen Fichte saß eine Schnee-Eule, die zusah, wie der kleine Trupp über die Fluren zog, bis diese in schmale Waldpfade mündeten. Die Eule erspähte sieben Wandernde. Dass diese sieben Tage und Nächte unterwegs sein würden, konnte das Tier jedoch nicht ahnen. Sie passierten ergraute, verfallene Katen und Scheunen, überwucherte Eggen, rostige, sonnenverblichene Traktoren. Erdkeller, deren Dächer eingefallen waren. Vor ihnen stromerten zwei kolossale Hunde kreuz und quer über den Pfad, um Gerüche zu erschnüffeln. Drei aus der Gruppe hatten ein Gewehr geschultert, vier zogen Handkarren hinter sich her, die dermaßen überladen und chaotisch gepackt waren, dass immer wieder Pfannen, Spaten oder Snuspackungen hinunterfielen. Eine von ihnen trug einen Käfig mit zwei nervösen Hühnern – bedauernswerte Federnschwestern – sowie einen riesigen Sack auf dem Rücken; ab und zu blieb die Trägerin keuchend stehen, um dann wieder die Zähne zusammenzubeißen und ihre Last weiterzuschleppen. Bald hatte die Eule die Schar aus den Augen verloren.

Wenig später tauchten die Reisenden im Visier eines Unglückshähers auf, der beobachtete, wie sie die Pfade hinter sich ließen und dichten Wald erreichten. Bald waren sie im Altwald, dem unberührten, undurchdringlichen Teil des Waldes mit seinen hohen Fichten und uralten Kiefern. Die Wandernden vertrauten darauf, dass die Hunde die richtige Richtung zur Hütte einschlugen. Die Weggefährtinnen halfen einander, die Karren über Hügel, Stock und Stein zu heben. Die Größte von ihnen, die an der Spitze ging, hielt einen Wanderstab in der Hand, mit dem sie sich vorwärtstastete und den Untergrund prüfte, damit das Gespann nicht in einen Sumpf hinabgezogen wurde.

Die Sonne ging unter, die Luft wurde feucht. Eine Fledermaus landete neben einem tiefen Waldsee und hängte sich bequem in eine Birke. Vernahm undeutbares Geschwätz. Was waren das für Geschöpfe, die dort am Ufersaum stehen geblieben waren? Die Fledermaus wünschte, sie könnte etwas sehen.

Die sieben Zweibeiner nahmen all ihr Gepäck ab, setzten sich auf ein Bett aus Leberblümchen und kauerten sich zum Schutz gegen Kälte und Gefahren in einem dichten Kreis zusammen. Nun war es die Drossel, die beobachtete, wie die Menschenkinder weiße Stöckchen, deren Enden glühten, in den Mund nahmen. Sie teilten Brot und Würste, dann fläzten sie sich unter eine Fichte. Eng miteinander verschlungen lagen sie und schlummerten, die eine hatte die Nase in der Achselhöhle der anderen vergraben, die Nächste hatte ihren Kopf auf den Bauch der Nachbarin gebettet. Eine von ihnen kroch unter einen eigenen Baum. Von hoch oben aus dem Wipfel fiel Eichhörnchenlosung auf das Lager am Boden, was die Hunde nicht störte, die sich an die Rücken der Menschen schmiegten und sie wärmten. Ihre kehligen Laute und ihr Schnaufen während der Nacht waren so laut, dass der Prachttaucher verstummte. Die Tiere im näheren Umkreis hofften, dass die Eindringlinge bald wieder verschwänden und dass die Ruhe und das leise Konzert der vertrauten Tierlaute zurückkehren würden.

Am Morgen aßen die Menschen Brot und planschten übermütig wie die Otter im See herum. Dann zogen sie weiter. Die Vögel pickten die Brotkrumen auf, danach schwoll ihr Gesang wieder zum Fortissimo an.

Nach fünfzig Kilometern dämmerte den Schwestern, worauf sie sich eingelassen hatten, und nach hundert Kilometern waren die jüngsten von ihnen drauf und dran, aufzugeben. Elga heulte und wimmerte. Laura brach vor Erschöpfung zusammen. Der letzte Tag ihrer Wanderung war eine Qual: Offene, blutige Blasen an den Füßen, schmerzende Buckel und taube Beine, die ihnen nicht länger gehorchen wollten, peinigten sie. Eine steile Böschung, die in den dichten Nadelwald hinaufführte, war mit üppigem dunkelgrünem Moos bewachsen. Große Höhlen im Fels sahen sie einladend von dort an. Laura schmiss ihr Gepäck zu Boden.

»Hoch mit euch!«, befahl Johanna. »Es ist erst Nachmittag. Es sind noch paar Stunden bis zu der Grotte, die ich kenne.«

Tiina übernahm einen Teil von Lauras Last, und so setzten sie ihren Weg fort. *These boots were made for walking*, sang Tiina. Wiederholte immer wieder dieselbe Zeile. Imitierte mit dem Mund Trommelgeräusche. Als das Getrommel endete, hörten sie ein Plätschern. Die Hunde stürmten zuerst zu dem munteren Bach und tranken. Die Schwestern tauchten ihre Füße in sein eiskaltes Wasser. Becher, Kellen und Löffel lagen zuunterst im Rucksack, also wölbten sie die Hände und stillten so ihren Durst. Wuschen sich den Schweiß vom Gesicht, während die Hunde eine Spur witterten und in eine kleine Felskluft abbogen; sie verschwanden im Fels, wo sie eine Höhle entdeckt hatten. Kurzes Gebell erscholl: *Na los, kommt her! Hier ist es!*

Tiina, deren Beinmuskeln zumindest noch einen letzten Rest an Kraft mobilisieren konnten, folgte den Hunden.

»Heut Nacht haben wir ein Dach über dem Kopf«, rief sie den anderen zu.

»Wir müssen noch ein paar Kilometer mehr schaffen. Sonst dauert die Reise viel zu lange«, sagte Tanja.

»Was macht das schon?«, fand Elga.

Johanna blieb abrupt stehen: »Ausnahmsweise einmal stimme ich Elga zu. Wir schlagen hier unser Lager auf, legen Schlingen aus, und drei von uns drehn eine Runde mit den Büchsen. Heut Abend gibt's ein Fleischfest.«

Sie stellten die Karren und alles Gepäck am Höhleneingang ab. Tiina schnitt den Eingang frei von Buschwerk und entdeckte eine alte Feuerstelle. Als sie in die Höhle kroch, sah sie Knochenreste sowie rote und dunkelbraune Tierhaare daliegen. Simone kam mit einem Bund grüner Zweige hinterher, kehrte Kot, Steine, Zweige hinaus und breitete die Felle auf dem Boden aus. Nahezu ohnmächtig vor Müdigkeit und mit pochenden Waden freute sie sich darauf, endlich ausruhen zu können. Sogar Laura gesellte sich heute zu ihnen; den Hühnerkäfig stellte sie neben sich. Aber noch konnten sie nicht wirklich zur Ruhe kommen. Johanna, Tanja und Tiina gingen mit Gewehr und Schlingen auf die Jagd, während Aune, Simone und Laura Birkenrinde, Weidenzweige und anderes Holz für das abendliche Lagerfeuer sammelten.

Elga machte sich allein auf die Socken und hoffte, feuchtes Moos zur Linderung ihrer Blasen zu finden. Die morgige Etappe zur Hütte galt es noch zu ertragen – die Enttäuschung über das Leben zu ertragen. Als sie in die Hocke ging und den letzten Tampon, den sie von Lehrerin Leena gemopst hatte, gebrauchte, entdeckte sie Gestüber vom Birkhuhn, dessen wurmartigen Kot. Jäh stieg eine Erinnerung in ihr auf, und sie musste so heftig würgen, dass ihr die Tränen kamen.

Es war an ihrem achten Geburtstag gewesen. Für ihre Eltern war es ein ganz gewöhnlicher Tag, sie feierten ihn nie, nur Onkel Veikko hatte mit einer Karte an sie gedacht.

Herzlichen Glückwunsch, sagte Johanna und gab ihr eine halbvolle Tüte Käseflips. Hmmm, lecker! Elga haute rein, stopfte sich den Mund voll, dann würgte sie jäh und spie den Birkhuhnkot auf den Küchenfußboden. Ihre Mutter knallte ihr eine, und ihre Schwestern lachten.

Bei dieser Erinnerung gaben die Beine unter Elga nach, sie sank geradewegs in das feuchtduftende Moos, bis sie sich langsam wieder aufrappelte, sich weiterschleppte und an einem plätschernden Bach perfektes Weißmoos fand. Sie tauchte ihre geschwollenen, wunden Füße ins Wasser und genoss die Linderung. Ihr war elend zumute. Sie starrte auf eine Kiefer direkt vor ihr, ihren rauen Stamm.

Ein anderes Mal – sie war neun gewesen – wurde sie an einen Baum gefesselt; das Seil schnitt in ihre Brust. Sie wimmerte. Spürte Johannas süßlichen Atem auf sich. Die hob vor Elga einen Sack in die Höhe, in dem sich etwas bewegte. Johanna hielt die Öffnung zu, dann öffnete sie den Sack vorsichtig vor Elgas Augen. Ein Kopf schnellte heraus. Es war eine Schlange. Dass es keine harmlose Natter war, sah Elga an den senkrechten Pupillen. Johanna hielt die Schlange umfasst, führte ihren Kopf an den Hals ihrer Gefangenen, an den Mund, zu den Augen.

Die kalten Augen des Reptils starrten Elga an. Johannas Blick war leer, als die Fangzähne des Tieres Elgas Schlagader ins Visier nahmen.

Elga heftete ihren Blick auf das klare Bachwasser, die geschliffenen Steine auf dem Grund. Wieder überfiel sie die Erinnerung an schwere Leiber, gnadenlose Hände. Wie klein sie gewesen war, für immer die Kleinste. Wie sie versucht hatte, der Gewalt zu entkommen, und stattdessen scharf mit Worten geschossen hatte. Gelernt hatte, die Herzgegend zu treffen.

Hätte sie auf dem Bauernhof bleiben sollen? Um Hilfe bitten? Irgendwo tief in ihrem Inneren wusste sie, dass die Zeit noch nicht reif war, um sich von ihren Schwestern zu lösen. Sie waren ihre Peiniger und ihr Schutzschild zugleich. Die Befreiung würde irgendwann kommen, das wusste sie. Aber auf welche Weise? Jetzt erwarteten sie erst einmal schwere körperliche Arbeit und praktische Alltagsaufgaben an der Kate in der Einöde. Alles Dinge, die sie hasste. Wie sollte sie so weiterhin lesen üben? Worauf könnte sie außer den Notizbüchern schreiben? Auf Steintafeln? Eines schönen Tages würde sie vielleicht abhauen.

Sie versuchte ihr Gesicht im Bach zu erkennen, aber die Wasseroberfläche war zu aufgewühlt. Sie wollte noch einmal überprüfen, dass sie ein anderer Mensch war als derjenige, den ihre Schwestern in ihr sahen. Dass sie pfiffig, aber unattraktiv sei, hatte sie gedacht. Doch hässlich war sie gar nicht. Allerdings auch nicht schön, was immer das hieß. Bei dem Wort »schön« sah sie instinktiv einen Luchs vor sich.

Elga schöpfte eiskaltes, wohlschmeckendes Wasser mit der gewölbten Hand und trank. Zuckte zusammen, als sie Johannas durchdringenden Pfiff hörte; er flößte ihr wie immer tiefes Unbehagen ein. Rasch befüllte sie ihren Rucksack mit Weißmoos. Die Blasen an den Füßen schmerzten höllisch, als sie zurück zur Höhle ging.

Später lagen sie auf den Fellen, rülpsten und verdauten die Taube, die es zum Abendessen gegeben hatte. Laura wankte aus der Höhle, um sich zu erleichtern, und sah die Sterne am Himmel tanzen. Das Vogelfleisch, der Wodka und der Sicherheit bietende Unterschlupf hatten ihre Gemüter beruhigt. Die vor dem Eingang wachenden Hunde horchten bei jedem Rascheln auf.

Johanna, die auf dem blutbefleckten Bärenfell ihres Vaters lag, schnupperte.

»Riecht ihr das?«

»Was?«, fragte Elga.

»Vatis Geruch. Atmet tief ein. Riecht ihr ihn denn nicht?«

Sie holte tief Luft und stieß einen genüsslichen Laut aus; ihre Nasenflügel flatterten entzückt.

»Meinst du seinen Pfeifentabak?«, riet Tanja.

»Sein Geist ist hier. Stark und herrlich«, sagte Johanna.

»Du sprichst ja wie ich«, meinte Simone.

»Selbst wenn unser Vater irgendwann einmal in dieser Höhle übernachtet hat, kann sein Geruch unmöglich immer noch hier drinnen hängen«, sagte Elga. »Das versteht ja sogar der Dümmste.«

»Schreit nicht rum«, sagte Tiina. »Schlaft jetzt. Ich werde eure Säcke morgen nicht schleppen, falls ihr schlappmacht.«

Laura kroch tiefer in die Höhle, um sich auf ihren Platz ganz hinten zu legen, so weit von ihren Schwestern entfernt, wie es nur ging. Sie wühlte herum, wie die Hunde es taten, um eine bequeme Position zu finden. Da fiel ein weiches Plastikpäckchen aus einer Spalte im Felsgestein. Sie knipste die Taschenlampe an.

»Nicht zu fassen! Guckt mal, Vaters Pfeife, die Reisepfeife, die er immer auf die Jagd mitnahm. Und Tabak. Schalt deine Lampe ein, Johanna!«

Sechs große Augenpaare richteten sich auf Laura, die das Päckchen öffnete und das herrliche Aroma einsog. Die anderen streckten ihre Hände aus wie Drogenabhängige, die auf ihre Dosis Heroin warteten.

Gründlich untersuchte Laura das Päckchen.

»Da ist noch mehr drin.«

Sie sahen einen Brief, unbeholfene Buchstaben, geschrieben auf liniertem Papier mit dickem schwarzem Holzfällerstift. Skizzen neben jedem Abschnitt.

»Hat er etwa schreiben können?! Oder … war jemand bei ihm, der es konnte?«

Laura reichte das Blatt weiter an die Lesekundige unter ihnen, die sich jäh aufsetzte. Johanna und Laura lenkten den Strahl ihrer Lampen auf die Nachricht. Zuerst muteten die Wörter an wie fremde Insekten; Schreck durchzuckte Elga vom Kopf bis zu den Zehenspitzen. Wie sollte sie das jemals entschlüsseln? Vielleicht hatte sie ja schon längst vergessen, wie man las? Musste man den Lesemuskel nicht jeden Tag trainieren?

»Lies schon! Oder kannst du's nicht?«, spottete Johanna.

Meine lieben Töchter. Ich hoffe, dass ihr tüchtig und stark seid. Ich werde bald fortgehen, um mich mit einem Koloss von Bär zu messen, dem größten, der mir in meinem ganzen Jägerleben begegnet ist. Mein Leib ist schwer, meine Knie schmerzen, mein Augenlicht verblasst. Der Wald ist verschwommen. Wenn die Augen versagen, ist das Leben vorbei. Vielleicht ist es meine Kurzsichtigkeit, die mich bei den Begegnungen mit den Bestien so furchtlos hat werden lassen. Wenn ich einen Bären ins Visier nehme, ziele ich nach Gefühl, das weiß nur niemand.

Der Bär, den ich heute erspäht habe, ist schon grimmig auf die Welt gekommen. Er ist mir entkommen. Erringe ich den Sieg über dieses bärbeißige Biest, sind alle anderen Bären nichts dagegen. Tötet er mich, müsst ihr ihn niederzwingen und euren großen Vater rächen. Aber ich hoffe, dass ihr diesen Brief nie werdet lesen müssen. Ich hoffe, mit dem erlegten Bären in diese

Höhle zurückzukehren, auf seinem Pelz zu schlafen und Kräfte zu sammeln vor der langen Wanderung zu euch nach Hause. Obwohl ich mich dann natürlich mit den Wölfen werde herumplagen müssen.

Ihr wisst, dass ich in eurer Nähe bin, wenn ihr in der Klemme steckt. Ich bin da, weit oben in der Kiefer, im Fichtenporling. Ich bin der Kuckuck, dessen Ruf euch den Weg weist. Ich bin die Fledermaus, die euren Schlaf bewacht. Mein Auge ist überall dort, wohin ihr geht.

Meine Kriegerinnen. Meine famosen Töchter. Bei der Wildnishütte habe ich einige wichtige Dinge für euch verwahrt. Das wird eine Überraschung. Sorgt dafür, Kartoffeln und Roggen anzubauen. Auch Hopfen natürlich, aber dafür müsst ihr erst ein Gewächshaus errichten. Auf Waldböden lässt sich mehr anbauen, als die Leute gemeinhin glauben. Lasst nur das Licht herein. Werdet tüchtig im Fischen, besser als ich jedenfalls. Und, bei Gott – auch wenn ich nicht an ihn glaube wie eure Mutter, diese Verrückte –, haltet zusammen. Zusammenhalt bedeutet Überleben.

Ihr wisst, dass ich Regeln verabscheue. Aber ein paar muss ich euch doch an die Hand geben.

Scheißt auf die Männer. Ihr bekommt nur Krankheiten von ihnen, Ungeziefer und großen Herzschmerz. Männer sind wie Hunde, die ein Stöckchen finden. Sind für drei Minuten außer sich und zum Spielen aufgelegt, dann lassen sie das Stöckchen fallen, sowie sie etwas Neues wittern. Lasst ihr euch auf Männer ein, hockt ihr bald tagein, tagaus auf dem Melkschemel und bekommt Hängebrüste dazu. Ihr habt Besseres verdient. Bleibt Kriegerinnen und führt ein gutes Leben.

Und vergesst nicht! Behandelt man ihn gut, ist der Wald euer bester Freund. Beratschlagt euch mit den Fichten und Kiefern, fragt nach ihren Wünschen. Tiere werdet ihr erlegen müssen.

Was sonst sollt ihr essen? Aber lasst euch nicht fressen. Vergesst nicht, was ich euch über Blut und Wölfe gesagt habe. Auch andere Lebewesen töten, um ihren Hunger zu stillen. Auch Wölfe, im Spiel und zum Zeitvertreib.

Menschen müsst ihr auch meiden. Sie verbreiten nur Seuchen und schwächen euch. Reicht keiner Sozialamtstante, keinem Kuckuckskleber auch nur den kleinen Finger. Menschen gegenüber, die behaupten, uns Minderwertigen, als die sie uns betrachten, Gutes tun zu wollen, müsst ihr besonders misstrauisch sein. Sie wollen Zwietracht säen, euch in Anstalten stecken, wo man euch demütigen und misshandeln wird.

Sie glauben, sie seien allmächtig.

Sie glauben, sie könnten uns kleinkriegen.

Aber sie irren sich.

Ihr müsst wissen, dass die Hütte in der echten Wildnis liegt, nicht in der vorgeblichen, von Menschenhand gebändigten. Dort seid ihr in Frieden, dort kriegen sie euch nicht. Die Sozialklempner, die uns gejagt haben, haben dort nichts mehr zu melden. Auch nicht der Gerichtsvollzieher. Ihr seid frei. Frei, euer eigenes Reich zu errichten, in dem ihr die Herrscherinnen seid.

Lebt! Lebt wehrhaft und seid euch gewiss, dass euer Vater bis zuletzt an eurer Seite ist.

Achtes Kapitel

Was ist ein Zuhause? Ein Ort, an dem man sich sicher und geborgen fühlt. Ein Ort, den man wertschätzt. Ja, so würde ich sagen. Doch das, was dem einen Sicherheit schenkt, flößt dem anderen Angst ein. Vor ein paar Jahren habe ich von einer Frau aus Las Vegas gehört, deren Vater ein kleines Spielkasino besaß. Spielautomaten, vor allem das Klingeln und Rattern einarmiger Banditen, lösten bei ihr Heimweh aus.

Eines ist gewiss – wenn man hundertfünfzig Kilometer tief im Wald lebt, mitten in der Natur, verlangt es einem viel ab, sich ein gemütliches Zuhause zu erschaffen. Wer ist für welche Aufgaben geeignet, und wer soll das entscheiden? Wer kümmert sich um den Abwasch, wer häutet das Wild?

Die Menschheit lässt sich in zwei Kategorien einteilen: jene, die körperliche Herausforderungen suchen und deren Lebensgeister erblühen, wenn sie nach einem Marathonlauf unter heftigem Muskelkater leiden, und jene, die bewegungsfaul sind und mit allen Mitteln vermeiden, Milchsäure in den Muskeln anzusammeln. Sie erledigen ihre Arbeiten am liebsten an einem bequemen Sitzplatz, so wie ich, während ich dieses Buch schreibe. Ihr könnt bestimmt schon erraten, welche der Schwestern zu welcher Kategorie gehören.

Endlich standen sie nun in der milden Dämmerung vor der Wildnishütte und atmeten die erdige Frische ein. Nun begann das Malochen. Wie bewegt man einen Menschen dazu, sein Äußerstes zu geben? Manchmal sind dazu unverblümte Drohungen und eine gewisse Gnadenlosigkeit erforderlich.

Das Gepäck plumpste zu Boden. Die Schwestern warfen sich hinterher, die Hunde legten sich hechelnd neben sie. Die Ziellinie war erreicht. Laura zog sich ins Unterholz zurück und erbrach sich vor Erschöpfung. Sie blieb knien, trank dann Wasser, packte den Hundenapf aus und füllte ihn; die Hunde schlabberten mit durstigen Zungen. Tanja war die Erste in der Hütte, die nur aus einem einzigen Raum bestand. Ein stabiles Dach, solide gebaute Wände, eine Feuerstelle. Eine Pritsche an der Kurzseite sowie ein kleiner Tisch, übersät mit Kaffeeflecken. Zwei mit Mückenleichen gespickte Fenster. Dieser kleine Raum, ach so winzig ... bot einer, höchstens zwei Personen Platz. Wie sollten sie hier alle unterkommen? Sie wussten nicht, wie man sich klein machte.

Tanja hängte eine Taschenlampe an einen Deckenhaken und suchte Besen und Schaufel zusammen. Etwas über sich selbst erstaunt, dass ausgerechnet sie Putzzeug eingepackt hatte; aber in ihrem eigenen Zuhause sollte es schön sein. Sie kehrte den flachen, harten Lehmboden rein, fegte Mäuse- und Vogelkot hinaus. Legte sieben Bärenfelle aus und setzte sich anschließend auf den großen flachen Treppenstein – die Türschwelle der Hütte – und lauschte den abendlichen Geräuschen des Waldes. Die Singdrosseln trällerten lebhaft und frühlingslüstern. Gelegentlich ließen sie den schwarzseherischen Bruder Amsel zu Wort kommen, auf seine eigene sanfte Weise.

Johanna reichte eine Wasserflasche und ein Stück Brot herum, auch die Hunde bekamen etwas ab, bevor sie ihr Gepäck verstaute und die Pritsche für sich in Beschlag nahm. Jemand hatte Birkenrinde, Weidenzweige und getrocknete Zapfen aus dem letzten Winter zum Feuermachen in der Hütte zurückgelassen. Ob das Vater gewesen war? Und wo war seine Überraschung?

Die Schwestern drehten mit matten, steifen Beinen ein paar Runden um die Hütte, um sich ein Bild von ihren neuen Ländereien zu machen. Die Nadelbäume waren hoch gewachsen, die Porlinge saßen weit oben in den Kiefern. Die Fichten hatten hellgrüne Triebe, die sie pflückten und zum Nachtisch aßen. Erleichtert stellten sie fest, wie dicht das Heidelbeerkraut war. Sie verhielten sich still, lauschten nur. Vernahmen ein Plätschern und folgten ihm, fielen an dem tiefen, wirbelnden Bach auf die Knie. Als Tiina in das klare Wasser stieg, sah sie Fische. Welche das wohl waren? Laura wühlte in dem schwarzen Ton herum, grub ihn aus und knetete ihn. Besseren Ton zum Bearbeiten als diesen hatte sie nie zwischen den Fingern durchgesiebt.

Mit der Dunkelheit kam die Kälte; man friert nie so sehr wie im Frühjahr. Die Hütte war feucht und ausgekühlt. Johanna entfachte ein Feuer, das ruhig und stetig brannte. Wann immer sie das tat, sah sie zu ihrem eigenen Missfallen deutlich ihre Mutter vor sich.

Sie ließen sich auf den Fellen nieder, und Tiina verteilte geräucherte Würste und Piroggen. Die Hunde bekamen das Ihre und bettelten nach mehr. Die Hühner, froh, nicht länger in den Käfig gesperrt zu sein, trippelten zwischen den Brotkrumen umher. Vierzehn Arme und Beine verschlangen sich miteinander. Rot glühten die Wangen. Ein einziges großes braunrotes Haarbüschel.

»Wir müssen auf unser neues Zuhause anstoßen. Unser erstes eigenes Heim«, sagte Tiina.

»Mit sechs zimperlichen Schwestern in ein Loch gesperrt, großartig!«, sagte Elga. »Ja, wir müssen trinken.«

»Ich schaff's nicht mal mehr, einen zu heben … Feiert ihr nur«, sagte Johanna. Sie war hundemüde und konnte kaum noch sprechen. »Wir müssen das … morgen tun. Vaters Überraschung … finden.«

»Wir brauchen ein Versteck für Branntwein, Büchsen und Munition«, sagte Tanja. »Müssen herausfinden, wo eine Quelle liegt.«

»Mit ’ner Wünschelrute. Ich kümmere mich ums Brunnenwasser«, sagte Laura.

Die Schwestern sahen sie erstaunt an.

»Wer hat dir das denn beigebracht?«, fragte Tiina.

»Vater, tatsächlich. Er sagte, man müsse ganz still sein und Verbindung mit den Trollen aufnehmen, um Wasser zu finden. Wir brauchen auch einen Werkzeugschuppen mit Platz zum Zimmern.«

»Und um Fleisch zu trocknen«, ergänzte Tanja. »Wir haben genügend Nahrung für ein, zwei Wochen … wenn wir nicht zu gierig sind.«

»Wir sind Pilger, die das Gelobte Land erreicht haben. Mögen unsre Seelen von Frieden erfüllt sein«, sagte Simone.

»Man kann immer etwas aus einer Lebenskrise machen«, brummte Elga.

Aune fasste wie so oft die Lage zusammen: »Wir sind jetzt über hundertfünfzig Kilometer weit gewandert. Wir waren tapfer. Unsere treuesten Kameraden, die Beine und die Füße, schmerzen. Lasst uns ausruhen und zur Arbeit zusammenströmen, wenn wir wieder zu Kräften gekommen sind.«

»Hört auf zu quasseln, ihr Dösköppe«, sagte Tiina. »Sonst dürft ihr euch um den Bau eines Erdkellers kümmern.«

»Von allem Stumpfsinnigen, das ein Mensch für sein Überleben tun muss, ist ein Erdkellerbau nicht das Schlimmste«, sagte Aune. »Das Graben fördert das Denken.«

Tanja dachte nach, sah im Geiste all die Schwerstarbeiten vor sich, die erledigt werden mussten.

»Gräben ausheben. Pflügen. Eggen. Säen. Ernten. Wir müssen das von Hand machen, und ich werde ausbaldowern, wie. Morgen werd ich mir ein Bild von der Bodenqualität ringsum machen.«

»Der Ton am Bach ist der beste, den’s gibt«, schwärmte Laura.

»Dann kannst du ja Ton fressen«, blaffte Tiina.

Johanna, die erstaunlicherweise die Müdeste von ihnen zu sein schien, wurde laut: »Als Älteste und Klügste von uns bitte ich euch jetzt, nicht länger über die Arbeit zu sprechen. Unser Vater sagte immer, solange man nur seinen Schlaf bekommt, kann man jede Fjell-Birke ausreißen. Mitsamt den Wurzeln. Schlaft jetzt!«

Johanna streckte sich auf der Pritsche aus. Ihr Blick schweifte zu ihren Schwestern, die mit den Hunden verschlungen auf dem Boden lagen. Dann zu dem Tischchen mit dem Hühnerkäfig.

»Ist die Tür auch ordentlich verschlossen?«, murmelte sie. »In diesem Raum sind achtundzwanzig offene Fleischwunden. Wölfe wittern so etwas ...«

Schnarchlaute, mitten im Satz. Die anderen waren schon eingeschlafen. Simone schnaufte, Tanja hustete trocken, und Tiina hatte nicht einmal mehr genug Energie gehabt, sich vor dem Schlaf den Schritt zu schubbern und den Druck loszuwerden. Ihre Träume flossen ineinander. Johanna sah ihren Vater mit nackter Brust auf einem Grizzlybären heranreiten. Nebenher erlegte er ein Wildschwein und einen Luchs, warf seinen Töchtern dabei einen Luftkuss zu. Johanna kuschelte sich in das Kopfkissen ihres Vaters, das sie als Allererstes eingepackt hatte.

Der Schlaf der Schwestern war so tief, dass sie nicht einmal die Tiere hörten, die um die Hütte strichen; ein Fuchs und zwei Wölfe. Die Hunde aber horchten auf und stellten sich an die Tür. Knurrten gedämpft. Ihr Knurren wurde erwidert.

Johanna wachte fröstelnd als Erste auf. Tanja hatte sich die Decke gemopst und ließ es sich nun in der Wärme gutgehen. Die kleinen Fenster waren zugewuchert, man konnte nicht hinaussehen. Aber die Scheiben waren zumindest heil, das Dach dicht, und die Tür ließ sich schließen. Zu einem gewissen Maß waren sie also geschützt. Die Hunde lagen nebeneinander vor der Tür und blickten auf. Wie harmlos ihre Schwestern doch wirkten, wie sie so dalagen – sogar Elga sah friedlich aus. Tiina strampelte mit ihren mannsgroßen Füßen und wimmerte. Laura hatte sich in ihr Fell gewickelt und lag lang ausgestreckt auf dem Boden. Johanna nahm Pfeife und Tabak aus der Jagdtasche, schlurfte dicht gefolgt von den Hunden aus der Hütte, blieb auf der Stufe stehen und erlebte eine Überraschung: Die ganze Landschaft war weiß. Es musste während der Nacht ein paar Zentimeter geschneit haben. Und das Anfang Mai! Weshalb vergessen die Nordländer nur immer, dass es bis Ende Juni schneien und Tennisbälle hageln konnte?

Die Hunde tollten selig im Schnee umher. Johanna holte ihre Jacke, stieg in die Stiefel und blieb lange vor der Hütte stehen, zog an der Pfeife und stellte sich vor, was ihr Vater frühmorgens hier draußen getan haben mochte. Natürlich Pfeife geraucht und Kaffee getrunken, aber der Kaffeekessel war noch nicht ausgepackt, und Johanna wollte diese stille Morgenstunde für sich haben, bevor die Schnatterliesen aufwachten und einen ohrenbetäubenden Krach veranstalteten.

Ein stiller Morgen. Frieden. In dem fast unberührten Weiß entdeckte sie Tierspuren; die Hunde liefen schon schnüffelnd durch Senken und Mulden. Johanna würde viel dafür geben zu wissen, welche Informationen sie wohl damit aufschnappten. Sie ging in die Hocke. Der Vater hatte ihr beigebracht, die meisten Fährten und Losungen zu deuten. Diese stammten von Feldmäusen, Füchsen – und Wölfen.

Mit gemarterten Füßen humpelte sie um die Hütte und nahm sie genauestens unter die Lupe. Sie wirkte stabil, auch von außen. Ob ihr Vater dafür gesorgt hatte oder auch andere Jäger? Wie viele Jäger es hier im wilden, unberührten Altwald wohl geben mochte? Ob sie sich ärgern würden, wenn sie ihre Jagdhütte besetzt vorfänden? Ihr Vater hatte Wissenschaftler erwähnt, die in der Wildnis umherzogen, um sich anschließend an der Uni scheißwichtigzumachen. Es konnte unerwarteter Besuch hier auftauchen. Wir müssen dafür gewappnet sein, dachte sie und sah zum Himmel, als würde sich der Vater irgendwo dort oben zeigen. Mit Jägern und Fischern würde sie sicherlich auskommen, mit Schlaumeiern dagegen, die ihr halbes Leben lang studiert hatten und nur die Uni kannten … Wie redete man mit solchen Leuten?

Wie verstopft der Schornstein war, wollte sie heute noch überprüfen. Notfalls konnte Elga als Bürste dienen, mit der sie durchkehrten und den Ruß entfernten. Johanna kicherte leise vor sich hin. Sowie die Klein-Schlumpe den Mund aufmachte, quoll Spott hervor. Johannas Nerven zuckten. Eine Ader an ihrem Hals schwoll an. Mit diesem kleinen Rattengezücht hatten sie nichts gewonnen. Sie hatte nicht genügend Grips, um sich angemessen zu benehmen. *Und dabei habe ich dafür gesorgt, dass sie Unterricht nehmen konnte! Ein klein wenig Dankbarkeit kann man sich doch wohl wünschen?!* Johannas Wangen röteten sich zornig. Ihr Vater hatte nie einen Schulabschluss gemacht, und trotzdem war eine Berühmtheit aus ihm, diesem unfehlbaren Schützen, geworden. Hatte er wirklich schreiben können? Seltsam. Aber er hätte wohl kaum jemand anderes den Brief in der Höhle schreiben lassen. Und wer außer ihm hätte schon die dort herumliegenden Jagdzeitschriften lesen sollen?

Es war wirklich nicht zu glauben, dass keine der anderen kapierte, dass sie es war, die ihrem Vater am nächsten stand und die am meisten um ihn trauerte. Sie versuchte ihren Schwestern seine Weisheiten beizubringen, während die nichts als Unsinn im Kopf hatten. Nicht ein ernstes Wort schienen sie aufzunehmen. Tanja immerhin besaß eine Unze Reife, von ihr kamen keine herausfordernden Seitenhiebe. Sie hatte so etwas wie eine innere Rüstung. Ihr war wohl nichts anderes übriggeblieben, nachdem sie sich mit der Schwätzerin Aune den Platz im Bauch der Mutter hatte teilen müssen. *Wir müssen Kampfgeist entwickeln*, das stand für Johanna fest.

Sie ging hinter die Hütte und lief in den dichten Kiefernwald hinein; er war durchsetzt mit vereinzelten Fichten mit tiefhängenden Zweigen. Dort, wo es dem Schnee nicht gelungen war, seine weiße Decke auszubreiten, lugte Moos hervor. Johanna setzte sich auf einen zu Boden gefallenen grauen Fichtenstamm und heftete ihren Blick auf sein knochiges Gerippe. Ob das etwas für Laura wäre? Der Schnee schmolz, das Grau des Himmels wich einem Hellblau.

Für Johanna stand unzweifelhaft fest, dass Tanja und sie sich in der Befehlsführung abwechseln und gegenseitig unterstützen müssten – zu zweit würden sie ein hartes Regiment führen müssen. Anfangs ist der Schlächter so ängstlich wie sein Opfer, doch das gibt sich. Der Schlächter freundet sich mit seinem Werkzeug, seinem Messer an. Alles wird zur Gewohnheit. Dann steht das Essen auf dem Tisch. Den Kindern sagt man, ihr werdet satt von dem Blut, das meine Hände rot gefärbt hat.

Sollten sie derjenigen eine Belohnung zuerkennen, die Schwerstarbeit leistete? Schnaps oder Medaillen? Dann wiederum musste ein Verrat an der Gruppe etwas kosten. Wie sollte die Bestrafung aussehen? Laura müsste endlich mit ihren albernen Lehmfiguren aufhören. Stattdessen bräuchten sie vier Totempfähle – nördlich, südlich, westlich und östlich der Hütte. Sie mussten so furchterregend mit Tierskeletten, Wolfskadavern, Fuchsaugen und Bärenklauen behangen sein, dass sie sämtliche Besucher vertrieben.

Da, ein Knacken im Wald, jemand näherte sich. Eine müde, hinkende Tanja.

»Wir müssen schnellstens Bäume für die Schlafhütte fällen«, sagte sie. Tanja war Johannas Fußspuren gefolgt und setzte sich jetzt neben sie auf einen Findling, ihre müden Beine massierend. Ihr Hintern wurde nass, aber das machte ihr nichts aus. Wann würden die Nachwehen ihrer Wanderung wohl nachlassen?

»Wir können nicht alle in der Hütte schlafen«, sagte Tanja.

»Das mag heute Nacht einmal gegangen sein, als wir alle halbwegs ohnmächtig waren«, meinte Johanna. »Wir müssen uns, so schnell es geht, ans Bauen machen. Die Nächte sind sonst nicht auszuhalten, wenn alle schnarchen, furzen, im Schlaf reden und sich wie Tiina morgens wie verrückt rubbeln.«

»Sie behauptet, sie tut das im Schlaf und kann nichts dafür«, sagte Tanja versöhnlich.

»Von jetzt an schmeißen wir sie raus. Sie muss sich draußen einen runterholen.«

»Das Jucken sitzt ihr im Gehirn, auch wenn sie sich's gerade gemacht hat, ist sie nie für lange befriedigt«, sagte Tanja.

Johanna nickte.

»Sie tut's wieder. Und wieder. Und immer wieder. Ich werd noch irre.«

Sie schwiegen für einen Augenblick. Tanja massierte ihre Beine und sagte: »Du, ich habe nachgedacht. Wie bringen wir alle zum Schuften? Bäume fällen können wir zu fünft, auch wenn Aune und Simone nichts in den Armen haben.«

Johanna gefiel, dass Tanja so konstruktiv war.

»Laura und Elga müssen sich um die Werkstatt, ihre kleine Bastelstube kümmern. Und sie müssen unsren künftigen Kartoffelacker von Wildwuchs und Wurzeln befreien. Sie müssen auch die Felle herrichten, die im Juni auf dem Markt verkauft werden sollen. Wir haben einen Monat Zeit. Wir beide sollten uns im Kopf eine Liste machen. Und überlegen, wie wir einen Überblick über die Tage behalten.«

»Ich werde mich um die Kalenderführung kümmern«, sagte

Tanja. »Eines ist jedenfalls sicher: Wenn wir nicht täglich auf die Jagd gehen, werden wir verhungern.«

Johanna legte eine Hand auf ihren knurrenden Magen.

»Ja, ich brauche wenigstens eine richtige Mahlzeit am Tag, um arbeiten zu können. Ich schlage vor, dass wir beide uns hier jeden Morgen treffen, um uns miteinander abzustimmen.«

»Und was machen wir mit den Querulanten?«, fragte Tanja.

»Ich würde Prügel nicht ausschließen«, sagte Johanna.

Auf Tanjas Stirn bildeten sich Falten.

»Hatte unsre Alte vielleicht recht damit, uns zu schlagen?«

Johanna sah ihr ernst in die Augen.

»Ja, jetzt, wo wir hier sitzen, muss ich das anerkennen. Wie sollen du und ich sonst die ganze Bande im Griff behalten?«

Die Bande war aufgestanden, als die Stammesanführerinnen von ihrem Planungstreffen wiederkamen. Die Schwestern hatten Frühstück aus dem Gepäck geholt und brachen einen Roggenfladen in Stücke; die Hühner pickten die Krümel auf. Johanna und Tanja setzten sich und griffen zu. Nachdem sie alle ihren Kaffee ausgetrunken hatten, kletterte Johanna vor der Hütte auf einen großen Findling; sie wirkte hoch konzentriert. Inzwischen war der Schnee geschmolzen, die Vögel sangen. Beim Anblick des Findlings fiel Tiina ein, dass sie vergessen hatten, einen Spieß mitzunehmen. Andererseits hätte nicht einmal sie es geschafft, ein solch schweres Teil so viele Kilometer zu tragen. Johanna stellte sich auf die glatte Fläche des Steins. Ließ einen lauten Pfiff hören, damit auch Laura und Elga, die irgendwo für sich allein herumliefen, sie hörten und zu ihnen stießen. Sie tauchten auf einer Waldlichtung auf und schlurften vorwärts, Laura mit müder Miene, Elga mit Schmollmund und dieser spitzen Nase, die – da war Johanna sich sicher – ganz bestimmt kein Erbe ihrer Familie war. Simone kniete auf der Waldlichtung und betete. Von Weitem sah sie Johanna winken: *Los! Wir versammeln uns.*

Tanja stellte sich sofort auf die rechte Seite von Johannas steinerner Kanzel, Simone stand unmittelbar davor und blickte zur Rednerin auf, Tiina blieb mit einer Kippe im Mundwinkel stehen. Die Rauchwolke mischte sich mit der von Aunes Zigarette. Johanna sprach lauter, damit auch Elga und Laura sie hören konnten, die sich langsam näherten. Johanna räusperte sich. Man merkte ihr an, dass sie sich darauf vorbereitet hatte, dem Stamm mit feierlichen Worten etwas Wichtiges mitzuteilen:

»Ich weiß Dinge, die ihr nicht wisst. Ja, tatsächlich, so ist das, Elga.«

Elga verdrehte die Augen, schwieg sich aus. Sie hatte vor, bald hier abzuhauen. In dieser Einöde würde sie verkümmern.

Johanna pausierte, räusperte sich wieder. Die Sonne brach durch die Wolken und tauchte die Hütte in grelles Licht; sechs rote Haarmähnen loderten auf. Laura nahm die Sonnenbrille zur Hand, die sie bei Lehrerin Leena hatte mitgehen lassen, setzte sich ein Huhn auf den Schoß und schmuste mit ihm. Die Hunde lagen auf dem wärmsten Sonnenfleck vor dem Treppenstein.

»Ich will euch von unsrem lieben Vater erzählen«, sagte Johanna mit klarer, fester Stimme.

»Jaaa«, riefen Tiina und Tanja.

»Er hat offen und ehrlich mit mir geredet, als wir auf der Jagd waren. Er wusste, dass unser Weg schwierig sein würde. Er, ein bedeutender Mann, hat zu seiner ältesten Tochter, seiner ersten Jägerin gesprochen.«

Aune hörte intensiv zu, ihr ganzer Körper war angespannt. Laura kniff die Augen zusammen, blickte auf die verschwommenen Konturen ihrer großen Schwester und lauschte halbherzig. Johanna blies sich auf, sprach bemüht hochtrabend.

»Unser Vater ist bei uns. Könnt ihr das spüren?«

»Jaaa!«

»Spürt ihr die Kraft seines mächtigen Leibs und seines warmen Geistes?«

»Jaaa!«

Johanna zeigte zum Firmament, wo am blauen Himmel weiße Wattewölkchen vorüberzogen.

»Unser Vater möchte, dass wir ein gutes, einfaches Leben führen. Verlockungen sollen wir widerstehen.«

Johanna schwieg einen Moment, streckte den Rücken durch. Atmete tief in den Bauch:

»Geliebter Vater im Himmel. Wir sind deine demütigen Dienerinnen. Du wachst über uns, lieber Vater.«

»Amen«, sagte Simone. Und murmelte leise: »Matthäus 5,7.«

Elga schnaubte. Tiina, die inzwischen auf dem Boden saß, knackte mit den Fingern, ihre Schenkelmuskeln zitterten.

Johanna predigte: »Haltet zusammen. Hört nicht auf fremde Stimmen, die uns spalten wollen, gewährt keinen Fremden Zugang. Sieben sind stärker als sechs. Vater hat auf unsren langen Wanderungen zu mir gesprochen. Hat mich zu eurem Häuptling erkoren. Hütet euch vor den Männern, hat er gesagt, so wie es auch in seinem Brief stand. Für die Frauen war eine Liebesbeziehung zu Männern nie vorteilhaft. Wählt nicht die Ehe. Bewahrt euer Hab und Gut. Lasst euch nicht täuschen von einem Manne, der euer Mitleid erregt. Er will sich nur eurer Leiber zur eigenen Befriedigung bedienen. Will euch dazu bringen, ihm Geld, Quads und Wodka zu überlassen. Vater hat mich bei den Schultern gefasst und gesagt: *Glaubt mir, ich weiß, wovon ich rede, denn ich bin selbst ein Mann. Ein berüchtigter noch dazu.*«

Tiina unterbrach Johanna mit lauter Stimme: »Hier werden wir sowieso keinen Kerl finden, höchstens wird ein Bär auf uns geil!«

Aune und Tanja wollten sie dazu bewegen, leise zu sein, und sahen Tiina streng an. Johanna sprach weiter: »Wir haben uns auf einem Flecken niedergelassen, der so weit von den Menschen entfernt ist, wie es nur geht, aber uns können Gefahren begegnen. Abenteuerlustige Wanderer, Naturforscher oder auch Landstreicher. Die Verfolgung, die wir wegen unseres berüchtigten Vaters erlitten haben, wird euch stärken und veredeln. Ihr müsst euch vor den Schäfchen vorsehen, die zu euch kommen und euch mit milden Worten umgarnen und vorgeben, euch retten zu wollen, das sind alles bloß Wölfe im Schafspelz. Glaubt keinem, der behauptet, euch helfen zu können. Das führt nur ins Verderben. Zusammen sind wir eins mit dem Wald; Fichtennadeln und Lehm sollen unsere einzigen Spuren sein.«

Johanna sah, dass Tiina sich hingelegt hatte, während Laura und Elga miteinander tuschelten. Sogar Tanja war unaufmerksam, die Lider fielen ihr zu, und sie nickte ein.

Johanna hob mit kraftvoller Stimme an: »Als Häuptling werde ich euch lehren, geschickte Jägerinnen zu werden; kein noch so flinker Biber wird uns entkommen. Wir werden lernen, Hechte, Barsche und Saiblinge zu angeln. Seid nicht zu faul, um anzunehmen, was der Wald euch an Pilzen, Blaubeeren, Preiselbeeren, Krähenbeeren, Johannisbeeren bietet. Wilde Himbeeren sind ein Gaumenschmaus.

Vater sagte: Trauert nicht um mich. Gebraucht eurer Hände Kraft, um eine Sauna zu errichten. Wenn ihr euch streitet, geht ihr dorthin. Ein Saunabad spendet Trost. Überhitzte Gemüter kommen in der Hitze der Sauna zur Ruhe.

Schwestern! Soldaten! Seht auf eure Füße. Eure Hände. Niemand kann sie uns nehmen. Verehrt die Kraft, die in ihnen liegt. Wir müssen einander ehren und wertschätzen. Wer sonst sollte das tun? Und wir müssen arbeiten. So hart, wie es nur geht. Von nun an müssen wir von morgens bis abends malochen. Die

Hütte ist dicht und solide, aber klein. Müssen wir weiterhin so beengt beieinanderliegen, werden wir uns gegenseitig umbringen. Wir werden das Grundstück von Buschwerk befreien, Kartoffelacker anlegen, Bäume fällen und schon heute anfangen zu bauen. Alles muss fertig sein, bevor der Frost kommt. Es wird ein harter, aber herrlicher Sommer werden. Seid ihr bereit?«

»Jaaa!«

»Seid ihr meine starken Schwestern?«

Alle bis auf Laura und Elga riefen *Jaaa*. Aune antwortete zerstreut. Sie grübelte über Johannas Rede nach, über die Eindringlichkeit, mit der sie sie vorgetragen hatte. War sie eine genauso gute Rednerin wie Veikko? Allerdings war ihr Vortrag unnötig salbungsvoll geraten, ihre Vaterverehrung war einfach albern.

»Wir haben die Motorsäge, Ketten und Öl mitgeschleppt«, sagte Johanna. »Geh nicht zu hart mit der Säge ran, Tiina! Du hast schon viele Ketten zerrissen.«

»Wie viel Zigaretten und Branntwein haben wir gebunkert? Wir brauchen Belohnungen«, meinte Tiina.

»Schwer zu sagen, der Vorrat könnte bis zum nächsten Markt reichen. Wir müssen darauf zuarbeiten. Alles verkaufen, was die Städter aus dem Wald begehren. Wir brauchen auch ein Warenlager.«

»Ab jetzt gilt's, Mädels! Wir werden unsere Stärke unter Beweis stellen«, sagte Tanja und sah ihre älteste Schwester anerkennend an. »Am besten verteilen wir die Arbeitsaufgaben.«

»Laura ist die Architektin. Tiina die Försterin«, bestimmte Johanna.

Tiina streckte triumphierend den Arm in die Luft.

Laura wirkte verwirrt. Nahm ihre Sonnenbrille ab. »Architektin?«

Johanna erklärte es ihr: »Sie zeichnen und konstruieren das Haus, das andere bauen. Elga wird dir assistieren.«

Schwerfällig hob Elga den zierlichen Kopf. Zuckte matt mit den Schultern, obwohl sie die Aufgabe für recht spannend hielt. Laura schwindelte es angesichts dieser noblen Ernennung. Ob sie der Aufgabe wohl gerecht werden würde?

»Dann lasst uns anfangen, Leute«, forderte Johanna sie auf. »Heut Mittag gibt's gebratene Eier, später grillen wir und saufen.«

Tiina zog mit der Motorsäge los und ernannte Aune zu ihrer Handlangerin. Johanna lud die Büchse und hoffte auf etwas Jagdglück, als sie sich zusammen mit Tanja und den Hunden auf den Weg machte. Simone hob eine kleine Grube aus und errichtete eine Feuerstelle. Schulterte dann einen Sack und begab sich auf Entdeckungsreise, um Birkenrinde und Holz fürs Lagerfeuer zu sammeln. Sie beschloss, auf der Rückseite des Hauses zu beginnen und auf geradem Weg in den Wald zu gehen, um später denselben Weg zurück zu nehmen. Weil sie immerzu zum Himmel hochsah, zu den Wolken, verirrte sie sich leicht.

Die Sonne wärmte, Schweiß rann ihr über die Stirn. Stundenlang wanderte sie, wurde fündig, stopfte alles in ihren Sack. Entdeckte einen Weiher mit so klarem Wasser, dass kein Saibling sich darin vor ihr verstecken konnte, und daneben eine sanft rauschende Waldwiese mit hohem Rispengras. Sie kletterte einen kleinen Bergkamm hinauf: Am Horizont, einige Kilometer entfernt, war ein hoher Berg mit schneebedecktem Gipfel zu erkennen. Eines Tages würde sie diesen Berg besteigen, diesen Gipfel erklimmen und über das weite Land blicken. Sich Gott nähern. Den Atem der Engel in ihrem Nacken spüren. Die höheren Mächte um Gnade für ihre unchristlichen Schwestern bitten.

Laura, die bei der verlassenen Klause – die nun nicht länger verlassen war – geblieben war, verspürte ein Hochgefühl. Sie musste ihren Blick neu ausrichten, vom Großen ins Kleine, von

Stock zu Stöckchen. Sie bat Elga, ihren Zeichenblock und ihre Stifte leihen zu dürfen. Ihre Schwester erwiderte bockig, dass sie beides selbst bräuchte.

»Und worauf soll ich dann schreiben?«, fragte Laura enttäuscht.

»Auf Stein. Das ging ja früher auch«, entgegnete Elga.

Lauras Mundwinkel fielen herab, sie erkannte sich selbst in Elgas Unnachgiebigkeit wieder. Sie waren die beiden Schwestern, die am ehesten hätten Zwillinge sein können.

»Wenn wir zum Markt fahren, müssen wir viele Schreibblöcke kaufen«, sagte Laura.

Elga seufzte und holte einen Stift und einen Block, der versteckt unter ihrem Bärenfell lag. Laura betrachtete von Nahem die Balken der Hütte, wie die Rundhölzer gesetzt worden waren, um stabil zu liegen. Wie viele sie wohl brauchen würden? Sie zeichnete die miteinander verschränkten Stämme an den Hausecken ab. Skizzierte dann, wie das Dach gebaut worden war. Wie bekam man Fenster in die Hütte? Brauchte man die überhaupt? Sollten sie etwa die vielen Kilometer aus der Stadt durch die Wildnis hertransportiert werden?

»Die Hütte wurde ohne einen einzigen Nagel erbaut«, sagte sie. »Das wird was für Mathematiker. Aber Mathe liegt dir ja. Wir müssen Torf und geeigneten Lehm auftreiben.«

Elga nickte mürrisch.

»Wir werden wohl auf Tiinas Holzlieferung warten müssen«, sagte sie.

»Willst du solange mein Schlaflager sehen?«, fragte Laura.

Laura kroch unter eine Fichte, die dicht an einem kleinen Felsen wurzelte. Elga kroch hinterher. Der Fels bildete eine schützende Wand. Ausladende Äste hingen bis zum Boden, das wallende, bodenlange Kleid der Fichte. In dem Unterschlupf hatte Laura Fichtenzweige ausgelegt, darüber eine dichte Schicht

Farnblätter und zuoberst die Bärenfelle; der Rucksack diente ihr als Kopfkissen. Ihre Zapfenfiguren und Tonmädchen hatte sie auf einem flachen Stein aufgereiht. Sie hatte ihr neues Zuhause »Fichtennest« getauft.

Elga setzte sich auf die Felle und atmete die Gerüche ein, die der Baum verströmte.

»Ich will auch etwas für mich allein.«

»Fichtenzelte gibt's hier genügend«, erwiderte Laura.

»Aber die Wölfe …?«

»Wir können uns ja die Hunde teilen«, sagte Laura. »Sie halten Wache und warnen uns.«

Ein lautes Geräusch vor dem Eingang ließ sie zusammenzucken. Jemand stampfte auf den Boden. Die Stiefel ihres Vaters wurden sichtbar.

»Was treibt ihr da, verflixt noch mal! Die faule Teufelsbrut spielt also Puppenstube, während wir anderen schuften. Wisst ihr, was Vater von Drückebergern hielt?«

»Wir machen eine Bauzeichnung. Guck mal, hier auf dem Block.«

»Dann müsst ihr da draußen sitzen, damit wir auch sehen, dass ihr wirklich arbeitet.«

Laura und Elga krochen aus dem Unterschlupf. Johanna sah auf ihre kleinen Schwestern herab, die nicht länger klein waren, wenn sie auch nach wie vor keine Spur von Muckis hatten. Sie kickte Elga spielerisch-auffordernd in den Hintern.

»Zeigt mal, dass ihr 'n bisschen Mumm in den Knochen habt. Strengt euch an. Na los doch!«

*

Der Jutesack über Simones Schulter füllte sich zunehmend. Ihre Füße begannen zu schmerzen, wohl in der Furcht, wieder zu einem Hundertfünfzig-Kilometermarsch genötigt zu werden, bevor sie ausruhen könnten. Es roch nach Moor. Vor ihrem inneren Auge sah Simone Mutter Louhi im Wollgras sitzen, und sie folgte dem Duft, bis ein weites Moorgebiet sich vor ihr auftat. Mit einem langen, starken Stock prüfte sie, ob der Boden auch trocken war, denn sie wollte nicht riskieren, mit den Turnschuhen einzusacken und in die Tiefen des Moores zu ihrer Mutter hinabgezogen zu werden.

Bei einer windschiefen Birke ließ Simone sich nieder. Sie spürte die Anwesenheit ihrer Mutter, erinnerte sich an ihren unaufdringlichen Körpergeruch, der sich mit einem frischen Duft vermischt hatte. Sonntags nahm Louhi immer ein Bad. Mutter und sie hatten genauso dagesessen, wie Simone es nun tat – an eine kleine, dünne Birke gelehnt –, und der Radioübertragung des Gottesdienstes gelauscht. Milden Chorstimmen. Klangvollen Kirchenliedern. Ab und zu knisterten und rauschten die Lautsprecher des Transistorradios. Das sind die Heiden, die da stören, hatte Mutter verärgert gesagt und die Thermoskanne Kaffee aus der Kraxe genommen. Sie hatten beide aus dem Deckelbecher getrunken, in dem sich vier Zuckerstückchen auflösten. Simone kamen andere Tage in den Sinn, wie sie Moltebeeren gegessen hatten, wie sie im Mund zergangen waren … *Schööönster Herr Jesuuu, Herrscher aller Herren.*

Simone summte ein Kirchenlied, während sie ihren Blick suchend umherschweifen ließ. Hier an diesem großen Moor sah sie keine Moltebeerenblätter, konnte nur hier und da unreife rote Beeren entdecken.

Wohin war Mutter aufgefahren? Ob sie dort oben im Himmel war, inmitten der Wolken? Ob sie sich mit Vater versöhnt hatte? Simones Herz schmerzte. Ihre Augen brannten. Sie war allein in ihrer Trauer, allein in ihrer Hinwendung zu Gott. Allein unter Sündern.

Die Sonne verschwand hinter den Wolken. Wie lange es wohl dauern würde, bis der Druck in ihrer Brust nachließ? Vielleicht würde er für immer dort bleiben. Sie musste einen Weg finden, mit allem umzugehen, es auszuhalten. Sich, sooft wie sie konnte, hierher zurückziehen. Ihr Sack war fast voll, sich selbst bemitleidend, dachte sie an den langen Rückweg zur Hütte mit der schweren Last auf dem Rücken. Sie sah zum Himmel; die Wolken hatten es eilig. Sie machte sich auf nach Hause. Hielt inne, drehte sich um. Sie musste für das Moor eine Landmarke finden. Da. Die imposante verkohlte Kiefer. Sie ging dorthin und ritzte ein »S« in den Stamm, daneben ein Kreuz.

Sie musste einen Nebenweg eingeschlagen haben, witterte sie doch plötzlich modriges Gewässer, verrottete Flora. Durch das Dickicht sah sie das Wasser eines Sees, Seerosenblätter aus dem vergangenen Jahr trieben auf der Oberfläche. Auf der gegenüberliegenden Seite ein Biberbau, der sie an die Bauarbeiten erinnerte, die sie jetzt erwarteten.

Was taten andere junge Menschen? Reiten, Spiele auf diesen Rechnern spielen, die Matti Mathegenie hatte, sich in Cafés treffen. Und natürlich zur Schule gehen. Ihr Los und das ihrer Schwestern dagegen war die Arbeit. Schwere körperliche Arbeit. Sie mit ihrem zarten Körper war nicht dafür gemacht. Sie ließ sich auf den Ast einer entwurzelten Kiefer sinken und blickte über das pechschwarze Wasser; ihr war schwindlig, und Hunger hatte sie auch. Mochten Johanna und Tanja nur Nahrung nach Hause schaffen! *Lieber Gott, hilf uns.* Sie sah hoch zu den Wolken. Just in diesem Moment brach die Wolkendecke auf, und ein starker dünner Sonnenstrahl traf die Wasseroberfläche. Der kleine Waldsee glitzerte, schimmerte, blendete sie. In jedem Baum zwitscherten Vögel, und die Kröten stimmten mit ein, ihre Basstöne vollendeten den Chor. Simone summte mit und wünschte, sie hätte eine bessere Singstimme.

Das Licht war so intensiv, dass es in den Augen wehtat. Sie beugte sich vor und ließ ihre Handfläche über das Wasser gleiten. Da durchfuhr sie ein Schlag, und sie begann, am ganzen Leib zu zittern. Hatte das Gefühl, selbst ein Teil des Sees, der Bäume, des Lichts zu sein. Es war jemand hier, der ihr zeigen wollte, dass sie ganz und gar nicht allein war. Jemand, der ihr zeigen wollte, wie sie mit der Blindheit ihrer Schwestern gegenüber dem wahren Allmächtigen Vater umgehen sollte.

Hilf mir, guter Gott, sie dazu zu bewegen, dich zu ehren. Der Bärenjäger Heikki Leskinen war eine kleine Ameise unter uns anderen Ameisen. Unsere Mutter stand Gott näher.

Laut rief sie: »Bewahre mich in der Johannisnacht vor der Trunksucht. Vor diesem todbringenden Gesöff, das Arbeitsqualen, mütterliche Not und Hunger lindert. Das Glück und Lebensfreude in ein verdunkeltes Gemüt bringt, doch nur für einen kurzen Moment.«

Eine Welle überrollte den See; der Windstoß brachte die Biberburg zum Schaukeln. Simone spürte, wie sie vom Scheitel bis zur Sohle ein Lichtstrahl durchfuhr.

Laut sagte sie:

»Du bist nicht allein.«

Sie wurde rücklings ins Schilf zurückgeworfen. Ihr Gesicht war gen Himmel gewandt, sie verschloss die Augen vor dem hellen Strahl.

*

Tiina hatte mit Aunes Hilfe drei Kiefern gefällt und abgeästet. Johanna und Tanja trugen trällernd einen Hirsch nach Hause, während die Hunde übermütig um sie herumsprangen. Aufgeregt beschnüffelten die Tiere das erlegte Wild. Das Fleisch würde ihnen in der Johannisnacht munden. Simone entfachte mit dem gesammelten Holz ein prächtiges Feuer. Laura und Elga hatten herausgefunden, wie man die Stämme aufeinanderstapeln musste, damit das Gebäude stabil stehen würde.

Zufrieden mit ihrem Tagewerk, tranken sie den Branntwein aus und aßen den ganzen Hirsch auf. Der Kuckuck rief, aber das hörten die Schwestern nicht. Sie lärmten, lachten, sangen Lieder. »Sieben seekranke Seemänner sangen siebzehn Seemannslieder«, sagte Aune und erntete als Reaktion sechs theatralisch gelangweilte Mienen.

»Sieben sternhagelvolle Schwestern schmetterten schmutzige …«, spann Tiina weiter, damit sie wach blieben – um mitten im Satz schnarchend zusammenzubrechen. Es war wie eine Kettenreaktion. Als es dunkel wurde, schliefen die Schwestern zusammengerollt am Feuer, satt und berauscht. Bis auf Laura, die in ihr Fichtennest gekrochen war.

*

Der Gesang des Sperlingskauzes im Morgengrauen des Mittsommertages war wie ein Omen. Alle Mädchen wachten gleichzeitig von dem vehementen Jagdgebell der Hunde auf. Johanna mühte sich hoch, Tanja folgte ihr schwankend. Sie riefen die Hunde herbei, die mit weit aufgerissenem Maul und voller Lebenskraft angelaufen kamen. Neben der Hütte lag ein verstümmeltes totes Huhn. Das zweite hatte sicherlich das Raubtier erbeutet. Die Mädchen suchten nach Spuren, fanden aber keine.

»Wir haben vergessen, sie einzusperren«, sagte Johanna und fasste sich an die Stirn. Ihr Kopf dröhnte schmerzhaft.

Tanja stampfte frustriert mit dem Fuß auf. »Wie konnten wir bloß?«

»Jetzt haben wir keine Eier mehr«, sagte Simone und verschränkte nervös die Hände miteinander. »Was sollen wir bloß tun?«

»Schluss mit dem Gejammer!«, zischte Johanna.

»Wehklagen hilft uns nicht«, pflichtete Tanja bei.

»Für meine Gefühle kann ich nichts«, schluchzte Simone.

Johanna verlor die Geduld: »Gefühle! Wozu brauchen wir auch noch Gefühle?«

Laura, die in ihrem Fichtennest lag, kämpfte gegen den Brechreiz an. Ein Trommelsolo hämmerte in ihrem Kopf. Sie hörte die lauten Stimmen und wusste, was geschehen war. Hoch und heilig gelobte sie sich, nie wieder dem Branntwein zu frönen. Nie mehr den Alkohol das Kommando übernehmen zu lassen, obwohl sie es liebte, mithilfe dieses Seelentrösters einfach verschwinden, abtauchen zu können.

Mit wehem Herzen hob Laura eine Grube aus und beerdigte das Huhn in der Nähe ihres Unterschlupfs. Gott sei Dank waren die Hunde unverletzt! Sie legten sich links und rechts neben sie, die krampfhaft schluckte. Sie wollte das Hirschfleisch, an dem sie sich pappsatt gegessen hatte, gern bei sich behalten.

Der Kuckuck rief abermals, und ein zweiter antwortete ihm aus der Ferne.

Neuntes Kapitel

Manchmal fasst man im Leben einen Entschluss, den man bitter bereut. Die Schwestern fassten nun einen solchen: Die Stärksten sollten zu Hause bleiben, um den Hausbau voranzutreiben, die Schwächsten zum Markt gehen. Das erwies sich als fatal. Elga und Simone machten sich zwar abenteuerlustig und geschäftstüchtig auf den Weg, doch gab es ein großes Problem.

Hat man nie mehr als Kleingeld besessen und weiß nicht, wie viel eine Ware auf dem Markt wert ist, kann es einem schwerfallen, einen angemessenen Preis festzulegen. Das Schwierigste jedoch ist es, weise mit Geld umzugehen, wenn das Portemonnaie voll und man lauter Versuchungen ausgesetzt ist.

Um die Moral von der Geschicht vorwegzunehmen: Geld ist die Wurzel vielen Übels in dieser Welt. Wenn dann noch fleischliche Gelüste und sorgloser Umgang mit Alkohol hinzukommen, tja, dann steht man schnell dem Teufel höchstpersönlich gegenüber.

Elga lud Biber- und Bärenfelle sowie Fuchsschwänze auf den Karren. Simone packte als Wegzehrung gebratenes Taubenfleisch ein. Johanna und Tanja hatten entschieden, dass Elga und Simone in der Stadt die Felle verkaufen und für das verdiente Geld so viel kaufen sollten, wie sie tragen konnten. Simones Unschuldsmiene und Elgas Scharfsinn, Zahlen- und Schreibkenntnis entschieden die Sache. Die Zupackenden wurden für den Hausbau gebraucht, die übrigen Untauglichen sollten zu Hause bleiben und Zapfen sammeln, wie Johanna und Tanja argumentiert hatten.

Johanna hatte Simone ihre Stiefel ausgeliehen. Elga – sie hatte von allen die kleinsten Füße – musste sich an ihre zerlumpten Turnschuhe halten. Auch Mattis Jeans war mittlerweile arg zerschlissen. Wodka, so wurde ihnen befohlen, sollten sie in dem Kunststoffkanister mitbringen, auf dem ein von Laura in einer lustigen Minute gemalter Totenkopf prangte. Johanna und Tanja waren überrascht gewesen, dass selbst Laura so gelegentlich mit ihren albernen Zeichnungen etwas zur Gemeinschaft beitrug.

»Die Wanderung darf höchstens drei Tage dauern«, ermahnte Johanna sie. »Ihr müsst euch eine Übernachtungsmöglichkeit organisieren und davon ausgehen, dass der Rückweg länger dauert, weil ihr dann schon erschöpfter seid und nicht weniger Gepäck bei euch haben werdet. Mit sieben Tagen werdet ihr rechnen müssen.«

»Du könntest das auch einfach mit dem Substantiv ›eine Woche‹ zusammenfassen«, sagte Elga.

»Was für 'ne herrliche Woche das für mich hier ohne dich werden wird!«

»Wenn ihr zurück seid, ist die Schlafhütte fertig«, sagte Tanja.

»Und vergesst nicht, Leim zu kaufen. Sonst haben meine Tiere keine Augen«, ermahnte sie Laura.

»Du sollst dich auf den Hausbau konzentrieren, hab ich gesagt, und auf Totempfähle«, schnauzte Johanna. »Branntwein. Batterien. Munition. Hast du das aufgeschrieben, Elga?«

Elga deutete auf ihre Schläfe.

»Alles hier drin.«

»Wenn ihr etwas Wichtiges vergesst, müssen wir das drei Monate entbehren, bis wieder der nächste Markt stattfindet«, sagte Tanja.

»Grillwurst und Chips. Turnschuhe. Wenn ihr Stiefel seht, kauft sie«, sagte Tiina.

»Vaters Stiefel sind unverwüstlich. Die hat Johanna. Wir brauchen sechs Paar Stiefel für den Winter«, meinte Aune.

»Kauft wenigstens ein Paar in meiner Größe, vierundvierzig. Ich bin es schließlich, die hier die Bäume fällt«, unterstrich Tiina.

»Jede Menge Trockenhefe. Milchpulver. Milch. Zucker«, fügte Tanja hinzu.

»Gebrauchte Bücher. In großer Schrift«, sagte Aune.

Und so zogen sie mit Rucksäcken und Karren davon wie zwei schwer beladene Kaltblüter.

Laura siebte schwarzen Ton zwischen ihren Fingern. Im Stamm der Kiefer neben ihr hackte sich ein Schwarzspecht eine Höhle. Holzspäne flogen umher. Der Ton wurde weich und gab auf Lauras behutsamen Druck hin willig nach, die tastenden Bewegungen ihrer Hände gaben ihr einen Moment Seelenruhe. Das heißt, Ruhe traf es vielleicht nicht ganz, das Fehlen von Unruhe wäre richtiger. Diese Unruhe beherrschte ihr ganzes Dasein, sie war wie Johanna, launisch und gebieterisch. Es reichte schon, das Geschrei und Gezänk von der Hütte zu hören, wo Johanna, Tanja und Tiina hämmerten und sägten, und Lauras große Angst flammte wieder auf: dass sie niemals anderen Menschen als ihren Schwestern begegnen würde. In Ermangelung menschlicher Gesellschaft hatte sie sich Steine und Baumstämme zu Freunden gemacht, streichelte die Fichte jedes Mal, wenn sie traurig wirkte.

Tiina hatte jetzt wieder einmal einen Arbeitskoller und musste ihren Frust abreagieren. Sie schrie und warf mit Sachen um sich, dass es nur so krachte und schepperte. Laura hielt sich die Ohren zu. Sie wusste, weshalb die beiden da drüben fluchten: Sie verhöhnten ihre schwachen, verweichlichten Schwestern, die sich erdreisteten, sich der schweren Arbeit, die sie wie drei Kraftprotze ausführten, zu widersetzen. *Und wir kriegen nicht mal ein Dankeschön.* Ja, so sagten sie, wenn sie glaubten, dass es niemand hörte. Es spielte keine Rolle, dass Laura und Elga versprochen hatten, einen Werkzeugschuppen samt Sauna und Tischlerei zu bauen. Das Gebrüll verstummte; Tiina hämmerte, und der Schwarzspecht im Totholz antwortete. Vielleicht interpretierte der arme Vogel das ja als Paarungsaufforderung. Laura hatte keine Ahnung, wie die Brautwerbung im Reich der Schwarzspechte ablief.

Diese vielen Mücken! Sie saugen mir das letzte Blut aus, das ich noch habe, dachte sie und zerschlug eine auf ihrem Oberschenkel. Es war schön, dass Johanna und Tanja beschlossen hatten, Elga mit Simone zum Markt gehen zu lassen. Elga jagte ihr mitunter Angst ein mit ihrem alles durchschauenden Blick. Neben Aune war sie die Schwester, die Laura am meisten bewunderte, obwohl sie die Kleinste von ihnen war. Was die anderen von sich gaben, scherte sie nicht im Geringsten, aber wenn Elga sich ihre Stöckchenfiguren ansah und sie bewertete, erzitterte sie. *Dieser Elch ist lebendig, dieser Bär leblos. Was hast du dir bei diesem Mädchen gedacht, das auf allen vieren den Hintern in die Luft streckt?* Was wusste sie, Laura, schon darüber, was sie sich dabei gedacht hatte. Vielleicht hatte sie ihr Wettrennen durch den Schlamm am Bach dabei im Sinn gehabt? Nein, die Idee dazu war wie von selbst gekommen: *Ich lasse mich von meiner Hand leiten.*

Der Tonklumpen flößte ihr manchmal Respekt ein; er schien ihren Fähigkeiten, etwas Besonderes daraus zu formen, zu misstrauen. Der Klumpen wollte ein Biber werden. Aber seine Biberkelle … Mit der war's ein Kreuz. Jeden Tag sehnte sie sich nach Leim. Noch drei Figuren, dann wäre sie bei hundert angekommen. Dann werde ich feiern, beschloss sie, aber nicht mit

Alkohol, nie mehr mit Alkohol. Sie würde heimlich mit Elga und Aune, vielleicht auch Simone, feiern. Wenn sie den anderen ihre Figuren zeigte, sagte Tiina immer hämisch grinsend: *Zeig mir die Titten! Fick sie in den Arsch!*, während Tanja jedes Mal vorgab, vor Langeweile einzuschlafen, und demonstrativ laut schnarchte.

Ich bin allein, und ich bleibe allein. Bin ein in einen Keller gesperrtes Kätzchen. Aber das machte ihr nichts aus. Vertraulichkeiten konnte sie auch den Hunden ins Ohr flüstern. Sie hörten zu, bewahrten Geheimnisse.

Sie sammelte ihre unfertigen Arbeiten ein und versteckte sie in einer Grotte in der Nähe ihres Unterschlupfs. Die Waldlaubsänger zwitscherten entlang des Weges, die Taube plusterte sich auf. Die Blaubeeren waren prall und fast reif. Wie garstig die Mückenstiche doch juckten! Klebrig und verschmiert, wie sie war, kratzte sie sich überall. Ihr fiel ein, dass Simone einen See mit samtenem Wasser direkt hinter einem großen Moor erwähnt hatte. *Der gesegnete See*, so nannte sie ihn. Laura sehnte sich nach einem ruhigen Bad, ohne von sechs Schreihälsen umgeben zu sein.

»Sei gegrüßt, du holder See!«, rief sie, als er vor ihr lag. Rasch zog sie sich aus, stieß sich an einem Findling ab und schob sich in das eiskalte Wasser, glitt mit langgestrecktem, kraftvollen Körper vorwärts. Sonnenlicht fiel auf die Wasseroberfläche, blendete sie. Das schwarzbraune weiche Nass streichelte ihren Bauch, die Schenkel, die Brüste. Die Fichten und Kiefern sahen ihr zu und beschützten sie.

In der Mitte des Sees hielt sie inne, trat Wasser und blickte sich um. Wie viele Tiere sie wohl gerade beobachteten? Krähen, Elstern, Eichhörnchen, Marder, vielleicht. Und – von dem Bau dort drüben zu schließen – Herr Biber. Sie umrundete häufig auf der Suche nach ihren Bauten Seen und Wasserläufe; Biberfelle standen bei den Leuten momentan hoch im Kurs. Was, wenn sie jetzt einen Biber fangen und ihre Schwestern damit überraschen würde? Lauras Fuß blieb in einem schleimigen Gewächs hängen; sie konnte sich nicht davon lösen, zog und zerrte. Tauchte unter und befreite sich mithilfe beider Hände von den klebrigen Stängeln. Schluckte Wasser, hustete. Schwamm weiter zum gegenüberliegenden Ufer, um dort umzudrehen und zurück zu ihren Kleidern am Ufer zu schwimmen. Da, auf dem Felsbuckel da vorn, bewegte sich etwas. Ein Tier? Mit grauem Fell. Das war doch wohl kein Wolf? Das Tier hatte sich hingesetzt und beobachtete sie. Ein Hund. Sie kniff die Augen zusammen, jetzt konnte sie die Umrisse seines Körpers besser sehen. *Canis lupus familiaris*, hatte ihr Vater immer gesagt. Er hatte den lateinischen Namen gelernt. Einmal hatte er nach zehn Bier gelallt, dass sie seine Familie seien – das seien sie, eine Familie von Haushunden: *Canis lupus familiaris*. Der Hund spähte die Umgebung aus und schien nicht vorzuhaben, ins Wasser zu springen und ihr nachzuschwimmen. Er saß da wie eine Figur aus Ton, eine wohlgeformte, hätte Elga gesagt. Ein mächtiges Tier, keine Sklavenseele. Ob er sich irgendwo losgerissen hatte, in die Wildnis gelaufen und verwildert war? Zum Glück hatte sie die Hunde nicht dabei, das wäre sonst in eine Rauferei ausgeartet!

Das letzte Stück noch, gleich war sie an Land. Würde der Hund ihr nachrennen und sie begrüßen wollen? Sie spürte seinen Blick auf ihrem Gesicht, ihrem Leib, schwamm schneller. So, jetzt hatte sie die Steine erreicht und konnte ans Ufer klettern. Ruhten die Tieraugen auf ihrem Hintern und ihrem schmalen Rücken, dem verfilzten roten Haar? Dicke graue Bremsen sogen wie Vampire an ihr. Eine Gänsehaut überlief ihren Körper. Die blöde Hose verwurschtelte sich beim Anziehen. So, jetzt fehlte nur noch der Pulli! Zügig ging sie davon. Hoffentlich saß der Hund noch immer unbeweglich am selben Platz. Hastig drehte sie sich um. Das tat er, aber neben *Canis lupus familiaris* stand jetzt ein Mann. Sie schreckte zusammen. Er sah sie an. Hatte er vor, sie einzuholen und sie ins Moos zu drücken, ihr die Hose herunterzuzerren und … würde er nach Schweiß, nach Leder, nach Waffenfett riechen? Würde er einfach gehen, während an ihrem Schoß salzig-milchiges Sekret herunterrann? Tiina hatte laut und breit geschildert, was geschah, wenn Männer »es« wollten. Manchmal war Tiina abends vom Hof verschwunden, und niemand wusste, mit wem sie sich herumtrieb.

Der Mann sah sie immer noch an, hob grüßend eine Hand.

Ihr Herz klopfte heftig, mit festen Schritten entfernte sie sich. Beschloss, den anderen nichts von der Begegnung zu erzählen.

*

Tiina hatte eine Rast eingelegt und es sich auf einem hohen Kiefernast bequem gemacht. Wie ein Puma lag sie dort. Wie war sie dort nur hochgekommen?, fragte sich Laura, als sie ihre Schwester auf dem Weg zu ihrem Fichtennest dort oben im Baum erblickte. Ausnahmsweise einmal wirkte Tiina entspannt; ihre Beine regten sich nicht. Doch das war nur Schein. In Tiinas Innerem herrschte Aufruhr. Sie träumte davon, mit dem Quad umherzufahren. Wann würde sie mit einem schweren Motorrad in den Sonnenuntergang hineinbrausen können? Oder an einem warmen Sommerabend in einem Cabrio umherdüsen? Hätten wir Geld gehabt, wäre vielleicht ein Motocross-Star aus mir geworden, dachte Tiina leicht verbittert. Elga pflegte immer auf ihre hochnäsige Art zu sagen, dass Tiina die Personifikation der verhinderten Sportlerin sei. Ja, Elga drückte sich reichlich vornehm aus, aber das hat mir mal gefallen, dachte Tiina, aufgebracht auf einem Stück Baumharz herumkauend. Sie ließ ihren Blick über den Wald und den mittlerweile ausgetretenen

Pfad Richtung Stadt schweifen. Redete laut vor sich hin: »Kommen sie?«

»Wann kommen sie, damit wir Bier brauen und Brot backen können?«

»Wann kommen sie mit dem Benzin, dass ich endlich die Stämme zerteilen kann?«

Es war wie früher, als sie klein war und darauf wartete, dass ihr Vater mit Bärenfleisch und Geschichten von der Jagd heimkehrte. Und sie seine herrlich stoppeligen Wangen streicheln durfte.

»Schon neun Tage«, brummte Tiina wütend, nachdem sie unverrichteter Dinge wieder von dem Baum heruntergesprungen war. Jetzt half sie Tanja, einen weiteren Baumstamm auf das Blockhaus zu heben.

»Bestimmt haben sie sich verirrt, die dummen Hühner«, sagte Tanja.

Tiina pfiff laut auf zwei Fingern in Richtung Stadt.

»Wenn sie morgen immer noch nicht da sind, gehe ich sie im Wald suchen.«

»Wenn ihnen nur nichts passiert ist«, sorgte sich Tanja und sah sie in Gedanken schon tot und verstümmelt in der Schlafhöhle liegen.

Wenn Elga und Simone wieder da sind, kann ich endlich die Elchköpfe auf die Mädchenkörper kleben, dachte Laura, als sie aus ihrem Fichtennest kroch und zum Bach spazierte, um sich Nachschub an Ton zu holen.

»Wozu braucht man die auch noch«, stänkerte Johanna mürrisch, die gerade einem Schneehuhn die Federn ausrupfte. »Eine Laura, die bloß rumbummelt und im Lehm buddelt.«

»Du wolltest dich doch auf die Suche nach Wasser machen«, schrie sie Laura hinterher. »Na, wo hast du denn deine magische Wünschelrute?«

Laura drehte sich um und breitete hilflos die Arme aus.

»Oh, das hab ich ganz vergessen.«

»Krieg endlich mal was auf die Reihe!«, schnauzte Johanna sie an.

*

»Wo steckt Aune bloß? Sie sollte mir doch helfen«, sagte Tanja. Sie balancierte oben auf der Wand aus Holzstämmen, in dem Versuch, ein provisorisches Dach zu legen. Sie brauchten Benzin für die Motorsäge und neue Ketten. Tiina war so ungestüm zu Werke gegangen, dass eine Sägekette mitten durchgerissen war.

»Aune!« Sie wölbte die Hände und rief nach ihr, aber niemand antwortete. Wie immer hörte sie Johanna über die Prinzessinnenallüren ihrer Schwestern fluchen, wie sie es nannte. Von ihr wurde erwartet, abends mit genügend Fleisch nach Hause zu kommen, und Tiina hatte allen Grund, sich auszuruhen. Wie viele Bäume sie seit Elgas und Simones Aufbruch wohl schon gefällt hatte? Ihre Armmuskeln waren auf einen Rekordumfang angeschwollen.

Aune hatte einen neuen Waldweg entdeckt. Er führte zu einem See, der von einem üppigen Mischwald umgeben war. Den Sack Brennnesseln setzte sie am Ufer ab. Sie würden eine nahrhafte Suppe ergeben, wie ihr Vater immer gesagt hatte. Aune krempelte die Hosenbeine hoch, ging ins Wasser, balancierte über glatte Steine und spielte ein Weilchen mit den Kaulquappen.

Es regnete leicht. Bissen sie da nicht am besten an? Wenn ihre Schwestern doch nur bald nach Hause kämen, sodass sie Stifte,

Papier und – vielleicht – ein Buch hätte, um weiter lesen zu üben! Elga hatte ihr versprochen, sie intensiv zu unterrichten. Aune ging gedanklich die Listen von Geschichten und Gedichten in ihrem Kopf durch. Doch, sie waren noch da, solide wie ein Fels, unverrückbar. Sie wusste, dass sie sie ihr Leben lang nicht vergessen würde. Auch wenn sie alles andere vergessen hätte, die Geschichten würden bleiben.

Das Prasseln der Regentropfen auf der Wasseroberfläche war deutlich zu hören, so still war es hier im Wald. *Bald kommt der Winter*, dachte sie niedergeschlagen. Bald würde alles in tiefem Schnee versinken, und dann würde alles noch viel stiller sein.

Wenn ich ganz ruhig sitze und mich nicht rühre, kann ich hören, wie sich die Füchse in ihrem Bau paaren. Kann hören, wenn der Biber Junge zeugt.

Sitze ich ganz ruhig und rühre mich nicht, kann ich zusehen, wie das Sommerfell des Luchses winterweiß wird. Ich kann sehen, wenn der Bär satt und müde ist, bereit, monatelang zu schlafen.

Ihr Blick fiel auf eine Kiefer.

Ein Marder jagte ein Eichhörnchen. Marder waren echte Teufelskerle, sie konnten sich hoch in die Bäume schwingen. Wie Tiina.

Der Schwimmer schaukelte. Ein dicker Fisch zerrte an der Schnur. Oh, verflixt, wie sollte sie das jetzt machen? Sie zog den Fisch ans Ufer. Der Saibling zappelte um sein Leben. Sie brach ihm das Genick und spießte ihn auf einen kräftigen Stock.

Hiervon würden sie zumindest alle fünf einen ordentlichen Happen abbekommen.

»Sie kommen!«

Tiina kletterte von ihrem Ausguck in der Kiefer herunter und schrie:

»Sie kommen! Sie sind da!«

Und dann standen sie wieder vor der Hütte. Mit gesenkten Köpfen und hängenden Schultern. Schlaff, schmutzig, mit dunklen Ringen unter den Augen. Sie sahen erbärmlich aus, einmal abgesehen von der Tatsache, dass Elga einen neuen Pulli und neue Jogginghosen trug; die Beine hatte sie hochgekrempelt. Sie war barfuß; ihre Füße waren von offenen Wunden und Schorf übersät. Simones Stiefel waren an den Schnürsenkeln zusammengebunden.

Fünf Schwestern strichen um die Heimkehrerinnen herum. Warfen ungläubige Blicke auf schlapp herunterhängende Rucksäcke und leere Karren. Tiina klopfte prüfend gegen die Säcke.

»Wo zum Henker sind die Waren?«

»Sagt, dass ihr sie versteckt habt!«, sagte Tanja.

»Wurdet ihr beraubt?«, fragte Aune beunruhigt.

»Des Verstandes beraubt, ja!«, erwiderte Simone beschämt.

»Red keinen Scheiß«, sagte Tiina.

»Oder werden die Sachen etwa angeliefert?«, fragte Tanja hoffnungsvoll.

»Wenn's nur so wär«, sagte Elga.

Johanna umkreiste die Verräter. Sah ihre Gefährten voller Verachtung an.

»Was ist, habt ihr auf dem Rückweg alles aufgefressen?«

»Nein, im Gegenteil, wir haben auf dem Rückweg gefastet«, sagte Simone.

»Jedenfalls trägst du neue Hosen und ein neues Oberteil, Elga«, sagte Aune auffordernd.

»Hab ich geschenkt bekommen«, lautete die kurze Erwiderung.

Tiina schüttelte Elga so hart, dass sie zu einem Haufen auf dem Boden zusammensackte. Simone fiel auf die Knie und bat um Gnade. Sie schluchzte: »Elga hat den Sohn der Lehrerin getroffen. Das Mathegenie. Sie hat bei ihm geschlafen, und er hat ihr seine Jogginghose geschenkt.«

Johanna ließ ihre Stiefelspitze vor Elgas Gesicht schweben. Auf dem Boden liegend, nahm Elga den Ledergeruch wahr.

»Du hurst also herum, Elga. Hast du unsren Schwur vergessen, du rollige Katze?«

»Dein Ehrenwort hast du gebrochen!«, fauchte Tanja.

»Du lässt also zu, dass uns ein Schwanz entzweit«, sagte Johanna.

Simone wurden die Knie weich; sie wurde ohnmächtig. Aune versuchte, sie wieder auf die Beine zu kriegen.

»Sie ist auf dem Weg schon mehrmals umgekippt«, sagte Elga. »Ich dachte, sie sei tot. Schnell, Wasser!«

Aune holte eine Kelle Wasser, und Laura reichte Elga zwei gekochte Kartoffeln. Elga trank so rasch, dass sie krampfte, und schlang das Essen herunter. Simone kam wieder zu sich und löschte ihren Durst.

»Brot«, wimmerte Elga.

»*Ihr* solltet uns Brot und Hefe mitbringen«, sagte Tanja entrüstet.

»Habt ihr den Leim bekommen?«, fragte Laura, obwohl sie die Antwort bereits kannte.

Aune setzte sich auf den Treppenstein und resümierte: »Ihr seid hundertfünfzig Kilometer gegangen, um Waren zu verkaufen. Und dann habt ihr alles verkauft, aber weder Geld noch neue Waren mit zurückgebracht.«

Tiinas Augen wurden schwarz, ihre Nasenflügel bebten, sie schnaubte vor Mordlust.

»So kann man das zusammenfassen«, sagte Elga zahm.

Simone setzte sich auf einen Baumstumpf, sah ihre Schwestern stoisch an, wich ihren zornigen, drohenden Blicken nicht aus. Sie sah ihre geballten Fäuste, bereit, sich zu rächen. Schluchzend sagte sie: »Wir hatten Säcke voller Geld. Die sollte man nie haben … Es geschehen schlimme Dinge, wenn der Sack … wenn der Sack voll ist.«

Johanna versetzte dem Baumstumpf einen heftigen Tritt.

»Jetzt haben wir zum Michaelistag nichts zu essen … Und jetzt steht fest, wie dämlich du hinter deinen geschraubten frommen Phrasen bist!«

»Wir haben die Schlafhütte gebaut. Haben uns nach Piroggen und Würsten gesehnt. Und dann kommt ihr frisch gefickt mit leeren Händen zurück!«, fuhr Tiina Simone an.

Rasend durchsuchte Tanja die Rucksäcke der beiden. Fand eine Ikonenmalerei im Miniaturformat in dem einen und ein Buch in Großdruck in dem anderen.

Ein dickes. »Don Qui… Qui.«

»Shot«, half Elga nach. »Quishot.«

Simone zeigte auf die Ikone: »Das war ein echtes Schnäppchen, sie passt gut über den Kamin.«

Laura, begeistert: »Diese dunkelrote Farbe. Seht nur, das Gold! Ich muss mir Farbe besorgen.«

Johanna rempelte Laura so fest an, dass sie auf den Hintern fiel. »Begreift ihr denn nicht, was ihr angerichtet habt? Ihr habt eure eigenen Schwestern beraubt, herumgehurt und unsere Familie in den Dreck gezogen. Habe ich euch nicht gesagt, ihr sollt euch von anderen Leuten fernhalten?«

»Du hast meinen Leim vergessen!«, rief Laura und klang wie ein enttäuschtes Kind.

»Deine Figuren haben ohne Augen sowieso mehr Seele«, ätzte Elga.

»Hast du Seele gesagt? Ausgerechnet du wagst es, von Seele zu sprechen?!«, erwiderte Laura mit einem Zittern in der Stimme.

Tiina stapfte zornig umher.

»Hier stehn wir jetzt also ohne Schnaps und Wurst. Wo wir uns doch so den Arsch aufgerissen haben. Verflucht noch mal!«

»Habt ihr wenigstens Tabak mitgebracht?«, wollte Tanja wissen.

Elga hielt ihr eine kleine zerknautschte Schachtel mit Kippen hin.

Da kam der erste Tritt. Elga hielt sich den Rücken, stöhnte, stürzte der Länge nach zu Boden. Simone flehte um Erbarmen.

»Schert euch zu den Nattern«, zischte Tiina.

»W-wir sind doch … sch-schon Schlang…enfutter«, stotterte Simone.

Johanna übernahm den zweiten Tritt. Der Stiefel fuhr in die Bäuche. Aus einem Tritt werden rasch mehrere. Der Mensch ist für Wiederholungen geschaffen. Tritte in den Hintern, gegen den Kopf. Es dauerte nicht lange, bis Blut aus den Mündern troff, ein Zahn herausfiel. Wimmern war zu hören – Wimmern, das sich zu Schreien steigerte. Die Hunde jaulten aufgeregt, Elga heulte und schluchzte. Tiina holte aus dem Haus den Pisspott, um ihn über den beiden auszukippen. *Bitte, bitte … nicht!* Sie verteilte die Pisse gleichmäßig über ihnen. Beißender Gestank breitete sich aus. Elga brüllte laut auf, Simone weinte kläglich in sich hinein.

Diese Nacht. Eine Nacht der Schmerzen.

Als Elga wach wurde, stellte sie fest, dass sie im Fell festklebte; ihre Wunden waren damit verwachsen. Sie hielt den Gedanken nicht aus, sich losreißen zu müssen. Immerhin konnte sie noch den Kopf drehen. Simones Schlafplatz war leer. Ob sie rausgegangen war?

Ihre Augen waren fast ganz zugeschwollen. Und Arme und Beine bewegen zu wollen, daran dachte sie gar nicht erst, die waren nach der langen, qualvollen Wanderung wie betäubt. Ihre sengenden Schmerzen verschlimmerten sich mit jeder Stunde. Wundversorgung hatten sie nicht bis auf die Pisse. Simone und Elga waren in die Hütte – momentan die Sanitätsstation – gesteckt worden. Die anderen lagen in der neu erbauten, nach Birke duftenden Schlafhütte, deren Dach ein Provisorium aus Ästen und Zweigen darstellte. Laura schlief mit den Hunden zusammen draußen in ihrem Fichtennest.

Jetzt stand Johanna wie ein unbarmherziger Riese im Türrahmen – ohne auch nur eine Spur von Mitleid für ihre zerfleischte, sich auf ihrem Lager quälende Schwester zu zeigen.

»Wo ist Simone?«

Elga schüttelte den Kopf, genauer gesagt, sie versuchte es. Ihr Gesicht war so geschwollen, dass sie den Mund nicht aufbekam. Kein Wort drang über ihre deformierten Lippen.

»Sag sofort, wo sie ist, sonst bring ich dich um!«

Elga bewegte mit einem Brummen den Kopf.

»Wir werden dafür sorgen, dass du nie mehr so scheißklug daherredest.«

*

Der Vollmond schien durch das Fenster herein, tauchte die Wunden in helles Licht. Brennen. Schmerz: Wie scharfe Klingen stach er in ihre Schläfen, ihre Wange fühlte sich rau an von geronnenem Blut. Simone konnte nicht einmal das Gesicht verziehen, es war so starr wie eine Gipsmaske. Zum Glück hatte sie nicht in der Blutlache gelegen. Dünne Krusten hatten sich gebildet. *Meine Haut*, dachte sie. *Meine arme, sündige Haut. Was sind das da draußen für Geräusche? Wer tappt um das Haus? Wer schleicht dort umher und ruft nach mir? Mit tiefen, dumpfen Locklauten. Ein Wolf? Ein Fuchs?* Hatten die behaarten Bocksfüße Blut gewittert? Da, ein Gesicht am Fenster. Ein Menschengesicht mit zottigem Haar; mit einem zugeschwollenen Auge, ein Auge, das sie geradewegs durchschaute. Ein gekrümmter Finger mit klauenartigem Nagel, der ihr bedeutete: *Komm her, komm raus*. Sie meinte, ein Wispern zu hören: *Komm mit mir!* Trotz ihrer Qualen erhob sie sich lautlos von ihrem Lager, stieg in ihre löchrigen Stiefel, biss die Zähne zusammen und unterdrückte einen Schmerzensschrei, schlich hinaus durch die knarrende Tür. Die Hunde im Fichtennest horchten auf, lugten aus dem Unterschlupf hervor, daran gewöhnt, dass alle in den Wald gingen, um ihr Geschäft zu verrichten. Seltsamerweise knurrten sie den Haarigen nicht an. Simone zog sich wimmernd einen Pulli über den Kopf und schlüpfte vorsichtig in eine Hose. Der gekrümmte Finger beorderte sie aus dem Dickicht herbei; sie folgte der dunklen Gestalt in dem langwallenden grauen Umhang, humpelte langsam, ganz langsam, leise, ganz leise weiter in den Wald, direkt auf den Mond zu. Simone hielt inne und blickte in das Auge des Mondes; sein Schein hatte etwas Beruhigendes. Mit einem Mal meinte sie, wieder klar denken zu können. Ihre klare Stimme wurde salbungsvoll; sie delirierte:

Willst du, dass ich zu dir komme, so komme ich. Du bist die verkleidete Sonne, und ich will mich an dir wärmen. Du kalte Sonne scheinst selbst über denen, die gegen sämtliche Gebote Gottes verstoßen haben. Mit blutigem Leib, in Richtung des Berges, komme ich zu dir, besteige den Berg mit müden Gliedern und auf wunden Sohlen. Auf dem Gipfel bin ich dir nahe. Beschütze mich vor meinen Schwestern, sie glauben nicht an den Gott des Mondes, diese verlorenen Seelen. Beschütze mich vor mir selbst! Lass mich Buße tun und lass mir geistige Heilung widerfahren.

Nur ihre Mutter und sie selbst hatten an die Worte der Bibel geglaubt, hatten sie in sich aufgesogen; es waren flüchtige Momente der Freiheit gewesen, in denen sie Zuflucht gefunden hatte vor den derben Worten ihres Vaters. War sie da in den Abgrund gestürzt, als ihre Mutter von ihr gegangen war? Sie, Simone, hatte unter den glühenden Blicken der Männer auf dem Markt einen frenetischen Fuchstanz aufgeführt. Hatte die heißen Blicke auf sich genossen. *Sag mir, weshalb das Glied des Pelzhändlers sich angefühlt hat, als würde Gott selbst sich in meinen inneren Gemächern bewegen. Sag's mir!*

Feuchter Nadelduft. Ein Rascheln im Unterholz. Luchse auf den Bäumen, der Geifer der Raubtiere an blutendem Fleisch. Der Waldkauz begrüßte sie mit seinem *Huhu*, und der Vollmond stand neben seinem scheuen Untertanen, den Sternen, in voller Größe am Himmel. Das Auge des Vaters, das sich nicht vergessen ließ. *Verzeih, dass ich den Pakt gebrochen habe. Wird mir deine Gnade zuteil?*

Die Kiefern sprachen zu ihr, sprachen von Treulosigkeit. Die Kiefern jagten sie davon, sorgten dafür, dass sie sich auf ihren Bußgang zum Berg begab; sie sollte ganz hinauf. Näher zu Gott, sie sollte einen unverstellten Blick auf die Welt gewinnen.

Ihr platzte gleich der Kopf. Lieber Gott, hilf mir, dass meine Beine mich bis zum Berg tragen, bevor das Unwetter zuschlägt. Sie ging wacklig wie der alte Veikko, wie ein neugeborenes Kalb. Sie bat Gott, er möge Erbarmen mit ihren schwachen Gliedern haben, sie brauchte Rast. Ihre Kehle war trocken, brannte. Sie musste am Bach ihren Durst stillen, ihre Wunden und Beulen kühlen. Etwas schlafen, um erfrischt wieder ihren Bußgang aufnehmen zu können.

Zurückzuschauen hatte keinen Sinn. Es gab keine Vergangenheit, es gab keine Zukunft, nur ein ewig währendes Jetzt. Und sechs Schwestern, die sensationslüstern zugeschaut hatten, als Johanna sie ausgepeitscht hatte. Die Lebensgeister kamen zu ihnen, sie schwebten. Du solltest Pastorin werden, Simone, hatte ihre Mutter gesagt, als sie beide am Moor der Gottesdienstübertragung im Transistorradio gelauscht hatten. Simone kämmte das lange Haar ihrer Mutter, flocht es bedächtig, der lange Zopf reichte ihr bis zum Kreuz. Die Ausbildung ist sehr lang, hatte Simone erwidert, die noch nicht einmal die Bibel lesen konnte. Aber während ihrer Wanderung zum Markt hatte sie es auf jeder Rast geübt. Wenn es aus Kübeln geschüttet hatte, hatten Elga und sie in einer Höhle gesessen und gelesen. Warum war sie beim Anblick von Texten bloß so verkrampft, warum erstarrte ihr Mund? Elga sah auf sie hinab; Simones einfältige Trägheit ging ihrer Schwester auf die Nerven. Elga musste ihre barschen Kommentare herunterschlucken. Auf die Durchschlagung des Gordischen Knotens warten.

Wenn du älter bist, kannst du immer noch lesen lernen, hatte ihre Mutter gesagt. Es gibt Volkshochschulen, die … Wir werden sehen, Mutter, sagte Simone und erzählte ihr von den Stimmen in ihrem Kopf, die sie dazu aufforderten, Böses zu tun. Wie damals, als sie die kleine Elga als Kind auf den Schultern getragen hatte. Die Kleine hatte unentwegt gebrabbelt, dabei hatte sie noch gar nicht richtig sprechen können. *Geh mit ihr zum Fluss, geh mit ihr zum reißenden Strom*, hatte ihr eine innere Stimme zugeflüstert. Als wäre sie die Tochter des Teufels und kein Kind Gottes. Immer wieder hatte sie, Simone, Albträume gehabt: von einem Pferd, das im Sumpf ertrank. Ausgehungerte Raubtiere, träumte sie, wurden angelockt und schlugen ihre Zähne in das stolze Ross, noch ehe es überhaupt sein Leben ausgehaucht hatte.

Ihre Mutter hatte erzählt, sie habe geträumt, ihre Töchter wollten sie umbringen. Ihre Töchter verehrten ihren Vater wie einen Gott, und dieser Gott hasste seine Ehefrau. Sie sind seelenlos, Mutter, erwiderte Simone, die nicht fassen konnte, dass ihre Schwestern diesen übergewichtigen Kerl mit ungepflegtem Bart zu ihrem Allmächtigen erhoben hatten. Einer Gottheit, die ihnen befahl, dass sie nicht von seiner Seite weichen sollten. Ein Gott, der ihnen den Kirchgang verwehrte. Ihre Mutter ließ den Blick über das hohe, dichte Gras mit rotem Schwingel schweifen. *Das Haar meiner Töchter, der Skalp meiner Töchter, rot wie das Haar ihres Vaters.*

Im Halbschlaf kippte sie Selbstgebrannten. *Ich trinke, um die Stimmen in meinem Inneren zum Schweigen zu bringen, der Branntwein lässt sie nur noch freundlich säuseln.* Dann schwebte sie wie ein Engel über der Erde.

Simone kam zu sich, als sie das Plätschern des Baches hörte. Sie hatte sich in die Hosen gemacht. Sie zog ihre Unterhose aus und warf sie fort. Ihre Beine schmerzten, ihr Wundschmerz allerdings flaute ein wenig ab. Sie sah sich nach der graubärtigen Gestalt um. Sie war nicht mehr da. Niemand wies ihr den Weg. Humpelnd schritt sie auf den Berg zu, stolperte über Stock und Stein, über Felsspalten; war es etwa eine Tagesreise bis dorthin? Der Himmel verdunkelte sich zusehends, der Wind frischte auf. Sie spürte ihren Rücken von Johannas Tritten schmerzen, ihren Kiefer von den Faustschlägen. Immerhin hatte sie noch alle Zähne. Ihr Mund war so trocken, als hätte sie einen Teppich voller Hundehaare abgeschleckt.

Sie setzte sich hin, um Kraft zu sammeln; jeder Atemzug brannte in ihrer Brust. Da, ein leises, entferntes Rauschen. Hinkend ging sie ihm nach, der Boden war sumpfig, ihre Beine sanken tief ein, doch da vorn, wenige Meter von ihr entfernt, war ein kleiner Wasserfall, der aus dem Felsen hervorsprudelte. Sie zerrte an ihrem stecken gebliebenen Bein. Mit einem Schmatzen zog sie es aus dem Sumpf; ein Schuh fehlte, er war in den

Fließton gesunken. Sie sah zum Himmel hinauf, *hilf mir, bitte, hilf mir, nur noch das letzte Stückchen*; sie heulte auf und gab ein dumpfes Knurren von sich, nahm wahr, wie sie mit einem Mal vorwärtsschwebte und vor dem Wasserfall landete. Platt lag sie auf dem Bauch und tauchte das Gesicht in das frische, glitzernde Nass. Sie trank gierig, schmerzende Kälte zog in ihren Kopf. Ihr Blick fiel auf das Preiselbeerkraut. Sie aß die Beeren in solch rauen Mengen, dass ihr Magen rebellierte; dann schlief sie in dem rötlich schimmernden Kraut ein. Träumte, sie würde schwimmen, mit langen, kräftigen Schwimmzügen, würde bis nach Schottland schwimmen, an einem felsigen Strand an Land gehen und von jubelnden Menschen mit freundlichem Blick in Empfang genommen werden. *Es lebe die Königin!*

Als es dämmerte, wurde sie erneut wach. Kalte gelbe Augen starrten sie aus einem Binsenstrauch an.

Streng sagte sie zu dem grauen Tier: »Ich rieche deinen fauligen, kalten Atem. Glaubst du, ich weiß nicht, dass du mit deinem räudigen Schwanz und buschigen Augenbrauen, deiner schlaffen stinkenden Zunge, die dir aus dem Maul hängt, neben mir herläufst? Eine arme Sünderin, ja, die bin ich, aber nicht dir ergeben, und das werde ich auch nie sein. Du musst jemand anderes verfolgen. Du hast die Kraft meines Glaubens unterschätzt, weil ich fleischlich mit dem Kürschner gesündigt habe, an seiner Brust gelegen, den nach Moschus duftenden Schweiß seiner Achseln gerochen, seine Hände um meinen Hintern gespürt habe, wie er mit seiner faunischen Zunge alle meine Lippen geleckt hat; da kann niemand widerstehen. Kein Mensch kann einer solch heißen Umarmung entsagen. Das ist die menschliche Natur.«

Die Augen des Teufels wichen nicht von ihr. Sie versuchte es mit einer inneren Inquisition. Weshalb waren zwei so aufrechte Mädchen in die Sündenfalle getappt? Sie sah sich wieder am Bartresen stehen:

Drinks mit Schirmchen verlangten nach mehr Drinks mit Schirmchen. San Francisco schmeckte wie der Sonnenschein selbst, die Münzen waren ihnen nur so aus den Händen geglitten, waren rhythmisch klirrend auf den Tresen geprasselt. Ein weiterer Schirmchendrink, und alle Männer in der Bar waren plötzlich richtig nett und gut aussehend. Sie waren zwei Gauklerinnen, die die Menge unterhalten hatten; sie hatte sich danach gesehnt zu lachen. Oh, wie sie gelacht hatten, als ihre Schwester und sie den Fuchs getanzt hatten, da hatten die Männer gepfiffen und sämtliche Felle und Pelze gekauft.

Es war doch nur logisch, dass ein Mensch, der weit gewandert war, viel geleistet und Erfolg gehabt hatte, feiern musste. Sie hatten nicht gewollt, dass dieser Rausch, der ihren Körper erfasst hatte, jemals schwinden würde.

Hatte sie jemals so viel Glück empfunden wie in dem Moment, als sie betrunken in die Arme des Kürschners gesunken war? Sie sah Elgas Augen funkeln, wie sie so auf Matti Mathegenies Schoß saß; sogar Elga konnte sich närrisch benehmen und wie ein Gänschen schnattern. Miteinander verschlungen torkelten die beiden in den Wald hinter dem Lokal, während der Kürschner Simone unterhakte und sie in dieser Sommernacht mit zu sich nach Hause nahm. Überall Tierfelle; Zebrafelle an den Wänden, bunte Lampions und ausgestopfte Tiere. Der Geruch hatte sie beruhigt, hier hatte sie sich geborgen gefühlt. Der Pelzhändler entfachte ein Feuer und bot ihr kühlen schwarzen Porter an, um das Süßliche der Cocktails fortzuspülen. *Schön, wenn eine Frau keinen BH trägt*, sagte er. *Die Brüste der Frauen sollten frei sein.* Dann waren sie zwischen die Felle gesunken.

Jetzt näherten sich ihr die gelb leuchtenden Raubtieraugen; der faule Atem dieses Geschöpfs bereitete ihr Übelkeit. Wieder sprach sie laut zu dem zudringlichen Grauen: »Ich habe nicht vor, auf deinem Rücken zu reiten, du behaarter Unhold. Lieber allein als zusammen mit einem Bocksfuß. Du bettelst um Gesellschaft. Niemand will jemanden bei sich, der darum bettelt, einen begleiten zu dürfen. Ich weiß, dass du an das vermaledeite Wort *danach* denkst. Wenn die Menschheit sich mit diesem verdammten spielverderbenden Danach nur nicht abgeben müsste.«

Als sie später im Bett des Pelzhändlers mit pochendem Schädel erwachte, zuckte sie zusammen: Vor ihren Augen stand ein Bär mit erhobenen Pranken, bereit zum Angriff. *Schhh, ist ja schon gut*, sagte der Kürschner beruhigend. Ihr Körper fühlte sich wund, weich, empfindsam und kribbelig an. Der Kürschner, den sie nicht nach seinem Namen gefragt hatte, lag auf dem Bauch und schnarchte bereits wieder. Ein Gedanke durchzuckte sie: Das Geld, wo war das ganze Geld geblieben? Wo war Elga? Wie sollten sie nur mit leeren Händen zurückkehren? Aber sie war noch nicht bereit, sich dem Schrecklichen zu stellen. Sie kroch unter die Felle und stellte fest, dass der Kürschner selbst im Schlaf einen Ständer hatte. Sie grätschte sich über ihn. Und so verdrängte sie das *Danach* noch für ein paar Stunden.

Jetzt fletschte der Graue seine Zähne. Nun war es an der Zeit, das Paradies zu verlassen und die Finsternis zu durchqueren. Nachdem ihre bebenden Leiber zur Ruhe gekommen waren, ging sie auf die Toilette und erbrach sich; so heftig, als wollten selbst die verfluchten Schirmchen hochkommen. Der Pelzhändler fuhr sie zum Marktplatz, wo Elga auf dem bereits gesäuberten Rasen umherlief. Sie sah erbärmlich aus. Leichenblass mit brennend roten Wangen und dunklen Augenringen, ihre Lippen waren geschwollen, der Hals war von Knutschflecken übersät. Beide schwiegen, wussten, was sie erwartete. Wussten, dass diese göttlichen Stunden sie teuer zu stehen kommen würden – doch halt. Noch ein Weilchen sollte das Schöne im Vordergrund stehen, nicht diese chaotischen Gefühle. Sie schenkten einander ein seliges Lächeln, das letzte für sehr lange Zeit. Onni, der Pelzhändler und Kürschner, stellte sich ihnen richtig vor, sagte, dass er ihren Vater gekannt habe, und sprach ihnen sein Beileid aus. Er brachte sie ein ganzes Stück aus der Stadt heraus bis zu der Stelle, wo die schmalen Trampelpfade in den Wald hineinführten. *Bis zum nächsten Markt, Mädels*, sagte er, als sie ausstiegen. *Reserviert mir eure Pelz- und Fellwaren. Ich bezahle anständig.* Als er mit einem Kavaliersstart davonfuhr, steckte Simone eine Hand in den Rucksack. Er hatte ihr Räucherfleisch, Reispiroggen und schwarzen Johannisbeersaft mitgegeben. Als sein SUV nicht länger zu sehen war, übermannte sie eine solche Sehnsucht nach ihm, dass alles in ihr nach ihm schrie.

Ihr Herz hämmerte, als sie an Johannas rasenden Zorn dachte. Vollkommen verständlich. Wie hätte sie wohl selbst gehandelt? Aber es war eben so: Wenn man nie Geld gehabt hatte, konnten einem die runden Metallstückchen leicht die Finger versengen; sie wollten einfach nicht in der Börse bleiben, sondern in die Hand genommen werden und hinaus auf den Bartresen.

Nun war ihr Magen ebenso leer wie ihr Geldbeutel. Ihre Schwestern würden fortan allein auf die Jagd gehen müssen – sie, Simone, war fest entschlossen, sich den himmlischen Scharen anzuschließen. Sie wollte höher hinaus, wollte über die weiten Ebenen wandern, dem Donner, dem Blitz entgegen. Sie spürte die Sorge der Bäume vor dem drohenden Sturm.

Die Vögel klappten in dem reißenden Wind ihre Schnäbel zu, sie aber würde sich nicht den Mund verbieten lassen.

»Ich trete auf Ihren Fuß, werter Berg. Spüren Sie meinen nackten Fuß? Ich werde wie eine flinke kleine Bergziege auf Ihren Scheitel hinaufklettern und schere mich nicht um das Geröll und die Findlinge, die als Warnung vom Gipfel herunterrollen.«

Die Hälfte des Weges hatte sie zurückgelegt; nun musste sie langsamer gehen, um nicht auszurutschen und abzustürzen. Sie hoffte, ihr Ziel vor Sonnenuntergang zu erreichen, es war nur noch ein kleines Stück. Sie hielt sich an einer kräftigen Wurzel fest, ihre Rettungsleine auf dem Weg zum Gipfel. Geschafft. Erstaunt ließ sie ihren Blick über die Ebenen schweifen. Hier oben herrschte eine andere Jahreszeit: Winter; sie sah eine Schneelandschaft, zugefrorene Wasserflächen.

Am Ende der Wurzel stand der Graubehaarte in einer Wolke aus beißendem Gestank. Der Teufel öffnete den Mund; seine abgrundtiefe Stimme ließ das Blut in ihren Adern gefrieren: »Gott ist das verkleidete Böse. Eines Tages wirst du diese Lektion gelernt haben.«

Simone sagte ihm die Meinung: »Du klingst wie meine kleine Schwester. Wende dich besser an sie.«

Sie ließ ihren Blick über die Wälder wandern, gen Himmel. Breitete die Arme aus und begrüßte die Welt. Die Völker der Erde, die einander bekämpften, die der Völlerei frönten und zechten, sie steckten bereits auf dem Dreizack des Teufels. Sie waren arm im Geiste. Ihre Seelen durchlöchert.

Sie rief: »Schaut in eure Herzen. Schaut in eure mit Abwässern gefüllten Seelenbrunnen.«

Sie rief und rief, und der Wald antwortete ihr. Der Wald antwortet immer.

Der Wald war auf alles die Antwort. Mit schwächerer, zuletzt nur noch flüsternder Stimme sagte sie: »Ihr Städter prahlt und äfft Amerika nach, das Land, das Schwester Tiina vergöttert, obwohl es dem Tode geweiht ist. Ihr habt euch selbst verraten. Ihr malocht unter den kranken Himmeln der Städte, kauft euch Waldaroma in Geschenkpackungen, wenn ihr doch auf Binsenbetten schlafen und in Wasserfällen baden könntet. Wehe eurem schalen Leitungswasser, das kaum dafür taugt, sich damit den Hintern zu waschen.«

Sie brach zusammen. Doch die Bilder in ihrem Kopf waren glasklar. Sie konnte die hastigen Schritte eines jeden Menschen sehen, die vor Todesangst rasenden Herzen hören. Unselige Geister mit matten, traurigen Augen. *Feuer! Feuer!* Doch es war kein ruhig brennendes, reinigendes Feuer, sondern es waren rasende Flammen.

Die Apokalypse stand bevor, Hagelkörner groß wie Tennisbälle kündigten sie an. Der Wirbelsturm würde sie alle reinigen. Ein hehrer Blitz würde am Himmelsgewölbe als Kreuz niedergehen.

Sie erhob sich, ihre Beine zitterten. Sie schleuderte einen Stein auf den bösen Grauen. Spürte, dass das Ende nahe war, und flüsterte: »Du sprichst zu mir, Gott. Ich habe bis ins Mark gesündigt. Erbarme dich meiner. Sorge dafür, dass Sions Schwestern eine Roggenernte zum Leben haben, Kartoffeln im Wald gedeihen und ihnen Jagdglück beschieden ist. Sie begehren nichts als ihr täglich Brot und dass der Blitz ihre einfache Hütte verschonen möge.«

Gott hörte sie. Sah sie. Wärme durchströmte sie, schenkte ihr allumfassenden Frieden.

In seligem Rausch formulierte sie ihre letzten Worte: »Der Wunsch meiner Mutter hat sich erfüllt. Hier stehe ich, deine Tochter, die Priesterin.

Engel, Engel, seid meine Begleiter. Ich bin bei euch alle Tage bis ans Ende der Zeit.«

Laudate Dominum.

Zehntes Kapitel

Was sollten die Töchter des Bärenjägers tun? Es wäre ihnen natürlich nie in den Sinn gekommen, sich an einen Förster oder auch eine Vermisstenstelle zu wenden. Die Schwestern besaßen ja noch nicht einmal ein Telefon. Und in ihrem neuen Zuhause konnten sie auch nicht mehr bei den Nachbarn Niskanpää um Hilfe bitten, was sie mehr bekümmerte, als sie geahnt hätten.

Die Kriegerinnen des Clans ernannten sich also selbst zum Suchtrupp, der nach der Verirrten Ausschau hielt. Doch wie ausdauernd ist so eine Suche, wenn die Verschwundene ein lästiger Mensch ist, den ihr hartherziger Häuptling längst abgeschrieben hat? Und wie spricht man am besten eine psychisch Kranke an? Oder, um den Ausdruck zu gebrauchen, mit dem die Schwestern vertrauter waren: eine, die bekloppt geworden war.

Sie ließen die gemarterte Elga und die beiden Unbrauchbaren daheim, von denen sich die eine aber später als weniger unbeholfen herausstellen sollte als gedacht – als sie nämlich am See einem Tierfilmer begegnete.

Johanna pfiff durchdringend. Tanja ließ einen Lockruf hören. Tiina brüllte.

Das Echo, das durch den Wald scholl, ließ Hirsche und Hasen die Flucht ergreifen; sie stoben in verschiedene Richtungen davon, als würden sie vor einem Waldbrand Reißaus nehmen.

»Zum Berg oder zum See? Was glaubst du, Tanja?«, fragte Johanna.

»Zum Berg. Sie will immer hoch hinaus«, erwiderte Tanja.

»Wir gehen in Richtung Berg und schwärmen mit ein paar Hundert Metern Abstand aus«, sagte Tiina. »Haltet nach Spuren Ausschau. Nach Blut und Kippen.«

»Wie hat unsre Mutter uns eigentlich damals aufgespürt, als wir abgehauen waren?«, überlegte Tanja.

»Ihre Wut hat sie zu uns geführt«, sagte Johanna grimmig.

»Ich werde rasend vor Zorn, wenn ich daran denke, was sie getan hat ... und dieser eingebildete Gockel, dieser Förster, den Vater verabscheute ... Aber jetzt muss ich euch fragen: Bin ich wie sie?«

»Reue schwächt«, sagte Tanja. »Wir haben an deiner Seite gestanden. Sogar Laura, die ihren Klebestift nicht bekam.«

»Und hier stehn wir jetzt ohne Wurst und Schnaps«, sagte Tiina, wie um das Adrenalin noch mehr in die Höhe zu treiben.

»Und wenn sie nun springt?«, sagte Johanna, selbst über ihre Besorgnis überrascht.

»Du meinst, vom Gipfel? Um an den Felsen zu zerschellen und ...«, sagte Tiina, und Tanja unterbrach sie:

»Ach, nie und nimmer, sie ist ein Feigling. Große Klappe und nichts dahinter.«

»Okay, Kriegerinnen«, sagte Johanna. »Ich gehe voran. Ihr nehmt den Berg von den Flanken her in den Blick. Gebt mir ein Zeichen, wenn ihr etwas seht.«

»Moment mal«, sagte Tanja und deutete zum Himmel.

Ein heller Blitz flackerte über den grafitgrauen Himmel, gleich darauf ertönte ein Knall, der die Eingeweide erbeben ließ. Die drei krochen Schutz suchend zwischen einen Findling und eine Felswand. Mit einem Zickzack fuhr der Blitz über den Himmel, gefolgt von einem fürchterlichen Donner; schon stand eine trockene Fichte vor ihnen in Flammen. Ob Laura und Aune ihre Pfiffe und Rufe hören konnten?

Dann verstummte alles. Die Urseele der Natur schwieg, Kiefern, Fichten, Weidenbüsche standen reglos da, wie in Habachtstellung. Gewappnet. Das Opfer bereitete sich vor auf den Tritt seines Henkers in den Schritt. Dann öffnete der Himmel seine Schleusen, und der Wind schwoll an, Wasser peitschte in ihren Unterschlupf. Riesige Hagelkörner fielen herab, wurden gleich darauf wieder zu Regen.

Die Schwestern krochen umher, drehten und wandten sich hierhin und dorthin, suchten Schutz, krochen in eine größere Felsspalte; schirmten ihre triefnassen Leiber und tropfenden Haare notdürftig vom Regen ab. Der Schlagregen wurde weniger, ging – zum Glück! – in stillen Sommerregen über. Johanna legte sich unter eine hohe, dicht gewachsene Fichte mit langen Zweigen. Es stank nach frischer Pisse, ob von Mensch oder Fuchs war nicht zu unterscheiden. Dann marschierte Tiina fluchend weiter, die geballte Faust gen Himmel gereckt.

*

In der Schlafhütte wimmerte Elga vor Schmerzen; ihr Kopf dröhnte, und ihre offenen Wunden plagten sie. Sie versuchte die Füße zu bewegen, mit den Zehen zu wackeln. Schmeckte plötzlich Blut, ihre Zunge ertastete eine große Lücke hinter ihrem Backenzahn. Ihr Gesicht musste von Johannas Tritten dunkelblau und bis zur Unkenntlichkeit angeschwollen sein. Zum Glück gab es hier keine Spiegel. Sie schloss die Augen und versuchte das herrliche Schwindelgefühl heraufzubeschwören, das sie empfunden hatte, als Matti sich im Gras auf sie gelegt hatte. Sie wollte ihr Leben mit ihm weiterleben, wollte ihn in ihrem Inneren behalten. Wünschte, er würde für immer dort sein. Träumte von einem neuen Leben, in dem neue Wörter, Sätze, Ideen die Leere in ihrem Kopf füllen würden und die übrigen Löcher ein

Männerglied. So sollte der Mensch leben, um sich vollkommen zu fühlen. Andere Leute wollte sie nicht in ihrer Nähe haben. Sie wusste nicht mehr, welchen Autor Veikko zitiert hatte, als er sagte, dass jede Begegnung mit einem anderen Menschen ein Akt der Aggression sei.

Au. Auauau. Mit der Kraft ihrer Gedanken konnte sie, wenn sie sich nur richtig anstrengte, über dem Schmerz und den brennenden Stichen schweben, sie hielt sich daran fest, dass es zumindest einen – oder vielleicht auch zwei – Menschen gab, die sie nicht verabscheuten, dann schlief sie wieder ein. Träumte ... Wurde von dröhnendem Regen wach, ächzte vor Schmerzen. Versuchte an alltägliche Dinge zu denken, um nicht dem Drang nachzugeben, vor Pein zu brüllen. Wollsocken. Erbsen. Feldmäuse.

Socke
Erbse
Feld
Maus

*

Aune saß an Elgas Pritsche. Entfachte die Petroleumlampe, die keuchend Atem holte, um zu signalisieren, dass sie nachgefüllt werden wollte. Die Flamme verlor an Kraft, begleitet von einem holprigen, brausenden Geräusch. Elga öffnete ein Auge. Das andere war dick zugeschwollen, hoffentlich nicht für immer. *Ich muss lesen können, das muss ich einfach.* Panik erfasste sie. Im Schattenspiel der Lampe ähnelte Aunes Gesicht einem Gemälde mit rothaarigen Frauen, das sie daheim bei Lehrerin Leena gesehen hatte.

Aune stand auf. Mit gerunzelter Stirn musterte sie die Wunden und Schwellungen in Elgas Gesicht.

»Kannst du dich aufsetzen und etwas Wasser trinken?«

Elga stöhnte, öffnete zwei klägliche Millimeter den Mund, machte Anstalten, den Kopf zu schütteln. Da wurde die Tür von einer Windbö aufgerissen, Regen peitschte ins Innere der Hütte. Aune kämpfte mit aller Macht gegen den Sturm an und schaffte es schließlich mit Ach und Krach, die Tür wieder zu schließen. Sie holte einen Becher Wasser.

»Wir bräuchten Trinkhalme … Und 'ne Krankenschwester, die nach dem Wüten des Schlägertrupps hier mal das Ruder in die Hand nimmt.«

Elgas Gehirn sandte Reize an ihre Lachmuskeln, aber das Signal erreichte nicht sein Ziel. Stattdessen hörte man sie leise brummen. Aune versuchte ihr einen Arm unter den Nacken zu schieben, zog ihn aber nach Elgas unterdrücktem Aufschrei zurück. Mit einem Kaffeelöffel flößte sie ihrer Schwester Wasser ein, während Regen auf das Dach prasselte und die Fensterscheiben sauber wischte.

»Hast du Hunger?«, fragte Aune.

Elga hob abwehrend die Hand. Ihre Hand! Ihre Hände! Sie immerhin waren heil und beweglich im Gegensatz zu ihren steifen, geräderten Armen.

»Hat man euch ausgeraubt?«, fragte Aune.

Sie blickte Elga direkt in die Augen, aber in der Dunkelheit war ihre Reaktion schwer zu erkennen. Elgas Hände zumindest sagten Nein.

»Was ist passiert? Was wurde aus den ganzen Waren, auf die wir gewartet haben?«

Aune konnte nach all den entsetzlichen Ereignissen nicht klar denken. Sonst hätte sie vielleicht eingesehen, dass die Stumme nicht imstande war zu erzählen.

Elga zeigte auf den Schemel neben dem Bett.

»Ich verstehe nicht«, erwiderte Aune, mit den Schultern zuckend.

Elga schrieb etwas in die Luft. Zeigte wieder auf den Schemel.

»Ah«, sagte Aune und brachte Elga den Stift und das Schreibheft, die begierig danach griff und ihre fürsorgliche Schwester gestikulierend bat, eine neue Seite aufzuschlagen. Aune zündete eine Kerze an und blätterte vor bis zu einer leeren Seite. Dabei blieb ihr Blick an Sätzen hängen, die sie lesen konnte. Sie konnte lesen! Ein bisschen zumindest. Sie las: *Eines Tages … werde ich … Johanna … mit Lauras Messer … töten.* Sie blätterte um. Hielt inne, als der Raum in helles Licht getaucht wurde und ein Donnerknall folgte, der sie erzittern ließ. Wo sie doch sonst immer Gewitter mochte! Sie blätterte um und versuchte sich nicht anmerken zu lassen, dass sie las. *Ich … will … mit Matti … abhauen.* Was dort weiter stand, konnte sie nicht entziffern. *An einen Ort fliehen, wo wir den ganzen Tag lang vögeln können.* Doch, das Wort konnte sie lesen. Ihre Wangen brannten plötzlich; verlegen reichte sie der Kranken ein leeres Blatt Papier, die mühsam schrieb, ohne den Kopf heben und ihren Buchstaben mit den Augen folgen zu können. Sie wusste, dass Aune vereinzelte Wörter lesen konnte. Ja und nein. Hassen und lieben. Lesen und erzählen. Vielleicht auch ein paar mehr.

Sie notierte:

Ich erzähle dir eine Geschichte. Erzähl sie nicht weiter!

»In Ordnung. Versprochen«, erwiderte Aune mit einem aufgeregten Kribbeln im Bauch. »Wovon handelt sie?«

Vom Abenteuer.

»Habt ihr euch beide mit Männern getroffen?«

Ja.

»Ihr habt also alle Waren mit Stumpf und Stiel verkauft und das mit Schnaps gefeiert?«

Mit San Francisco.

»Dann wart ihr betrunken, und ihr habt das Geld verprasst?«

Elgas Hand malte ein *Ja.*

»Und ihr habt den Männern davon angeboten?«

Grogs. Whiskey.

»Ihr habt alles versoffen und gefickt«, sagte Aune. »Hoffentlich hat's wenigstens Spaß gemacht«, fügte sie giftig hinzu.

Der Fick war toll.

Elgas Unbekümmertheit brachte Aune zur Weißglut.

»Habt ihr denn keinen einzigen Gedanken an uns verschwendet? An uns, die sich nach Piroggen und Hefe, Zucker, Salz, Mehl, Benzin, Petroleum, Leim sehnten. Und nach …«

Drinks mit Schirmchen.

»Du gibst also den Schirmchen die Schuld?«

Simone wollte feiern. Hat mich mitgerissen.

»Und ihr habt nicht daran gedacht, dass wir jetzt bis zum Herbstmarkt Erbsen und Rindenbrot essen müssen?«

Ich werde nie mehr Alkohol anrühren. Keinen Tropfen.

Stille. Nur der Regen prasselte gegen das Fenster. Ob das Dach bald davongeweht würde? Aune erschauerte, stand auf, sah hinaus. Die Fichten bogen sich im Wind. Mit lautem Getöse fiel die uralte Fichte um. Zum Glück nicht aufs Haus.

»Dieses höllische Wetter hilft sicher nicht, sie zu finden«, sagte Aune beunruhigt. »Mit wem hat Simone denn geschlafen?«

Mit dem Kürschner Onni. Könnte gut fürs Geschäft sein.

»Wohin ist sie gegangen? Hat sie auf dem Nachhauseweg irgendetwas gesagt?«

Sie hat sie nicht mehr alle. Hat wirres Zeug geredet. Herrjemine. Hat sich auf jeden Findling gestellt und gepredigt.

»Glaubst du, sie ist den weiten Weg bis zum Pelzhändler zurückgegangen?«

Mit diesen schweren Verletzungen? Nein.

»Und was war mit dir? Du hast jeden Überblick verloren und deinen Körper dem Mathegenie dargeboten.«

Bist du jemals wie verrückt verliebt und rollig wie eine Katze gewesen?

Aune sah zum Fenster. Der Regen hatte ein wenig nachgelassen, war zu einem leisen Prasseln gegen die Scheibe verklungen. Sie dachte mit Schrecken, dass sie nie in diesen Abgrund stürzen wollte, sich niemals auf einen Kerl einlassen und sich mit ihm im Moos wälzen würde. Nie wollte sie heißen Atem in ihrem Mund und einen pulsierenden Ständer an ihrem Unterleib spüren. Nie etwas anderes, als den eigenen Busch bearbeiten, an der eigenen Blütenknospe herumfummeln.

»Wenn Vater nur wüsste … was wir Schlimmes angerichtet haben.«

Elga wimmerte. Nach der vorübergehenden Ablenkung dominierte nun der Schmerz wieder ihre Gedanken.

Sie schrieb ins Heft:

Ausgeraubt. Das habe ich Johanna gesagt. Nicht, dass wir alles versoffen haben. Sag nichts!

»Und was krieg ich dafür?«, fragte Aune bockig.

Die Geschichte, wenn ich sie aufgeschrieben habe.

Ihre Handschrift wurde immer unleserlicher. Elga atmete schwer und röchelnd.

»Unter einer Bedingung«, sagte Aune.

Was?

»Schreib mich mit hinein«, forderte Aune nachdrücklich.

Als was?

Mit Mühe schrieb Elga die letzten Wörter, bevor sie wimmernd in tiefen Schlaf fiel.

»Ich will der dämonische Erzähler sein. Der berühmte Barde.«

Der Himmel war grau. Im strömenden Regen entdeckten sie Simones Unterhose, ihren Schuh und Fußspuren, die sich zum Berggipfel hinaufzogen. Tiina, die an der Spitze ging, fiel mehrmals hin, und Tanja zischte: »Konzentrier dich, mach langsam, du kannst da nicht raufrennen. Nicht mal du.« Bald wurden sie von einer Winterlandschaft überrascht, ja, grimmiger Winter überfiel sie. Eisiger Wind biss sie in die Ohrläppchen und drückte ihnen die Hälse zu.

»Simone!«

Sie brüllten, lockten, pfiffen. Nur ihr eigenes Echo schlug ihnen entgegen.

»Sollen wir etwa jede Schneewehe untersuchen?«, sagte Johanna resigniert. »Wir werden in unseren Lumpen erfrieren.«

»Sei nicht albern«, sagte Tiina. »Wenn wir uns kräftig bewegen, bleiben wir noch ein paar Kilometer warm.«

»Und wenn sie nun draufgegangen ist? Du bist zu hart mit ihr umgesprungen.«

»Halt die Klappe, Tanja. Halt die Klappe.« Enttäuscht sah Johanna ihren Schildknappen an.

Blankes Eis brach unter ihren Füßen, als sie vorwärtspflügten; knietief standen sie in eisigem Wasser. Durchnässt und bibbernd zogen sie weiter.

»Könnte sie sich eine Schutzhütte gebaut haben?«, überlegte Tanja.

Schließlich fanden sie die Schwester bewusstlos auf einem Weidenbett: Ihre tiefroten nackten Füße ragten aus dem Dickicht. Adler und Jagdfalken kreisten über ihrem Körper, zogen sich aber zurück, als die drei neben Simone auf die Knie fielen. Ihr Herz schlug noch, tot war sie noch nicht. Johanna ohrfeigte sie, hielt ihr die Nase zu und beatmete sie. Massierte ihre Herzgegend. Bearbeitete sie immer drängender, während Tanja Simones kalte Füße durchknetete und mit ihrem Atem wärmte. Da schlug Simone die Augen auf. Ihr Blick fiel als Erstes auf Johanna, entsetzt sah sie sie an, dann richtete sie die Augen zum Himmel. Regentropfen fielen ihr ins Gesicht, als sie in Todesangst wimmerte:

»Die Rachegöttinnen sind gekommen.«

Tanja flüsterte Simone ins Ohr:

»Wir bringen dich nach Hause. Ins Warme.«

Dann trug Tiina ihre benommene Schwester huckepack den Berg hinab. Es dämmerte bereits, als sie den Wald erreichten und von sanftmütigen hohen Kiefern empfangen wurden.

*

Elga stapelte Feuerholz an der Hüttenwand und brachte Birkenzweige, Reisig und Zapfen in die Hütte. Auf heiße Tage konnten schon feuchtkalte Nächte folgen. Elgas Körper war nach Johannas Stiefeltritten und Fausthieben immer noch von violetten Blutergüssen übersät und ein Auge nach wie vor so geschwollen, dass sie nicht damit sehen konnte. Aune trug summend Steine für den Bau des Erdkellers herbei; Tiina räucherte Schneehuhn am Weidenstock. Tanja räumte den Schlachtplatz auf, wo sie den Hirsch zerlegt hatten, und rülpste so laut wie immer, wenn sie viel Fleisch gegessen hatte. Die Hunde lagen mit aufgedunsenen Bäuchen in der Sonne; sie hatten in Eingeweiden geschwelgt. Als die Julihitze weiter zunahm, flüchteten sie in den Schatten.

Johanna war auf die Jagd gegangen. Scheu wagte sich Simone aus der Hütte, nachdem sie zwei Tage im Dämmerschlaf verbracht hatte. Klare Momente hatten sich mit Fieberphantasien abgewechselt. Sie schlich wie ein Waldgeist an die frische Luft, sich immer in der Nähe der Hütte haltend. Stützte sich an der Hauswand ab, hielt immer ausreichenden Abstand zu ihren Schwestern. Die beobachteten sie beunruhigt aus den Augenwinkeln, bemerkten ihren zutiefst verängstigten Blick, in dem keinerlei Vertrauen stand. Würde sie wieder gesund werden oder nur noch bekloppter? Sie wussten nicht, wie sie mit Simone umgehen sollten, wollten die Distanz, die sie so bewusst zu ihnen hielt, nicht schmälern.

Simone verschränkte die Hände und sprach ein Gebet, danach ließ sie eine segnende Hand von dem Kartoffelacker zu dem kleinen Roggenfeld mit schlaffen Ähren schweifen. Würden sie ohne ein Gewächshaus jemals eine Ernte einfahren? Wie einfältig es doch von ihnen gewesen war zu glauben, dass in dieser kargen Gegend etwas wachsen konnte. Kartoffeln zur Michaelismesse würde es nicht geben, die Pflanzen würden vor dem ersten Frost, wenn überhaupt, noch nicht ausgewachsen sein.

Als sie sich abends versammelten, waren sie alle schlechter Stimmung. Manche Tage sind so furchtbar, dass man nicht anders kann als mürrisch werden. Die Schwestern wollten den Abend überstanden wissen, schlafen gehen und ihre schlechte Laune überwinden. Sie entfachten ein großes Lagerfeuer, kauten zähe Stücke geräuchertes Kaninchen und malten sich aus, es wären Dillchips. Das gebratene Fleisch linderte zwar ihren Hunger, aber nicht das Verlangen nach Schnaps. Hätten Elga und Simone nicht alles vermasselt, hätten sie außerdem Brot zum Fleisch gehabt.

»Hier sitzen wir also mit trockenen, enttäuschten Kehlen«, sagte Aune.

Sie mochte heute keine Erzählungen zum Besten geben, und es wollte heute auch niemand zuhören. Aune ging am frühesten von allen zu Bett. Die anderen, die noch eine Zeit lang sitzen blieben, ließen eine Pfeife mit Engelwurz kreisen.

»Möge die Johannisnacht im nächsten Jahr es wert sein, gefeiert zu werden«, sagte Tanja. »Dann werden wir mit Glück ’nen Kartoffelacker, einen kleinen Nutzwald und einen gefüllten Erdkeller haben. Jagdglück und ertragreiche Reisen zum Markt.«

*

Laura war es verboten worden, mit Kunst herumzuwursteln, wie Tiina es nannte. Sie wurde dazu gezwungen, sich nützlich zu machen. Angelruten zu schnitzen. Sieben Paar Holzschuhe. Als sie in die Einöde hinausgezogen waren, hatte keine der Schwestern auch nur einen Gedanken daran verschwendet, dass sie sich nach Schuhwerk sehnen könnten. Warum bloß hatten sie die Stiefel ihrer Mutter weggeworfen? So als hätten sie jeden Geruch der Mutter schnellstens los sein wollen.

Johanna verlangte von Laura, Totempfähle zu schnitzen. Wie sie erklärte, eilte es: »Fremde bringen böse Geister mit sich, sie müssen mit bösen Geistern vertrieben werden. Wer immer sich der Hütte nähert und die Pfähle sieht, soll sich vor Angst in die Hose machen. Ich habe im Schilf am See Fußspuren entdeckt. Sohlen mit grobem Profil, das können keine Spuren von unsren Schuhen sein. Hundekot in einer seltsamen ziegelroten Farbe habe ich auch gesehen. Wir müssen unsre Grenze markieren.«

»Wer das wohl ist?«, sagte Tanja. »Ich glaube nicht, dass es Leute sind, die hinter uns her sind.«

»Noch nicht«, sagte Johanna und dachte weiter laut: »Wir haben die Totempfähle und einen Haufen Steine, die wir zur Warnung schleudern können, wenn sich jemand uns nähert. Warnschüsse können wir uns nicht leisten, das Pulver muss noch bis zum Herbstmarkt reichen. Diesmal werden du, Tanja, und ich in die Stadt gehn, damit die Sache mal ordentlich angepackt wird. Die Frage ist, ob Tiina uns begleiten soll oder ob sie als einzige Spitzenkraft bei den Kleppern zurückbleibt.«

»Aune leistet durchaus dies und das«, sagte Tanja, darauf bedacht, ihre Zwillingsschwester nicht in völlig schlechtem Licht dastehen zu lassen. »Tiina kann doch mindestens fünfzig Kilo Ware tragen.«

»Du hast recht, Tanja. Du bist wirklich klug«, sagte Johanna, und Tanja sonnte sich in ihrem Lob.

Wider Erwarten hatte Laura Spaß an der Arbeit mit den Totempfählen; ihre Wangen glühten vor lauter Begeisterung darüber, etwas erschaffen zu können, sie fühlte sich mächtig. Der Kopf war aus Bärenfell; Bockhörner, Fledermausohren, getrocknete Bärenaugen zierten ihn, ein Hirschknochen stellte die Nase dar, Bärenklauen den Mund. So, damit war nun auch der letzte Nagel aufgebraucht! Simone umrundete den Pfahl und verfolgte stillschweigend die Arbeiten. Ihr war weh ums Herz.

»Ist Wolfsfleisch eigentlich essbar?«, wollte Laura wissen.

»Man soll keine Tiere essen, die Klauen haben«, sagte Simone.

Sie sprach! Wer nicht mit anderen sprechen kann, kommt zu mir, dachte Laura und bildete sich ein, eine besondere Kraft zu besitzen, die den anderen fehlte.

»Hat Vater das gesagt?«, fragte sie und blickte zu Simone auf.

Simone schüttelte den Kopf.

»Nein, die Bibel.«

Laura war in Fragestimmung: »Warum trägt niemand Elchfelle?«

»Das Fleisch ist zu mager. Das Fell dünn und glanzlos«, erwiderte Simone.

»Und warum können wir nicht nähen?«, fragte Laura weiter. »Wir könnten Rotfuchsmützen und Handschuhe aus Biberfell verkaufen.«

Simones Miene hellte sich auf, sie lächelte kaum merkbar.

»Ich habe Beziehungen in der Branche.«

Laura sah zu ihrer Schwester hoch, betrachtete ihre dunklen, wässrigen Augen, ihr blasses Gesicht. Laura erwiderte das Lächeln. Verscheuchte Bremsen und Mücken, die ganz kirre wurden, wenn sie Schweiß rochen.

»Kommst du mit, Birkenrinde sammeln?«, fragte sie. »Ich habe einen Sack dabei, für den Fall, dass wir Fließton finden.«

Simone wagte nicht abzulehnen, als sie gebeten wurde, einen Sack Feuerholz zu sammeln. Sie war in Gnaden wiederaufgenommen worden, aber die Atmosphäre zwischen ihnen war angespannt. Laura schlüpfte in das erste Paar Holzpantinen, das sie geschnitzt hatte, brauchte aber viel Phantasie, um sich davon zu überzeugen, dass sie für ihre Füße etwas taugten. Sie schüttelte sie wieder ab, da konnte man ja genauso gut barfuß gehen! Da machte sie doch lieber weiter Totempfähle!

»Für Holzpantinen braucht man spezielles Werkzeug, besondere Feilen«, sagte sie.

Sie riss Rindenstreifen und Porlinge von alten Birken und schnitt von Sträuchern Zweige ab. In einem Meer von Heidelbeerkraut setzten sie sich beide auf den Hintern und steckten sich die gepflückten, noch sauren Beeren geradewegs in den Mund. Wie viele Heidelbeeren es hier gab! Sie hätten einen Eimer mitnehmen sollen.

»Das hier bleibt unser Geheimnis«, sagte Simone kauend.

Laura lächelte. Ernst sah sie ihre Schwester an und erzählte ihr, dass sie auch ein paar Kontakte geknüpft hatte.

»Vielleicht werde ich … Wer weiß«, sagte sie geheimniskrämerisch.

Erstaunt blickte Simone auf.

»Ich könnte vielleicht organisieren, dass du deinem Kürschner eine Botschaft übermitteln kannst«, sprach Laura weiter.

»Und was soll ich ihm sagen?«, fragte Simone. Ihre Wangen röteten sich.

»Dass du lernen willst, wie man Pelze und Felle näht. Aber dafür müsstest du dich heimlich davonstehlen, ohne dass der Stamm es mitbekommt.«

Simone zuckte zusammen, schnappte nach Luft.

»Au, meine Hüfte. Sie ist, glaub ich, völlig von Johannas Tritten zerschmettert. So weit kann ich nicht laufen.«

Laura ging langsam weiter, nahm den begonnenen Faden wieder auf: »Der Pelzhändler könnte dir auf der Hälfte der Strecke entgegenkommen. Vielleicht mit dem Pferd oder womit auch immer, verdammt.«

»Fluch nicht so. Nicht du auch noch, bitte.«

»Lass dir was einfallen. Um deine Haut zu retten«, sagte Laura hartnäckig.

Am Bach angekommen, zog sie sich aus und rollte im kalten Matsch herum. Simone folgte ihrem Beispiel.

»Der ist perfekt!«, sagte Laura freudig.

Dann traten sie schließlich verdreckt den Rückweg an; ihr Sack war angefüllt mit geschmeidigstem Fließton. Der Geruch von geräuchertem Fleisch zog ihnen in die Nase. Die Hunde sausten umher und begrüßten sie mit lautem Gebell.

*

Ihr Pulli stank nach Schweiß, als Laura sich am Ufer des Sees auszog. Der Totempfahl war fertig, und nach der anstrengenden Arbeit fühlte sie sich ganz erledigt. Am Ufer tauchte sie den Pullover ins Wasser und schrubbte ihn. Ohne Waschseife würde er kaum sauber werden, aber vielleicht wenigstens etwas sauberer. Sie hängte ihn über einen kahlen Fichtenzweig, zog auch die Unterhose aus und ließ ihren Blick über den Morgennebel schweifen. Der Fels, auf dem beim letzten Mal der Hund gesessen hatte, war in Nebel gehüllt. Sie streckte sich und malte sich aus, jemand sähe ihr zu; stellte sich vor, wie Augen ihren nackten Körper betrachteten. Erstaunt musterte sie ihre kräftigen Armmuskeln, die sie all dem Bauen, Schleppen, Sägen, Feilen, Hobeln zu verdanken hatte. Betrachtete ihre weißen mit Sommersprossen übersäten Brüste. Rieb die Beulen der längst aufgekratzten Bremsen- und Mückenstiche.

Es war seltsam still hier; kein Tier raschelte, kein Vogel zwitscherte, und die Wasseroberfläche lag spiegelglatt da. Laura ließ sich in den See gleiten, trieb lautlos vorwärts. Sie kam mittlerweile fast jeden Tag hierher, um dem Wellenschlag zu entgehen, den ihre Schwestern verursachten. Beim ruhigen Schwimmen konnten sich ihre Gedanken frei entfalten. Alles, was sie in Johannas Gegenwart nicht zu denken wagte – denn die große Schwester schien Laura geradewegs zu durchschauen. Buchstaben konnte sie zwar nicht lesen, dafür aber Gedanken. Bei ihren Schwimmzügen dachte Laura darüber nach, was wohl auf sie zukäme. Sie hatte keine Idee, wie sie dem Verlies ihrer Geschwister entkommen könnte. Wann immer sie daran dachte, auszureißen und ein neues Leben zu beginnen, kam sie an einer Unmöglichkeit nicht vorbei: Wohin sollte sie sich wenden, so ohne Geld, Bildung und festen Wohnsitz? Sich den Sozialbehörden freiwillig ausliefern? Dann erwartete sie nur ein noch unmenschlicheres Verlies. Sie würde sich wie ein verirrter und zutiefst unglücklicher Elch in einem Hochhaus fühlen. Ihr Vater hatte recht gehabt, wenn er sagte, dass ihre Rettung der familiäre Zusammenhalt sei. Zusammenzuhalten war nicht leicht. Zwei Kinder, obwohl sie gleichzeitig im selben Bauch gelegen hatten, konnten wie Fuchs und Kaninchen sein.

Der Nebel hatte sich gelichtet. Der Fels war verlassen, kein Hund in Sicht. Die Biberburg neben dem Felsbrocken wurde immer größer. Sie drehte um, schwamm zurück. Biber konnten aggressiv reagieren, wenn sie annahmen, dass jemand Anspruch auf ihr Baumaterial erhob. Kiiski war einmal von einem Biber angefallen worden, der ihn so übel in den Rücken gebissen hatte, dass das arme Tier beinahe gestorben wäre.

Sie stieg aus dem Wasser, zog die Hose und den nassen Pulli an. Schlich am Ufer entlang zu dem Aussichtsplatz des fremden Hundes. Aus dem Wald vernahm sie ein Rascheln, Zweige, die knackten. Ob es der Hund war, der ihr damit signalisieren wollte, dass sie dort hinaufklettern und dem Geräusch nachgehen sollte? Behutsam folgte sie einem ausgetretenen Pfad. Ein paar Meter weiter fiel ein Lichtstrahl durch das Blätterdach – und es tat sich eine Lichtung auf. Sie schaute aus dem Dickicht, und dort, auf einer Wiese, sah sie ein Zelt. Zwei Zelte. Drei. An einem Ast hingen Sportjacken, Decken und Schlafsäcke. Kein Mensch war zu sehen, auch kein Hund. Sollte sie es wagen, hinzugehen und die Jacken und Decken zu klauen? Am Waldrand, hinter einem dicken Kiefernstamm, wartete sie ab, spähte reglos dorthin. Die Zeltbewohner mussten fischen gegangen oder mit irgendetwas anderem beschäftigt sein. Sie kroch ins Unterholz, schlängelte sich vorwärts und schnappte sich eine Jacke. Kroch zurück durch hohes Gras, und nachdem sie wieder den Wald erreicht hatte, rannte sie, rannte zurück in Richtung Hütte, ohne sich umzudrehen. Als sie sich der Hütte näherte, wusste sie, dass sie ihren Schwestern davon erzählen musste. Aber es widerstrebte ihr. Um ihrer selbst willen musste sie wissen, wer dort zeltete. Was machten die Leute dort? Wann würden sie in die Zivilisation zurückkehren? Vielleicht würden sie ihr ja etwas zu essen abgeben, etwas Leckeres, das sie lange nicht mehr gegessen hatte.

Sie probierte die Jacke an. Sie hing bis zu ihren Schenkel hinab, die Ärmel reichten ihr bis über die Hände. Zwar war es keine Winterjacke, aber sie war offensichtlich winddicht. Laura krempelte die Ärmel um. In den Taschen fand sie eine halbe Schachtel Zigaretten, ein Feuerzeug, einen Schlüsselbund und eine Packung Lakritzkaugummi. Sie setzte sich hin und zündete sich eine Zigarette an; sie stieg ihr zu Kopf, und ein herrliches Gefühl der Entspannung breitete sich in ihrem Körper aus. Sie schloss die Augen und genoss es, frisch gebadet und durchgeräuchert zu sein. Noch eine Fluppe. Dann alle Kaugummis auf einmal. Der Saft, dieser leckere Lakritzsaft, hmmm … Der Genuss währte viel zu kurz. Sie versteckte die Jacke in einer hohlen Kiefer und markierte den Stamm mit einem Muster aus Steinen.

*

Schon wieder Rauchfleisch zum Abendessen. In ihrer Phantasie trank Laura ein großes Porter zur Mahlzeit. Während die anderen wie immer plapperten und Aune irgendeine abgenudelte Geschichte zum Besten gab, die alle bis auf die Erzählerin selbst zum Gähnen fanden, befand sich Laura gedanklich beim See und den drei Zelten.

Erst um Mitternacht fing es an zu dämmern, aber so richtig dunkel wurde es zurzeit nie. Als sie schlafen gehen wollte, sagte Elga: »Hat hier jemand heimlich Kippen gebunkert?«

»Es hat schon den ganzen Abend nach Fluppen gerochen«, sagte Tiina.

Laura sagte nichts, setzte eine unschuldige Miene auf.

»Ein starkes Verlangen nach etwas kann das Ersehnte so deutlich heraufbeschwören, dass es einem vorkommt, als wäre es real«, meinte Aune.

»Ich schmecke Bier«, sagte Johanna.

»Ich Capricciosa«, sagte Tiina.

»Sauerteigknäcke mit Emmentaler«, sagte Tanja.

»Fischpiroggen«, sagte Aune.

»Wurst«, sagte Laura.

»Wir müssen uns stärker ins Zeug legen«, forderte Johanna, »wir haben noch nicht viel für den Markt beisammen.«

»Bis dahin dauert es noch einen Monat …«, sagte Tanja.

»Wir müssen zu mehreren jagen«, sagte Johanna. »Ich denke da an Fallen, Schlingen. Fischfang. List. Ist jemand von euch listig? Keine, wenn ich mir eure stumpfen Mienen so ansehe. Was steuerst du für den Markt bei?«

Scharf sah sie Laura an.

»Ich kann meine Zapfenfiguren verkaufen.«

»Wer will denn für den Schrott etwas bezahlen?«

»Man kann nie wissen«, erwiderte Laura.

»Du kommst jedenfalls nicht mit in die Stadt, das hast du ja wohl kapiert. Du hältst die ganze Gruppe auf.«

»Und was soll ich dann machen?«, fragte Laura enttäuscht.

»Wie vergesslich bist du denn?! Mehr Totempfähle. Holzschuhe. Schuhe, was auch immer. Du hast Felle und Häute. Der Wald ist voller Holz«, sagte Tanja.

»Ich habe keinen Leim mehr, keine Nägel. Holzpantinen sind nicht meins … Ich bin keine …«, setzte Laura an.

»Einfach machen! Streng dich an!«, schnauzte Johanna.

»Sonst überleben wir den Winter nicht, das müsst ihr begreifen«, sagte Tanja.

»Ihr redet wie die Totengräber«, sagte Tiina. »Wir sind doch sieben beharrliche Sturköpfe, warum sollten wir nicht einen Winter überstehen? Ein bisschen Schnee und Kälte bringt doch Leute wie uns nicht um.«

»Na ja – ich sage nur: warme Kleidung«, gab Elga zu bedenken.

»Du hast ja schon für dich gesorgt. Deine Möse gegen Hosen getauscht«, sagte Tiina.

»Die hat Johanna ruiniert«, meinte Elga.

»Stiefel, Winterjacken, Pullover. Seht euch doch nur unsre verschlissenen Klamotten an«, sagte Aune.

»An mehreren Marktständen wird gebrauchte Kleidung verkauft«, sagte Tanja.

»Die müffelt aber meistens«, sagte Tiina und verzog das Gesicht.

»Nicht zu glauben, wie du dich auf einmal zierst!«, bemerkte Johanna.

»Von Vanillegeruch in Altweiberklamotten wird mir schlecht«, sagte Tiina.

»Mensch, dann kauf dir doch 'ne Männerjacke«, sagte Tanja. »Männer tragen ihre Sachen auf.«

*

Wieder glitt Laura durch den milchig weißen Nebel, schlängelte sich zwischen Seerosenblättern hindurch. Tauchte die Nase unter Wasser und ließ magische Blasen aufsteigen. Es herrschte eine angespannte Stille. Wieder hatte sie das Gefühl, beobachtet zu werden. Von Fichten- und Kiefernaugen. Eulenaugen. Hundeaugen. Menschenaugen? Männern? Ein Stück entfernt raschelte etwas am Ufersaum, aber sie konnte nicht erkennen, was das Geräusch ausgelöst hatte. Sie schwamm zum linken Ufer und bemerkte, dass die Biberburg weiter angewachsen war. Der fleißige Biber schlüpfte durch seine zusammengetragenen Stöcke und Zweige rein und raus. Das wäre was, wenn man den zum Saunabau anheuern könnte! Rasch schwamm sie mit einem leichten Gefühl der Nervosität wieder auf den See hinaus und hoffte, den Biber nicht zu stören.

Geradeaus, am Nebel vorbei. Jetzt war die Sicht klar, keine lebendige Seele saß auf dem Felsen. Gleich hatte sie ihn erreicht, doch was war das? Sie kniff die Augen zusammen, fokussierte. Ein kleines Baugerüst oder … Jetzt hätte sie eine Brille gebrauchen können. Dann erkannte sie, wenn auch verschwommen, eine Filmkamera auf einem hohen Stativ. Der Besitzer der Kamera hatte die Linse direkt auf die Biberburg gerichtet. Ob sie, Laura, im Bild gewesen war, und falls ja, wie viel von ihr? Die Kamera gehörte bestimmt den Zeltbewohnern. Filmemacher, Naturforscher oder jemand vom Forstamt. Sollte sie zurück zu den Zelten gehen und die Jacke zurückbringen? Zumindest die

Schlüssel, denn falls sie sie beim Schwimmen gesehen hatten, würden sie natürlich sie verdächtigen.

Die Gier nach Zigaretten ließ sie zu der uralten Kiefer gehen, wo sie die Jacke versteckt hatte. Sie sah das von ihr gelegte Muster aus Steinen, ihre Richtmarke, setzte sich auf den Boden und lehnte sich gegen den Baumstamm, scheuerte sich an der Rinde, wo die Mückenstiche sie plagten. Hoch oben am Stamm wuchsen dicke Porlinge. Was für ein Schatz, aber so hoch würde nicht einmal Tiina klettern können. Laura steckte sich eine Zigarette an und machte Lungenzüge; ihr wurde übel, sie steckte sich eine neue Kippe an, drückte sie aus. Atmete tief ein. Roch es hier nicht nach Schweiß? Menschenschweiß. Von ihren Schwestern mal abgesehen hatte sie seit Anfang Mai keine Menschenseele mehr gesehen. Sie lauerte zwischen den Bäumen wie ein ausgehungerter Wolf, bereit, einen Hund, ein Kind oder einen Fleischbrocken zu erbeuten. Sie schlug nach zwei Mücken; eine war schon mit Blut vollgesogen, als sie sich auf ihre Haut gesetzt hatte. Menschenblut? Biberblut? Die Worte ihres Vaters kamen ihr in den Sinn, der ihnen immer wieder eingeschärft hatte, dass Menschen nicht nur schlimme Dinge taten, sondern auch Krankheiten verbreiteten. Ob die Mücke frisches Blut im Stechrüssel gehabt hatte?

Laura spähte angestrengt in den Wald; die Stämme waren noch verschwommener als sonst. *Du kannst ja nicht mal auf fünf Meter Entfernung 'nen Bären sehn,* hatte Johanna geschrien, als sie Laura das Schießen hatte beibringen wollen. Was konnte sie, Laura, denn dafür, dass sie so kurzsichtig war? Sie hatte immer gewusst, dass es keinen Sinn gehabt hätte, ihre Eltern um einen Termin beim Optiker zu bitten. *So teuer wie 'n alter Ford*, hatte Vater gesagt. Also hatte sie sich ihrem Sehvermögen angepasst und arbeitete mit Dingen, die sich dicht vor ihren Augen befanden. Wenn sie doch nur bald zum Markt ziehen würden, sie brauchte dringend eine Pause von Johannas Grausamkeiten! Dann würde sie nicht mehr auf Zehenspitzen gehen müssen, immer auf der Hut sein, immer mit der Angst im Nacken umhergehen. Mitten in der Nacht aufstehen müssen, um mit ihren Figuren weiterzukommen. Dreitausend sollten es werden, bevor sie das Zeitliche segnete, das hatte sie sich geschworen. Diese verflixten Holzschuhe gaben ihr noch den Rest. Holzschuhe für Sumpfland. Totempfähle dagegen ... Wie erhebend war es, einen mehr als zwei Meter hohen Pfahl fertig zu kriegen. Drei weitere sollten es werden, einer für jede Himmelsrichtung. Was ihr jedoch Angst einjagte: Was wäre, wenn sie irgendwann ihre Werkzeuge, ihre Messerschneiden nicht mehr sehen könnte? Dann bliebe ihr nichts anderes übrig, als sich im Schlamm zu wälzen.

Sie schlich zur Lichtung, guckte hinüber zu den Zelten. Ein Lagerfeuer – und drei Männer mit breiten roten Schirmmützen. Drei Paar robuste Stiefel. Ein liegender Hund, der sich jetzt aufrichtete, witterte und in ihre Richtung spähte. Ein Mann legte dem Hund eine Hand auf den Rücken. *Platz!* Die Männer redeten, hielten Becher in der Hand, tranken Kaffee, rauchten. Dieser Duft, der ihr da entgegenströmte ... Oder bildete sie sich den nur ein? Es roch doch nach Kaffee. Nur nicht dran denken! Sie schlich zurück zum See, wo sie sich anzog und den Pfad zurück zur Hütte nahm. Einen Moment blieb sie zögernd stehen. Überlegte es sich anders. Ging zurück zum Waldsee.

Der Nebel hatte sich gelichtet; die Sonnenstrahlen glitzerten auf der glatten Wasseroberfläche. Wasserläufer waren zu sehen und Libellen mit hauchzarten Flügeln. Drüben bei dem hohen Felsen stand jetzt nicht der Hund, sondern ein Mann mit roter Schirmmütze; er schaute in die Kamera. Sie erstarrte. Sollte sie weglaufen? Mit klopfendem Herzen rückte sie näher und zwang sich, dichter heranzugehen, um klarer sehen zu können. Da, ein warnendes Kläffen. Dann stand der Hund nur ein paar Meter entfernt vor ihr. Sah sie an, kläffte abermals warnend. Sie ging in die Hocke und steckte ihre Hand aus; der Hund schnüffelte daran. Sie kraulte seine Brust, eine raue Zunge fuhr ihr durchs Gesicht. Wenn sie sich auf eine Sprache verstand, dann auf die Hundesprache.

»Bei Fuß, Kalle!«, rief der Mann mit der roten Schirmmütze.

Gehorsam trottete der Hund zurück zu ihm. Laura rührte sich nicht. Sollte sie nach Hause rennen oder hierbleiben und etwas sagen? Der Mann schob den Schirm seiner Mütze in die Stirn und kam auf sie zu. Sie konnte seine Gesichtszüge immer deutlicher sehen. Er war schon etwas älter, vielleicht dreißig. Oder auch jünger, wirkte aber älter mit dem Bart. Seine Jeans saß ihm locker auf den Hüften. Sie starrte seine groben Stiefel an, die sicherlich gegen jede Nässe und Kälte schützten. Schaute dann auf ihre eigenen Turnschuhe herunter, wo ihr großer Zeh mit seinem blauen Nagel hervorlugte: Elga hatte versehentlich einen dicken Ast fallen gelassen, und er war direkt auf ihrem Zeh gelandet. Tanja hatte eine Nähnadel abgesengt und den Nagel damit punktiert, woraufhin eine kleine Blutfontäne aus dem Loch hochgeschossen war.

Jetzt stand der Mann mit der roten Schirmmütze vor ihr und begrüßte sie.

»Hallo«, sagte sie, doch es klang eher wie ein Piepsen. Verlegen überlegte sie, mit wem sie überhaupt zuletzt gesprochen hatte. Mit dem Pastor oder mit Frau Niskanpää? Ihren Schwestern gegenüber war sie nicht besonders redselig. Sie war für sich zu dem Schluss gekommen, dass man die Wörter besser bei sich behielt, sonst wurde man leicht verraten.

Er betrachtete ihr langes, verfilztes Haar, das zuletzt im Mai gewaschen worden war, und selbst das Mal zählte kaum. Seit dem Tod ihrer Mutter war Shampoo nicht unbedingt das Erste gewesen, wofür sie Geld ausgegeben hatten. Er registrierte ihre zerlumpten Jeans, die einen Gürtel nötig gehabt hätten. Schlank war sie schon immer gewesen, aber nie so mager wie jetzt. Dann fiel sein Blick auf ihren dunkelblauen Nagel.

»Au, das hat bestimmt wehgetan, oder?«

Sie nickte, versuchte ihren großen Zeh einzuziehen wie die Krallen einer freundlich gesinnten Katze.

Er sah ihr in die Augen, die sie nicht länger zusammenkniff.

»Wolltest du baden?«

Sie schüttelte den Kopf.

»Wir sind hier bald fertig. Die Darsteller haben sich wacker geschlagen«, sagte er zufrieden und zeigte zum Biberbau. »Faszinierende Tiere, oder?«

Sie nickte; wäre sie etwas mitteilsamer gewesen, hätte sie ihm von dem Biberangriff auf Kiiski erzählt.

»Und was machst du hier draußen in der Wildnis?«, fragte er.

Was machte sie? Sammelte Ton und Zapfen für ihre Figuren. Was sollte sie sagen? Das waren die schwersten Fragen: *Wer bist du? Was machst du?* Tja, was sagt man da. Am besten etwas Einstudiertes.

Der Mann trat einen Schritt vor und reichte ihr die Hand.

»Ich heiße Philip.«

Zögernd ergriff sie seine Hand.

»Laura.«

»Bist du Biologin?«

Man konnte seinem Ton anhören, dass es das Letzte war, was er annahm, er sie aber zum Reden bewegen wollte.

»Ich lebe hier nur«, sagte sie.

»Wow. Wie überstehst du den Winter?«

Sie zuckte mit den Schultern.

»Wir sind Anfang Mai hierhergezogen.«

»Und was machst du tagsüber?«

»Totempfähle.«

Philip lachte auf. Sah sie jetzt noch interessierter an, als studierte er eine seltene Vogelart.

»Und was machst du mit ihnen?«

»Wir stellen sie auf und dann …«, sagte sie und bereute, »wir« gesagt zu haben.

»Wer ist ›wir‹?«

»Meine Schwestern und … ich, aber tanzen tun wir nicht um ihn.«

Als sie das gesagt hatte, sah sie ihren Vater vor ihrem inneren Auge, hatte seine Ermahnungen im Ohr. Dachte an Johannas Predigt. Sie sollte besser aufpassen, was sie sagte.

»Wo genau lebt ihr?«, fragte Philip neugierig.

»In die Richtung dort.«

Sie deutete in die entgegengesetzte Richtung als die, in der die Hütte lag. Zeigte in Richtung Berg.

»Gehst du auf die Jagd? Wir sind sonst keiner Menschenseele begegnet, haben aber Hundegebell und Gewehrschüsse gehört.«

»Ich nicht«, erwiderte Laura.

Lange sah er sie an, sein Blick war freundlich.

»Kann ich dir einen Kaffee anbieten? Unser Lager ist auf der Wiese. Ich hab zwar nur Pulverkaffee da, aber die Luxusvariante, und die ist erstaunlich gut. Alles, was man in der freien Natur zu sich nimmt, schmeckt gut, oder?«

Nicht alles. Ganz und gar nicht alles, dachte sie. Blutiges Fleisch, wenn man es nicht hatte abwarten können, es ordentlich durchzugaren. Verschimmeltes Brot. Aber Kaffee. Ja, Kaffee. Der Kaffee, den sie zur Hütte mitgenommen hatten, war schnell alle gewesen, nach wenigen Wochen schon.

Sie nickte.

»Ja, gerne. Etwas Kaffee.«

Schweigend ging sie neben ihm her. Der Hund schmiegte sich an sie, während Philip ihr erzählte, dass sie zu dritt an einem

Film über Biber arbeiteten, einer Mischung aus Dokumentar- und Spielfilm. Es sollte ein Porträt eines faszinierenden Tieres werden, aber zugleich auch ein Film über das Abenteuer Wildnis. »Wir schrecken nicht vor Pastoralem zurück«, sagte er mit einem frechen Funkeln in den Augen.

Laura sah auf und dachte, dass sie Pastoren nicht mochte. Ihr Blick fiel auf Philips behaarte Arme. Sie hätte nicht gedacht, dass schlanke Männer so behaart sein konnten. Der Rücken ihres Vaters, dem mit jedem Jahr neue Speckfalten gewachsen waren, hatte wie ein Teppich ausgesehen. Ihr war flau. Wann hatte sie eigentlich zuletzt etwas gegessen? Zander, vor zwei Tagen. Kleine Happen Rauchfleisch. Unreife Brombeeren in einem versteckten Gebüsch auf dem Weg zum See. Blaubeeren. Sie wünschte, sie wäre Tiina, die einfach drauflosschwätzte, oder noch besser Elga. Am allerliebsten Aune, die so gut mit Worten umgehen konnte. Aune würde gut zu Philip passen. Sie selbst war noch nie mit einem Mann allein gewesen.

Bei den drei kleinen Zelten angekommen, lud Philip sie zu einer Wohnungsbesichtigung ein: »Hier schläft Jouni, er ist Elektriker und ein Ass in Beleuchtungsfragen. Praktisch veranlagt ist er dafür nicht, für ihn war es wichtiger, Single Malt Whiskey mitzunehmen als Outdoorschuhe. Und hier wohnt Olli, er ist Biologe. Er sollte mit dem Rauchen aufhören. Ja, ja, wir haben alle unsere Laster. Hat man keine Laster mehr, hört man auf, Mensch zu sein, oder?«

Sie nickte und lächelte schwach.

»Wir sind seit der Unizeit miteinander befreundet. Wir arbeiten gern zusammen. Dies wird unser dritter Film. Himmel, wie die Zeit vergeht.«

Sie nickte wieder, lauschte seinen Worten.

»Mach's dir bequem. Ich setze Wasser auf.«

Er legte das Feuerholz zurecht, tat Fichtenspan darauf und

entzündete ein langes Streichholz. Die Flamme erlosch. Noch ein Streichholz. Es zündete nicht. Noch eines.

»Scheiße aber auch, jetzt müsste Olli hier sein. Er ist unser Feuermacher. Wenn man so in der Wildnis unterwegs ist, wächst jeder in eine bestimmte Rolle rein.«

Laura nahm ihm die Streichholzschachtel aus den Händen, lehnte sich vor und entfachte mit geübten Fingern eine beständige, schöne Glut.

»Du hast es drauf, wie ich sehe«, sagte Philip.

Er reichte ihr einen Becher und die Dose mit Instantkaffee. Sie gab vier gehäufte Löffel in den Becher.

»Pass auf! Ich nehme immer nur zwei. Sonst wird er bitter.«

Er schenkte ihr heißes Wasser ein.

»Verbrenn dich nicht!«

Doch das tat sie. Ihre Zunge war pelzig und wie betäubt. Sie hielt den Becher mit beiden Händen umklammert.

»Möchtest du etwas Salami? Ein Stück Brot? Wir müssen morgen sowieso wieder los, und das am besten mit so wenig Gepäck wie möglich.«

Als sie die Wurst sah, wurde ihr der Mund wässrig. Er schnitt ein großes Stück für sie ab und reichte es ihr. Sie aß es in einem Stück, schlang es herunter wie ein wildes Tier. Er zog die Augenbrauen hoch.

»Wann hast du zuletzt etwas gegessen?«

Laura musste daran denken, wie Johanna schlecht gelaunt und mit leeren Händen von der Jagd nach Hause gekommen war. Pfifferlinge waren lecker, aber davon wurde keine hungrige Seele satt. Auch Brombeeren füllten nicht den Bauch. Zwei Abende waren sie früh schlafen gegangen, kraftlos und schwach vor Hunger.

»Habt ihr Bären gesehen?«, fragte Philip, als er keine Antwort auf seine Frage erhielt.

»Ja, ist aber schon länger her«, erwiderte sie.

»Wir haben gestern Bärenspuren entdeckt. Mächtig große. So groß waren sie.« Seine Hände deuteten das Ausmaß an.

»Wo denn?«

»Ich zeig's dir nachher. Möchtest du noch einen Kaffee? Wir können auch von Jouni etwas Whiskey schnorren.«

In Lauras stumpfen Augen blitzte etwas auf. Obwohl sie sich doch geschworen hatte, nichts Hochprozentiges mehr zu trinken.

*

Johanna und Tiina hielten grimassierend einen Baumstamm zwischen sich. Mit einem Brüllen stemmten sie ihn für den Saunabau hoch. Die Verzahnmethode würde funktionieren, so viel wussten sie. Das Abdichten mit Moos und Lehm durften die Memmen erledigen.

Aus den Augenwinkeln entdeckte Johanna Laura.

»Wo zum Birkenbesen bist du gewesen?!«

»Während wir anderen uns hier abschuften«, grollte Tanja.

»Und du ... du Arsch ... gehst schwimmen«, giftete Tiina.

Aune musterte Laura von Kopf bis Fuß.

»Wie du aussiehst ... hast du dich mit 'nem Bären geprügelt?«

Laura berührte die Schrammen in ihrem Gesicht und zog an ihrem zerrissenen Pulli.

»Ich habe ihn aufgeschreckt.«

»Schnell, Tanja. Bären!«, sagte Johanna und wurde plötzlich ganz eifrig.

Sie stiefelte in die Hütte, schnappte sich das Gewehr.

»Wo?«

Laura deutete in die entsprechende Richtung.

»Am See vorbei, dicht bei den Felsen. Unverkennbare Spuren.«

»Tiina, nimm den Handkarren. Wenn wir die Bestie kriegen, ziehn wir sie nach Haus«, befahl ihr Johanna.

»Möge es heute Abend endlich ein Festmahl geben«, sagte Tanja.

»Die Spuren sind noch ganz frisch. Es hat noch nach Bär gerochen«, sagte Laura.

»Frisch müssen sie ja auch sein, wenn du mit ’nem Bären gerungen hast«, sagte Elga.

»Mir ist schwindelig … Ich muss mich hinlegen«, sagte Laura und taumelte zu ihrem Fichtennest.

Ihre Beine, vor allem aber ihre Lenden, zitterten. Samenflüssigkeit rann aus ihrem Unterleib. Die Hunde schnupperten, stürzten aber aus der Hütte, als Johanna sie zu sich rief. Laura stockte der Atem. Sie wollte weinen, aber es ging nicht. Sie wollte es erzählen, fürchtete sich aber vor Johannas Bestrafung. Er war nicht abstoßend gewesen … nein, gar nicht, eigentlich. Und doch … Es war alles so schnell gegangen.

Er hatte sie mit Wurststückchen gefüttert, und sie lachten, er schenkte ihr Whiskey nach und rückte dichter an sie – ganz dicht – und legte seine Lippen auf ihre. Sie hörte auf zu kauen, schluckte, seine große Zunge spielte in ihrem Mund. *Komm, ich zeig dir, wie’s geht*, sagte er, und da lag sie schon im Moos. Nahm den Geruch von Bärenkot wahr. Der Whiskey auf leeren Magen war ihr direkt zu Kopf gestiegen, sie war ordentlich beschwipst. Es ist ein Leichtes, einen Torkelnden zu Boden zu drücken. Nicht mit Gewalt, nein, ganz und gar nicht, aber mit starken Armen. Er führte ihre Hände hoch über ihren Kopf und presste sie ins Moos, nicht brutal, gar nicht, aber zielstrebig. Sein schwerer Körper schob sich auf sie. Ihre abgewetzte Jeans hatte jetzt noch einen Riss mehr und hing auf Kniehöhe, und als er in sie eindrang, wollte sie schreien, aber der Schrei kam nicht heraus. Er krallte sich in ihr Haar. Nein, nicht so fest, dass es wehtat, aber so, dass sie gefangen war, das war zu merken. Er atmete schneller, immer heftiger; der Fäkaliengeruch stieg ihr von Neuem in die Nase, ein paar rasche Stöße noch mit dem Unterleib, und er schrie laut auf. Sein Griff um ihr Haar lockerte sich, er blieb auf ihr liegen; sein erschlaffendes Glied rührte in der glatten Feuchtigkeit, die noch penetranter roch als der Bärenkot.

»So sind wir gemacht … Spürst du es? Wir sind Tiere unter Tieren«, flüsterte er ihr ins Ohr. »Mein Samen rinnt aus dir heraus ins Moos. So soll es sein. Wie schön du bist.«

Seine Hand wanderte zu seinem Schritt, und er führte noch einmal sein wieder steif gewordenes Glied in sie ein. Jetzt tat es weh. So weh, dass sie panisch wurde, als er anfing, die Hüften zu bewegen. Inzwischen war auch der Whiskeynebel in ihrem Kopf verflogen.

»Warte«, sagte sie, »ich liege auf einem Zweig.«

Er griff nach ihr und wollte ihren Körper ein Stück wegrücken. Da bekam sie das Klappmesser in seiner Gesäßtasche in die Hände, öffnete es und richtete das scharfe Blatt auf sein Auge.

»Was soll das denn! Leg das weg«, sagte er mit harscher Stimme, in der eine Spur Furcht mitschwang. »Ich bin kein Vergewaltiger.«

Mit verletztem Gesichtsausdruck richtete er sich auf, seine Mundwinkel zuckten enttäuscht. Er kniete sich hin und wischte sein Glied mit Farnkraut ab, während sie immer noch das Messer hielt.

»Steck das weg. So einer bin ich nicht. Ein Jammer, dass du es nicht einfach genießen kannst. Pech für dich. So, nun hoch mit dir!«

Sie zerrte ihre Jeans hoch, sprang auf und lief und lief und lief. Ohne sich umzusehen. In der Nähe der Hütte blieb sie stehen und pinkelte; es brannte höllisch. Sie wischte sich den Unterleib mit feuchtem Moos ab. Rieb und rieb. Rannte wie in Trance weiter. Fiel über eine Baumwurzel, die sich über den Weg schlängelte. Schlug sich das Knie auf. Stolperte außer Atem heim.

*

Aune kniete vor Lauras Unterschlupf und lugte hinein. Da lag Laura mit stumpfem Blick, die Hände schützend über dem Bauch verschränkt. Aune reichte ihr einen Waschlappen.

»Bitte. Er ist ganz sauber. Hab ihn in Regenwasser getaucht.«

Laura wusch sich das Gesicht, die Wunde am Knie und zuletzt den Unterleib. Zog sich eine robustere Hose an. Ihr Herz klopfte immer noch wie wild. Sie versuchte ruhig und tief zu atmen, aber mit dem Getöse in ihrem Kopf ging das nicht. Er war nicht abstoßend gewesen, nein, das war er nicht: seine sehnigen Arme, die dicken Venen an seinen Unterarmen, die langen Finger. Aber er hatte sie an sich gezogen, bevor sie dazu bereit gewesen war, seine Zunge war in ihren Mund eingedrungen, bevor sie wusste, wie ihr geschah. Wie sollte man das nennen? Sie hatte die warnenden Worte ihres Vaters im Ohr, Johannas harsche Ermahnungen – sie würde die Verräterin steinigen. Nein, sie, Laura, würde nicht erzählen, was passiert war. Der Zündstoff, der darin lag … das behielt sie lieber für sich.

Wie sollte sie es jemals wieder wagen, dort schwimmen zu gehen? Sollte sie es riskieren, stattdessen zum Weiher zu laufen und vielleicht einen Hecht mit nach Hause zu bringen? Einen richtigen Kaventsmann, der für sieben arme hungrige Seelen reichte … An dieser Stelle ihrer Überlegungen schlief sie ein, träumte: Ein großer Braunbär richtete sich mit geschwollenem Penis vor ihr auf, er stieß einen ohrenbetäubenden Brunftschrei aus, seine Bärentatze warf sie zu Boden. Ihr Bauch schwoll bis zum Bersten an. Sie gebar einen Jungen mit Krallen und zottigem Fell.

Johannas Freudenschrei weckte sie. Sie kroch unter ihrer Fichte hervor, und als sie den Bärenkörper auf dem Karren sah, war ihr, als träumte sie immer noch.

»Wir haben den Bastard! Ein höllisch großes Vieh, aber wir haben ihn erledigt.«

Johanna hüpfte fröhlich vor der Hütte auf und ab. Tiina tat es ihr nach.

»Und das hier hab ich auf der Wiese gefunden. Ich sag nur ein Wort: Teerenpeli.«

Sie hielt die Whiskeyflasche hoch. Die Augen der Schwestern begannen zu strahlen. Sie alle, bis auf Simone und Laura, wollten die Flasche küssen.

»Savu«, las Elga auf dem Etikett. »Das ist der Beste von Teerenpeli, schön rauchig.«

»Jetzt halten wir bis zum Markt durch. Wir verkaufen das Bärenfell und getrocknetes Bärenfleisch«, sagte Tanja glücklich.

Johanna streckte einen Beereneimer vor.

»Es gibt auch was zu rauchen. Ein halber Eimer voller Kippen … Wir hatten also Menschen vor der Haustür … Wir müssen sofort unseren ersten Totempfahl aufstellen.«

Johanna sah zum Himmel. Faltete die Hände und schloss die Augen, murmelte: »Vater, gib uns Kraft.«

Tiina und Tanja fielen ein: »Gib uns Kraft. Kraft. Kraft.«

Aune, Laura und Elga sammelten Steine, und Simone fing an zu graben, obwohl sie das gar nicht wollte. Es schmerzte sie, dass ihre Schwestern so heidnisch waren und sich Götzen erschufen, doch weil sie Angst vor Schlägen hatte, trieb sie den Spaten in die Erde.

Elga gab Anweisungen: »Hier graben, genau hier. Dann fällt er bei Sturm nicht aufs Haus, und das grinsende Gesicht empfängt die Fremden, die vom Weg her kommen.«

»Wir hätten zwei Spaten haben müssen«, sagte Aune.

»Wir kaufen einen auf dem Markt«, meinte Tanja.

»Und eine Hacke, wenn jemals etwas aus unsrem Kartoffelacker werden soll«, sagte Aune.

»Seht euch diesen prächtigen Humus an«, bemerkte Tanja.

»Gut, den nutzen wir. Wir müssen das Roggenfeld erweitern«, meinte Aune.

»Auf einem Waldgrundstück?«, sagte Elga skeptisch.

»Wir müssen es mit allen Mitteln versuchen«, unterstrich Aune. »Man kann nie wissen.«

»Das kann man nie mit irgendwas«, sagte Tanja. Simone fasste sich wimmernd an den Rücken und die Hüfte. Verzerrte das Gesicht vor Schmerz. Aune übernahm den Spaten, grub schnell und forsch bis zur völligen Erschöpfung. Dann wurde sie von Tanja abgelöst.

»Seht doch. Was für ein Himmel«, sagte Laura.

»Es gibt Regen. Typisch. Wo wir doch grillen wollen«, sagte Tanja.

»Wir können ja einen Regentanz aufführen«, sagte Tiina.

»Einen Regentanz führt man auf, um Regen *herbeizurufen*«, verkündete Elga.

Tanja hatte den Spaten inzwischen an Laura weitergereicht und spornte sie an. »Noch ein Stück, los!«

Laura taumelte: »Ich kann nicht … Mir geht's nicht …«

»Grab rundherum. Dann räumen wir den Stein da weg«, sagte Tiina.

»Das ist kein Stein. Das ist Blech«, konstatierte Elga.

Sie sprang in das ausgehobene Loch und grub mit den Fingern. Zog eine verrostete Blechkiste hervor und legte sie neben die Grube. Sie starrten die Kiste an, wechselten Blicke. Ob sie eine unangenehme Überraschung enthielt?

»Mach sie auf!«, befahl Tanja.

Patronen, Batterien, Zigarettenpapier, Tabak, Nylonschnur, Angelhaken und ein Bündel Geldscheine.

Johanna untersuchte jedes einzelne Fundstück.

»Vaters Schatz. Er hat ihn für uns hiergelassen. Unser lieber Vater.«

Elga zählte rasch.

»Hundert Euro.«

»Dafür können wir alles Nötige einkaufen«, sagte Tanja, während die Regentropfen zu einem Schauer wurden. Der Himmel färbte sich drohend lila.

»Los, beeilt euch! Haut rein!«, schrie Tiina.

Mit vereinten Kräften versuchten sie den Totempfahl aufzurichten, doch dafür hätten sie mehr Leute von Tiinas Sorte gebraucht.

»Holt das Seil!«, rief Tiina. Laura flitzte los, das war eine machbare Aufgabe, und kurz darauf wickelten sie das starke Seil um den Pfahl, vierzehn Hände zogen und zerrten daran. Tiina ächzte, Johanna keuchte. Dann stand er. Sie warfen Steine in die Grube, schichteten sie übereinander. Elga stampfte rundum Stein um Stein fest, sodass sie einen Stützwall bildeten.

Johanna trat ein paar Schritte zurück und bewunderte das Totem ihres Stammes. Sie klatschte in die Hände.

»Darauf lasst uns anstoßen!«

Der Whiskey wurde entkorkt, Johanna trank gierig, reichte die Flasche an Tanja weiter. Die Pulle kreiste, bis sie leer war.

Regen donnerte zu Boden, die aufgestellten Eimer füllten sich rasch, und in der Vertiefung der Feuerstelle bildete sich eine Pfütze. Ein einziges Trommeln, Plätschern, Gurgeln. Kleider wurden in der Hütte abgestreift und zu Boden geschleudert. Nackt liefen die Schwestern wieder hinaus und hüpften kreischend um den Pfahl, tranken den Regen, ließen ihn über die Stirn rinnen. Regen lief ihnen über den Hals, den Bauch, über ihren Schoß.

Simone, die als Einzige noch angezogen war, beteiligte sich nicht daran und hielt sich zum Schutz vor dem Teufel den Kopf.

Sie wusste, dieses Spektakel würde ihn anlocken, vor allem der Tanz. Sie wollte das Verderben nicht mit ansehen, weshalb sie sich in den Wald zurückzog und sich in eine Felsspalte legte. Sie hielt sich die Ohren zu und kniff ganz fest die Augen zusammen. Sie war davon überzeugt, dass sie mit jedem Tag frommer wurde. Stellte sich vor, sie wäre ein Mönch namens Simon. Fühlte sich immer mehr wie dieser Mönch.

Die Schwestern fassten sich an den Händen und tanzten um den Pfahl. Die Hunde liefen neben ihnen her und kläfften. Schneller, schneller, strauchelnd schneller. Kreischend wie nach einer Karussellfahrt sackten sie zusammen. In diesem Moment hörte der Regen auf, und die Abendsonne beeilte sich, hinter den Wolken hervorzusehen.

Erschöpft saßen sie am Feuer, und das Fleisch, das sie grillten, ließ ihnen das Wasser im Mund zusammenlaufen – hmmm, dieser Geruch! Niemand dachte daran, langsam zu essen, wie es vernünftige Leute mit leerem Magen taten. Niemand dachte daran, dass ungeübte Lungen nicht zu viel Rauch vertrugen. Niemand dachte daran, dass lange Entwöhnung von Hochprozentigem in fastenden Bäuchen brannte.

Sie würgten, weil sie das Fleisch zu schnell heruntergeschlungen hatten.

»Vergesst nicht zu kauen«, ermahnte sie Tanja.

»Schnauze, Mutti«, lautete Elgas frecher Kommentar.

Und dann gingen sie der Reihe nach in den Wald und kotzten.

Aune schwenkte die Arme.

»Geh tiefer in den Wald, Tiina. Den Gestank wolln wir nicht in der Morgensonne riechen.«

»Schnauze, Mutti«, sagte Tiina.

Simone kroch aus der schützenden Felsspalte und kletterte einen hohen Baumstamm ohne Krone hinauf, der in der Mitte gekappt und wie zu einer Gabel gespalten war. Von Weitem sah der entstellte Stamm aus wie eine riesige Wünschelrute. Ob ein Blitz in den Baum eingeschlagen hatte? Oder hatten ihn Jäger abgesägt? Aber wozu? Simone setzte sich in die Gabelung und sah auf ihre lasterhaften Schwestern herab. Ich werde nie mehr vom Baum heruntersteigen, nie mehr, dachte sie. *Ich bin Simon, die verlorene Krone des Baums.* Sie spreizte ihre Finger und Zehen. *Ich bin der Baum.*

Laura verließ ihren Unterschlupf, um zu pinkeln. Spürte ein Brennen, als der Urin ihren gepeinigten Schoß traf. Sie pflückte weiches, feuchtes Moos, um das Brennen zu lindern und um die Ohren gegen das Gebrüll ihrer Schwestern zu verschließen; Tiina schrie wie immer am lautesten. Ob die drei Männer noch mehr als Zigarettenstummel dagelassen hatten? Sie musste sich noch einmal zu ihrem Lagerplatz wagen, musste es wagen, im See zu schwimmen. Die Jacke holen, die sie im Baum versteckt hatte. Solange sie nicht nach ihm roch – Philip. Sie wiederholte den Namen. Bei dem Klang sah sie eine spitze Pfeife vor sich.

Einen Tag und eine Nacht dauerte es, bis die anderen Schwestern ihren Rausch ausgeschlafen hatten. Geschwollene Augen. Trockene Münder. Hämmernde Stirnen. Murrend und fluchend nahmen sie wieder die Bauarbeiten auf. Doch nachmittags war die Hitze kaum noch zu ertragen.

»Wer zuletzt im See ist!«, schrie Tiina.

»Renn du nur. Ich werde mich hinschleppen«, sagte Elga.

»Ich komme gleich nach und versetz euch einen Arschtritt«, sagte Johanna. Die strähnigen Haare von sechs Schwestern verschmolzen mit dem hochgewachsenen roten Gras. Laura bildete das Schlusslicht und suchte die Wiese ab, wo die Zelte gestanden hatten. Da drüben glänzte doch etwas? Sie kniete sich hin. Kronkorken. Die waren immer zu etwas zu gebrauchen. Ein Flaschenöffner. Quatsch, davon hatten sie ja zehn Stück aus ihrem Elternhaus mitgenommen. Das Einzige, was sie im Überfluss hatten. Und was war das? Eine Tüte mit steinharten Zimtschnecken. Sie steckte sie ein. Ein Zigarettenstummel, allerdings bis auf den Filter heruntergeraucht. Sie warf ihn weg. Ihre Stirn war feucht, dreckiger Schweiß lief ihr in den Mund. Die Mücken schlugen zu, sie wankte zum See. In ihrem Unterleib rumorte es. Was, wenn er noch hier war, wenn er sein Zelt nur an einem anderen Gewässer aufgebaut hatte? Es überlief sie heiß und kalt.

Von der Mitte des Sees prasselte Gebrüll und Kreischen auf Lauras Trommelfell ein; das Geschrei ihrer Schwestern machte sie wie immer ganz nervös. Sie ging von der anderen Seite des Sees ins Wasser und schwamm in einiger Entfernung von ihren planschenden Schwestern ruhig vor sich hin. Tauchte unter die Wasseroberfläche, hinein ins Pechschwarze, Tiefe. Die Biberburg bot im Winter Schutz für eine ganze Familie. Vielleicht auch für Oma und Opa Biber. Laura schwamm wieder ans Ufer und kletterte an der Stelle aus dem Wasser, wo neulich die Kamera gestanden hatte. Sie setzte sich und beobachtete den Biber. Ihre Kopfschmerzen hatten sich gelegt, ihr Körper war jetzt angenehm kühl. Sie zog die Knie an und lehnte ihren Kopf dagegen. In welcher Haltung sie auch saß, es tat weh. Sie guckte zwischen ihre Schenkel: alles feuerrot und geschwollen.

Elftes Kapitel

Und nun erwartete sie der Herbstmarkt. Erntefrisches Gemüse und Wurzeln dominierten zu dieser Jahreszeit das Angebot. Die Schwestern waren fleißig gewesen und hatten genügend Fleisch und Felle im Gepäck. Diesmal drehten sie den Spieß um und ließen die Amazonen in die Stadt ziehen, während die Schwächlinge zurückblieben, um den Erdkeller zu bauen.

Würden die Schwestern diesmal endlich das Lebensnotwendige mit zurückbringen, um ein etwas besseres Leben führen zu können?

Am Morgen ihrer Abreise lehnten drei prall gefüllte Rucksäcke an den Handkarren, auf denen wiederum stapelweise Felle festgebunden waren. Tanja ging das Gepäck durch, damit sie auch ja nichts vergaßen, während Tiina wie ein nervöses Rennpferd mit den Hufen scharrte.

Aune und Elga wollten das Dach des Tischlerschuppens fertig bauen. Breitbeinig stellte sich Johanna vor ihnen auf, die Hände in die Seiten gestemmt.

»Wenn wir zurück sind, ist der Erdkeller fertig.«

»In knapp zwei Wochen?«, erwiderte Elga mit hochgezogenen Augenbrauen.

»Genau. Bei Verspätung ist 'ne Strafzahlung fällig«, blaffte Johanna.

»Wir brauchen Körbe. Kleine und große«, sagte Elga.

»Jemand muss Körbe flechten. Simone kann das machen, das

ist doch ein guter Ersatz für das Gefummel mit dem Rosenkranz. Wo steckt sie überhaupt?«

»Simone!«

»Sie hat sich schon lange nicht mehr blicken lassen«, sagte Aune.

»Hat sie sich etwa wieder zum Berg davongemacht?«, seufzte Johanna genervt. »Habt ihr gemerkt, wie fromm sie sich gegeben hat, als wir gefeiert haben? Wie sie den Mund zusammengekniffen hat, als wir tranken?«

»Diese Irre«, zischte Tiina. »Wir haben keine Zeit, um sie zu betüdeln. Wir müssen jetzt los.«

Tanja rannte los, um sie zu suchen, Tiina schnipste ungeduldig mit den Fingern.

Mit wütender Miene kam Tanja wieder. »Sie hockt auf einer toten Kiefer. Zerkaut ihre Fingerknöchel und brabbelt fremde Wörter. *Mea culpa.*«

»Was hast du gesagt?«, fragte Tiina.

»*Mea culpa.* Was immer das auch heißt. Sie hat auch geschrien: *Hinfort mit euch, ihr Rachegöttinnen.*«

»Das hat sich in ihr Hirn reingefressen«, sagte Johanna, schulterte den Rucksack und zog an einem Karren.

»Wir hauen jetzt ab, bis dann. Solln sich doch Laura und Elga um die Geisteskranke kümmern.«

»Warte kurz«, sagte Tanja und stiefelte zu Lauras Fichtennest. Raffte ein paar Mädchen aus Ton und Elche aus Baumzapfen an sich.

»Man weiß ja nie. Könnte vielleicht Geld bringen.«

*

I've got a new car and it drives just like a dream, trällerte Tiina, während Tanja auf einem Grashalm blies und Johanna Luftgitarre dazu spielte. Drei Paar Beine schwebten sehnsüchtig vorwärts Richtung Stadt. Noch fühlten sich die schweren Rucksäcke leicht an. Groß war die Versuchung, mehr von den Waren zu essen – geräuchertes Bärenfleisch, Waldhimbeeren, Brombeeren. Johanna trug das Gewehr, um eine Wildtaube zum Abendessen zu erlegen.

»Wir dürfen nicht die Bärenfelle schmutzig machen, wenn wir in den Höhlen übernachten«, sagte Tanja.

»Was, ihr wollt schlafen?!«, fragte Tiina. »Wenn wir endlich *on the road* sind?«

»Hundertfünfzig Kilometer hat nicht mal Vati ohne Pause geschafft«, sagte Johanna.

»Hoffentlich können wir alles verkaufen …«, sagte Tanja.

»Ich habe da über etwas nachgedacht«, meinte Tiina eifrig.

»Ach du Schande«, erwiderte Johanna.

»Wir bieten ein kleines Extra.«

»Und was für eins?«, fragte Tanja.

»Eine Show, die die Leute anlockt«, sagte Tiina.

»Willst du deine Titten zeigen?«, fragte Tanja.

»Mädels! Wir zeigen alle Titten, die wir haben«, tönte Tiina großspurig.

»Und du glaubst, dann kaufen die spießigen Kleinstädter teure Bärenfelle?«, schnaubte Johanna.

»Ziehn wir die Männer auf unsre Seite, werden die großen Scheine rausgerückt. Die Weiber kaufen ein wie verrückt, aber vor allem billigen Kram.«

Johanna nickte.

»Wir werden Lauras bekloppte Figuren austesten. Frauen lieben Nippes.«

»Wann immer ich sehe, wie Laura ihre Figuren aufreiht, muss ich mich zusammenreißen, um sie nicht zu zertrampeln«, sagte Tiina.

»Unsre Alte hatte nicht viel für Schnickschnack übrig.«

»Sie war auch nicht wie andere Frauen, die man …«

Johanna blieb so jäh stehen, dass Tanja in sie hineinlief. Auf dem Pfad hockend, betrachtete Johanna eine seltsame Losung.

»Hier ist jemandem alles hochgekommen«, sagte Tiina.

»Ist das Schlachtabfall? Sind Jäger in der Nähe?« Tanja sah sich um.

»Magen, Gedärme, Fell. Seht ihr denn nicht, wer hier war?«, fragte Johanna.

»Bären?«, riet Tanja.

»Nee, nee, hier hat ein Luchs Party gemacht.«

Sie stocherte mit einem Stöckchen in dem Brei herum. »Es ist noch ganz frisch.«

»Es halten sich also Luchse in der Nähe auf«, sagte Tanja aufgeregt.

»Sie können rennen, was das Zeug hält … Wir können das also nicht genau wissen. Wenn das Kätzchen jetzt nach dem Fressen ausruht, könnte es uns vielleicht gerade beobachten.«

Johanna lud das Gewehr und signalisierte ihnen, zu schweigen.

»Stellt euch vor, wir kämen mit Luchsfellen in die Stadt. Dann würde die Kasse aber klingeln!«

»Psst, Tiina!«

Johanna atmete tief ein. Mucksmäuschenstill verharrten sie. Atmeten lautlos. Dann räusperte Johanna sich und stieß ein Heulen aus, dass die anderen zusammenfuhren und sich die Ohren zuhielten.

»Und du sagst, *ich* soll die Klappe halten«, grummelte Tiina verärgert.

»Der Paarungsruf des Luchses. Vater hat ihn mir beigebracht«, erklärte Johanna.

Zehn Kilometer lang kreischten sie um die Wette; es klang wie ein bizarrer Chor. Einmal hatte ein Luchs ihr Rufen erwidert, aber von so weit her, dass sie ihn nie erwischen würden.

Im Wald war alles still. Nur ein Specht klopfte. Eine Taube gurrte.

»Ist das nicht die falsche Jahreszeit für die Paarung?«, fragte Tanja.

»Das weiß man nie«, tat Johanna den Einwand ab. »Wisst ihr, dass es kein besseres Fett gibt als Luchsfett, um die Büchse zu schmieren und den Händen nach der Waldarbeit etwas Gutes zu tun?«

Johanna blickte auf ihre aufgesprungenen, mit Schrammen und Wunden übersäten Hände. Tanja besah sich ihre trockenen, rauen Fäuste.

»Arbeitshandschuhe«, sagte sie und fügte sie gedanklich ihrer Einkaufsliste hinzu.

»Manchmal hab ich Lust, Laura umzunieten. Auch Simone«, sagte Tiina.

»Wir fällen Fichten, Kiefern und Birken, bauen Häuser, Stamm um Stamm, schlagen Nägel ein, bekommen ’nen Hexenschuss, und Laura pusselt mit ihren Stöckchenfiguren herum.«

»Die Arme hat nun mal keine Muskeln«, sagte Tanja. »Sie kann nix dafür.«

»Jeder kann Muskeln aufbauen«, wandte Tiina ein.

»Sie wurde schon spindeldürr geboren«, sagte Tanja.

Tiina blieb hartnäckig. »Und die anderen zwei? Was ist mit denen?!«

»Aune rackert sich ab«, sagte die Diplomatin Tanja über ihre Zwillingsschwester. »Sie ist okay.«

»Ich schlaf ein, wenn sie ihre sogenannten Märchen erzählt«, sagte Tiina. »Und sie hält die auch noch für spannend!«

»Du bist auch eingeschlafen, wenn Onkel Veikko erzählt hat«, gab Tanja zu bedenken.

»Elga schlag ich windelweich, wenn es das nächste Mal zu ’ner Keilerei kommt«, sagte Johanna.

Langsam schlichen sie vorwärts, immer in der Erwartung, vielleicht plötzlich einer Wildkatze gegenüberzustehen. Doch nach einer Weile verloren sie die Geduld und gingen wieder schneller. Mit Luchsen war es schwierig. Die Luchsjagd erforderte langes (und meistens vergebliches) Warten, und sie mussten rechtzeitig zum Markt in der Stadt sein.

»Kann man Luchsfleisch eigentlich essen?«, fragte Tiina.

»Da brate ich mir doch lieber Regenwürmer«, sagte Tanja.

Tiina würgte. »Bäääh!«

»Im Krieg haben die Menschen Regenwürmer gegessen«, erinnerte sich Tanja. »Veikko hat gesagt, dass gebratener Regenwurm nicht so schlimm schmeckt, wie es klingt. Sogar ganz ähnlich wie Hühnchen.«

»Elga hat gesagt, dass alle Regenwürmer auf der Welt mehr als zwanzigmal so viel wiegen wie die ganze Menschheit«, sagte Tiina.

»So ein Bullshit! Kommt, lasst uns eine Pause machen«, schlug Johanna vor und holte die Tüte mit Zigarettenstummeln aus der Tasche.

»Ich kann's echt kaum erwarten, endlich mal wieder eine neue Zigarette zu rauchen!«

»Habt ihr auch gemerkt, dass Laura in den letzten Tagen irgendwie seltsam gerochen hat?«, fragte Johanna.

»Ja, nicht nur nach Zigarette. Auch nach Männerschweiß«, sagte Tanja.

»Weißt *du* überhaupt, wie Männer riechen?«, bemerkte Tiina grinsend.

»Ich durfte immerhin auf Vaters Knien wippen«, sagte Tanja.

»Hoppe, hoppe, Reiter«, gackerte Tiina.

»Laura ist mir suspekt«, sagte Johanna. »Sie wird uns als Erste verraten. Darauf wette ich! Sie hat eine lose Zunge. Ist rollig wie 'ne Katze, streunt überall zwischen den Höfen herum.«

»Kannst du von unserer Wildnishütte etwa irgendwelche Höfe sehen?«, fragte Tanja.

»Irgendjemand ist jedenfalls da gewesen und hat Flaschen liegen lassen«, sagte Johanna. »Natürlich treibt sich auch Gesocks in unsrer Einöde herum.«

»Würden die Kippen spendieren und mit einem rummachen?«, fragte Tiina.

»Laura hat irgendwas am Laufen. Sie verheimlicht uns was«, sagte Johanna.

»Ach was, sie ist einfach nur kurzsichtig und 'n bisschen irre. Ich glaube nicht, dass ...«

Tiina unterbrach Tanja.

»Und was sagt ihr zu Simone? Wenn wir schon von irre reden«, sagte Tiina und grimassierte wie eine Verrückte.

»Völlig plemplem, dafür leichter in die Schranken zu verweisen«, befand Johanna. »Aber Laura ist doch wohl auch total gestört? Eines schönen Tages wird sie mir die Büchse klauen und uns alle erschießen.«

»Ich mache mir eher Sorgen, was sie während unsrer Abwesenheit anstellen könnten«, sagte Tanja.

Johanna nickte: »Oder auch nicht. Ich habe mir Aune vor unsrem Aufbruch zur Brust genommen. Sie kapiert wenigstens, was man sagt.«

»Seht mal, wilde Himbeeren! Kommt, lasst sie uns pflücken«, sagte Tiina und warf den Rucksack ab.

Tanja brüllte auf: »Au! Du hast gerade 'ne Tonne Gepäck auf meinem Fuß abgeladen.«

Sie setzte sich auf einen Stein und rieb sich die Stelle; das Gesicht schmerzhaft verzogen.

»Ein bisschen musst du schon abkönnen«, sagte Johanna. »So, jetzt lasst uns Himbeeren pflücken und dann eine Essenspause einlegen.«

*

Tiina konnte Nahrung schneller herunterschlingen als die Hunde. Bei jeder Mahlzeit versuchte sie ihren vorigen Rekord zu brechen.

»Iss nicht noch mehr Beeren«, schalt Tanja sie. »Die Frauen aus der Stadt kriegen von Waldhimbeeren feuchte Schlüpfer.«

Tiina fraß weiter: »Nein und auch kein Fleisch mehr. Die Vorratskammer wird jetzt geschlossen.«

Tanja packte ihren Proviant ein; man sah ihr an, dass ihr der schlimme Fuß zusetzte. Begehrlich starrte Tiina auf das Essen. Ließ wie nach jeder Mahlzeit ein Rülpsen hören.

»Wie schnell es mittlerweile schon dunkel wird«, sagte sie.

»Der Mond ist herrlich. Morgen Abend ist er voll«, sagte Johanna.

»So wie wir«, scherzte Tiina.

»Wir haben etwas vergessen«, sagte Tanja. »Elga zu bitten, uns Schilder zu beschriften.«

Tiina winkte ab. »Pah, wozu das, die Leute haben doch Augen im Kopf!«

»Sie möchten den Preis kennen, sonst gehen sie leicht an einem Stand vorbei«, sagte Tanja. »Wer von uns kann denn ein bisschen schreiben?«

»Ich bin jedenfalls kurz zur Schule gegangen«, sagte Johanna. »Ihr wisst ja … bevor Vater die Tür ganz und gar verrammelt hat.«

»Musstest du aufhören, weil du schlecht warst?«, fragte Tiina.

»Im Gegenteil«, erwiderte Johanna gekränkt. »Die Lehrerin hat mich sogar sehr gelobt. Na ja, nicht in jedem Fach … Und mein Benehmen und meine Ordnung waren nicht so … auch nicht Handarbeiten. Das liegt uns nicht. So ist das einfach.«

»Ich hatte den Eindruck, dass du nie was gelernt hättest«, sagte Tiina.

»Wer hat das behauptet?«

»Elga.«

»Elga ist die Tochter eines Arschlochs«, sagte Johanna.

»Wie nennst du Vati?!«, sagte Tanja wütend.

»Sieh sie dir doch an. Mickriger Körperbau. Winzige Nase. Kann nichts außer diese Leserei. Sie ist anders als wir.«

»Behauptest du allen Ernstes, dass Mutter ...?«

»Scheint so«, sagte Johanna.

»Wollte Vater, dass du zusammen mit ihm auf die Jagd gehst, musstest du deshalb mit der Schule aufhören?«, fragte Tiina.

Johanna nickte. »Aber nicht nur deswegen ... Viel ist während meiner kurzen Schullaufbahn passiert. Vater hat gewildert, vielleicht hatte er auch noch andere Dinge am Laufen, von denen ich nichts wusste. Schwarzbrennerei haben ja alle in unserer Gegend betrieben, das kann es also nicht gewesen sein. Wir wurden von der Polizei, den Sozialbehörden und dem Jugendamt verfolgt. Haben unser Telefon abgemeldet. Manchmal hat jemand an die Tür geklopft. Dann haben wir uns versteckt.«

»Wir haben uns im Erdkeller versteckt. Richtig lange haben wir da gesessen, ich weiß noch, wie ich gefroren habe«, erinnerte sich Tanja.

»Vater hatte sich von einem Tag auf den anderen entschieden: keinerlei Kontakt mehr zu Behörden. ›Niemand soll sich einmischen und unsre Familie zerstören‹, hat er gesagt.«

»Und Mutter? Was hat sie dazu gesagt?«, fragte Tanja, während sie ihren schmerzenden Fuß massierte.

»Wenn Vater auf der Jagd war, ist sie zum Pastor geschlichen. Hat Gottesworte aufgesogen, die Vater verboten hatte. Simone und sie hatten diesen Hokuspokus gemeinsam.«

»Haben wir jetzt Minusgrade?«, fragte Tanja bibbernd. »Wie viele Felle haben wir? Guck mal, mein ganzer Fuß ist blaulila. Hoffentlich schafft er morgen noch die restlichen Kilometer.«

Johanna stand auf. »Das schaffst du, wir gehen langsam, bis wir die Grotte erreichen. Nehme mal an, es sind noch 'n paar Kilometer bis dahin.«

Tanja humpelte angestrengt weiter.

»Wir müssen neue Turnschuhe kaufen. Und Winterstiefel. Bevor wir wissen, wie's uns geschieht, hat es geschneit.«

Schweigend wanderten sie dahin. Da hielt Tiina inne, horchte auf: »Was war das?«

»Eine Eule, das hörst du doch wohl«, sagte Johanna.

»Nein, das Rascheln.«

»Wilde Tiere können das Fleisch wittern«, sagte Tanja.

Johanna schlug nach einer Mücke auf ihrer Wange und zeigte nach vorn: »Jetzt kann ich die Grotte sehen. Stellt die Säcke tief hinein. Nichts darf umkommen.«

Auf dem letzten Wegstück wurde ihnen bewusst, wie erschöpft sie waren.

Tanja verteilte eine winzige Portion Abendessen. Sie und Johanna legten sich früh schlafen.

»Ich bleibe noch hier draußen und halte das Feuer in Gang«, sagte Tiina.

Am Morgen wurde Johanna wie immer als Erste wach und kroch an die frische Luft. Es hatte in der Nacht geregnet. Ihre Füße taten weh, als sie eine Runde um die Grotte drehte und danach wie ihr Vater rasch im Stehen pinkelte. Eine Taube gurrte, ein Eichhörnchen kam angelaufen und sauste wie der Blitz in den Wipfel einer toten Fichte. Dieser wirbelnde Schwanz, der die Hunde regelmäßig in den Wahnsinn trieb ... Dann fiel ihr Blick auf ihre Stiefel; sie waren viel zu groß. Clownsschuhe. Sie hatte gelogen, als sie behauptete, dieselbe Schuhgröße wie ihr Vater zu haben.

Johanna pflückte eine Handvoll Preiselbeeren und schnitt eine

Grimasse, weil sie so sauer schmeckten, aber so vertrieb sie zumindest für heute den Skorbut. Die Heidelbeeren waren alle vertrocknet oder überreif. Sie riss Blätter vom Heidelbeerkraut ab, gab sie in ihren Becher und erhitzte einen Kessel Wasser. Setzte sich mit der Büchse hin und nahm das Eichhörnchen ins Visier, legte dann aber die Waffe nieder. Sie würden heute keine Zeit haben, um zu grillen, und das Marktpublikum war noch nicht für den Verzehr von Eichhörnchenfleisch bereit. Sie trank ein paar große Schlucke Heidelbeertee und stellte sich vor, es wäre Kaffee. Meinte, ihren Vater neben sich zu spüren. Seine massigen Schenkel und den dicken Bauch, seinen herrlichen Schweißgeruch. Seinen konzentrierten Blick, mit dem er den Waldrand beobachtete; ein Blick, der immer wachsam war und niemals das Wild aus den Augen ließ. Sein altes Rasierwasser war inzwischen restlos aufgebraucht. Ob sie vielleicht ein paar Scheine übrig hätten, um es nachzukaufen? Vielleicht, wenn die anderen sich auch etwas Kleines kaufen durften. Sie bräuchten eine verlässliche Uhr. Für die Arbeiten in der Wildnis brauchten sie sie nicht, aber um die Märkte nicht zu verpassen. Ja, dafür.

»Ist noch Tee da?«, fragte Tanja schlaftrunken.

»Geh pissen und mach dich selbst auf die Suche. Hier sind überall Blätter und Beeren. Iss Preiselbeeren.«

»Au, dieser vermaledeite Fuß, der pocht wie verrückt«, klagte Tanja, drehte sich um und rief: »Raus aus den Federn, Tiina!«

»Psst! Ich muss schlafen, hab heute Nacht Wolfswache gehalten.«

»Wir müssen zum Markt, das weißt du doch«, sagte Johanna. »Woher bekommen wir Papier?«

»Seit wann bist du so vornehm, dass du Papier brauchst, um dir den Hintern abzuwischen?«, rief Tiina aus der Grotte.

»Ich meine Papier, um Preise darauf zu notieren.«

»Wir können sie auf unsre Bäuche schreiben«, schlug Tiina vor.

»Und was tut man, wenn der Bauch leer ist?«, sagte Tanja, die sich nach einer Stulle sehnte.

»Als Erstes werden wir uns 'ne Flasche Whiskey kaufen«, fand Tiina.

Und Johanna sagte: »Und ich habe Vaters Pulle dabei. Ihr wisst schon, seinen Flachmann.«

*

Der Parkplatz war schon voll, bevor die Händler überhaupt ihre Waren aufgebaut und die Preise für Zuckerwatte und anderen Süßkram ausgezeichnet hatten. An mehreren Marktständen wurden Glasperlen und Lederbänder mit Silberdrahtstickerei verkauft. Saisongemäß hatten die Kunden zwischen Bergen von Wurzel- und Knollengemüse die freie Auswahl. Konnten eingelegte Gurken, Trompetenpfifferlinge und frisch geschleuderten Honig kaufen. Nun hatten die Besucher ihren prüfenden Gang von Stand zu Stand begonnen. Alle wollten die ersten sein, um sich ja kein Schnäppchen entgehen zu lassen. Kinder wurden auf die rosa Karussellpferde gesetzt.

Hier ließen sich Flohmarktschnäppchen ergattern, obwohl mindestens ein Händler genau wusste, welche Designer gerade in waren, welche Becher wertvoll, welche Gläser zehn Euro pro Stück wert waren. Leute aus der Gegend – Familien mit Kindern, junge Paare mit anstehendem Nachwuchs, die bereit waren, sesshaft zu werden – nahmen patinaüberzogenes Besteck in die Hände. Hier drängten sich Lieferanten von Antiquitätengeschäften aus weitaus größeren Städten. Sie gingen immer allein über den Markt, sichteten rasch das Angebot und verschwanden ebenso schnell wieder, wie sie gekommen waren.

Zwischen einem Stand mit gestrickten Wollsocken und einem mit lokal produziertem Grillkäse und Rohwurst standen die Schwestern und boten Bärenfelle, Wildfleisch und Fuchsschwänze zum Verkauf an. Sie hatten von einem anderen Händler, der Knallpulver verkaufte, einen Filzstift leihen dürfen. Johannas Zunge, die hoch konzentriert zwischen ihren Lippen hervorspitzte, formte beim Beschriften von Tiinas nacktem Bauch – sie hatte ihren Pulli hochgezogen – die Buchstabenfolge.

»Schreib unter die Titten: Süße Waldhimbeeren, 5 Euro«, sagte Tiina.

»Schreib über dem Nabel: Preiselbeeren, 8 Euro«, sagte Tanja.

Das hatte sofort die beabsichtigte Wirkung. In vorderster Reihe drängten sich bärtige Kerle in Jeans mit Motorradhelmen unter dem Arm. Frauen in gepunkteten Kleidern zerrten vergebens an den Polohemden ihrer Männer, aber die blieben nur zu gerne in der zweiten Reihe stehen und amüsierten sich prächtig.

Tiina hatte schon zwei Schachteln Preiselbeeren verkauft, bevor Johanna den Preis überhaupt auf Tanjas Bauch hatte notieren können. Als Tiina ihren Pulli anhob und ein anzügliches Pfeifen erklang, fiel ihr Blick auf eine sauertöpfische Frau mit einer Spiegelreflexkamera. Tiina musterte sie von oben bis unten: bequeme Weiberlatschen, eine pastellgrüne Strickjacke und ein drollig geschnittener Pony. Jetzt hatte die Schnepfe doch tatsächlich die Stirn, sie zu fotografieren! Tiina sah sie mit ihrem Henkerblick an, und eine schlichte Ich-mach-dich-fertig-Geste bewegte die Frau dazu, die Kamera zu senken, zurückzuweichen und sich in die hinterste Reihe zu stellen. Es gab doch nichts Schöneres, als einen Angsthasen zurückschrecken zu sehen. Zufrieden setzte Tiina den Flachmann an die Lippen und nahm einen Schluck. Reichte ihn weiter an Johanna und Tanja. Jetzt hieß es Umsatz machen! Vom Markt würden sie auch die benötigten Waren für den Winter mitbringen. Tiina griff nach einem Fuchsschwanz, ließ ihn zwischen den Schenkeln baumeln und vollführte dazu einen Bauchtanz. Die Männer in Motorradkleidung applaudierten und hielten ihnen freigiebig die eigenen Pullen hin. Ein schlanker Mann mit aufrechter Haltung und selbstsicherer Miene trat in die erste Reihe und stellte sich ihnen als Kürschner und Pelzhändler vor.

»Du verscherbelst dein Gold viel zu billig«, sagte er und zeigte dabei auf Tiinas Brust. »Eure Schwestern, die im Sommer hier waren, die kannten die Kunst des Verkaufens.«

Tiina wurde zornig, zog ihren Pulli herunter, die Jacke aus und spannte ihren Bizeps an.

»Lust auf 'ne Runde Armdrücken, Alter?«

»Ganz bestimmt nicht«, erwiderte der Pelzhändler lachend. »Ich bin ein schlechter Verlierer. Geschäfte will ich machen. Also, habt ihr auf diesem schlichten Markt etwas, das sich zu kaufen lohnt?«

Johanna drängte sich nach vorn: »Was für Geschäfte? Ich bin hier der Boss.«

Der Pelzhändler begrüßte sie mit festem Händedruck. »Onni Kvarnholm, freut mich. Und sagt mal, was tun die anderen beiden Rotkäppchen an einem so schönen Spätsommertag wie diesem?«

»Die sind zu Hause, jagen Bären und schlachten«, sagte Johanna distanziert.

»Richtet ihnen viele Grüße aus. Wir hatten ein verdammt lustiges Wochenende zusammen. Die beiden wussten, was es heißt, zu feiern ... Und jetzt zeigt mir eure Pelzwaren.«

»Meinen Pelz willst du sehen, ja?«, sagte Tiina, schob vielsagend die Hüften vor und zurück, den Fuchsschwanz wie einen zottigen Penis haltend.

Onni schüttelte grinsend den Kopf: »Ihr seid wirklich gut darin, eure Pelze zu präsentieren. Zeigt mir alles, was ihr habt.«

Mit hochmütigen Mienen legten Tanja und Johanna Bären-,

Biber- und Kaninchenfelle vor ihn hin. Zuletzt die glänzenden Fuchsschwänze.

»Donnerwetter, wie prächtig. Was wollt ihr dafür?«

Johanna, Tanja und Tiina tauschten Blicke. Sie hätten nie gedacht, dass sie sich jemals wünschen könnten, dass Elga neben ihnen stünde.

»Fünftausend«, sagte Johanna.

»Gibt's Mengenrabatt?«, lachte der Pelzhändler.

»Wir handeln nicht. Wir verkaufen Eins-a-Ware«, sagte Johanna trotzig.

»Das ist eine aus der Luft gegriffene Summe. Das weißt du selbst. Tausendfünfhundert kann ich geben.«

»Viertausend«, erwiderte Johanna großspurig.

»Spaßvogel! Sagen wir zweitausend, und damit basta, kein Gerangel mehr! Ich lade euch zu mir ein, dann besiegeln wir unseren Deal mit Fleischsuppe und Cognac. Und besprechen schon einmal künftige Geschäfte. Ich bringe euch später zu eurer Unterkunft. Wohnt ihr im Hotel?«

»Brauchst du auch Fleisch?«, fragte Tiina.

»Fleisch habe ich. Aber das hängt natürlich davon ab, was das für Fleisch ist. Sind es besonders zarte Filets, wäre das natürlich verlockend.«

»Wir legen dir die Felle zurück, wenn du dein Versprechen hältst. Dann kommst du uns abholen, und wir fahren zu dir. Wir sind zu Fuß hergekommen.«

»Ich bewundere eure Ausdauer. Hier habt ihr meine Visitenkarte, falls etwas ist. Dann ruft ihr mich an.«

Johanna nahm die Karte und steckte sie in ihre Hosentasche. Der Pelzhändler verschwand im Gewimmel.

»Jetzt müssen wir das Fleisch verkaufen«, sagte Tanja.

»Und wir richten uns auf die Frauen aus. Wo haben wir noch gleich Lauras selbstgebastelten Kram?«

»Hat Laura gesagt, wie viel wir dafür nehmen sollen?«, fragte Tanja.

»Frauen sind geizig. Wir nehmen fünf Euro pro Stück«, schlug Tiina vor.

Eine Frau um die fünfzig in bananengelben knielangen Shorts und rosa Polohemd trat vor und betrachtete die Schwestern unverblümt von Nahem. Sie sahen, wie sich die Pupillen der Frau vor Abscheu weiteten, ihr raues Hüsteln verbarg sie hinter einer zierlichen Hand, an der drei goldene Ringe blitzten. Mit befehlsgewohnter Stimme bellte sie: »Legen Sie mir bitte fünf Kilo Bärenfleisch zurück. Ich hole es ab, bevor der Markt schließt. Notieren Sie das! Ellen Bäverfeldt.«

»Den Namen merken wir uns«, sagte Tiina.

»Danke!«

Der Pelzhändler wollte seine Waren tatsächlich haben und erschien wie abgemacht. Er zeigte ihnen, wo sein himmelblauer SUV stand, und öffnete den Kofferraum.

»Legt das Fleisch in die Kühltasche. Morgen werdet ihr es verkauft haben. Ein paar Felle hierher. Auf die anderen müsst ihr euch auf der Rückbank drauf setzen.«

Johanna wollte schon auf dem Beifahrersitz Platz nehmen wie die Anführerin, als die sie sich sah, wurde aber von Tiina beiseitegeschubst, die freudig auf und ab hüpfte.

»Darf ich fahren?«

Onni, der im Begriff war, sich hinters Steuer zu setzen, hielt inne, und Johanna wich zurück, damit er vorn sitzen konnte.

»Klar. Spring rein!«

Tiina packte das Lenkrad.

»Legt die Gurte an, Mädels«, sagte er. »Die örtliche Polizei hat Argusaugen, wenn's um Kleinigkeiten geht.«

Onnis Blick fiel auf den großen Zeh, der aus einem Loch in den Turnschuhen der Fahrerin hervorlugte.

»Wie ich sehe, bist du weit gelaufen«, bemerkte Onni.

»Morgen kaufe ich mir neue«, sagte Tiina.

Als ihr klar wurde, dass das Auto keinen Schlüssel benötigte, um den Motor zu starten, fuhr sie an, manövrierte rückwärts aus der Parklücke und trat das Gaspedal durch.

»Mensch, Tiina, das ist kein Motocrossrennen!«, rief Tanja und legte ihrer Schwester eine Hand auf die Schulter.

»Der Motor zieht ordentlich. Ist es weit bis zu dir?«, fragte Tiina.

»Zehn Kilometer geradeaus, dann fünf Kilometer Kiesweg. Den Wagen hier hab ich seit letztem Jahr. Wenn ihr wollt, könnt ihr meine alte Karre kaufen.«

»Wir wohnen in der Wildnis. Mit Motoren kommt man da nicht hin. Höchstens mit 'nem Helikopter.«

Johanna sah Tanja mit ihrem strengen Halt-die-Klappe-Blick an.

»*So* weit draußen lebt ihr also«, sagte Onni.

Im Rückspiegel musterte er die beiden Schwestern auf der Rückbank. Zwei prächtige Mädchen, dachte er, aber sie hatten Stiernacken wie russische Athleten.

»Dafür können wir die schönsten Felle verkaufen«, sagte Johanna. »Sie stammen von den wildesten Exemplaren.«

»Welche Abnehmer hast du?«, fragte Tiina.

»Ich habe da meine Verbindungen, vor allem ins Ausland. Hier in der Stadt weiß man den Wert von echten Pelzen nicht mehr zu schätzen, bis auf ein paar Damen der feinen Gesellschaft vielleicht. Der russische Markt ist am profitabelsten. Und der chinesische. Dort sitzt die Kohle. Dieses Land kennt keinen echten Reichtum mehr.«

Für eine Weile schwiegen sie. Onni legte seine Hand auf Tiinas, als sie zu grob an der Kupplung zerrte.

»Easy. Easy.«

Sie zuckte unter der Berührung zusammen.

Johanna dachte an das Geld. Von ihren hundert Euro waren noch siebzig übrig. Und Onni würde ihnen ein Vermögen bezahlen. Sie würden alles Wichtige kaufen können. Sie entspannte sich.

»Meine Gefriertruhen sind, wie gesagt, voll mit Fleisch. Ich bin auf Felle und Pelze aus«, sagte Onni. »Ich fahre euch später heute Abend zu eurer Unterkunft. Ins Hotel oder zu Fionas Bed & Breakfast?«

»Wir übernachten hier!«, sagte Tiina und deutete auf die Kiefern, hinter deren Wipfeln die Sonne bereits unterging.

»In den Bäumen?« Onni wirkte belustigt.

Johanna versetzte Tiina einen Stoß in den Rücken. Onni sprach weiter: »Da gibt's viele Pfifferlinge, das kann ich euch sagen. Aber ihr werdet doch wohl nicht im Wald schlafen? Ich habe eine Gästehütte. Dort könnt ihr heute übernachten. Falls ihr morgen vor mir wach seid, könnt ihr euch selbst euren Kaffee kochen. Hier ist es! Langsam jetzt, beim Schild rechts ab.«

Dichter Mischwald säumte den schmalen, staubigen Kiesweg. Der Motor röhrte, als Tanja schaltete. Split knallte gegen die Felgen.

»Langsam, Herrgott, du musst hier langsamer fahren!«, rief Onni. »So ist es gut. Bieg ab auf den Hof. Du kannst da auf der linken Seite parken.«

Vogelgezwitscher begrüßte sie. Ihre Blicke schweiften zu einem braunen zweigeschossigen Einfamilienhaus aus Holz, einer Veranda mit geschnitzten Verzierungen am Geländer. Hinter der Waldlichtung sahen sie einen See, einen breiten Steg, ein Ruderboot und ein riesiges Saunagebäude.

»Hast du eine große Verwandtschaft?«, fragte Tiina, auf die Sauna zeigend.

»Nein, aber ich schmeiße große Partys und lade meine Geschäftspartner hierher ein. Heikki Leskinen war oft auf meinen Feiern. Es wird behauptet, dass er euer Vater war?«

»Unser Vater ist tot«, sagte Tiina.

»Wirklich ein Jammer, dass dieser Mann nicht mehr lebt. Tausende haben ihn umschwärmt. Männer und Frauen waren hingerissen von ihm.«

Johanna, Tanja und Tiina sahen zu Boden. Versuchten sich ihren Vater auf einer Party vorzustellen. Ja, überhaupt im Kreis von anderen Menschen.

»Mein Beileid. Ich fühle mit euch, Heikki war ein Freund von mir. Er war in jeder Hinsicht ein Zugewinn. Bitte sehr! Kommt rein.«

Onni schlüpfte in ein Paar Lederpantoffeln – sie waren mit je einem ausgestopften Fuchsjungenkopf verziert – und trug die Kühltaschen ins Haus. Tiina war ihm mit den Fellen behilflich. In der großen Diele stand ein Bär in Angriffshaltung. Johanna stellte sich davor, betrachtete seine Tatzen, streichelte seinen Bauch.

»Den Bären hier hat euer Vater erlegt.«

Onni öffnete die Tür zur Wohnstube und drehte sich zu den Schwestern um, die auf der Türschwelle stehen geblieben waren und staunten. Der große Raum besaß mindestens vier Meter Deckenhöhe, und überall an den Wänden hingen ausgestopfte Hirsch- und Elchköpfe, ja sogar Zebrafelle nebst Gemälden mit Naturmotiven in großen Goldrahmen. Tierfelle zierten auch die Sessel, und auf dem Boden lagen großgemusterte bunte Teppiche. Ein riesiger Kamin und ein Fernsehbildschirm nahmen eine halbe Wand ein. In der Zimmermitte befand sich ein langer Tisch mit genügend Sitzplätzen für eine ganze Jagdgesellschaft.

»Herzlich willkommen! Fühlt euch wie zu Hause. Ich mach dann mal die Suppe warm.«

»Wo ist das Klo?«, fragte Tiina.

Onni zeigte auf das Badezimmer und auf ein kleineres WC im Flur. Tiina steuerte das Badezimmer an; als sie mit langen Schritten den Eingangsbereich durchquerte, erklang ein Scheppern, etwas fiel von der Wand und donnerte zu Boden. Die Tür zum Badezimmer wurde geöffnet und mit lautem Knall geschlossen.

Johanna benutzte das kleine WC. Im Schein der Badezimmerschrankbeleuchtung erblickte sie erstaunt ein Gesicht, das sie nicht wiedererkannte. Sie trat einen Schritt zurück. Fuhr sich durchs Haar und blieb in den Zotteln hängen. Musterte ihre lederartige, von Sommersprossen übersäte Wangenhaut. Ihr Hals wies einen grauen Schmutzrand auf. Sie wusch sich, rubbelte dabei ihre Haut so kräftig, dass sie feuerrot wurde. Erst als sie sich der glänzenden Kacheln und des Waschtisches mit kaltem und warmem Leitungswasser bewusst wurde, nahm sie ihren eigenen Geruch wahr: Sie stank. Graue Hautschuppen lagen im Waschbecken. Sollte sie sich richtig waschen und es wagen, die deckende Schmutzschicht, die den widerlich ranzigen Geruch zumindest etwas in Schach hielt, wegzuschrubben?

Sie streifte ihren Pulli ab, wusch sich die Achselhöhlen – *welch üppige Haarbüschel!* – und seifte ihre Arme ein. Das Schmutzwasser färbte das glänzende Waschbecken. Johanna wünschte, sie hätte ein sauberes Oberteil dabei. Morgen musste sie sich neue Pullover kaufen. Sie zog die Jeans herunter, wusch sich den Hintern und den Schritt. Legte die Seife zurück in die Schale, ohne zu bemerken, dass nun Haare an dem Seifenstück klebten. Öffnete den Toilettenschrank, nahm das Rasiermesser in die Hand und entdeckte interessante Fläschchen mit verschiedenen Flüssigkeiten für das Rasieren und die Hautpflege. Sie öffnete Deckel und Verschlüsse und schnupperte daran. Versuchte die kleine Schrift auf einem Aftershave-Etikett zu entziffern und wünschte sich erneut, lesen zu können. Sie erkannte die Marke wieder, es war das Rasierwasser, das auch ihr Vater benutzt hatte. Sie schraubte den Deckel ab und hielt die Nase daran. Schloss genüsslich die Augen. Dann steckte sie Pflaster, Kopfschmerztabletten und ein verpacktes Seifenstück in ihre Jackentasche.

Als sie den Wohnraum betrat, strömte ihr Suppengeruch entgegen. Hmmm … Ihre Nasenflügel bebten, und ihr Magen verlangte laut nach Nahrung. Wann waren sie zuletzt in einem vollausgestatteten Haus gewesen? Als sie bei Lehrerin Leena waren? Strom, Toilettenspülung, Spiegel, Sofas und ein Esstisch. Fünf Monate war das jetzt her. Wie schnell sie sich doch daran gewöhnt hatte, ohne all das auszukommen, was in ein Haus gehörte. Wenn man ihren Elternhof denn überhaupt so nennen konnte, es war wohl eher eine verfallene Baracke. Mit dem Tod ihres Vaters hatte es jedenfalls aufgehört, ein echtes Zuhause zu sein.

In der Küche klirrten Teller, und die Dunstabzugshaube lief, als Johanna das Wohnzimmer durchquerte. Sie setzte sich neben Tiina.

Die schnupperte demonstrativ.

»Du stinkst ja, als wärst du in ’ne Parfümflasche gefallen.«

»Und du riechst nach Schweinestall. Das merke ich jetzt erst.«

»Können wir ihm vertrauen?«, flüsterte Tanja Johanna ins Ohr.

»Wisst ihr, an wen er mich erinnert?«, mischte sich Tiina ein.

»An Vati«, sagte Johanna.

»Ja, wenn Vater schlank gewesen wäre. Nicht so herrlich breit und stattlich. Aber er hat etwas an sich …«

Johanna runzelte die Stirn und richtete einen vernichtenden Finger auf Tiina.

»Denkt an Vaters Regeln!« Streng sah sie Tiina an, klopfte ihr mit der Faust gegen die Stirn. »Kapiert?«

Tiina seufzte.

»Diese schnuckeligen Fuchsjungenpantoffeln, tja, was soll man dazu sagen ... So ein Firlefanz wär das Letzte, wo Vater seine Füße reingesteckt hätte.«

Onni kam mit einem großen goldenen Tablett in den Raum, auf dem eine Champagnerflasche in einem Eiskühler thronte. Ein fester Griff um den Korken, und ein leises *Plopp!* ertönte. Vor ihren strahlenden Augen füllte er vier edle Gläser.

Onni hielt die Flasche in die Luft, und die hereinscheinende Abendsonne verlieh der Flasche und Onnis Haar einen güldenen Schimmer.

»Russischer Champagner. Der beste. Mannerheims Favorit.«

»Manner... was?«, fragte Tanja.

»Oh mein Gott, habt ihr denn nichts gelernt? In der Schule? Oder von Heikki?«

Sie sagten nichts, wollten diesem neuen Bekannten nicht zu viel von sich verraten.

Johanna hielt das Glas direkt vor sich und betrachtete die Blubberbläschen.

»Und ich dachte immer, dieses Blubberzeug wär nur was für Weibsbilder.«

»Nenn mir einen Mann, der zu so einem edlen Champagner Nein sagt ...«, forderte Onni. »Euer Vater hätte niemals ...«

Tiina musste husten.

»Die Bläschen steigen einem in die Nase.«

»Du musst nur dran nippen, so!«, demonstrierte Onni es ihr.

»Hast du auch Porter?«, fragte sie.

»Trink schon. Das kribbelt herrlich. Und dann will ich etwas mit euch besprechen.«

Er hob sein Glas der fahlen Sonne entgegen, deren letzte Strahlen nun auf den Tisch fielen.

»Kippis!«

Drei durstige Schwestern tranken, ohne den Toast zu erwidern. Tiinas Skepsis, was das Blubberzeug betraf, war wie weggeblasen.

»Wollt ihr gar nicht anstoßen?«, fragte Onni.

»Überflüssig«, sagte Tiina.

Und dann waren die Gläser leer.

»Ich hätte Vati zu gerne an diesem Frauengesöff nippen sehen!«, sagte Johanna.

Onnis Erwiderung bestand darin, ihnen nachzuschenken.

»Heikki konnte eine ganze Flasche russischen Champagner kippen. Meinen russischen Gästen hat das immer imponiert – sowieso: Für sie war er ein Held. Niemand konnte wie er ganz allein die größten Schwarzbären erledigen.«

Die Schwestern hatten das Gefühl zu wachsen, sogen die Worte begierig in sich auf, so als würde das Lob ihnen gelten. Gewissermaßen tat es das ja auch. Johanna trank mit stolzgeschwellter Brust.

Onni betrachtete Heikkis Sprösslinge und breitete die Arme aus.

»Es freut mich, dass ihr dieses Interesse von ihm geerbt habt.«

Johanna sah ihm durchdringend in die Augen: »Er hat *mich* für die Jagd auserwählt … Ich war seine rechte Hand. Ich bin jetzt die erste Jägerin.«

»Na ja, du warst aber nicht immer mit ihm unterwegs, sonst hätte ich ja längst die Ehre gehabt, dich zu treffen. Heikki kam hierher in die Stadt, um die Pelze der Saison an mich zu verkaufen. Bei dieser Gelegenheit wohnte er jedes Mal in meiner Gästehütte. Ich habe ihn ins beste Haus der Stadt eingeladen. Er wollte immer gern dorthin und mit den Damen tanzen. Der Mann hatte vielleicht Rhythmusgefühl, sag ich euch, und das trotz seiner Leibesfülle!«

Die Mädchen tauschten Blicke. Runzelten die Stirn. Johanna reagierte aufmüpfig: »Bist du dir sicher, dass du von dem richtigen Bärenjäger sprichst? Heikki ist immerhin ein ziemlich verbreiteter Name.«

Onni sah sie der Reihe nach an.

»Man sieht Heikki in euren Gesichtern. Ich konnte seine Felle und Pelze immer für einen guten Preis an meine Kontakte in der Mongolei verkaufen. Und das bringt mich zu meinem Anliegen: Wollt ihr die Zusammenarbeit mit mir fortsetzen? Ich kaufe auch Biber- und Luchsfelle.«

»Und wie soll das ablaufen?«, fragte Johanna.

»So wie heute. Ihr liefert, und ich zahle für die komplette Ladung.«

»Von dieser Bezahlung haben wir noch nichts gesehen«, wandte Tanja ein.

Onni griff nach seinem Handy.

»Gebt mir eure Kontonummer, dann überweise ich es direkt, okay?«

»Wir nehmen nur Bargeld«, sagte Johanna.

»So einen hohen Betrag?!« Onni zog die Augenbrauen hoch.

»Die Banken sind viel zu mächtig, sie üben Kontrolle über die Menschen aus«, sagte Johanna.

»Könnten wir die Felle auch gegen Waren tauschen?«, wollte Tanja wissen.

»Das macht es komplizierter, aber ja, durchaus. Hauptsache, wir kommen zu einer geschäftlichen Einigung«, sagte Onni.

»Wir brauchen ein Quad. Unser altes tut's nicht mehr«, sprach Tiina weiter.

»Selbst du kannst es nicht durch den Trollwald und das Sumpfland bis ganz zur Hütte fahren, Tiina«, sagte Johanna und schnappte gleich darauf nach Luft. Jetzt war sie diejenige, die sich verplappert hatte!

»Wir könnten damit vielleicht die halbe Strecke zurücklegen und es dann irgendwo verstecken«, sagte Tiina.

»Glaubst du etwa, dass es später noch dasteht?!«, wandte Tanja ein. »Diebe gibt's überall. Vielleicht sollten wir lieber noch einen Handwagen kaufen.«

»Ihr könnt auf einen kettengetriebenen Scooter sparen, dann könnt ihr das ganze Jahr hindurch damit fahren«, schlug Onni vor.

»Und was kostet der?«, fragte Johanna.

»Keine Ahnung. Dafür müsst ihr einen Kredit aufnehmen.«

Johanna wedelte abwehrend mit der Hand und setzte eine entschiedene Miene auf.

Onni ereiferte sich: »Ihr seid zu siebt. Ihr seid fleißig. Ihr könntet euch bestimmt ein kleines Imperium aufbauen. Was braucht ihr? Schreibt mir eine Liste, damit ich weiß, welches Geschäft dafür infrage kommt.«

Zum zweiten Mal auf dieser Reise zum Markt stellten die Schwestern erstaunt fest, dass sie Elga vermissten. Johannas armselige Schreibkenntnisse reichten für Einkaufslisten nicht aus.

»Wir müssen wohl selbst einkaufen gehen«, sagte Tanja. »Wir brauchen massenweise Zeug.«

Onni hob die Flasche an, sie war leer. Er stand auf und stellte die Gläser auf das Tablett.

»Ihr habt jetzt sicher Hunger.«

Er ging in die Küche, rührte die Suppe in dem riesigen gusseisernen Topf noch einmal um, schaltete dann den Herd aus und brachte das dampfende Mahl auf den Tisch. Ging im Raum umher und machte Licht; an der Decke hingen Ketten mit bunten Glühlämpchen wie auf der Kirmes. Die Blicke der Schwestern folgten ihm. Er ging noch einmal zurück in die Küche, nahm Piroggen aus dem Ofen.

»Guten Appetit, meine lieben Geschäftspartner. Meine berühmte Fleischsuppe … Und hier kommt der Porter. Eine kleine Brauerei aus der Stadt braut ihn.«

Tiina geriet ganz außer sich.

»Reispiroggen! Bier!«

»Bedient euch. Die Kühltruhe ist voll«, sagte Onni.

Sie schlangen. Verschluckten sich. Husteten. Schlürften. Schmatzten.

Onni sah ihnen zugleich amüsiert und bekümmert zu.

»Wann habt ihr zuletzt etwas gegessen?«

»Vorgestern«, sagte Tanja. »Blaubeeren und …«

»Eine Stulle auf dem Markt«, ergänzte Tiina. »Wohnst du allein hier?«

»Ich bin geschäftlich viel auf Reisen. Eine Frau hätte nicht viel Vergnügen an mir.«

»Frauen fügen sich«, sagte Johanna.

»Fühlt man sich da nicht einsam?«, wollte Tanja wissen.

»Ab und zu bin ich ein Wochenende allein zu Hause. Aber ich bekomme ja viel Besuch. Und jetzt seid ihr da!«

»Wir leben hundertfünfzig Kilometer tief im Wald«, sagte Tiina. Johanna war angeheitert und vergaß ihren Geheimhaltungsschwur.

»Hundertfünfzig! Zur Hölle auch! Habt ihr etwa die ganze Strecke zu Fuß zurückgelegt? Mit dem vielen Gepäck?«

Alle nickten.

»Eure Beine müssen ja nur aus Muskelmasse bestehen. Eure Arme auch, wie ich sehe.«

Tiina zog die Ärmel hoch und zeigte ihm ihre Oberarme. Spannte sie an. Onni starrte Tiinas kräftige, spielende Muskulatur an, fasste mit elegantem Griff nach dem Arm und zollte ihm einen Luftkuss.

»Ihr habt also weder ein Bankkonto noch ein Auto noch einen Scooter?«, fasste er zusammen. »Ihr lebt tatsächlich wie meine Großeltern vor hundert Jahren?«

Er holte Porter-Nachschub aus der Küche, blieb dann vor ihnen am Tisch stehen.

»Mädels, Mädels. Wollt ihr euch denn nicht ein bisschen amüsieren? Wo ihr doch noch so jung seid. Das klingt alles nach einem schrecklich harten Leben. Aber ihr besitzt doch zumindest ein Handy, oder?«

Sie schüttelten den Kopf.

»Ihr könnt also keinen Arzt rufen, wenn sich eine von euch ein Bein bricht?«

»Der Körper hat seine eigene Heilkraft. Das ist seine Natur«, sagte Tanja.

Tiina fand die Unterhaltung allmählich viel zu negativ.

»Wir haben immerhin 'ne Motorsäge. Aber wir brauchen neues Öl und Benzin.«

»Darum kümmern wir uns morgen«, sagte Onni. »Wann könnt ihr mir das nächste Mal etwas liefern? Ihr könnt mein altes Handy haben, das funktioniert noch einwandfrei. Aber ihr müsst euch einen Vertrag zulegen.«

Johanna machte eine abwehrende Geste.

»Wir sind nirgends gemeldet.«

»Dann besorge ich euch eben eine Prepaid-Karte. Wir müssen unser nächstes Treffen verabreden können. Oder ... Strom habt ihr wohl nicht?«

Sie schüttelten unisono die Köpfe.

»Kauft euch doch ein benzinbetriebenes Stromaggregat. Aber wie sollt ihr das hundertfünfzig Kilometer weit schleppen? Hm, Mädchen ... ihr macht es euch wirklich nicht leicht.«

Er beugte sich vor, sah ihnen in die Augen:

»Heikki hatte dieselben seltsamen Vorstellungen wie ihr.«

Johanna wich seinem Blick für keinen Moment aus:

»Man darf sich den Behörden nicht auf 'nem Präsentierteller anbieten. Besser, man hat gar nichts mit denen zu tun. Sicher ist sicher.«

»Na, mit mir hatte er immerhin zu tun. Und ihr könnt auch

gern hier übernachten, wenn ihr in Zukunft die Ware bringt. In meiner Gästehütte steht ein Stockbett für drei.«

Sie nickten schweigend. Tiina rülpste laut hörbar und sagte: »Wir verabreden jetzt schon einen festen Tag. An dem kommen wir dann mit der Ware.«

»Abgemacht. Es freut mich, Geschäfte mit Heikkis famosen Töchtern zu machen. Nicht zu fassen, wie sehr ihr ihm ähnelt ... Auch eure Schwester, die einmal hier übernachtet hat. Aber Elga, die damals auf dem Markt geblieben war, hat ganz anders ausgesehen als ihr.«

Johanna wurde sauer.

»Hat Simone etwa in der Gästehütte geschlafen?«

Mit einem rätselhaften Lächeln erhob sich Onni, um Likörgläser und den Nachtisch zu holen.

»*My home is your home.* Jetzt gibt's Vanilleeis mit Moltebeeren.«

Tanja wankte zur Toilette. Sie merkte, dass der Alkohol ihr in die Beine gesackt war; die Streifen des Zebrafells waren verschwommen. Als sie sich im Spiegel sah, schreckte sie zurück: Die strengen Gesichtszüge ihrer Mutter, samt der Sorgenfalten an der Nasenwurzel, blickten ihr entgegen. Sie berührte sie voller Abscheu und setzte sich dann auf die Klobrille. Eine richtige Toilette – so ungewöhnlich und doch so selbstverständlich. Wie schön es doch war, einfach alles wegspülen zu können. Sie wusch sich das Gesicht mit eiskaltem Wasser, zog ihr Hemd aus und wusch sich die Achselhöhlen. Das Gästehandtuch war schon voller Schmutzflecken. Bei was für einem seltsamen Kauz waren sie hier bloß gelandet? Hatte er, was ihren Vater betraf, gelogen? Warum war Johanna nicht mehr auf der Hut gewesen? Egal. Das Essen. Das Trinken. Etwas Spaß. Der Mann mit den Fuchspantoffeln hatte wirklich ein Talent dafür, den Dingen Glanz zu verleihen, das war nicht allein das Verdienst der Getränke.

Als sie wieder am Tisch saß und Eis aß, waren ihre Befürchtungen wie weggeblasen.

»Morgen müssen wir Lauras Krempel verscheuern«, sagte Tiina.

»Was für Krempel?«, fragte Onni.

Tiina holte den Kasten, reihte ein paar Figuren auf dem Tisch auf.

»Meine Güte, die sind ja entzückend!«, rief Onni zum Erstaunen der Schwestern aus. »Seht euch nur dieses Mädchen mit dem Eulengesicht an, ganz fabelhaft … Und dieser traurige Elch erst mit seiner zerfledderten Königskrone! Ich nehme auf jeden Fall einige Figuren. Im Winter feiert meine Mutter einen runden Geburtstag, und ein paar davon möchte ich für mich selbst behalten. Sie würden sich doch gut da oben auf dem Kaminsims machen, oder?«

Daraufhin hastete er in die Küche; Porzellan klirrte. Er kam mit einem Tablett voller Kaffeetassen und einer Cognacflasche wieder. Jubel schlug ihm entgegen. Er lachte.

»Schön, dass die Mühe wertgeschätzt wird.«

Er wischte seine Hände an einer Serviette ab und ging zu einem Regal, hob einen Deckel an und legte eine Schallplatte mit russischen Schlagern auf. Sang den Refrain mit, machte ein paar Tanzschritte und erzählte ihnen lang und breit etwas über den russischen Schlagerstar.

»Eine unglaubliche Primadonna. Ihr wisst ja nicht, was für ein Publikum man hat, wenn man in Russland seinen Durchbruch hatte.«

»Hast du keine Countrymusik?«, fragte Tiina.

»Bedaure«, sagte Onni und servierte den Kaffee.

Bald war die Cognacflasche leer, und dann wurde alles noch verschwommener und schaukelte. Sie torkelten in die kühle Nacht des Spätsommers hinaus. Gingen in die Sauna, schlugen mit Laubbüscheln aufeinander ein und sprangen in den See. Der Mond sei heute Abend voller als die Stimme der Russin, meinte Onni.

Gegen drei Uhr nachts lagen die Schwestern in den Etagenbetten. Tiina wachte mit hämmernden Kopfschmerzen auf; ihr Unterleib pulsierte ebenso. Nackt ging sie nach draußen, um zu pinkeln. Sie sah zum Haus hoch und durchquerte im Mondschein den Garten, ging durch die unverschlossene Haustür in den Flur, ohne den ausgestopften Bären umzustoßen, am Wohnraum vorbei und ins Schlafzimmer des Pelzhändlers. Die Tür stand weit offen, als erwartete er Besuch.

Gegen sechs Uhr früh kehrte sie in die Gästehütte zurück und legte sich ins Etagenbett. Da war Johanna, die ganz oben lag, wach.

»Du riechst nach Puff«, zischte sie.

»Hoppsala. Ich war pinkeln«, sagte Tiina.

»Du stinkst nach seinem Rasierwasser.«

»Mensch, was bist du nur für 'ne Schnüfflerin. Wir haben Armdrücken gemacht … Ich hab gewonnen.«

»Die Regeln, Tiina. Die Regeln!«

»Bla, bla, bla. Hör auf, mich zu nerven. Schlaf jetzt!«

Tanja wurde morgens von Tiinas Schnarchen wach, die mit weit offen stehendem Mund auf dem Rücken lag. Johanna war wieder eingenickt und schlief noch. Tanja sammelte ihre Kleider vom Boden auf, ging zum See und sprang hinein. Auf dem Steg stand eine Flasche Shampoo, daneben eine Seifenschale. Sie wusch sich das Haar, den Körper und schwamm in Schaum. Es war lange her, dass ihre Augen so herrlich von Shampoo gebrannt hatten. Sie setzte sich auf dem Steg in die Sonne, streckte sich aus und wärmte sich wieder auf. Hörte ein Klirren, es kam vom Balkon des Hauses. War Onni etwa schon so früh auf? Sie rollte sich auf den Bauch und sah am Haus hinauf. Der Pelzhändler winkte ihr zu, signalisierte ihr, dass das Frühstück fertig sei.

Zuerst unterhielten sie sich gedämpft, um die anderen nicht zu wecken. Tanja fröstelte noch immer nach ihrem Bad im See. Ihr Blick blieb an Onnis Fuchspantoffeln hängen. Sein dunkelbrauner Seidenmorgenrock mit Goldmuster glänzte. Er reichte ihr ein Handtuch.

»Hier, trockne dir die Haare! Und nimm dir Oksanas Morgenmantel, er hängt im Bad.«

Er stellte einen Kaffeebecher, einen Brotkorb mit nachtschwarzem Roggenbrot und einem großen Stück Käse vor sie hin. Tanja starrte auf die Löcher im Käse.

»Es macht Spaß, mit euch zu feiern, das muss ich sagen. Wenn du Kopfweh hast, habe ich ein Gegenmittel, Brausetabletten mit Himbeergeschmack.«

Tanja schüttelte den Kopf, obwohl ihre Schläfen pochten.

»Möchtest du lieber Piroggen, dann wärme ich sie im Ofen auf?«

Tanja nickte. »Piroggen und Butterstullen.«

»Saufen macht hungrig«, sagte Onni.

Tanja schloss genüsslich die Lider, als sie den starken Kaffee trank, den leckeren reifen Käse aß. Sie schnitt sich fünf Scheiben ab und schmierte sich eine dicke Schicht Butter aufs Brot.

Onni breitete vor Tanja auf dem Tisch eine Karte aus.

»Mach mir doch bitte mal dort ein Kreuz, wo ihr lebt, damit ich weiß, wo ich euch finde. Dann kann ich die Waren ja auch mal bei euch abholen.«

Tanja nahm den Stift, sah ihn an wie ein fremdes Werkzeug.

Onni deutete auf die Karte.

»Wir sind hier. Wo lebt ihr?«

Tanja runzelte die Stirn, ließ den Stift fallen. Schüttelte den Kopf, hasste ihre Unkenntnis, ihre Hilflosigkeit.

Onni schob die Karte beiseite.

»Ich frage Johanna. Sie ist ja mit Heikki losgezogen. Was für einen beispiellosen Orientierungssinn dieser Mann doch hatte!« Er griff nach einem Schreibblock.

»Schreib auf, was wir einkaufen müssen. Dann kann ich planen, zu welchen Geschäften wir fahren müssen.«

Tanja saß da, der Stift schwebte über dem weißen Blatt. Sie setzte den Stift auf das Papier und drückte so fest auf, dass die Spitze abbrach.

»Niemand kann meine Handschrift lesen. Ich zähle alles auf, und du schreibst.«

»Alright.«

»Benzin. Ketten für die Motorsäge. Öl. Petroleum. Kaffee. Trockenhefe. Milchpulver. Mehl. Haferflocken. Salz. Ketchup. Reis. Nägel und Schrauben. Holzleim. Zigaretten. Öhhh, und natürlich Branntwein.«

»Wir müssen für ein paar Tausender einkaufen«, erinnerte Onni sie.

»Warme Stiefel. Winterjacken. Hosen.«

»Wollt ihr mir mein altes Quad abkaufen?«

»Damit kommen wir nicht weit. Nicht übers Moor.«

»Darf ich dir mal eine persönliche Frage stellen?«, sagte er.

Tanja erstarrte, als fürchtete sie, Pelzhändler Onni käme etwas Unangenehmes über die Lippen.

»Weshalb macht ihr euch das Leben so schwer?«

»Wir halten uns an die Traditionen.«

»Welche Traditionen? Heikki selbst lebte doch nicht in der Wildnis, nicht so irrsinnig weit entfernt vom nächsten Laden wie ihr.«

»Er wollte uns vor bösen Mächten beschützen … und hielt uns für stark genug, das zu bewältigen.«

»Seid ihr euch wirklich sicher, dass er dabei euer Bestes im Sinn hatte?«

Tanja runzelte die Stirn. War der Mann vor ihr nicht der Freund ihres Vaters gewesen? Onni lehnte sich vor, sah ihr in die Augen.

»Genialität erfordert ein gewisses Maß an Irrsinn. Nicht immer behandeln ruhmreiche Männer ihre Angehörigen gut.«

Tanja dachte lange darüber nach. Sah auf ihr Brot hinunter.

»Er wollte unser Bestes. Die Kiefern und Fichten sind so ehrenhaft, wie die Menschen es sein sollten.«

»Schweigen sie still?«

»Kiefern schweigen nie.«

»Und, was sagen sie?«

»Alles, was uns die Menschen nie sagen.«

Im Flur waren Schritte zu hören, Johanna kam herein. Begierig betrachtete sie den Frühstückstisch.

»Guten Morgen!«, grüßte Onni. »Möchtest du warme Piroggen oder Roggenbrot mit Wurst?«

»Zuerst Kaffee.«

Onni stellte eine Thermoskanne auf den Tisch, und Johanna mühte sich mit dem Deckel ab.

»Seltsames Ding.«

»Du musst nur gießen«, klärte Onni sie auf. Nach einer kurzen Pause sprach er weiter: »Tiina ist also eine Langschläferin.«

»Sie ist eine rollige Katze, die nachts auf die Pirsch geht«, sagte Johanna.

Onni räusperte sich, Johanna wandte sich an Tanja.

»Weck sie, wenn du fertig bist. Sonst hat sie keine Zeit mehr, um zu frühstücken, bevor wir losmüssen.«

»Das gepökelte Bärenfleisch wird schnell weggehen, glaubt mir. Danach fahren wir einkaufen.«

Onni schob Johanna die Liste zu, die den Impuls unterdrückte, laut zu lesen ... Sie ballte die Hände unter dem Tisch zu Fäusten, hatte das Gefühl zu implodieren.

»Hat Heikki euch nicht das Lesen beigebracht?«

Johanna sah auf, ein düsterer, trotziger Ausdruck lag auf ihrem Gesicht.

Tanja stand auf und murmelte, dass sie jetzt Tiina wecken würde.

»Hat er euch nicht zur Schule gehen lassen, hat er euch nicht beigebracht zu …?«

»Noch ein Wort, und wir nehmen die Felle an uns und gehen«, sagte sie drohend.

»Ich will damit nur sagen, dass auch ein guter Mensch schlechte Seiten haben kann.«

Tanja kam wieder und nahm die angespannte Atmosphäre wahr. Ihr Blick fiel auf Johannas Fäuste auf dem Tisch. Ihre weißen Fingerknöchel. Und Onni fuhr plötzlich durch den Kopf: Das sind keine Wildkatzen, das sind Boxweltmeister.

»Tiina ist halbtot, mit der ist nichts anzufangen. Ich schmier ihr ein paar Brote«, sagte Tanja.

Onni nickte.

»Danach müssen wir los. Raus aus der Kühltruhe mit dem Fleisch! Und vergesst nicht die Stöckchenfiguren.«

Da stand auf einmal Tiina mit verfilztem Haar auf der Schwelle, ging zum Tisch und biss in ein Butterbrot, verschlang es geradezu. Sagte mit belegter Stimme: »Du musst fahren, Onni.«

Tiina schlüpfte auf die Rückbank des Wagens, lehnte den Kopf an Tanjas Schulter und schnarchte schon wieder.

Zwölftes Kapitel

Nachdem die Radauschwestern die Klause verlassen hatten, herrschte Frieden, und die zur Arbeit verdonnerten Daheimgebliebenen genossen zumindest die ersten Tage. Bald jedoch ließ sich nicht länger verhehlen, dass sie von den herzlosen Jägern und Schlächtern abhängig waren – jeden Abend gingen sie hungrig zu Bett. Eines Morgens wurde Aune davon geweckt, dass Elga ihr gegens Schienbein trat und laut im Schlaf redete. In den Nächten wurde es schon frostig kalt, und so war sie auf Elgas Körperwärme angewiesen, musste sich an ihren knochigen Rücken schmiegen.

Die Gedanken in Aunes Kopf kamen nicht zur Ruhe. Hoffentlich würden sie an Decken und Wolldecken denken. Hoffentlich würden sie nicht mit den Männern um die Wette saufen und Elgas und Simones Fehler wiederholen. Wer würde schon ein Bier ablehnen können, nachdem es einen ein halbes Jahr danach gedürstet hatte? Keine von ihnen konnte einem Rausch widerstehen; dann saß der Teufel höchstpersönlich in ihrem Rachen und verlangte nach mehr. *Kippis. Prost. Cheers.* Aune hörte Tiina in ihrem Kopf, so laut, als wären es Fangesänge bei der Hockey-WM. Und ein weiteres Pint würde geordert werden, bevor der Grund des Glases erreicht wäre.

Gestern war Lauras Gesichtsfarbe gelblich weiß gewesen, und sie konnte sich kaum auf den Beinen halten. Bald würden sie sie zwingen müssen, in die Hütte zu ziehen, obwohl sie hartnäckig darauf bestand, auch im Winter draußen in ihrem Fichtennest zu wohnen. Obdachlose taten das, warum also nicht auch sie?

Ja, aber Obdachlose hatten einen Windschutz, Schlafsäcke oder ein Zelt. Oder gingen bei dreißig Grad minus in eine Obdachlosenunterkunft. Hoffentlich würde Tanja einen warmen Pulli für Laura kaufen. Sie war so schrecklich mager.

Vielleicht werden wir alle diesen Winter im Schlaf dem Tod begegnen, dachte Aune schicksalsschwer. Der Sohn der Nachbarin, John Niskanpää, hatte einmal gesagt, dass Tod durch Erfrieren die beste Art zu sterben sei, würde man doch mit süßen Träumen in einen angenehmen Dämmerschlaf sinken. Zu ertrinken sei das Schlimmste, es würde eine Zeit lang dauern, bis die Lungen barsten.

Wie lange dauert das Sterben, wenn man zusammengekauert auf einem toten Baum lebt?, gingen Aunes Überlegungen weiter. Sie warf einen Blick zu Simone hinauf; sie sah aus wie ein Vogel aus der Urzeit. Delirierte, leierte Gebete und Bibelverse herunter.

Laudate Dominum.

Wimmerte, murmelte, fauchte, schrie plötzlich:

In diesem Diebesnest lasst ihr euch entehren!

Sie warfen ihr Fleischbrocken zu. Manchmal fing sie sie. Wenn es regnete, legte sie den Kopf in den Nacken und riss den Mund auf. Wenn es nicht regnete, flogen Fliegen in ihren Mund.

Inzwischen hatte es lange nicht mehr geregnet. Und es war lange her, dass sie Fleisch gegessen hatten, auch die Hunde waren kraftlos. Hoffentlich würden sie heute Fische fangen. Aune würde es nicht schaffen, Steine zu schleppen, wenn sie nichts als Krähenbeeren und Pilze im Bauch hatte. Der Bauch, der knurrte und schrie. Sie knabberte die Haut an den Fingernägeln ab, lutschte an ihren Fingerknöcheln. Nicht mehr lange, und Simone würde verdursten. Laura musste die Leiter fertig bauen, damit sie Simone vom Baum herunterbekämen.

Es war die Zeit des Wartens – Laura wartete auf mehr Nägel und Leim, Aune auf Bücher. Tanja hatte versprochen, ein Handbuch über den Bau eines Erdkellers zu besorgen. Das Dach war das Knifflige. Damit kamen sie nicht weiter. Bald würden sie sämtliche Steine, die sie finden konnten, zum Baugrund für den Keller gerollt haben, sämtliche Steine, die sie ohne einen Spieß vom Fleck bekamen. Elga war auf die Idee gekommen, dass sie zwei kleinere Stämme parallel legen und die Steine über die Stämme rollen konnten. Genial! Jetzt lief der Steintransport leichter.

Aune rollte Steine, rollte und rollte. Kramte in Gedanken in ihren Geschichten, wobei ihr die von dem liebestollen Auerhahn einfiel, der im Wald gewütet hatte, als Elga klein gewesen war. Einmal hatte er Elga angefallen und offenbar geglaubt, er könne sie flachlegen. Tiina schickte sich an, ihm den Garaus zu machen, aber der hormongesteuerte Vogel gab sich nicht geschlagen. Tiina war doppelt so groß, doch der balzende Angreifer mit seinen rot gefärbten Augenlidern hielt sich für den Platzhirsch. Hackte mit dem Schnabel und boxte mit den Flügeln. Als Tiina zurückschlug, wurde der Vogel nur noch wütender. Da wich Tiina zurück, und der Auerhahn reckte sich frech. Er hatte gewonnen. Aber die Süße des Sieges währte nur kurz: Am nächsten Tag wurde er zum Abendessen serviert.

An den Tagen, an denen Laura sich etwas besser fühlte, arbeitete sie neben dem Erdkeller weiter an den Totempfählen. Aune, Elga und Laura hatten schweigend zusammengearbeitet, hatten die Stille genossen, die dank der Abwesenheit der Krachschläger entstanden war. Lauras Nacken war gekrümmt, ihre Augen dicht über ihre Arbeit gebeugt. Wie sollte sie zu einem Optiker kommen? Und wie Aune zu einem Zahnarzt? Immerhin blieben ihnen jetzt, wo Tanja fort war, die Hiebe und Schubser erspart, wenn sie sich beklagten. Es war schrecklich mit anzusehen: Wie eine Königin schluckte Tanja alles, was König Johanna sagte. Wenn sie von ihrem Vater sprachen, klang es, als wäre er Gott Ukko selbst.

Hoffentlich würde Tanja die Schreibhefte, Stifte und Bücher aus der Stadt mitbringen, dachte Aune besorgt. Sonst würde Elga sicher bald abhauen. Seit der Misshandlung war sie nicht mehr dieselbe. Verbitterung hatte sich unauslöschlich in ihre Züge eingeprägt, sie warf ihnen vorwurfsvolle Blicke zu. Blicke wie Messerstiche. *Wir alle haben Schuld auf uns geladen.*

Ob Elga diejenige von ihnen war, die vom Leben am meisten enttäuscht war? Wer sein Wissen vermehrt, der vermehrt auch seinen Schmerz, hieß es. Aber wenn man ohne Wissen dasteht, ist man wie ein großes Meer ohne Fische, hatte Veikko gesagt. Der Vater war immer überzeugt gewesen, Menschen würden nur studieren, um andere wie die Sklaven schuften zu lassen. Ja, vielleicht in der Stadt, wo viele das Gymnasium besuchten, aber in der kleinen Miniaturgesellschaft wie der ihren hier in der Wildnis lag die Macht in den Händen derer, die die kräftigsten Muskeln und das dickste Fell hatten.

Aune starrte vor sich hin, als sie vom Steinerollen eine Rast einlegte; ihre Arme schmerzten. Ohne Essen schwirrte einem der Kopf. Ohne Nahrung schaffte man nicht mal mehr den Gang in die Blaubeerbüsche. Es würde mindestens noch zwei Tage dauern, bis die anderen zurückkämen, dachte sie schlapp. Wenn sie die Augen schloss, sah sie Fischpiroggen vor sich; ihre Kiefermuskeln kribbelten vor Hunger. Ein Jammer, dass Tiina die Pfeife mitgenommen hatte; Engelwurz zu rauchen, hätte jetzt ein wenig Linderung verschafft.

Der Stein dort vorn sah von Weitem aus wie ein Laib Weißbrot. Oder war es tatsächlich ein Stück Brot? Hatte der Wind es mit sich hergetragen? Ihr fiel auf, wie die zartschimmernden Spinnweben die Farne miteinander verbanden. *Sieht so das Gewebe in meinem Kopf aus, wenn ich eine Geschichte erspinne?* Jetzt bewegten sich die Zweige in Lauras Fichtennest. Ihre schmutzigen kleinen Füße hingen aus dem Eingang. Aune hoffte, dass sie in der Lage wäre, fischen zu gehen. Sie hatte aufgehört zu sprechen. Ganz und gar.

Sie kommen! Sie sind da!

Aune hörte Tiinas schrille Stimme schon von Weitem und rief nach den anderen. Elga stand auf und spähte in die Richtung, aus der das Geschrei gekommen war. Die Hunde rannten zur Begrüßung los.

»Komm! Wir gehen ihnen entgegen«, sagte Aune.

»Nur mit äußerstem Widerwillen«, murrte Elga.

»Komm schon! Nimm Wasserflaschen mit. Wir nehmen ihnen auf dem letzten Stück einen Teil der Last ab. Vielleicht haben sie ja irgendeinen Leckerbissen für uns, ich falle um vor Hunger.«

Wie konnten drei junge Frauen einen solchen Lärm veranstalten? Eine Elefantenherde kam angetrampelt; Tiina pfiff auf zwei Fingern, Tanja ahmte einen Kranich nach, Johanna gab Lockrufe von sich. Jetzt waren sie auf der Höhe des Moors zu sehen – Johanna an der Spitze mit einem Wanderstab und geschultertem Gewehr. Ihr Rucksack war an den Seiten gewölbt, zum Glück! Tanja folgte ihr auf den Fersen, humpelnd. Sie ruderte mit den Armen und hielt sich ansonsten verbissen stramm aufrecht. Tiina bildete das Schlusslicht; sie schien einen Kopf größer zu sein als die anderen, was an ihrer bizarren Kopfbedeckung lag. Hatte sie sich einen Sack um den Kopf gebunden? Eine robuste Ledertasche war um ihre Taille geschnürt.

Aune und Elga gingen so schnell, wie ihre Kräfte es zuließen. Aune gab sich zu erkennen, rief *Hallo*. Elga kam hinter ihrer älteren Schwester auf mageren Beinen angeschlendert.

»Wir bringen euch kaltes Wasser«, sagte Aune.

»Hey, Honey«, begrüßte Tiina sie; Schweiß stand ihr auf der Stirn.

Sie ließ das Ding auf ihrem Kopf – einen Mehlsack – ins Preiselbeerreisig gleiten und trank gierig. »Trag du den Sack das letzte Stück, Aune. *Carry me home*, Elga! Ich reite auf deinen Schultern.«

Johanna schluckte und schluckte. »Hallo«, sagte sie dann. Tanja trank, und Tiina bekam den letzten Tropfen. Drei mückenzerstochene Gesichter mit Schrammen auf den Wangen und rissigen Lippen.

»Habt ihr was, das man sich sofort in den Mund stopfen kann?«, bat Aune.

»Tabak. Chips«, sagte Tiina.

Elga und Aune schlangen die Kartoffelchips so schnell herunter, dass Elga sich verschluckte.

»Wart ihr denn gar nicht fischen?«, fragte Johanna.

»Wir haben nur ein paar Barsche gegessen. Und Beeren«, sagte Aune.

Johanna schüttelte den Kopf wie eine Mutter über ihre unmöglichen Kinder.

»Übernimm diesen Sack, Elga«, sagte Tiina.

Tanja hatte sich die Haare raspelkurz geschnitten. Elga und Aune starrten auf Tanjas Schädel.

»Ich hab den Rasierer des Pelzhändlers genommen. Hab ihn einfach so – *wooom* – über den Kopf gezogen.«

Johannas Zopf war noch dran, sie baute sich vor ihren beiden Schwestern auf und sagte mit stolzer Miene: »Wir haben alles verkauft. Bis auf den letzten Krümel.«

Aune klatschte in die Hände.

»Was für 'ne Erleichterung! Dann kommen wir durch den Winter.«

Als sie vor der Hütte das Gepäck abwarfen, legte sich Tiina

lang ausgestreckt auf den Boden und trat sich die zerfledderten Turnschuhe von den Füßen. Ihre Fußsohlen waren ganz schwarz; die Ballen und Knöchel übersät von blutigen Blasen und Abschürfungen. Tanjas Knöchel war blaulila. Tiinas Füße waren rot gepunktet von Mückenstichen.

»Aber … habt ihr denn keine Stiefel gekauft?«, fragte Aune besorgt.

»Es war so heiß, da denkt man nicht an Wintersachen«, sagte Tiina. »Aber Onni hat uns Vaters Stadtstiefel mitgegeben.«

»Welcher Onni?«, fragte Aune.

»Der Pelzhändler. Er war mit Vater befreundet.«

Tanja sah Aune an.

»Irgendwas vergisst man immer. Wir müssen uns auf dem Wintermarkt darum kümmern … und uns solange mit den übrigen zwei Paar Stiefeln abwechseln.«

Johanna setzte sich auf den großen Stein vor der Hütte und streckte die Beine aus. Ihr Blick fiel auf den Haufen Felsbrocken für den Erdkeller, die niemand hatte bewegen können.

»Zur Hölle! Weiter seid ihr nicht gekommen? Da sind wir dreihundert Kilometer mit Gepäck für zehn kräftige Kerle gewandert … und ihr?! Ihr faulen Esel! Laura hat ja noch nicht mal die Leiter fertig bekommen.«

»Ihr fehlten Nägel und Leim, um die Arbeit zu beenden«, erklärte Aune.

»Die habe ich gekauft«, sagte Tanja. »Wir müssen uns gegenseitig beim Auspacken helfen. Ich muss nur kurz mal ausruhen.«

Johannas Blick schweifte zum Waldrand.

»Hockt die Verrückte immer noch auf der Säule?«

Elga nickte.

»Sie weigert sich runterzukommen. Macht den Mund auf und isst das, was angeflogen kommt.«

»Na, hoffentlich schluckt sie eine fette Taube«, sagte Johanna bissig.

»Erinnert ihr euch noch an den Säulenheiligen Simeon?«, sagte Aune. »Veikko hat manchmal seine Geschichte erzählt.«

»Hol sie da runter, Tiina!«, brüllte Johanna. »Jetzt muss aber mal Schluss sein mit diesem Jesusgedöns.«

»Pass auf! Sie hat ein Messer bei sich«, sagte Aune.

Johanna beruhigte sich wieder.

»Okay, okay, am Ende, wenn ihre Muskeln verkümmert sind, fällt sie ja eh runter.«

Tiina schlurfte zur Kiefernsäule und rief ihrer Schwester zu, dass es Räucherwurst gäbe, wenn sie hinunterkäme. Die Antwort erfolgte prompt: »Mögen eure Fußsohlen brennen! In euren Wänsten gedeiht die schwarze Saat des Teufels. Mögen eure geschändeten prallen Bäuche platzen und die sündige Frucht ein Fressen für die Seeadler sein.«

Tiina ließ ein Lachen hören, sie ließ sich nicht reizen, fuhr fort, Simone herunterzulocken: »Piroggen? Messwein? Nein? Dann 'ne Schachtel Zigaretten. Die grünen.«

»Ich bin diejenige, die ihr am allermeisten fürchtet, ihr gottlosen Schlampen.«

Johanna stellte sich neben Tiina. Sprach ruhig und fest zu der Unseligen in der Höhe.

»Denk an die Worte unsres Vaters. Du stellst dich auf die Seite des Feindes.«

Es war neu für Johanna, mit in den Nacken gelegtem Kopf zu jemandem aufzuschauen.

»Unser Vater hatte einen Pakt mit dem Teufel.«

»Du weißt nicht, was du sagst, Schwester. Eine fremde Stimme spricht aus dir.«

»Unsre Mutter stand auf der Seite der Reinen. Ihr folgt dem Ruf eurer Lenden.«

»Das tust auch du, Simone! Sogar du, wie wir in der Stadt erfahrn haben.«

»Lügnerin! Deine Zunge ist schwarz geworden.«

Nun stand sogar Elga da und versuchte mit der Säulenheiligen zu sprechen.

»Mutter hat uns misshandelt. Auch dich, Simone.«

»Unsere verehrte Mutter hat getan, was sie konnte, um unsre Seelen zu retten. Nun bin ich es, die über meine verdammten Schwestern wacht …«

»Du bist Simone, keine Überwachungskamera«, sagte Elga.

Johanna verlor die Geduld und machte jäh kehrt.

»Wo steckt die andre Durchgeknallte?«

»Sie hat gekotzt und liegt in ihrem Unterschlupf«, sagte Aune.

»Was hat sie denn in sich reingestopft?«, erkundigte sich Tanja.

»Das Erbrochene von einem Marder mit verdorbenem Magen«, sagte Elga.

Sie sahen zum Fichtennest hinüber; Lauras Füße ragten aus dem Eingang.

»Solln wir ihr auf die Fußsohlen springen?«, fragte Tiina und ging zum Unterschlupf ihrer Schwester.

Ein Stöhnen kam von Lauras Lager. Tiina rief lockend: »Hallo, Baby. Komm raus zu deinen *loving sisters*. Du kannst jetzt die Bärenzähne an die Totemfresse kleben. Morgen feiern wir ein Herbstopfer. Wir haben reichlich Branntwein mitgebracht.«

Tanja kniete nieder und spähte zu Laura hinein, die auf einem Farnlager mit Fellen lag. Wimmernd hielt sie sich den Bauch.

»Komm raus und trink Porter, der tut dem Magen gut. Wir haben deine Figuren verkauft und Nägel, Schrauben, Leim, Farbe, Pinsel und eine schöne Decke für dich gekauft. Was du dir nur wünschen kannst.«

Laura stöhnte vor Schmerz und schien nicht zu reagieren.
»Los, Leute!«, rief Tiina. »Zum See. Nehmt Bier und Wurst mit. Hast du Hotdog-Brötchen mitgebracht, Tanja?«

Johanna zeigte ihnen die Lederstiefel ihres Vaters, die in Onnis Diele gestanden hatten. Tanja übernahm die alten Stiefel des Vaters. Sie grämte sich, dass sie vergessen hatte, feste Schuhe zu kaufen. Was zum Teufel sollten die anderen für Schuhe tragen, wenn der Schnee kam? Die Schwestern umringten Johanna, als sie begierig in die heilen Stiefel schlüpfte. Das Leder roch angenehm neu, der Schaft reichte beinahe bis zu den Knien. Aune befühlte den Stiefel. Schnupperte anschließend an ihren Händen. Der Geruch erinnerte sie an ihren Vater.

Alles andere als angenehm war der Geruch, den Johanna wahrnahm, als sie auf dem Weg zum See hinter der Hütte vorbeigingen.

»Bäh, wie das hier stinkt. Entleert ihr euch etwa nur einen Meter vom Haus entfernt? Begreift ihr denn nicht, dass ihr dafür in den Wald gehen müsst!«

»Streitet euch nicht«, sagte Tiina. »Auf zum Bade, Schwestern.«

Die Hunde rannten den Erschöpften um die Beine, freuten sich über Unternehmungen im Rudel. Tanja ging barfuß und zog ein Bein etwas nach. Ihr Fuß hatte sich noch nicht davon erholt, dass Tiina einen Marschrucksack darauf hatte donnern lassen. Tiina lief in Flipflops mit Schlangenmuster hinterher, die sie beim Pelzhändler hatte mitgehen lassen.

»Verdammt kleine Füße hat der für 'nen Mann. Wusstet ihr, dass er seine Fersen feilt? Oh! Guckt mal! Ich laufe auf riesigen Blasen.«

»Ich hab Pflaster gekauft«, sagte Tanja.

»An dem Tag, an dem ich wegen so etwas rumjaule, ist es aus mit mir«, sagte Tiina.

Elga und Aune trotteten langsam hinter den Schwestern her. Der Himmel und der Wald drehten sich, ihre Beine waren müde und schlapp. Tiina hob Elga auf ihre Schultern.

»Fein, was? Wirst getragen wie 'n Baby.«

Elga boxte, um sich zu befreien, knurrte wie ein wütender Dackel.

Fünf nackte Leiber stürmten in den See und teilten seine spiegelglatte Oberfläche. Johanna tauchte ins Wasser und schwamm mit kräftigen Zügen; der lange Zopf hing ihr wie eine Schlange über den Rücken, und sein Ende reichte bis zu ihrer Poritze. Tiina wechselte zwischen Schmetterlingsstil und Kraulen und ertränkte beinahe Elga, die sich ruhig vorwärtstreiben ließ. Dann umklammerte Tiina mit den Händen Elgas Kopf und gab vor, sie vor dem Ertrinken zu retten, woraufhin Elga wie ein frisch ins Boot gezogener Lachs zappelte.

Aune tauchte rasch in den See, kam wieder heraus und trocknete sich ab. Sie aß Dillchips, während sie ein ordentliches Feuer entfachte. Über dem See erscholl Geschrei. Gelächter. Gezeter. Hohe Wellen brachten die Biberburg wie ein Floß zum Schaukeln.

Tanja, Tiina und Johanna setzten sich nebeneinander auf einen Baumstamm beim Feuer. Johanna wrang ihren Zopf aus. Elga und Aune setzten sich ihnen gegenüber auf einen Stamm. Sie bekamen Appetit. Aßen, bis sie fettige Gesichter und glitschige Finger hatten. Der Porter – ein Segen! Fünf verschiedene Rülpser wurden laut, danach Tiinas Furzsolo. Ach, ihre armen geschwollenen Füße! Noch einmal ging die Flasche herum, adieu, Pein und Schmerz.

»Wisst ihr, was die Leute im Krieg alles durchstehen mussten? Und wir taumeln schon nach einer Woche entkräftet umher.«

Der Vollmond warf seinen schimmernden Schein über das schwarze Wasser, das abermals ungerührt dalag. Nebelschwaden zogen auf, als sich die Dunkelheit herabsenkte. Es raschelte im Schilf, als ein herbstlicher Windstoß zwischen den Kiefern und Fichten hereinwehte und wie eine kalte Hand über die Nacken der Mädchen strich. Der Biber lugte aus seinem Bau und arbeitete weiter an seiner Winterburg.

»Jetzt haben wir Essen. Zumindest für 'ne Weile«, sagte Johanna. »Morgen hängt ihr euch ordentlich rein, sonst knallt's. Ihr müsst Pilze sammeln, Beeren und Nüsse, oder wir schicken euch ins Straflager.«

»Ich möchte jetzt von euch hören, was ihr erlebt habt. Wir möchten schließlich auch ein bisschen an eurer Reise zum Markt teilhaben«, sagte Aune.

»Wir haben in der Grotte geschlafen«, sagte Tanja. »Dann hat der Pelzhändler alles gekauft. Bis auf das Fleisch, davon hatte er selbst genug.«

»Mehr Details, wenn ich bitten darf. Zeigt, dass ihr mit Veikko verwandt seid.«

»Der Pelzhändler möchte Geschäfte mit uns machen. Vater hat auch mit ihm zusammengearbeitet, sie waren befreundet«, sagte Tiina.

Ihre Wangen glühten.

»Können wir dem Mann vertrauen?«, fragte Johanna.

Aune und Elga horchten auf.

»Vater hat es immerhin getan«, sagte Tanja.

»Onni ist auf Fleisch aus«, sagte Johanna und sah Tiina an.

»Aber er wollte doch kein Fleisch«, sagte Tanja.

»Glaubt ja nicht, dass Tiinas rote Stellen von Bremsenstichen herrühren. Pelzhändler Onni ist ein Blutsauger; er steht auf Jungmädchenblut«, setzte Johanna noch einen drauf.

»Widersetzt du dich Vaters Weisung?«, fragte Tanja verwirrt.

»Der Pelzhändler könnte unsren Stamm spalten«, sagte Johanna.

»Haben wir denn überhaupt eine Wahl? Wenn wir überleben wollen, müssen wir wohl Geschäfte mit ihm machen«, gab Elga zu bedenken.

Tanja nickte.

»Wir sollten zusehen, reichlich Bären, Füchse und bestenfalls auch Luchse zu erlegen. Im Winter kommt der Händler dann mit dem Scooter her und holt uns ab. Wir können mit ihm zum Markt fahren und das Fleisch verkaufen.«

»Die Sauna und der Erdkeller müssen vor dem Winter fertig werden«, sagte Johanna.

»Fünf von uns können arbeiten. Beziehungsweise vier.«

Aune wollte demonstrieren, dass sie nicht auf der faulen Haut gelegen hatten.

»Laura hat ein paar Skier fertig, scheitert aber an der Befestigung. Wir brauchen Metall. Leder, mit dem wir arbeiten können, haben wir, wir wissen aber nicht, wie wir die Skischuhe befestigen sollen. Mal abgesehen davon, dass wir keine Skischuhe haben.«

»Wir müssen eben unsere Stiefel festbinden. So haben es die Leute früher getan«, sagte Johanna.

»Vater hätte diesen Keller in ’ner halben Stunde gebaut«, sagte Johanna.

»Der Erdkeller bei uns auf dem Hof war doch nichts als Pfusch«, protestierte Elga.

»Hört auf, von der Arbeit zu reden, wenn wir endlich saufen können«, rief Tiina laut.

Sie wühlte in ihrem Rucksack und setzte eine Miene auf, als wäre sie der Weihnachtsmann.

»Ich hab Geschenke für alle mitgebracht.« Feierlich verteilte sie T-Shirts mit einem Aufdruck rammelnder Schweine.

»Und was steht da?«, wollte Aune wissen.

»Makin' Bacon«, sagte Elga.

»Was heißt das?«, fragte Tiina.

»Wenn du's dir nicht selbst denken kannst, werde ich dir's nicht erklären.«

»Wo hast du die gekauft?«, fragte Tanja und zog das Shirt an.

»Ich hab sie geschenkt bekommen, die wurden umsonst auf dem Markt verteilt. Ausschussware aus irgendeinem Geschäft in der Stadt. Hier sind noch welche mit anderem Aufdruck.«

»*Porno Star.* Hmm. Eindeutig etwas Schlüpfriges«, sagte Elga.

»Behalt du es, Tiina, und gib Elga eins ab. Für euch beide eignen die sich am besten«, sagte Johanna.

»Nix da, das ist für die scheinheilige Simone«, lachte Tiina.

»Gut. Dann sind wir, was den Oberkörper betrifft, für ein weiteres Jahr versorgt«, stellte Tanja fest.

Tiina wühlte weiter in der Tasche: »Ich hab noch mehr zu verteilen.«

Eine Stange Zigaretten für jede wurde mit Freudenschreien und Getrampel quittiert. Ungeduldige Finger öffneten die Schachteln und nahmen beim ersten Mal gleich einen Lungenzug. Elga hustete. Johanna verdrehte genervt die Augen.

Um Mitternacht, als Johannas Schnarchen und Schnaufen noch weit ringsum zu hören war, schlich Tanja mit Wasser, Wurst und Brot zu Laura ins Fichtennest. Laura phantasierte immer noch. Tanja legte ein feuchtes, kaltes Handtuch auf ihre Stirn. Kroch aus dem Unterschlupf, blieb davor stehen und hing im Schein des Vollmonds still ihren Gedanken nach; die Nachtluft kündete davon, dass ihnen ein rauer Herbst bevorstünde. Sie ging zur Säule der Säulenheiligen und blieb darunter stehen.

»Huhu. Wir haben einen Gruß von Pelzhändler Onni für dich.«

Stöhnen. Gutturale Laute.

»Er lässt speziell dich grüßen.«

Wimmern. Schniefen.

»Er hat mir ein Geschenk für dich mitgegeben.«

Raue Laute drangen aus Simones Kehle:

»Du hältst mich zum Narren. Ihr seid alle Narren.«

»Komm runter und sieh selbst. Hier ist das Paket.«

»Falschspieler.«

»Es ist schön.«

»Du behauptest, du wüsstest, was schön ist?«

»Ich lege einen Haufen Bärenfelle unter den Baum, damit du weich landest.«

»Ich steige – vielleicht – erst an dem Tag zu euch herunter, an dem ihr den Stacheldraht entfernt.«

Tanja rührte sich nicht. Simone sah wirklich und wahrhaftig Gespenster. Na ja, sie hatte es wenigstens versucht.

»Dein Geschenk liegt hier. Gute Nacht.«

Die Hunde streckten sich aus und hielten Wache. Wachten abwechselnd über die Ruhelose auf der Säule und die Kranke im Fichtennest.

In dieser Nacht froren alle Lebewesen. Die Bären begaben sich mit prallen Blaubeerbäuchen in den Winterschlaf. Sie würden gut schlafen, mussten sie sich doch nicht mehr vor Gewehrschüssen fürchten.

Bibbernd wurde Tanja wach; sie setzte sich auf, rieb ihre eiskalte Nase. Johanna lag auf dem Rücken und machte laute Geräusche. Tiina rieb wie üblich nach einer Zecherei besonders heftig ihre juckende Klitoris. Aune und Elga schmiegten sich Rücken an Rücken aneinander, um sich zu wärmen. Die Kleider hatten sie alle mitten im Raum auf einen Haufen geworfen.

Als Tanja aus der Hütte trat, empfing sie Weiß, Weiß, nichts als Weiß. Der erste Schnee war früh gekommen. Sie schlüpfte in

Stiefel und Lederjacke und ging zur Säule. Sie war leer. Die Heilige war hinabgestiegen, die Felle lagen noch da, aber das Geschenk war fort. Mit ihren verkümmerten Beinmuskeln konnte sie aber nicht weit gekommen sein. Tanja hielt Ausschau nach Fußspuren, aber der Schnee rings um die Säule war unberührt. Dann ging sie zu Lauras Unterschlupf und sah hinein. Ihre Schwester schlief tief und fest, hielt sich nicht länger den Bauch. Tanja wollte sie nicht wecken, vielleicht war sie ja auf dem Wege der Besserung. Aber Simone? Wo hatte die sich hingelegt?

Tanja umrundete ein paarmal die Hütte und zog dann immer weitere Kreise darum bis ganz zum See. Keine Spur von Simone, die noch vor dem Schnee ihren Platz auf dem Baum verlassen haben musste. Tanja hielt inne, sah hoch zu den Baumkronen, falls ihre Schwester eine Fichte erklommen hatte. Sie rief über den See. Nicht mal der Biber raschelte.

Für wunde Füße waren die viel zu großen Stiefel ihres Vaters nicht von Vorteil. Tanja humpelte und schwankte, musste stehen bleiben und verschnaufen. Der Himmel war grau und grimmig. Es schien, als würde der Neuschnee liegen bleiben, ja, als könnte es sogar noch mehr schneien. Tanja wankte zurück zur Hütte und weckte ihre Schwestern. Aune schrie vor Entsetzen auf, während es die anderen kaum zu berühren schien, dass Simone fort war – so als hätten sie sie schon lange nicht mehr als Lebewesen betrachtet.

Monatelang hatte ihr Stamm für sie aus sechs Personen bestanden. Hätte Tanja an Gott geglaubt, hätte sie gesagt, Simone sei in den Himmel aufgefahren.

Die Langschläfer mühten sich hoch, gingen nach draußen und setzten sich auf die Baumstümpfe auf dem Hof. Johanna hatte das Schaffell um sich geschlungen, Aune und Tiina trugen die winddichten Jacken. Tanja legte sich ein Bärenfell um die Schultern.

»Seht ihr die Säule? Ich kann Simone nicht finden«, sagte sie beunruhigt.

Alle riefen: »Simone!«

»Sie kann nicht so weit gekommen sein. Sie muss hier irgendwo liegen«, sagte Aune.

»Die Hunde hat sie anscheinend mitgenommen«, meinte Tanja.

Alle riefen: »Killi! Kiiski!«

Aune und Elga erhoben sich, um nach Simone zu suchen, wurden aber von Johanna zurückgehalten.

»Habt ihr schon mal gehört, dass sich irgendein Stamm nach den Schwächsten richtet? Bald wird es schneien. Wir alle wissen, was jetzt getan werden muss. Und die Hunde werden zurückkommen, glaubt mir.«

Der Kaffeekessel begann über dem Feuer zu pfeifen, Nasen zuckten, die Räucherwurst und das Brot schmeckten lecker. So sollte jeder Arbeitstag beginnen, für alle Lebewesen auf der Erde. Wo waren nur die Hunde? Sie witterten doch sonst schon aus hundert Kilometern Entfernung Wurstgeruch.

Johanna wirkte in einem Maße herzlos, wie es die Schwestern bisher nicht von ihr kannten. Mit vollem Mund kauend, verkündete sie, welche Arbeiten heute anstanden:

»Heute seid ihr Galeerensklaven. Elga, du leitest den Bau des Erdkellerdaches an. Und irgendjemand muss Laura wach kriegen. Der zweite Totempfahl muss noch heute Abend aufgestellt werden, die Zähne müssen dran, und das Pfahlgesicht muss eine Kriegsbemalung bekommen. Dann tagt der Rat, und wir feiern das Herbstopfer.«

»Es muss herbeigetanzt werden«, sagte Tiina mit einem Zungenschnalzen.

Johanna erteilte weitere Befehle.

»Zuerst musst du die Schafherde hier zur Arbeit antreiben.

Wenn wir von der Jagd wiederkommen, muss der Erdkeller fertig sein.«

»Wir gehen heute jagen?«, fragte Tanja überrascht. Sie hatten doch genügend Wurst und Brot.

»Wenn wir kein Tierblut haben, muss eine von uns am Pfahl geopfert werden.«

Aune lachte kurz auf und verstummte wieder.

»Was ist denn das für ein neues Spiel?«

Johanna lächelte starr und unnachgiebig.

»Kein Blót ohne Blut.«

Vier Schwestern sahen sich fragend an. Hatte eine von ihnen verstanden, was Johanna damit meinte?

»Wir werden bestimmt ein Tier erlegen. Wenn nicht länger Bären, dann Elche. Sonst müssen die Kranken Blut spenden. Irgendeinen Nutzen müssen sie ja haben«, sagte Johanna.

»Laura ist von Nutzen, wenn sie gesund ist«, sagte Aune, ihre Schwester störrisch beschützend.

Johanna holte Gewehr und Rucksack, setzte sich auf die Veranda und zog die Stiefel an. Tanja tat es ihr nach.

Bald sahen Elga und Aune nur noch die Rücken ihrer Schwestern. Tanja zog ihren verletzten Fuß nach.

»Los, haut rein!«, feuerte Tiina sie an. »Ich reiche die Steine an, und Aune mauert. Und du, Elga, kümmerst dich – hopp, hopp! – um den Bau des Daches.«

Aune protestierte.

»Falls Simone irgendwo im Sterben liegt, werden wir es bereuen.«

Tiina winkte ab.

»Sie war schon lange verloren.«

*

In der Nacht vor dem Herbstopfer hatte es Simone auf der Säule so sehr gefroren, dass sie schlotterte. Langsam rutschte sie am Baum hinab und landete ausgestreckt auf den Fellen. Schnee fiel auf ihre heißen Wangen und ihren eiskalten Körper. Sie kroch um die Säule herum und grub im Schnee, suchte vergeblich nach dem Geschenk, sie hatten sie wie immer reingelegt. Entschlossen stand sie auf, versuchte zu gehen, aber ihre schwachen Beine gaben unter ihr nach. Sie aalte sich vorwärts und streckte sich aus, in die Richtung, in der das Moor lag.

Mutter rief vom Moor aus nach ihr; sie wollte ihrer Mutter entgegenkommen.

Wollte dem Sündennest mit diesen Bestien für immer den Rücken kehren, sich mit der reinen Kraft ihrer Mutter vereinen. Louhis Rufe verliehen ihren schwachen erfrorenen Handgelenken Kraft. Gaben ihr die Kraft zu ertragen, dass ihr Kopf vor Kälte schmerzte und ihr Haar so steif gefroren war, dass man es in Stücke brechen konnte.

Stoisch kroch sie weiter, in eine immer eisigere Kälte. Die lockende Stimme war immer klarer, immer lauter zu hören. *Ich komme, Mutter, ich bin ganz nahe.*

Schnee fiel herab, breitete eine Decke über die kalte Nacht dieses frühen Wintereinbruchs. Auf blutenden Knien war sie ans Ziel gekommen. Sie ließ los, fiel weich.

In Mutters Wärme.

Nach spätherbstlichen, sonnigen Tagen mit tiefen Schatten und hoher Luftfeuchtigkeit war der Schnee wieder geschmolzen. Fünf nackte Leiber wärmten sich am Lagerfeuer; Johanna mit offenem Haar und Fuchsschwanzrock. Das Feuer brannte ruhig und prächtig, mit der Zeit bildete sich Kohle, und die Glut war perfekt für die zwei frisch geschossenen Hasen. Mithilfe von Pinseln, die sie von Laura gemopst hatten, malten sie sich mit einer Mischung aus Hasenblut und Asche Muster aufs Gesicht. Tranken Bier mit Wodka als Stärkungstrunk in Vorbereitung auf den neu zu errichtenden Totempfahl. Lauras Schreie hallten von ihrem Lager herüber; ihre Bauchschmerzen schienen unerträglich zu sein. Elga klebte die Bärenzähne an. Johanna und Tanja hoben eine Grube aus und versenkten die Stützsteine darin.

Tiina schlang das Seil um den Pfahl.

»Ich, Johanna und Tanja richten ihn auf. Ihr stemmt euch von unten dagegen.«

Gebrüll. Knurren. Geschrei. Stöhnen.

Dann stand der Pfahl. Sie schlemmten und zechten, dass ihnen das Bier über die Brüste lief, sie hüpften und wirbelten umher, tanzten, stampften, boxten in die Luft, sie lachten und grölten, und Tiina sang mit kräftiger Stimme:

Blue moon of Kentucky keep on shining.

Tiina kannte nur die Refrains der Countrysongs und sang sie in Dauerschleife.

Da stieß Johanna einen durchdringenden Pfiff aus, und alle sahen auf und fragten sich, weshalb sie diesen herrlichen ekstatischen Moment zerstörte.

»Setzt euch vor mir in den Kreis, Stammesschwestern. Hört meine Verkündigung!«

Mit unbeirrter Miene stellte sie sich auf einen Baumstumpf, und wie immer wenn sie eine Ansprache hielt, drückte sie sich seltsam gewählt aus. Aus ihr sprach gleichsam eine fremde Stimme – in klaren Worten, noch nicht lallend, auch wenn man deutlich ihre Fahne roch:

»Wir wurden aus demselben blutigen Schoß geboren. In uns fließt starkes Bärenblut. Ich habe gesehn, wie ihr bei der Arbeit herumtrödelt und euch träge wie Halbtote bewegt. Ihr habt noch immer nicht den Ernst der Lage erkannt – doch, eine. Tanja hat es. Du darfst dich hierher neben mich setzen. Tiina, du beteiligst dich manchmal. Du hast die Kraft, setzt sie aber nicht richtig ein. Wenn du uns das nächste Mal bittest, dir zuzusehen, wie du Saltos zwischen den Baumstämmen schlägst, die du gefällt hast, wirst du die Peitsche spüren. Wir haben keine Zeit, um deinen Künsten Beifall zu zollen, verstanden?!

Ich habe bemerkt, dass einige von euch sich Männern angeboten haben; eure Körper sind gezeichnet. Vielleicht haben mehr von euch die Beine breit gemacht, als mir bewusst ist. Ich warne euch und wiederhole: Wir müssen als Einheit arbeiten wie ein einziger starker Körper. Eine weilt nicht mehr unter uns, aber sie war ein schwaches Glied. Dass die Hunde fort sind, ist schlimmer. Hoffen wir, dass sie nur eine Fährte verfolgen, Schutz in einer Grotte gesucht haben und nun auf dem Weg hierher sind.

Bald kommt der Winter. Fällt also Kiefern und Fichten. Hackt Holz. Trocknet Holzscheite. Sammelt Birkenrinde. Es gilt, Nahrung zu beschaffen und zu horten. Sieben … nein, sechs Mäuler gilt es zu stopfen. Das bedeutet harte Arbeit. Wir haben zwei Paar Stiefel. Zwei Winterjacken. Wir müssen uns beim Tragen abwechseln. Wir müssen einen Bären erlegen, bevor er sich in den Winterschlaf verabschiedet, vielleicht hat er das längst. Wir brauchen Fleisch von Schneehühnern und Birkhühnern und Fuchsschwänze für den Pelzhändler. Wir treffen uns mit ihm auf halber Strecke, bei der Grotte, am ersten Dezember. Behaltet also den ersten Dezember im Blick. Du, Elga, zählst die Tage, das ist deine Aufgabe. Er bringt uns Lebensmittel und Alkohol mit. Wir besitzen jetzt Salz, mit dem wir das Fleisch pökeln und trocknen können. Wer sich von euch wie ein Schlappschwanz aufführt, der wird bestraft.

Von nun an untersteht ihr meinem Befehl, sonst wird unser Stamm aussterben. Wenn wir uns auf andere Menschen einlassen, wird unser Stamm geschwächt. Wenn unser Vater dem Pelzhändler vertraut hat, müssen auch wir es … versuchen.

Wir sind zu Bärenjägern geboren, nicht zu Huren. Begreift das, ihr billigen Luder! Karnickel paaren sich, ihr nicht.«

Sie zeigte nacheinander mit dem Zeigefinger auf jede Einzelne und machte dann eine weit ausholende Armbewegung:

»Wir«, sagte sie und wiederholte: »*Wir!* Wir haben ein eigenes Reich erschaffen. Bis zum Frühjahr werden vier Totempfähle unseren Grund und Boden markieren. Hier herrschen wir, wild und in Sicherheit. Wir leben von unsrer Stärke und unsrer Wut. Unser großer Vater ist mit uns. Er ist in der Schneeflocke. Er blickt vom Mond herab. Er ist der Wind in unseren Haaren. Gibt uns das Fleisch, das unsere Mägen sättigt. Unser Vater glaubte nicht an Gott und Jesus und all das, was unsere Schwester verdorben hat. Aber ein Mal hat er direkt aus der Bibel zitiert:

Ich bin bei euch alle Tage bis ans Ende der Welt.«

Johanna nahm einen Schluck aus der Flasche mit dem gemischten Göttertrank und reichte sie herum. Sie erhob ihre Stimme:

»Sind wir ein Körper?«

»Jaaa!«

»Was meint ihr, werden wir mit dem Winter fertig?«

»Jaaa! Wir werden mit allem fertig!«

Früh brach die Dunkelheit herein. Ein großer Mond sah auf sie herab und beleuchtete sie mit seinem hellen Schein, während sie so dasaßen und zechten. Der Nebel war so dicht, dass die fünf am Lagerfeuer nicht bemerkten, dass eine magere, schmerzgebeugte Schattengestalt zum Feuer wankte. Blut rann Lauras Schenkel hinab, und ihr Unterleib stieß geronnene Blutklumpen aus; wimmernd brach sie am Feuer zusammen. Niemand bemerkte im Dunkeln, dass einer der Klumpen Ansätze von Zehen aufwies.

*

Aune wurde schlagartig nüchtern, als Laura vor ihnen zusammenbrach. Elga und sie versuchten Laura in die Hütte zu tragen, aber Laura bestand darauf, sich wieder in ihr Nest zu legen, sie wollte in Frieden gelassen werden, erlaubte nicht einmal, dass Aune sich neben sie setzte.

Aune spürte, wie etwas Schlimmes in ihr aufwallte. Sie bestieg den Hügel hinter Lauras Fichtennest und beugte sich schluchzend vor, ihr Körper schüttelte sich vor Krämpfen. Das Essen kam ihr wieder hoch. Sie keuchte, wischte sich mit etwas Schnee den Mund ab. Säure, Ekel. Im Licht der Dämmerung sah sie zu der verlassenen Säule, die für einige Wochen Simones Zuhause gewesen war. Ihr Blick wanderte zu den seltsamen Spuren am Fuß des Stammes; welches Tier hinterließ solche Spuren? Eine Hand, eine menschliche Fußspur. Auf die Suche gehen konnten sie jedoch erst, wenn es hell geworden war. Schläfrig blinzelte sie, kehrte zurück zu den anderen und ging schlafen. Eine Erinnerung überkam sie, wie Laura und sie, als sie noch klein war, am Bach gespielt und Tonfiguren geknetet hatten. Schweigend und konzentriert, stundenlang. Sie schlief ein, ihre Füße zuckten unruhig.

Simone!, war das Erste, woran sie dachte, als sie wach wurde und sich mit steifen Fingern und vor Kälte tauben Füßen auf den Fellen ausstreckte. *Laura, die Hunde, Simone*, lärmte es in ihrem schmerzenden Schädel. Steif und unbeholfen rappelte sie sich auf, erweckte die Glut pustend wieder zum Leben und legte Holzscheite nach. Zog sich an, stieg in Johannas Stiefel – die ihres Vaters –, als sie die schneeweißen Fichten hinter der mit Eisblumen bedeckten Fensterscheibe bemerkte. Zerrte an Elgas Arm, bis die Schwester schlaftrunken hochsah. *Laura,* flüsterte Aune ihr ins Ohr. Elga stand schwankend auf, fror so sehr, dass sie zitterte. Draußen sanken sie in weichen Neuschnee ein, der ihnen bis über die Knie reichte. In ihrem Fichtennest lag Laura reglos auf ihrem Lager; Elga und Aune trugen sie in die warme Hütte, hüllten sie in Bärenfelle ein. Immerhin atmete sie. Die anderen schliefen immer noch tief und schnarchten besoffen.

Aune befühlte Lauras heiße Stirn und ihre eigene, die nach ihrem Gelage fast ebenso heiß war. Ihr wurde übel bei dem Gedanken an die von Lauras Körper ausgestoßenen blutigen Fötusreste. Dann fiel ihr ein, was ihre Schwestern nach dem Vorfall gesagt hatten. Jedes einzelne Wort, das dort am Feuer gefallen war, war in ihre Erinnerung eingebrannt.

Johanna, die sagte:

»Gut, dass sich das von selbst geregelt hat. So mussten wir uns nicht darum kümmern.«

Tiina, die sagte:

»Begreift ihr überhaupt, was Laura geschehen ist?«

Johanna, die sagte:

»Noch nicht mal hier sind wir vor Schwänzen in Sicherheit. Wir müssen uns bewaffnen.«

Elga legte sich wieder schlafen. Aune aber kam nicht zur Ruhe – sie konnte nicht anders, sie musste sich auf die Suche machen. Während der Nacht hatte es weitergeschneit, aber die Spuren im Schnee an Simones Baumsäule waren noch zu sehen. Aune folgte der Spur, die zum Moor führte. Der Wald schwieg wie erstarrt. Sie stapfte durch den Schnee, zum Glück trug sie die Lederstiefel, auch wenn sie ihr mehrere Nummern zu groß waren. In einiger Entfernung leuchtete dort am Waldrand etwas im Schnee. Sie hielt inne – es war ein roter Haarschopf. Im Schnee dauerte jeder Schritt länger. Sie rief den Namen ihrer Schwester. Es blieb still. Jetzt waren es nur noch ein paar Meter; ihr Herz raste. Als sie das Bündel erreicht hatte, fiel sie neben Simone auf die Knie, zog sie in ihre Arme, schlug ihr kräftig auf die Wangen. Legte ihre magere, leblose Schwester wieder neben sich, versuchte ihr Herz zum Schlagen zu bringen, indem sie es massierte, aber man kann die bereits Toten nicht mehr wecken. Innerlich heulte sie auf, als sie eine Hand auf das erstarrte Herz der Schwester legte. Simones Messer nahm sie an sich; die dünne, verschlissene Kleidung dagegen war nicht mehr zu gebrauchen. In ihrer Tasche fand Aune eine zusammengerollte Plastikmappe mit einem Stoß Papiere darin. Sie zog ein Blatt heraus; es war dicht mit Tinte beschrieben. Hatte Simone etwa schreiben können? Aune schaute die letzte Seite an. Erstaunt erkannte sie den Namen: *Louhi Leskinen*.

Aune lief den Weg, den sie sich gebahnt hatte, zurück, die Plastikmappe ans Herz gedrückt, stapfte, so schnell sie konnte, vorwärts, Rotz lief ihr aus der Nase, sie fiel hin, stand wieder auf, fiel wieder hin. Trampelte in die Hütte:

»Wacht auf, wacht alle auf! Simone!«

Johanna erwiderte grantig:

»Und, was hat die Irre jetzt wieder angestellt?«

Aune stampfte mit dem Fuß auf. Die Lage war ernst.

»Schnell, es fängt an zu schneien. Beeilt euch!«

Aune trat nervös auf dem Treppenstein auf der Stelle, während die anderen sich fertig machten. Tanja zog das andere Paar Stiefel an. Johanna suchte mürrisch nach ihrem.

»Ich habe sie«, sagte Aune. »Ich zeig euch den Weg.«

Johanna stieg zähneknirschend in ihre zerfledderten Turnschuhe, Tiina ging barfuß, Elga in Lauras misslungenen Holzschuhen.

»Folgt von der Säule aus der Spur«, sagte Aune. »Geht zum Moor. Dort liegt sie.«

Es schneite heftig, die Fichten bogen sich bereits unter der weißen Last. Ein eisiger Wind biss ihnen in die Wangen. Wie konnte die Strecke zum Moor sich so unendlich lange hinziehen? Aune ging voran und verbreiterte die Spur. Die Schwestern blieben im Schnee stecken, fielen hin und fluchten, bis sie das Moor erreichten. Sie stampften an der Stelle umher, wo Aune den Leichnam gefunden hatte. Fürchteten, versehentlich auf Simone zu treten.

»Sie soll hier liegen. Neben der Zwergbirke. Ich habe eine Grube ausgehoben.«

Sie suchten den ganzen Umkreis um die Birke ab.

Der Atem stand ihnen in Wolken vorm Mund. Ihre Haare waren starr vor Frost. Sie suchten vergebens.

Johanna fror so stark, dass sie schlotterte, und sah Aune misstrauisch an.

»War es wirklich hier? Verdammt. Meine Füße sind blau gefroren.«

»Wir müssen zurück, sonst erfrieren wir auch noch«, sagte Tanja.

Johanna begann heimwärts zu stapfen, zur warmen Hütte.

»Wir suchen morgen weiter.«

Als der Abend dämmerte, saßen sie eng zusammengekauert um die Feuerstelle im Haus. Der Wind pfiff, zerrte an der Tür, Schnee peitschte gegen das Fenster.

Keine von ihnen hatte bislang das Wort »tot« ausgesprochen. Keine von ihnen würde dieses Wort in den Mund nehmen. Sie mussten Simone nach Hause holen, so drückten sie es aus.

Eine weitere ruhelose Nacht folgte. Untergangsstimmung erfasste sie, ein Gefühl, als hätten unkontrollierbare Mächte das Kommando übernommen. Die Hunde waren immer noch nicht zurück. Ein weiterer kalter, stiller grauer Morgen schloss sich an. Noch nicht einmal Kaffee konnte sie aufmuntern. Die innere Unruhe ließ sich nur dadurch stillen, dass sie ein weiteres Mal dem zugeschneiten Pfad zum Moor folgten. Aune und Elga bibberten, als sie davonstapften, um nach dem verschwundenen Leichnam zu suchen. Wieder liefen sie um die Zwergbirke, bis sie verzweifelt einsehen mussten, dass sie warten müssten, bis es taute, um Simone zu finden. Ihre Füße waren taub vor Kälte. Inzwischen schneite es nicht mehr so stark, nur noch ein paar zarte, stille Flocken rieselten herab und glitzerten im schwachen Sonnenlicht. Elga legte sich ihr Bärenfell über die Schultern.

Schweigend gingen sie zum See. Hatten sich immer noch nicht ganz von ihrem Zechgelage erholt, und noch immer nagten Simones Tod und Johannas Ungerührtheit gegenüber ihrer verunglückten Schwester an ihnen beiden. Aune blieb stehen und zog das Fell auf ihren Schultern zurecht.

»Wir werden ihre Leiche im Frühjahr finden ... wenn sie nicht vorher der Wolf findet. Vielleicht hat er sie schon ... Ich habe keinen Schimmer, wie wir in dieser Kleidung fischen gehen sollen. Ob es uns überhaupt glückt, mit Säge und Bohrer ein Loch ins Eis zu machen. Wir können ja nicht die ganze Zeit auf der Stelle hüpfen und mit den Armen wedeln, um die Wärme zu halten.«

»Das ist Johannas Rache«, sagte Elga.

Aune nickte.

»Kaum dachte ich, der Opfertanz hätte sie etwas sanfter gestimmt, setzt es von ihr ’nen ordentlichen Kinnhaken.«

»Wie sollen wir sie respektieren können?«, sagte Elga. »Begreift sie denn gar nicht, wie armselig sie ist? Merkt sie nicht, dass wir hinter ihrem Rücken über sie lachen?«

»In ihrer Blindheit glaubt sie, dass sie uns rettet«, sagte Aune.

Elga blieb stehen und schwenkte zu ihrer Schwester herum.

»Jeden Tag denke ich daran abzuhauen. Wenn ich hierbleibe, werde ich untergehen wie Simone. Aber wohin soll ich gehen? In unser verfallenes Elternhaus? In die Stadt, wo man mich als armes Würstchen betrachten würde?«

Aune seufzte. Ihr fiel nichts Gescheites darauf ein. Nachdem sie keuchend den Wald hinter sich gelassen hatten und einige Hundert Meter entfernt den See sahen, sagte Aune:

»Kann ich dir vertrauen?«

»Weshalb fragst du?«

»Johanna schürt die Konkurrenz zwischen uns. Sie legt es darauf an, dass wir am Ende um ihre Gunst buhlen werden.«

»Du kennst mich doch«, sagte Elga.

»Schon, aber wenn sie dich sonst quält und hungern lässt?«

»Okay. Du kannst mir vertrauen«, versicherte ihr Elga.

Aune sah ihre Schwester an, sah ihr fest in den Augen.

»Schwör's.«

Elga legte sich die Hand aufs Herz.

»Dann möchte ich, dass du mir vorliest.«

»Hast du etwa ein Buch mitgebracht?« Elga strahlte. *Don Quichotte*, das sie vom Markt mitgenommen hatte, war noch zu schwer zu lesen.

»Ein Tagebuch, das Simone dicht an ihrem Herzen verwahrt hat.«

»Konnte sie etwa schreiben!?«

»Nein, aber Mutter konnte es. Jedenfalls, wenn ich den Text richtig verstanden habe. Das bisschen, das ich lesen konnte.«

»Mutter!«

Elga hielt inne; ihre Gesichtszüge verhärteten sich, ihr Mund wurde zu einem dünnen Strich.

»Wir müssen es drinnen lesen, aber wo?«, fragte Aune.

»Heute Abend schleichen wir uns davon. Wenn die anderen zu Hause sind, können wir die Winterkleider nehmen«, sagte Elga.

»Wir brauchen einen Grund. Wir dürfen ja nicht das Gewehr leihen.«

»Uns fällt schon etwas ein. Jetzt lass uns zum See laufen. Wir müssen wieder warm werden.«

Frierend, mit klappernden Zähnen standen sie am Ufer und hielten die Angelschnüre in die Löcher, die sie schon einmal ausgesägt hatten; die Eisschicht darauf war dünn und leicht zu entfernen.

Elga starrte in die Tiefe.

»Nun beißt schon an, ihr Saiblinge, bitte, beißt an.«

»Siehst du den Baum da drüben?«, fragte Aune.

»Der Baum, der so dicht gewachsen ist?«

»Da verstecken wir uns drunter und lesen gleich das Tagebuch. Ich will nicht bis heute Abend warten. Aber zuerst muss ein Fisch anbeißen. Wir dürfen unsre sechs hungrigen Mäuler nicht vergessen«, sagte Aune.

Elga hüpfte auf der Stelle, schlang die Arme um den Oberkörper. Schüttelte die Finger.

»Guck mal. Meine Hand ist ganz lila. Sie hat kaum noch 'nen Funken Gefühl in sich.«

Aune predigte: »Denk an die Sauna. Stell dir vor, du sitzt in der Sauna. Dein Körper ist warm und entspannt. Dir rinnt der Schweiß herunter. Deine Beine sind von der Hitze gerötet.«

»Beiß schon an, Barsch. Beiß an, Saibling. Nur ein paar Happen für jede. Da, eine Forelle, beiß an, bitte!«

Es begann wieder große Flocken zu schneien. Sie suchten Schutz unter der Fichte. Dachten an Laura, als sie sich auf ein Bärenfell setzten und sich das andere um die Schultern legten. Sie zogen die Turnschuhe aus und massierten ihre Füße, pusteten sie warm. Pusteten die Hände warm.

»Es geht nicht anders«, sagte Elga plötzlich, kroch unter dem Baum hervor und pinkelte auf ihre Hände. Der Schnee – gelb. Der Hintern – kalt.

Aune zog die Nase kraus.

»Bäh, jetzt stinkt's hier nach Pisse, während wir lesen.«

»Aber ich muss ja das Blatt halten können.«

Elga nahm die erste Seite des Blätterstapels in die Hand, die eigentlich die letzte des Tagebuchs war. Die Seiten schienen aus dem Zusammenhang gerissen zu sein, nicht chronologisch geordnet. Elga räusperte sich, starrte auf die feinsäuberliche Handschrift. Kniff die Lippen zusammen und runzelte die Stirn.

»Ich glaube nicht, dass wir das lesen sollten.«

»Doch, bitte, lies!«

Die Kinder sind in den Wald gezogen. Sie hören nicht mehr auf mich. Um mich herum ist alles trostlos und verfallen. Ich muss schreiben. Meine sieben Töchter sind wie ein einziger eisenharter Körper, er macht mir Angst. Ständig ist er in Bewegung, tritt mit harten Knien um sich, fuchtelt mit vierzehn Händen, grätscht mit vierzehn Füßen. Sieben Augenpaare sehen mich verächtlich an. Brüllend, schreiend, grölend ringen sie miteinander im Morast. Blut fließt, geronnenes Blut klebt ihnen auf der Stirn. Die Zweige und Blätter eines halben Baumes sitzen in ihren zottigen Mähnen. Eines schönen Tages wird ein Unglück geschehen, und eine von ihnen wird umkommen.

Jeden Tag prügeln sie sich gegenseitig fast zu Tode. Sie scheinen kaum Schmerzen zu empfinden. Keine Sekunde lang sitzen sie still, bis auf Laura, die alles beklemmend langsam und träge macht. Ihre wässrigen Augen, ihr entrückter Blick flößen mir Unbehagen ein; alles an ihr ist nach innen gekehrt, sie sitzt mit Papier und Stift da und zeichnet oder schustert aus Fichtenzapfen und Stöckchen irgendwelche verdrehten Wesen zusammen. Niemand dringt zu dem Kind durch. Sie scheint gar nicht wahrzunehmen, was um sie herum geschieht.

Warum hat sich Heikki nur ausgerechnet an mich herangemacht? Weshalb haben wir sieben Kinder bekommen? Er hegte nicht einen Funken Liebe für mich, noch nicht mal bei unserer ersten Begegnung beim Scheunentanz. Dafür, dass er so schwergewichtig und betrunken war, tanzte er erstaunlich gut. Ich fühlte mich zu ihm hingezogen und bemerkte, wie andere Frauen mit geröteten Wangen über ihn, den Bärenjäger, tuschelten. Seht euch dieses Mannsbild an. Was für ein Kerl! Ein einziges Getuschel. Was will dieser stattliche Mann nur mit dieser grauen Maus?

Ja, weshalb wollte er nur mit mir tanzen? Wir landeten im Wald. Ich erinnere mich heute noch daran, wie mir durch den Kopf schoss, dass sein Körper und sein pochendes Glied mein Ende sein würden, das Ende meines kurzen Lebens. Ich erinnere mich daran, wie ich nach Luft schnappte. An das Gewicht auf meiner Brust. Wie eine Zunge von der Größe eines Sonntagsbratens meinen Mund verschloss. Danach stieg er von mir herunter, zog seine Hose hoch, lallte »vielen Dank«, während er an seinem Gürtel herumfummelte, und torkelte durch den Wald nach Hause, ließ mich an dem Ort liegen, wo er mich hingelegt hatte.

Mein Bauch schwoll an, etwas Lebendiges darin versetzte mir heftige Tritte. Heraus kam erstaunlicherweise ein Mädchen. Heikki und ich heirateten nicht, blieben aber zusammen. Er hing an dem Säugling. Sie war es, die er wahrnahm, sie, die er in den Arm nahm. Sieht deinem Vater verdammt ähnlich, gluckste er. Mein zweiter Name lautet Juhani, und sie soll Johanna heißen.

Heikki besaß keinen Pfennig, aber einen heruntergekommenen Bauernhof mit einer Scheune, ein paar vernachlässigte Milchkühe und ein kleines Roggenfeld. Ich zog zu ihm. Die Arbeitstage waren lang. Während Heikki auf der Jagd war, versorgte ich die Kinder und kümmerte mich um den Hof. Veikko war der einzige Mensch, der mir nahestand, aber er konnte natürlich nicht die Aufgaben seiner erwachsenen Schwester übernehmen. Mein Bruder war wie ein Vater für mich gewesen. Hatte mir Lesen und Schreiben beigebracht. Aber das musst du für dich behalten, sonst bring ich dich um, hatte Heikki gesagt.

Du musst die Mädchen kurzhalten; sie sind große Wildfänge. Das ist deine Aufgabe, während ich das Fleisch nach Hause schaffe.

Mit Johanna sprach er wie mit einer Ebenbürtigen, ich dagegen war für ihn unsichtbar wie der Morgennebel über den Feldern an einem feuchten Augustmorgen. Dennoch wollte er sich ständig in mich ergießen. Jedes Mal wenn er nach einer Woche aus dem Wald zurückkehrte, einen frisch erlegten Bären im Schlepptau, dann war es wieder so weit. Dann war er besonders brünstig. Sein Blick intensiv. So ist es also, wenn man mit einem kaltblütigen Reptil Beischlaf hat, dachte ich. Und es geschah immer, nachdem er eine Stunde in der Sauna gesessen und an die zwanzig Porter getrunken hatte. Ich glaube, mein Gesicht, mein Atem hat ihn angewidert. Ich konnte nicht begreifen, weshalb er sich nicht einfach ins Moos ergoss. Weshalb packte er mich am Hals und drückte mich gegen die Wand oder auf den Küchentisch, presste meinen Kopf auf die Tischplatte und nahm meinen Hintern. Beim ersten Mal schrie ich wegen des bohrenden Schmerzes auf, aber nicht beim zweiten Mal. Baby Johanna schrie wie am Spieß, wenn ich schrie, bis er seine nach Blut riechende riesige Hand auf meinen Mund presste. Wenn er mit einem Brüllen kam, gab Johanna keinen Mucks von sich. Als wüsste sie, dass das eine andere Art von Schrei war.

Elga seufzte, faltete das Papier, steckte es sich zum Schutz vor Feuchtigkeit an die Brust. Aune schwieg niedergeschlagen.

»In meinen Füßen ist kaum noch Leben. Lass uns nach Hause gehen.«

Sie gingen langsam, schweigend. Der Barsch und der Saibling baumelten vom Stock. Ob es für sechs reichen würde?

Es dämmerte bereits, als sie hinkend das letzte Wegstück zurücklegten; die Mondsichel stand schon am Himmel. Vor der Hütte häuteten Johanna und Tanja gerade einen Hasen. Tiina ästete einen Fichtenstamm ab und strahlte, als sie die Maschine in die Hand nehmen und einen Motor anschmeißen konnte.

»Zwei mickrige Fischchen. Typisch für euch. Bäh, wie ihr stinkt«, schrie Johanna wütend.

»Ihr seid ja ganz rot im Gesicht. Habt ihr euch einen runtergeholt oder was?«, sagte Tiina.

»Wir sind nicht so lüstern wie du«, erwiderte Elga matt.

Elga und Aune wuschen sich mit Schnee den Fischgeruch von den Händen. Dann gingen sie in die Hütte und schlangen frierend ihre Bärenfelle um sich. Elga hätte beinahe ihren blau gefrorenen Finger ins offene Feuer gehalten. Der Hunger. Dieser Hunger. Sie starrten vor sich hin, während die Worte ihrer Mutter ihnen im Kopf herumschwirrten. Schließlich erklang Johannas lauter Pfiff: Der Hase war durchgebraten.

*

Als Elga und Aune sich mit geschulterten Angelruten zum See aufmachten, schien die Sonne. Verrückt vor Hunger waren sie nicht mehr, und sie hatten die ganze Nacht tief und fest geschlafen. Der Hase hatte für mehrere Happen gereicht, und die Fische hatten zusätzlich gesättigt. Tanja hatte Roggenbrötchen gebacken, die dem Magen und der Laune gutgetan hatten. Die Lebensmittel, die sie vom Markt mitgebracht hatten, würden noch für einen weiteren Teig reichen. Bis zum Wintermarkt galt es jedoch, sparsam zu haushalten.

Der Schnee war hart gefroren, was das Vorwärtskommen weiter erschwerte. Nach ein paar Schritten auf der harten Kruste konnten sie plötzlich tief einsinken, sodass die Schuhe stecken blieben.

Kaum hatten sie den See erreicht, setzten sie sich unter die Fichte. Elga holte die Bogen hervor, atmete tief ein und las.

Als die Zwillinge auf die Welt kamen, wurde Johanna böse, besaß sie doch das Exklusivrecht auf meine Brüste und meinen Schoß. Wenn die Kinder schliefen, stopfte Heikki mir sein Glied in den Mund. Meine Mundhöhle war klein, und ich musste würgen. Hätte Heikki seinen Schwanz nicht dorthin gelenkt, hätte ich noch mehr Kinder empfangen. Er schien meinen Eisprung regelrecht zu wittern, oder aber der Teufel war schuld daran, dass ausgerechnet dann, wenn er von der Jagd nach Hause kam, ein Ei in mir freigesetzt wurde. Nachdem er Bären getötet hatte, war er besonders geil und sein Samen besonders fruchtbar. Heikki gab den Zwillingen die Namen Tanja und Aune. So hatten die beiden Rotschöpfe geheißen, mit denen er es als junger Bursche getrieben hatte.

Während ich mich um die Säuglinge und die ungestüme Johanna kümmerte, um die Kühe und das Feld, war er wochenlang fort. Ich war nur noch Haut und Knochen und gewiss hässlich wie die Nacht. Heikki hatte mir verboten, Spiegel anzuschaffen. Jedes Mal wenn ich seine schweren Schritte auf der Treppe hörte, hörte, wie er das Gewehr weghängte, erstarrte ich zu Eis. Es kam, wie es kommen musste. Ich gebar ein weiteres Gör mit einem Schlitz zwischen den Schenkeln. Er nahm das Kind in seine Pranken und hob es hoch über seinen Kopf. Bald hab ich einen ganzen Harem, schrie er und lachte so polternd, dass die Bierflaschen auf der Spüle klirrten.

Elga hielt inne. Ihre Hände zitterten, nicht nur vor Kälte.

»Ich glaube, wir müssen jetzt erst einmal fischen gehen, damit wir noch etwas Anglerglück haben, bevor es dunkel wird.«

»Nein, lies weiter!«, bat Aune begierig.

Dann lag ich wieder mit auf das Doppelte angeschwollenem Bauch da. Zuvor hatte ich mehrere Fehlgeburten gehabt. Ich nahm sie als ein Geschenk Gottes – bis auf ein Mal: Ich brachte einen leblosen Jungen zur Welt und bekam vierzig Grad Fieber.

Allein mit dem toten Kind und völlig untröstlich, rief ich einen Rettungswagen. Als Heikki davon erfuhr, der jagen war, rastete er aus. Von den Behörden erfasst! Verdammte Verräterin!

Möge ich das nächste Mal einen lebenden Jungen zur Welt bringen, dachte ich immer, wenn mein Leib wuchs. Ein Junge würde es wagen, mich gernzuhaben, und mir bei der Arbeit auf dem Hof helfen. Ein Sohn würde nicht so verächtlich mit mir sprechen. Aber vielleicht irre ich mich da auch.

Meine Töchter wollen mir Böses. Sehen mich mit kaltem Blick an und saugen mich aus, während sie Heikki freudig brabbelnd anstrahlen. Ihm wollen sie nahe sein, wollen auf seinem Schoß sitzen, mit seinem Wesen verschmelzen. Zugleich setzt er mich durch Worte herab, sodass die Kinder mich mit Abscheu betrachten. Je älter sie werden, umso mehr Angst entwickeln sie – Angst, so wie ihre Mutter zu werden. Ihre Rettung ist der Schoß ihres Vaters.

»Hier steht ein neues Datum«, sagte Elga. »Es ist lange her.«

Ich gebar wieder Zwillinge. Als ich sah, welches Geschlecht die Kinder hatten, ging eine Welt für mich unter, und meine letzte Lebenskraft versiegte. Eines der Kinder trat mich nachts in den Rücken und besaß eine rohe Kraft in den Händen. Das andere war schwächlich und weinerlich; hielt sich den Bauch.

Jäh faltete Elga den Bogen zusammen und steckte ihn unter den Pulli.

»Bald wird mein Name fallen. Lass uns zurückgehen.«

Wie lange dauert es, bis ein Mensch verhungert? Verhungern geht natürlich viel schneller als erfrieren. Kälte ist nicht das Schlimmste – Hunger dagegen macht einen benommen und unselig. Hunger deformiert. Jetzt, da ich diese Zeilen über den ersten verhängnisvollen Winter der Schwestern in Freiheit verfasse, herrscht draußen vor meinem Fenster Schneetreiben. Für morgen sind dreißig Grad minus vorhergesagt. Die Städter sorgen sich um die Höhe der Heizkosten, die Alten erinnern sich an den Temperaturrekord von fünfzig Grad minus in den Kriegswintern.

Der Kürschner Onni Kvarnholm konnte sich nicht in der Stadt zeigen, ohne dass die Leute ihn nach dem genauen Wohnort der Schwestern fragten und wie sie diesen harten Winter in der Wildnis überstünden. Lang und breit wurde über die Nachkommen des Bärenjägers getratscht; sie hatten auf dem Herbstmarkt einen unauslöschlichen Eindruck hinterlassen. Man glaubte Onni nicht, wenn er versicherte, er kenne den genauen Aufenthaltsort der Leskinen-Mädchen nicht, nur dass er etwa hundertfünfzig Kilometer in Richtung Grenze liege. Diese Mädchen überstehen den Winter, antwortete er den Neugierigen, die Älteste sei immerhin eine äußerst tüchtige Jägerin, wie einst ihr berühmter Vater. Doch in Wirklichkeit machte sich Onni ihretwegen durchaus Sorgen. Genügend Trinkwasser müssten sie haben, so viel, wie es in den Wäldern geschneit hatte, und den einen oder anderen Vogel würden sie auch erlegen können, aber würden sie rechtzeitig bis zum Wintermarkt ihre Handelsware zusammenbekommen? Pelztiere suchten bei extremer Kälte Schutz. Nicht einmal so hartgesottenen Naturen wie den Schwestern konnte bei vierzig Grad minus noch Jagdglück beschert sein.

Vergeblich rief Onni Kvarnholm sie an. Er konnte nur hoffen, dass sie wie vereinbart am ersten Dezember zur Grotte kommen würden. Aber sie hatten doch beschlossen, zu telefonieren und Pläne zu schmieden, sich darüber auszutauschen, welche Waren sie das nächste Mal liefern könnten. Ihr Handyakku musste leer sein, und sie wussten vielleicht nicht, wie sie die Powerbank, die er ihnen mitgegeben hatte, gebrauchen sollten.

Am ersten Dezember wartete er in einer Montur wie ein Polarforscher vergebens in der Grotte. Etwas war den Mädchen zugestoßen, das spürte er. Bei dieser Kälte würde er keinen Suchtrupp zusammenbekommen. Nicht einmal die Kühnsten würden es bis zur Hütte schaffen.

Am zweiten Dezember meldete sich ein besorgter Onni Kvarnholm bei einem guten Freund, der Drohnen besaß, auch größere. Der fand, dass das, was Onni da vorschlug, nach einem Abenteuer klänge – man stelle sich vor, er wäre daran beteiligt, die berühmt-berüchtigten Leskinen-Mädchen zu finden! Zuerst wollten sie so weit wie möglich mit dem Scooter in die Wildnis fahren und dann von irgendwo dort die Drohne steigen lassen. Es wurde eine gefährliche Fahrt durch die knarrende, knirschende gefrorene Landschaft.

Auf dem Bild der Drohne ließ sich eine kleine Hütte in der Einöde mit einem Nebengebäude in der Nähe eines Sees und eines großen Moores erkennen, zehn, zwanzig Kilometer südlich des Trollberges. Kein Rauch stieg aus dem Schornstein, und Onni Kvarnholm setzte einen Notruf ab, woraufhin ein Hubschrauber losflog, um die Schwestern zu retten.

Der Pilot teilte mit, dass sich zwei Sanitäter zur Hütte abgeseilt hätten, die bis oben hin eingeschneit gewesen sei. Eine Schneeschaufel sei heruntergelassen und die Tür zur Hütte frei geschaufelt worden. Drinnen, in der sauerstoffarmen Luft, hätte ein Trümmerhaufen benommener menschlicher Gestalten gelegen; sechs eng miteinander verschlungene Frauen, ihre letzte Körperwärme miteinander teilend.

Die Frau mit dem langen Zopf und den kniehohen Lederstiefeln hätten sie sofort wieder zum Leben erwecken können; sie hustete sich die Seele aus dem Leib, ein deutliches Anzeichen für eine Lungenentzündung. Vier der Frauen hätten ein ziemliches Gewicht gehabt, obwohl sie bis auf die Knochen abgemagert seien. Zwei Frauen seien so leicht wie Ahornblätter gewesen.

Der Helikopterflug durch das Schneegestöber bei dreißig Grad minus sei riskant gewesen. Nachdem die Frau mit den Stiefeln Nahrung zu sich genommen habe und wieder munter geworden sei, habe sie wie der Teufel höchstpersönlich gefaucht und die Sanitäter in die Hände gebissen. Ihre Zähne in sie geschlagen wie ein tollwütiger Hund.

DIE STADT

Dreizehntes Kapitel

Was geschieht nach einer Katastrophe? Wie kann ein Wiederaufbau aussehen? Wo setzt man an, wenn alles in Trümmern liegt; wenn der Stamm verwundet ist und ihr Oberhaupt hinter Schloss und Riegel sitzt? Zum ersten Mal erlebten die Schwestern Tage, in denen sie völlig voneinander isoliert waren. Für die einen herrlich, für die anderen schrecklich.

Es bildeten sich zwei Lager heraus wie in einem geteilten Land nach einem Bürgerkrieg. Auf Dauer lässt es sich offenbar nicht zusammenleben, wenn derart konträre Auffassungen darüber existieren, wie sich Freiheit und Selbstständigkeit definieren und worin eine sinnvolle Art der Beschäftigung besteht.

Die Sozial- und Gesundheitsbehörden bekamen jedenfalls ordentlich zu tun, da in den behördlichen Registern kaum Informationen über die Schwestern und ihre Eltern vorlagen.

Die Mädchen waren so arm dran, dass die Behörden annahmen, es sei ein Leichtes, sie von den Vorteilen der Zivilisation zu überzeugen und vollwertige Mitbürger – und Steuerzahler – aus ihnen zu machen.

Das sollte sich als Trugschluss herausstellen.

Weiß, weiß, nichts als weiß. War sie etwa in einer Schneehöhle? Nein, in einem weiß gestrichenen Zimmer mit einem Fenster, draußen war es finster. Eigenartige Piepgeräusche kamen von einem Apparat neben ihrem Bett. Auf einem Tischchen stand ein Glas Wasser. Laura setzte sich auf, löschte ihren Durst. Bewegte Arme und Beine. Legte sich eine Hand auf den Bauch. Seltsam, die schlimmen Schmerzen waren weg. Aber weshalb steckte eine Nadel in ihrem Handrücken? Wer hatte sie in dieses himmlische Bett gelegt? Sie hatte noch nie in einem eigenen Bett mit Laken, Bettbezug und Kissen gelegen. Doch, ein Mal – bei Onkel Veikko, als Kind. Die sauberen Betttücher unter den Beinen, eingemummelt in die Decke, was für ein schönes Gefühl das war!

Die Wärme machte sie benommen. Ihr fielen wieder die Bauchkrämpfe ein, unter denen sie in ihrem Fichtennest gelitten hatte – höllische Schmerzen hatten ihren Unterleib zerrissen, sodass ihr nichts anderes übrig geblieben war, als hinaus zu ihren Schwestern zu gehen. Wie sie neben dem Herbstopfer zusammengebrochen war und ihr Körper blutige Klumpen abgesondert hatte.

Blitzlichtartig kamen Laura Szenen aus der Wildnis in den Sinn. War das wirklich geschehen oder waren es nur Fieberphantasien? Kurze, harte, teils ruckelige Bilder:

Ein gesägtes Loch in der Eisdecke. Eine Angel. Frieren, schreckliches Frieren. Keine Handschuhe. Keine Mütze. Das Gesicht eine steif gefrorene Maske. Kein Fisch. Hunger.

Sie erinnerte sich an Johannas bellenden Husten, als sie mit rot gefrorenen Händen und vollem Magazin nach Hause stapfte. Daran, dass selbst Tiina wie jedes Lebenswillens beraubt vor dem Feuer gesessen hatte. Die Fallen waren leer geblieben. Die Tiere hielten sich versteckt und versuchten, so gut es ging, die Wärme zu halten.

Das ist wirklich das schlechteste Schneehuhnjahr aller Zeiten. Das hatte Johanna immer wieder gesagt, begleitet von rasselndem Husten. Nun war Laura gedanklich wieder mittendrin, wieder in der Klause:

Endloser Schneefall. Zugefrorene Nasenlöcher, als sie in ihrem Fichtennest lag. Wie Elga und Aune sie eines Nachts in die warme Hütte getragen, sie auf ein warmes Fell gebettet hatten. Sie hasste es, den Körpern ihrer Schwestern so nahe zu sein, aber in jenem Moment war sie dankbar für ihre warmen Atemzüge gewesen. *Die Hunde … Wo sind die Hunde? Wo ist Simone?* Laura fiel wieder ein, dass sie eingeschlafen war, bevor die Antwort gefallen war. Sie erinnerte sich an die Tage ewigen Hungers, wie sie alle wie erstarrt dagesessen hatten. Den Hunger gelindert hatten, indem sie heißes Wasser tranken.

Das Dörrfleisch, die Würste, die Chips … Nichts war mehr übrig gewesen. Kein Wodka, die Zigarettenstangen nur eine schöne Erinnerung. Sie erinnerte sich an Aune, die in Vaters Stiefeln in den Wald gegangen war, um Hängeflechten für eine Suppe zu sammeln. Sie war ekelerregend, wärmte jedoch und linderte ihren schreienden Hunger. An Tanja, die sich in dem bis zur Taille reichenden Schnee einen Weg zum Werkzeugschuppen gegraben hatte, um Feuerholz hereinzuholen.

Ein rosa schimmernder Abendhimmel über einer bläulichen Schneedecke. Der Abend war kalt gewesen. Die Nacht noch kälter. Der Morgen am kältesten. Sie hatten die Bärenfelle nebeneinandergelegt und sich in der Hütte Körper an Körper gewärmt. *Ruf Onni an*, sagte Tanja. *Wir brauchen Hilfe*, sagte Tiina. *Das Telefon ist tot*, sagte Johanna. *Gib's mir*, sagte Elga. Doch nicht einmal Elga konnte es wieder zum Leben erwecken.

Ob ich bald so tot sein werde wie Vater, Mutter und das Telefon? Diese Frage ging Laura in jenen ohnmächtigen Stunden durch den Kopf. Entkräftet war sie in einen Dämmerzustand geglitten. Wurde von Johannas schrecklichen Lauten wach, die im Fieber schlotternd auf der Pritsche des Vaters lag.

In der weiten Ferne heulten die Wölfe und riefen ihre abenteuerlustige Brut heim. Nur Laura konnte sie hören.

Zwei Frauen in grün-weißer Kleidung kamen herein. Laura guckte und schloss gleich wieder die Augen. Was wollten diese Fremden von ihr? Weshalb war sie hier? Waren ihre Geschwister und sie etwa alle gefangen genommen worden und in der Hölle gelandet, vor der Johanna sie so eindringlich gewarnt hatte? Bis auf den Tierfilmer hatte sie seit ihrem Weggang vom Hof im Mai keinen anderen Menschen mehr gesehen.

»Wie geht es dir?«

»Ich weiß nicht«, sagte Laura den Grün-Weißen.

»Tut dir etwas weh?«, fragte die Krankenschwester.

»Die Schmerzen sind weg«, sagte Laura. »Wo bin ich?«

»Du bist im Krankenhaus. Dein Zustand ist nicht länger kritisch.«

Laura guckte auf das Namensschild der Schwester; die verschwommenen Buchstaben.

»Ein guter Freund von euch, Onni Kvarnholm, hat uns eure Namen verraten. Bist du Simone?«

»Nein, ich bin Laura. Laura Leskinen. Jemand hat eine Nadel in meine Hand gestochen.«

»Du bekommst einen Tropf mit Nährmittellösung. Du musst leider noch hierbleiben, bis deine Werte wieder in Ordnung sind.«

»Ich werde also wieder gesund?«

»Das wirst du. Wir haben sämtliche Rückstände nach deiner Fehlgeburt entfernt. Du bekommst Schmerzmittel und Antibiotika gegen die Infektion.«

»Wo sind die anderen?«

»Einen Moment, ich muss nachfragen«, sagte die Krankenschwester. Bekümmert kam sie zurück.

»Du scheinst nicht sozialversichert zu sein. Wir konnten keine Laura Leskinen im System finden. Deine Schwestern auch nicht. Wie heißen eure Eltern?«

»Heikki und Louhi, beide sind tot. Simone auch.«

»Warst du noch *nie* bei einem Arzt?«

»Was ist denn passiert?«, fragte Laura, jetzt ganz ängstlich.

»Ihr seid bewusstlos in einer Klause in der Wildnis gefunden worden. Ein Rettungshubschrauber hat euch hergebracht.«

»Sind sie tot?«

»Drei von euch hängen wie du am Tropf, wie ich erfahren habe. Bald, in den nächsten Tagen, könnt ihr im Aufenthaltsraum zusammen Kaffee trinken. Eine von euch – ihr wart doch zu sechst? – liegt nicht in diesem Hospital. Zu ihr kann ich nichts sagen. Onni Kvarnholm hat sie als seine Hauptlieferantin für Pelze und Felle bezeichnet.«

»Johanna. Wo ist sie?«

»In der Psychiatrie. Am anderen Ende der Stadt.«

*

Laura wachte auf. Alles war dunkel, und fremde, üble Gerüche hingen in der Luft. Hätte sie nicht ohne Bauchschmerzen in diesem herrlichen Bett – einem richtigen Bett! – gelegen, hätte sie vermutlich geschrien. Sie hörte jemanden atmen. Leise schnarchen. Aber nicht rau röcheln wie ihre Schwestern nachts. Schlief da etwa ein Mann mit ihr im selben Zimmer? Qualvolle Gedanken drängten sich ihr auf; Johannas rüde Fragen kamen ihr in den Sinn:

Für wen hast du die Beine breit gemacht? Welcher Tierfilmer?! Warum hast du nichts gesagt? Wenn du dem Feind gegenüberstehst, müssen wir Kriegerinnen uns versammeln. Was davon geht nicht in dein Spatzenhirn? Wie, du hast nicht begriffen, was vor sich ging? Verdammt, du weißt doch, was die Leute treiben, wenn sie sich miteinander in den Laken wälzen. Du hast doch bestimmt mal in Niskanpääs Pornozeitschriften reingeguckt. Wie, das ging so schnell, und du kamst nicht mit? Na ja, wir können froh sein, dass du das Gör verloren hast. Das war das Beste, was passieren konnte.

Alles drehte sich. Eine Flut von Erinnerungen stürmte auf sie ein. Harte Stimmen. Sanfte Stimmen. Der Filmemacher. Das weiche Seewasser. Die knochigen Hände ihrer Mutter. Die schmerzenden Schläge ihrer Schwestern. Wie verlassen sie sich gefühlt hatte, als sie nach der Geburt einer weiteren Schwester in Vergessenheit geraten war. Wäre der Fötus in ihr weitergewachsen und sie hätte das Kind ausgetragen, hätte es nie Spielkameraden gehabt, nur fünf raubeinige Frauen. Nun ja, Aune und Elga waren immerhin anständig und nett.

Als ihr Bauch dicker wurde, obwohl sie nie etwas aß, hatte sie Unheil gewittert. Zuerst dachte sie, sie hätte sich eine Magenverstimmung eingefangen, doch dann, nachdem die Blutungen ganz aufhörten, wurde ihr alles klar. Zuerst hatte es sie beinahe beflügelt: Ihre kleinen Brüste wuchsen, ihre Brustwarzen verfärbten sich und wurden berührungsempfindlich, sie konnte nicht mehr auf dem Bauch schlafen. Sie, die immer als Schwächling abgestempelt worden war, hatte neue Kraft in sich verspürt.

Weshalb hatte das Kind nicht leben wollen? Lag es vielleicht an ihrer Mangelernährung? Vielleicht hätte es etwas anderes gebraucht als Bärenfleisch. Aber früher hatte diese Nahrung doch auch Menschen hervorgebracht? Der Fötus war mit Moltebeeren und Pfifferlingen versorgt worden. Laura erinnerte sich wieder an das Gefühl, dass ihr der Bauch platzen wollte … Erinnerte sich, wie Aune ihr das Blut abwusch.

Aune … Wo war Aune?

Die Sozialarbeiterin Ritva Halonen stellte sich den Schwestern vor und schüttelte den fünf mageren jungen Frauen die Hand – versuchte es jedenfalls. Sie bat sie, ihre Namen zu nennen; sie hatte ein ausgezeichnetes Namensgedächtnis. Ritva bemerkte

Zahnlücken, hohle Wangen, gerötete Haut, zottige Haare. Aber auch ihre Größe, den kräftigen Körperbau von einigen Schwestern und nicht zuletzt, dass sie sich verblüffend ähnlich sahen. Bis auf eine, die mit der kleinen kecken Nase und dem aufmerksamen Blick.

Ritva bat sie, sich auf die Sprossenstühle zu setzen, die sie ihnen hinstellte. Sie selbst nahm mit einem Tablet gegenüber von ihnen Platz. Eine der Schwestern, Tanja, auf deren Gesicht ein starrer, angespannter Zug lag, legte eine Krücke neben sich auf den Boden. Ihr rechter Fuß war wegen Wundbrand amputiert worden, wie man dem Sozialamt mitgeteilt hatte. Ritva heftete ihren Blick auf den T-Shirt-Aufdruck der Schwestern und zog ihre dramatischen pechschwarzen Augenbrauen hoch.

»Werden diese Shirts etwa immer noch verkauft?«

»Sie wurden auf dem Herbstmarkt verschenkt«, sagte Tiina.

»Irgendein Händler hat sie als unverkäuflich bezeichnet«, ergänzte Elga.

»Das mit den Schweinen war in meiner Jugend populär«, sagte Ritva.

»Hattest du auch so eins?«, fragte Tiina und begann zu strahlen.

»Nein, aber mein damaliger Freund. Hat nicht so lange gehalten«, sagte Ritva. Elga lachte.

Das leere Gerede machte Tanja ganz ungeduldig. Sie wollte zur Sache kommen.

»Wo ist Johanna?«

»In der Psychiatrie, mehr weiß ich leider nicht.«

»Dann finden Sie's raus!«, forderte Tanja sie finster auf.

»Sobald ich etwas erfahre, melde ich mich selbstverständlich bei euch. Darauf könnt ihr euch verlassen.«

»Wir verlassen uns auf niemanden, vor allem nicht auf irgendjemand aus dieser Stadt«, entgegnete Tanja grimmig.

Ritva nickte. Ihr fielen die müden Augen der Schwestern auf; sie würde dafür sorgen, dass sie nach diesem Gespräch Kaffee und etwas zu essen bekämen.

»Ihr kommt also nur in die Stadt, wenn Markt ist?«, fragte Ritva.

»Wir hassen die Stadt«, sagte Tiina.

»Der Wald ist schön, aber hundertfünfzig Kilometer bis zum nächsten Geschäft … Das muss hart sein.«

»Jede Wanderung zum Markt bietet Stoff für eine Geschichte«, sagte Aune, obwohl sie die Abenteuer selbst nicht miterlebt hatte.

»Was habt ihr gegen die Stadt?«

»Wir führen unser eigenes Leben«, sagte Tanja.

Lauras Blick blieb an dem Tattoo auf Ritvas Oberarm hängen, einer Libelle.

»Eine Blauflügel-Prachtlibelle. Schön, oder?«

»Wir wären gut zurechtgekommen, wenn kein Notjahr gewesen wäre«, sagte Tanja.

»Die Pelzgeschäfte laufen großartig. Wir hatten einfach Pech, es lag an diesem Kälterekordwinter«, sagte Aune.

Ritva nickte einfühlsam.

»Ihr seid Kämpfernaturen. Zusammen habt ihr viele Kenntnisse und Fähigkeiten. Euer Geschäftspartner Kvarnholm hat mir erzählt, dass du, Tanja, dich gut auf Motoren verstehst. Möchtest du nicht eine Mechanikerausbildung machen?«

»Nee, ich kann schon alles … Hat er das gesagt … dass ich … mich darauf verstehe?«

»Ja, und er möchte, dass du ein Ausbildungszeugnis erwirbst. Dann kannst dich selbstständig machen.«

»Wir sind schon selbstständig und bringen uns auch alles selbst bei.«

»Zeugnisse brauchen wir nicht«, sagte Tanja.

»Können wir Onni treffen?«, fragte Elga.

»Er ist gerade auf Geschäftsreise in der Mongolei, steht in seiner E-Mail. Er möchte euch gern helfen. Ihr habt noch Gelder von ihm zu bekommen, lässt er euch ausrichten. Er überweist es euch, sobald ihr ein Konto eingerichtet habt.«

Die nächste Schwester, an die Ritva sich gesondert richtete, war Laura.

»Du bist eurem guten Freund zufolge eine geschickte Kunsthandwerkerin. Zurzeit gibt eine preisgekrönte Künstlerin Unterricht an der Volkshochschule.«

Laura sah eine große Klasse mit fremden Menschen vor sich und schüttelte den Kopf.

»Im Wald hab ich alles, was ich brauche. Dort gibt's den besten Ton … Ich möchte mit meinen Figuren die Tausendermarke knacken.«

»Überleg es dir. Du könntest neue Techniken lernen, Inspiration gewinnen. Ich besitze selbst eine deiner Figuren: ein kleines Mädchen, das einen Bären im Arm hält. Woran arbeitest du im Augenblick?«

So eine Frage war Laura noch nie gestellt worden. Woran arbeitest du? Laura fühlte sich beflügelt.

»An Totempfählen.«

»Ich liebe Totempfähle. Sind es auch Miniaturen?«

»Sie sind zweieinhalb Meter hoch«, sagte Laura.

»Wow. Hast du ein Foto …? Wobei, nein, ihr habt ja gar keine Computer und Handys. Habt ihr eine herkömmliche Kamera?«

Alle schüttelten den Kopf.

»Ich weiß, dass du, Elga, privat unterrichtet wurdest und dich hervorragend geschlagen hast. Willst du nicht weiterlernen? Du kannst bei derselben Lehrerin bleiben.«

»Hundertfünfzig Kilometer Schulweg sind ein bisschen weit«, erwiderte Elga, aber eine leise Hoffnung keimte in ihr auf.

»Du könntest währenddessen in der Heimvolkshochschule wohnen. Überleg es dir. Morgen werdet ihr aus dem Krankenhaus entlassen. Onni hat geschrieben, dass ihr erst einmal in seiner Gästehütte unterkommen könnt, ihr wüsstet, wo der Schlüssel liegt. Und ihr sollt daran denken, seine Post und die Zeitung aus dem Briefkasten zu nehmen.«

»Das kann jemand anderes machen«, sagte Tanja giftig.

»Das war nur ein nettes Angebot von Kvarnholm. Wir haben einer Baufirma den Auftrag erteilt, das Dach und den Schornstein eures Elternhauses instand zu setzen. Wenn die Bauarbeiter fertig sind, könnt ihr dort wohnen. Der Bauernhof liegt ja zumindest im Wald, wenn auch nicht in der Einöde.«

»Und wer bezahlt das Dach?«, fragte Elga.

»Ihr habt zwar keine Steuern gezahlt, habt die Gesellschaft allerdings auch nur sehr wenig gekostet. Die Gemeinde übernimmt das.«

»Das würde Johanna nie akzeptieren«, sagte Tanja.

»Akzeptierst du es?«, fragte Ritva.

»Wir haben unsere Regeln. Wir sind ein Stamm«, sagte Tanja.

»Braucht der Stamm etwas, womit ich behilflich sein kann?«

»Benzin. Dann können wir eines der Fahrzeuge von unsrem Grundstück nehmen«, sagte Tiina.

»Darf ich fragen, ob ihr eine Uhr habt? Die Zeit rennt. Wir müssen unseren nächsten Termin vereinbaren.«

»Wir sind keine kompletten Neandertaler«, sagte Elga.

»Prima, dann nächsten Montag um neun Uhr? Mal sehen, ob eure Schwester Johanna dann dabei sein kann.«

»Das bezweifle ich«, sagte Elga, die hoffte, dass ihre Armbanduhr die richtige Zeit anzeigen würde. Die Batterie, die sie von Lehrerin Leena bekommen hatte, schwächelte.

»Wenn ihr euch vorstellen könntet, immerhin fünfzig Kilometer von der Stadt entfernt zu leben, dann wüsste ich vielleicht etwas für euch ... einen Einödhof. Den könnt ihr im Winter mit dem Scooter erreichen.«

»Wenn du ihn kennst, kennen ihn viele«, sagte Tanja aufmüpfig.

»Eigentlich nur meine Mutter und ich. Menschen fürchten sich vor Sümpfen und Mooren. Sie haben Angst, darin zu versinken. Sie haben in einer alten Erzählung von einem Pferd gehört, das stecken geblieben und verendet ist ... Meine Mutter lebt nicht mehr, und ich will nicht dorthin ziehen. Wenn ihr möchtet, zeig ich euch den Weg.«

»Der Wald muss nicht unbedingt völlig unberührt und uralt sein, um für uns zu taugen«, erwiderte Aune freundlich.

»Solange es dort einen Bach mit Ton gibt ...«, sagte Laura.

»Gibt es! Ich habe hier ein Foto«, sagte Ritva und wischte auf ihrem Tablet herum, stand auf und zeigte Laura die Aufnahme. Aune und Elga lehnten sich über ihre Schultern. Tanja dagegen wirkte störrisch, und Tiina sah aus, als würde sie im nächsten Moment eindösen.

Tanja stierte mit mürrischer Miene Laura an, die beim Anblick des Fotos strahlte.

»Du kneifst die Augen zusammen, Laura. Ich glaube, du brauchst eine Brille«, sagte Ritva. Dann wandte sie sich an Tanja: »Wie würdest du denn am liebsten leben?«

»Ich will nach Hause. Wir alle wissen, weshalb wir entschieden haben, in dieser Wildnis zu leben. Es ist unser Schicksal, dort zu sein, wo Vater auf die Jagd gegangen ist.«

Ritva sah Tanja an, nickte.

»Verstehe. Eine letzte Frage noch. Ich hatte heute viele Fragen, ich weiß, so ist das bei einem ersten Treffen. Eine Heimatforscherin würde gern Kontakt zu euch aufnehmen. Sie möchte für das Jahrbuch des Heimatvereins über euren legendären Vater schreiben. Ich kann euch garantieren, dass diese Bücher inhaltlich von guter Qualität sind.«

»Wir pflegen keinen Kontakt zu anderen Menschen, haben wir gesagt. Wie oft sollen wir denn noch …?«, schimpfte Tanja, wurde jedoch von Aune unterbrochen: »Ich treffe mich gern mit ihr. Wo ich doch sowieso in der Stadt bin.«

Tanja sah Aune streng an, aber sie ließ sich davon nicht abhalten.

»Unser Onkel Veikko Huovinen hat viel mit dem Heimatverein zusammengearbeitet.«

Ritva klatschte in die Hände.

»Veikko! Seine Stimme … die reinste Magie! Ein Jammer, dass er starb, aber er war nun mal ein alter Mann. Es gab Leute, die haben zweihundert Kilometer bei Schneetreiben zurückgelegt, nur um ihm zuzuhören. So als wollten sie tanzen gehen.« Ritva lächelte breit. »Gut, dann beenden wir also dieses Gespräch. Ihr könnt euch im Pausenraum am Ende des Flurs Kaffee und Kuchen holen. Hier habe ich Busfahrkarten, Lebensmittelmarken und eine Tankkarte für euch. Und wenn ihr diesen Nachweis im Sportgeschäft vorzeigt, könnt ihr euch Winterjacken und -stiefel dafür kaufen. Vergesst nicht Mützen und Handschuhe. Für heute Nacht sind zwanzig Grad minus vorhergesagt.«

Das Schneehuhn in der Schlinge. Der Fuchs im Tellereisen. *Lasst mich los!* Ihre Beine ließen sich nicht bewegen, ihre Arme waren festgeschnallt. Nur ihre Zunge war ungebändigt. *Lasst mich los, ihr Arschlöcher!*

Im Zimmer war es kalt. Es gab kein Fenster. Laut sagte sie:

»Lieber Vater, kannst du mich so sehen, als Strafgefangene der Städter? Geliebter Vater, sie wollen mich gewaltsam auf ihre Seite ziehen. Mit Gewalt haben sie mich von unsrer Hütte weggebracht, mich weggetragen, um mich zu schwächen. Um mich kleinzukriegen, außer Gefecht zu setzen. Wir wären besser als eine einzige Seele und ein einziger Geist in der Hütte gestorben.«

Sie horchte in sich hinein – sie hustete nicht mehr, ihr Fieber war gesunken. Sie hatte auch keinen Hunger mehr, fror nicht mehr. Wenn sie sich doch bloß genauer daran erinnern könnte, was in jener Nacht geschehen war! Ihr Mund war schrecklich trocken gewesen. Sie hatte so furchtbar gehustet, dass sie sich ein Schlüsselbein brach. Ein Motorengeräusch kam näher und näher, dröhnte über der Hütte. Ein Lärm, der einem schier das Trommelfell zerfetzte. Sie hörte Männerstimmen. Männer, die draußen Krach machten, Schnee schippten, dann in die Hütte kamen, im Raum umherrannten und jede von ihnen untersuchten. *Sie leben noch.* Männer, die sie packten; sie erinnerte sich, dass sie selbst zu kraftlos gewesen war, um sich mit ihren Fäusten dagegen zu wehren.

»Vater, du hast mir geholfen, um mich zu treten, hast mir geholfen, auf den Feind einzustechen, drei gegen einen. Sie haben mir eine Spritze verpasst, diese tückischen Schweine! Ich hatte das Gefühl, meine Muskeln würden schmelzen, um mich herum wurde alles stockfinster. Was haben sie mit meinen Schwestern angestellt, Vater? Ohne mich tappen sie doch in alle erdenklichen Fallen! In behaarte Männerarme, setzen sich auf ihren Schoß. Du hast mich gewarnt, lieber Vater. Ich weiche keinen Zentimeter, aber meine Schwestern sind schwach und verblendet. War Kürschner Onni auch dein Schwachpunkt? Haben seine Zigarren, seine goldenen Tabletts mit Leckereien und Getränken dir den Kopf verdreht?«

Als der Oberarzt leise ins Zimmer kam und neben ihrem Bett Platz nahm, setzte sich Johanna auf. Demonstrativ, mit tiefschwarzem Blick starrte sie an die Wand. Sie weigerte sich, ihm ins Gesicht zu schauen.

Leise begrüßte der Arzt sie und fragte, wie es ihr gehe.

»Warum bin ich deine Strafgefangene?«, wollte Johanna aufgebracht wissen.

»Du hast mein Personal und dich selbst gefährdet«, erwiderte der Arzt gedämpft.

»Mein Personal. Wie redest du denn über andere Menschen. Meins! Und über mein Leben bestimme ich selber.«

»Du hast gebissen und um dich geschlagen, und wir haben dir ein Beruhigungsmittel verabrei...«

»Ihr habt mich festgeschnallt und mir Drogen gespritzt!«

»Wir wollten nur helfen – du warst gewalttätig.«

»Wird der Panther angegriffen, muss er sich verteidigen.«

Der Arzt zögerte mit der nächsten Frage. Räusperte sich.

»Weißt du noch, was in der Hütte passiert ist?«

»Sag ich nicht.«

»Eure Hütte war eingeschneit, und ein paar von euch waren vor Hunger bewusstlos.«

»Was geht dich das an?«

»Es ist ein Verbrechen, Menschenleben nicht zu retten, wenn noch eine Chance dafür besteht.«

»Das muss jeder für sich selbst entscheiden.«

»Du glaubst, es wäre nicht schlimm gewesen, falls ihr gestorben wärt, deine fünf Schwestern und du?«

»Wir folgen nur unsren eigenen Regeln.«

»Euren? Oder deinen Regeln?«

Schweigen. Langes Schweigen. Sie hatte den Kopf immer noch abgewandt.

»Könntest du dir vorstellen, mir von deinen Regeln zu erzählen?«

»Wir behalten sie für uns, innerhalb des Stamms.«

»Funktionieren diese Regeln?«

»Beinahe hätten sie das ... Aber jetzt bricht alles, wofür ich gearbeitet habe ... zusammen.«

»Möchtest du, dass diese Regeln weiterhin Bestand haben?«

»Ich habe einen Eid geschworen. Die Regeln oder der Tod.«

»Und dazwischen gibt's keine Alternativen?«

Johanna fühlte sich herausgefordert:

»Ich will meine Schwestern sehen.«

»Sie liegen im Krankenhaus.«

»Ich will sie sehen. *Sofort!*«

»In ein paar Tagen kannst du Besuch empfangen.«

»Du glaubst also, du kannst über mich bestimmen?«

Schweigend musterte er Johannas abgewandtes Gesicht. Kratzte sich den Schnurrbart, hustete.

»Du bist also die Anführerin?«

»Die Erstgeborene unseres Vaters und der auserwählte zweite Jäger. Durch Vater habe ich gelernt, wie man das Überleben seines Stammes sichert.«

»Magst du mir erzählen, was genau du gelernt hast?«

»Wenn ich keine Munition habe, weiß ich, wo der Speer den Bären treffen muss, um ihn zu erlegen.«

»Ohne die Regeln zu verraten ... Kannst du mir in groben Zügen sagen, welches Leben du führen möchtest?«

»Ich will im Wald leben, in der Nähe der Quellen, der Seen, der Wasserfälle ... weit weg von anderen Menschen.«

»Wer gehört zu deinem Stamm?«

»Meine Schwestern, in uns fließt das gleiche Blut.«

»Ihr führt ein gefährliches Leben ...«

»Sollen wir etwa hier in der Stadt leben? Was bietet die einem schon?! Der Schnee ist schwarz, der Himmel trüb.«

»Ihr wärt fast verhungert.«

»Wir hatten Pech. Kälterekord. Ein schlechtes Schneehuhnjahr. Hätte ich keine Lungenentzündung bekommen, hätte ich unsre Nahrung herbeigeschafft. Wir waren auf dem besten Weg, viel Geld für den Stamm einzunehmen.«

»Glaubst du, dass du in Harmonie leben wirst, wenn du mit deinem Stamm in die Wildnis zurückkehrst?«

»Harmonie … Ich will einfach dort sein, das ist alles.«

»Wartet lieber, bis der Winter zu Ende ist, will ich dir raten.«

»Ich nehme nur Ratschläge von unserem großen Vater an.«

»In einer Woche sollten deine Lungen wieder völlig gesundet sein. Möchtest du im Speisesaal essen oder auf deinem Zimmer?«

Sie drehte sich zu ihm um, grinste hämisch und zog eine Grimasse.

»Ich mische mich nicht unters Volk, das hab ich doch schon gesagt.«

»Dann bekommst du ein Tablett aufs Zimmer.«

»Gebt mir drei Porter.«

»Alkohol servieren wir hier leider nicht.«

Vierzehntes Kapitel

Macht euch auf das Schlimmste gefasst, sagte Tiina, als sie auf den Hof einbog. Sie bremste so heftig, dass die Räder im Schneematsch durchdrehten. Laura und Elga, die links und rechts neben der Fahrerin gesessen hatten, sprangen vom Quad. Aune kletterte vom Anhänger und streckte ihre Beine. Die Schwestern atmeten tief durch; die feuchtkalte Luft stach in Nase und Rachen. Einhellig blickten sie auf ihre neuen gefütterten Winterstiefel herunter, die Kälte und Nässe abhielten. Acht trockene Füße, vierzig warme Zehen. Die Jacken waren regendicht und hatten eine Kapuze. Eine Mütze aufzusetzen, würde ihnen nie einfallen. Höchstens eine Uschanka, wie ihr Vater sie trug, aber die hatte es in dem Geschäft nicht gegeben. Und Handschuhe waren etwas für Weicheier.

»Seht mal, da oben!«, sagte Tiina und zeigte auf das Haus.

Das Dach war in der Mitte eingefallen und der Schornstein ins Haus gestürzt.

»Oh, nein!«, rief Aune.

»Diese Bruchbude, dieses Elsternnest kann man nur noch dem Erdboden gleichmachen«, sagte Elga tief seufzend. »Aber wir bekämen ja kein Geld von irgendeiner Versicherung, falls wir diesen Missstand abfackeln und das als Unfall ausgäben.«

Durch den Schneematsch stapften sie über den Hof. Karosserieteile standen neben aufgetürmten Reifen und Radkappen. Eine verrostete Egge, ein roter Ferguson kurz vor dem Zerfall sowie ein Fahrrad ohne Räder.

»Warum ist Tanja noch gleich wieder im Krankenhaus gelandet?«, fragte Aune, als sie langsam auf die Vortreppe zugingen.

»Sie hat was am Fuß«, sagte Tiina. »Eine Infektion an ihrem Stumpf.«

»Wo hast du eigentlich heute Nacht geschlafen?«

»Hier. Im Stall. Ich wollte Onni nicht begegnen … mit irgend'ner Tussi im Schlepptau.« Sie zeigte auf den Kuhstall. »Das Dach ist noch ganz. Und in der Scheune war auch noch 'n bisschen Heu.«

»Ich vermisse die Kühe …«, sagte Aune.

»Du brauchst es hier nicht ohne Gesellschaft auszuhalten. Hier gibt's genügend Ratten«, sagte Tiina.

Laura betrat den Holzschuppen und betrachtete andächtig den Schatz auf der Werkbank. Hier lag alles, was sie draußen in der Klause vermisst hatte. Sie hob jedes Werkzeug hoch, als wären es Goldbarren: Ein Hobel! Eine Feile! Eine Bogensäge! Nägel und Schrauben in verschiedenen Längen und Größen. Leim! Obwohl – der war eingetrocknet.

Zögernd stieg Aune die Vortreppe hinauf und blieb an der Stelle stehen, wo sie abends immer bei den Hunden gesessen und mit ihnen gekuschelt hatte. Wie einsam sie sich gefühlt hatte, wenn ihre Schwestern sich mal wieder bei ihrem Vater eingeschmeichelt hatten, manchmal sogar Laura und Elga. Ob das echt gewesen war? Oder ob sie sich dazu genötigt fühlten? Das konnte sie nicht ergründen. Ja, doch, auch sie hatte mit ihren Schwestern gerungen und Boxkämpfe veranstaltet, hatte mit ihnen im Kriechsprint gewetteifert. Wer weit wandert und Geschichten erzählt, braucht starke Knie, hatte Veikko stets gesagt.

Hier auf der Vortreppe hatte sie dem Waldkauz gelauscht, dem Kuckuck und den Rauchschwalben. Hatte die Wörter wiederholt, die sie von Veikko aufgeschnappt hatte. Hatte schöne Formulierungen vor sich hin geflüstert. Auf diese Heimatforscherin war sie neugierig, hoffentlich würde Tanja das Treffen nicht verhindern!

Aune sah Laura an, die aus dem Tischlerschuppen kam, und erinnerte sich daran, wie sie zu zweit stundenlang am Bach gesessen hatten, während Laura Tierfiguren aus einem Stoß wertlosen Holzes geschnitzt hatte. Jede Figur, die das Licht der Welt erblickte, erhielt eine eigene Geschichte.

Als Elga auf ein paar Eichhörnchen zeigte, die auf den zerbrochenen Dachziegeln spielten, wurde sie wieder in die Gegenwart zurückgeholt.

»Wisst ihr noch, was es Veikko zufolge bedeutet, wenn man mehrere Eichhörnchen auf einem Dach sieht?«, fragte Aune.

»Nee«, sagte Laura.

»Sie kündigen einen Brand an. Es bedeutet, dass es Feuer geben wird.«

»Die Sauna ist ja eh schon Asche«, sagte Elga.

Tiina stapfte durch die verfallene Küche. Der Schornstein hatte den Küchentisch zerschlagen. Überall knackte und knirschte es, als wollten die Balken nachgeben.

»Als wäre das Haus bombardiert worden«, sagte Elga, als sie in die zerstörte Küche kam. »Was bilden sich die Sozialklempner ein, wie soll das jemals wieder aufgebaut werden?«

»Da ist nichts mehr zu machen«, sagte Tiina.

Aune blieb inmitten der Verwüstung stehen. Bis auf den Holzkasten, auf dem Onkel Veikko immer beim Erzählen gesessen hatte, war nichts mehr heil. Für Aune war das ein Zeichen; ihr wurde ein Weg gewiesen. Wie aber sollte sie den Kasten mitnehmen? Er war ein Juwel, eine Kanzel. Ihr Blick schweifte über die Trümmer: Die schenkelhohen Anglerstiefel mussten auf alle Fälle mit. Die Wurfangel. Die Wollsocken, die ihre Mutter voller Zorn gestrickt hatte, sollten auch samt Korb mit in die Wildnis kommen.

Sie würden Ritva zumindest erzählen müssen, dass das Dach eingestürzt war. Aune sah hoch zu den heruntergebrochenen Balken. Es knirschte und knackte; hier zu stehen war lebensgefährlich. Sie bat Tiina darum, den Holzkasten hinauszutragen, während sie die anderen Schätze zusammensammelte und auf die Treppe stellte.

»Was ist denn das für 'n Schrott?«, fragte Elga.

»Stellt euch vor, wir hätten diese Wollsocken draußen in der Wildnis gehabt. Die Anglerstiefel. Ich möchte den Holzkasten gern mitnehmen, aber mir ist schon klar, dass das wohl nicht gehen wird.«

»Das Saunaaggregat funktioniert seltsamerweise noch«, sagte Laura. »Kommt, wir bringen es in den Tischlerschuppen, stellen es in den Schlachtraum. Wir müssen Feuerholz zusammensuchen«, meinte sie mit einem für sie seltenen Eifer.

»Holz ist im Kasten. Wir tragen ihn zum Tischlerschuppen«, sagte Aune.

Sie ließ eine Hand über den Kasten gleiten.

»Der ist viel zu schwer.«

Da rutschten mit einem Poltern einzelne Dachziegel vom Dach und schlugen zu Boden. Laura und Aune stellten sich in die Mitte des Vorplatzes, hier wären sie in Sicherheit, falls das ganze Gebäude einstürzen würde. Tiina trampelte umher und trug den Kasten grummelnd zum Tischlerschuppen. Es rumste, als sie ihn zu Boden schmiss, ein Wunder, dass der Kasten nicht zu Kleinholz zerfiel. Tiina brachte Hocker nach draußen, entfachte ein Lagerfeuer. In dem dürftig gesäuberten Schlachtraum hing immer noch der Blutgeruch. Jetzt kam Tiina mit einem breiten Grinsen aus dem Schuppen:

»Wer als Erste am Bach ist, Mädels!«

Sie rannten los, rissen sich Stück für Stück die Kleider vom Leib und liefen die letzten Meter nackt dorthin.

Sie saunierten im Tischlerschuppen, und die Hitze entspannte ihre steif gefrorenen Leiber wieder. Bis auf Tiina, die irgendeine Melodie summte, schwiegen sie. Aune bekam plötzlich philosophische Anwandlungen. Grübelte über ihre Lebensumstände nach:

»Wollt ihr zurück?«

»Komische Frage. Hier können wir nicht bleiben.«

»Wie dem auch sei«, sagte Aune. »Ich frage, was ihr wollt.«

Laura dachte an die Werkbank, wie leicht die Arbeit ihr mit dem richtigen Werkzeug fallen würde. Obwohl sie sich natürlich auch in der Wildnis eine Bank bauen konnte, wenn ihr jemand beim Tragen helfen würde.

Tiina war gesprächiger: »Seht euch diese Körper an! Seht nur, wie luchsgleich wir sind. Wie gemacht für die wilden Wälder.«

»Dass wir den Wald brauchen, ist ja klar, aber du könntest fünfzig Kilometer außerhalb der Stadt entfernt leben, in Ritvas Haus, statt am allerletzten Außenposten.«

Tiina protestierte, ihre ganze Körperhaltung drückte aus, welchem Lager sie angehörte.

»Du verkaufst uns an 'ne Sozialtante, genau wie Vati gesagt hat. Sie bieten dir dies an, sie bieten dir jenes an, und dann sitzt du in der Falle.«

Aune appellierte an Tiina:

»Du kannst Maschinen, Quads, Scooter haben, Tiina. Was du willst. Warum nicht sogar eine eigene Werkstatt?«

»Erzähl das Johanna. Die verpasst dir 'nen Tritt in den Schritt. Scooter kann man überall fahren.«

»Ich möchte auf jeden Fall näher an der Stadt wohnen«, sagte Elga. »Näher an Büchern, Papier und intelligenten Menschen.«

»Bist du etwa heiß auf das Mathegenie?«, fragte Tiina.

Elga fuhr aus der Haut: »Und das sagst ausgerechnet du, deren ganzer Bauch rot davon war, dass du deine Möse an Pelzhändler Onni gerieben hast.«

»Nicht zu fassen, wie dich mein Körper interessiert«, spottete Tiina.

»Du stellst ihn ja auch ständig zur Schau«, erwiderte Elga.

Aune versuchte die überhitzte Diskussion in eine andere Richtung zu lenken.

»Onni hat sich bei der Sozialtante Ritva gemeldet. Er möchte uns nächste Woche treffen.«

»Also ich geh am Montag bestimmt nicht zu 'nem Kaffeekränzchen beim Amt.«

»Und wie viele Tage hältst du es ohne Essen aus, glaubst du?«, fragte Aune.

»Haben wir denn keine Büchse hier?«, fragte Tiina.

»Wir müssen Tanja im Krankenhaus besuchen, und Onni hat immer noch unser Geld. Und dann müssen wir rausfinden, wo Johanna …«

»Vielleicht sperrn sie uns auch noch in die Klapse«, warf Tiina ein.

Elga klang ernst, als sie laut überlegte: »Wie geistesgestört war Johanna eigentlich zum Schluss …? Schließlich hat's in der Hütte jeden Tag irgendein Trara gegeben. Wurde sie so irre wie Simone? Auf einen Schlag kamen Mutters und Vaters schlimmste Seiten in ihr zum Vorschein.«

»Sie hat sich die Seele aus dem Leib geschuftet, damit wir nicht völlig … vom Weg abkamen«, sagte Tiina.

»Das allein reicht ja schon als Beweis«, unterstrich Elga.

»Was tun wir, wenn Johanna nicht wieder entlassen wird? Wenn sie in der Irrenanstalt bleibt?«, fragte Aune.

Tiina spannte ihren Bizeps an: »Dann holen wir sie da raus. Ich presche da rein und …«

»Könnt sein, dass sie da nie mehr rauskommt«, sagte Aune.

»*So* verkorkst ist sie doch sicher nicht«, meinte Tiina.

»Ich will auf jeden Fall im Wald leben, etwas urtümlicher als hier«, sagte Aune.

Das wollte auch Laura. »Aber nicht wieder so weit draußen in der freien Wildbahn.«

»Wir sind dazu verurteilt, vor den Behördentussis wegzulaufen, die uns kontrollieren wollen«, sagte Tiina.

»So muss es nicht auf immer und ewig sein«, sagte Aune. »Wir müssen auf jeden Fall zurück, wenn's taut, und Simone beerdigen.«

»Schon komisch, nur noch zu sechst zu sein«, sagte Elga.

»Was bloß aus Killi und Kiiski geworden ist …?«, überlegte Laura besorgt.

Sie schwiegen.

»Wusstet ihr, dass Menschen und Hunde schon zwölftausend Jahre lang eng zusammenleben?«, fragte Elga.

»Woher willst du das wissen?« Aune war skeptisch.

»Das hat man mit der Radiokarbonmethode rausgefunden. Man …«

Tiina hielt sich die Ohren zu: »Hör auf! Ich muss raus, pinkeln.«

Als sie mit raschen Schritten zurückkam, strahlte sie wie die Sonne. Mit wiegenden Hüften hielt sie ihnen eine Flasche Jaloviina vor die Nase.

»Vati hatte wirklich überall 'nen Vorrat. Im alten Plumpsklo! Jetzt wolln wir unsren Hunger und Durst stillen, Mädels!«

»Ich versteh nicht, warum wir uns kein Essen gekauft haben«, sagte Elga.

»Wir haben doch schon Kleider gekauft. Ist man's nicht gewohnt, ist Einkaufen anstrengend.«

Aune versprengte Wasser auf den Birkenscheiten und sprengte auch gleich mit theatralischer Geste und frommer Pastorenmiene welches über ihre Schwestern. Tiina gab's ihnen mit der Birkenrute, bis ihre Leiber in Flammen standen und das viel zu trockene Reisig zu Krümeln zerfiel. Sie summte den Refrain eines Countrysongs über *moonshine* falsch und hielt kurz inne, um Weinbrand zu kippen. Laura lehnte ab, als die Flasche noch einmal herumging; ihr hatte schon ein Schluck gereicht. Sie verzog das Gesicht, musste wieder an den Whiskey des Tierfilmers denken, wie schlecht es ihr danach gegangen war …

Plötzlich wurde die Tür aufgerissen. Ein kalter Luftschwall ergoss sich in die Hitze. Wer stand da im Türrahmen und keuchte?

Ein Jagdgewehr wurde auf sie gerichtet; eine Gestalt in weißer dünner Kleidung und hohen Stiefeln betrat die Sauna, schloss die Tür.

Vaters Lederstiefel.

Aune kassierte einen Boxhieb in die Magengrube und fiel auf Elga. Aune hielt sich nach Luft schnappend den Bauch.

»Johanna!«, schrie Tiina zugleich euphorisch und entsetzt.

Johanna stieg aus den Stiefeln, zerrte sich das Krankenhaushemd herunter, öffnete die Tür und warf es hinaus. Schulterte das Gewehr und nahm sie der Reihe nach ins Visier. Murmelte, dass dieser verfluchte Klapsengestank wegmüsse. Dann setzte sie sich neben Tiina und klatschte ihrer Schwester mit der Hand aufs Knie.

»Platz da, Judas! Lutscht den verdorbenen Schwanz des Teufels! Ihr dachtet wohl, ihr wärt mich los, hä! Sobald ihr 'ne Zeit lang allein wart, habt ihr an den Titten der Fürsorge genuckelt. Her mit der Pulle!«

Sie trank und trank, bis die Flasche leer war, verzog genüsslich das Gesicht.

»Wie bist du hergekommen?«, piepste Aune.

»Bin gerannt. Bin dem Seelenklempner entkommen, der

dachte, mich zu ’nem fügsamen Schaf machen zu können. Ein schlapper kleiner Wichser war das. Leicht zu überwältigen.«

»Weshalb warst du überhaupt da?«, fragte Aune.

»Widerstand. Aber ihr Memmen wisst ja gar nicht, was das ist.« Sie blökte wie ein Schaf.

»Wurdest du so schlecht behandelt?«, fragte Aune nach, die sich wieder etwas von dem Schlag ins Zwerchfell erholt hatte.

»Was glaubst denn du?!«

»Die Pfleger im Krankenhaus waren jedenfalls nett«, sagte Aune.

»Aber ich war stärker als er. Ich bin stärker als alle. Ja, sogar stärker als du, Tiina. Du hast nämlich nicht den unbeugsamen Geist, den man braucht.«

Sie sah Tiina an und deutete dabei auf ihre Schläfe.

»Man muss knallhartes Kalkül haben, Tiina. Das ist eine Kopfsache.«

»Hast du zufällig Tanja getroffen?«, wollte Aune wissen.

»Ich hab niemanden getroffen, ohne dass der Arzt dabei gewesen wäre«, erwiderte Johanna.

»Tanja ist noch in der Stadt geblieben, um ’ne Prothese anzupassen. Ihr wurde der Fuß amputiert.«

»Ich hab aus der Klapse das Krankenhaus angerufen«, sagte Johanna. »Aber die Olle auf ihrer Station hat nur gemeint, dass sie kein Telefon hat. Ich hab sie angeschrien, könnt ihr sie nicht ans Telefon holen!«

»Mittlerweile tragen die Leute ihre Telefone in der Hosentasche, aber das ist dir vielleicht noch nicht aufgefallen«, spottete Elga.

»Pass auf, was du sagst! Sonst baumelst du bald wie ’n toter Biber von unsrem Metzgerhaken.«

Die Schwestern zitterten trotz der Hitze. Johannas Zorn wollte sich nicht legen.

»Tiina und ich schlafen heute Nacht hier in der Sauna. Dir werde ich die Leviten lesen! Ihr anderen Memmen könnt pennen, wo ihr wollt. Morgen kehren wir zurück zur Wildnishütte. Dort haben wir ein Dach überm Kopf und halten Rat.«

»Wir wären fast verhungert, Johanna«, rief Aune ihr in Erinnerung.

»Weil ich krank wurde. Das wird nie mehr vorkommen«, sagte Johanna.

»Und Tanja?«, gab Elga zu bedenken.

»Wir kriegen sie schon irgendwie da raus. Ich nehm die Büchse mit. Ein Glück, dass Vati so viele verschiedene Verstecke hatte.«

»Soll Tanja vielleicht auf einem Bein dorthin hüpfen?«, stichelte Elga.

»Tiina kann sie tragen. So bist du wenigstens zu was nütze, du Judas.«

Laura, Aune und Elga verließen die Sauna, humpelten auf wackligen Beinen hinaus in den Schnee; drei panisch hämmernde Herzen wurden der erbarmungslosen Kälte ausgesetzt. Der wieder zu Eis gefrorene Pulverschnee schnitt in ihre Fußsohlen, als sie ins Haus liefen, in die Kleider schlüpften und ein paar verdreckte Blaumänner aus der Diele mit sich nahmen. Bibbernd liefen sie zum Stall und auf den Heuboden. Zogen die Blaumänner an und die Winterjacken darüber. Legten sich dicht nebeneinander. Unterhielten sich flüsternd, weil sie fürchteten, dass Johanna irgendwo lauern und sie belauschen könnte.

Sie fuhren zusammen: Ein entsetzliches schrilles Lachen kam aus der Sauna, endete in Geschrei.

Aune setzte sich auf. »Wir müssen Tiina retten.«

»Tiina ist viel stärker als Johanna«, sagte Laura.

»Aber Johanna hat das Gewehr«, sagte Elga.

»Ich glaube, wir sollten in der Stadt um Hilfe bitten«, sagte Aune erschüttert. »Wir können nichts tun.«

»Okay ... wir gehen zu Ritva«, sagte Elga. »Tiina hat den Schlüssel für das Quad. Wir müssen den ganzen Weg zu Fuß gehen.«

»Und wie kommen wir unbemerkt von hier weg?«

»Das Schlimmste ist, dass wir sofort aufbrechen müssen. Jetzt hat Johanna einen sitzen, aber wenn sie wieder nüchtern wird ...«, sagte Elga.

Laura sprach weiter: »... müssen wir schon ein ganzes Stück weit weg im Wald sein.«

»Wir können uns nicht am Hauptweg halten oder auf eine Mitfahrgelegenheit hoffen, falls Johanna und Tiina nach uns suchen«, sagte Elga. »Ich kann mir schon ausmalen, wie Tiina wie eine Furie auf dem Quad angedonnert kommt ...«

»Los, wir nehmen den Waldweg in die Stadt«, sagte Aune.

Im Wald war es still, kein Mucks war zu hören. Fahler Mondschein, frostüberzogene Zweige. Die beißende Kälte im Gesicht machte sie wieder nüchtern. Jeder Atemzug fiel ihnen schwer; Dampfwolken drangen aus ihren Mündern. Was Tiina wohl gerade durchmachte? Hoffentlich würde nichts Böses geschehen. Was, wenn sie sich nun im Suff totschlugen ...?

Es fing an zu schneien. Der Schnee hatte es eilig; er fiel dicht, blieb kleben. So hatte Vater es immer genannt. Klebeschnee. Da gab es Unterschiede; Schnee war nicht gleich Schnee, das mussten alle Jäger lernen. Immerhin hatten sie alle robuste Schuhe und Kapuzenjacken. Ihre Füße waren es gar nicht gewohnt, im Winter warm und trocken zu sein. Im Stillen dankten sie Ritva. Ob sie das spürte? Der Himmel verdüsterte sich wieder; schwarze Wolken verbargen den Mond.

Als die Wirkung des Alkohols nachließ und sie wieder klar denken konnten, kam der Hunger. Im Krankenhaus hatten sich ihre Mägen an regelmäßige Mahlzeiten gewöhnt und sich ruhig verhalten. Satte Mägen machten sich selten bemerkbar.

Laura wandte sich an Elga: »Furie, hast du gesagt. Was ist das?«

»Eine Rachegöttin. Erinnerst du dich noch an Veikkos Geschichten …? Eine Furie mit Feuerunterstützung von Johanna. Eine rachedürstende Furie, die uns dafür bestrafen will, dass wir sie in den Armen des Teufels zurückgelassen haben.«

Laura zog müde die Beine hinter sich her; die vielen Kilometer machten sich in den Gliedern bemerkbar. Was spielten Worte und Geschichten für eine Rolle, wenn Johanna und Tiina sich womöglich in ebendiesem Moment gegenseitig zerfleischten? Erstaunt ertappte sie sich dabei, dass sie sich zurück ins Krankenhaus wünschte, sie sehnte sich nach dem weichen Bett dort und dem Small Talk mit dem jungen, zerstreuten Pfleger Mostafa. Doch jetzt musste sie sich darauf konzentrieren, einfach nur einen Fuß vor den anderen zu setzen.

Es war völlig windstill. Kein Zweig rührte sich. Laut knirschte der Schnee in der stummen Winternacht unter den Schritten der Schwestern.

Als sie das trübe Licht und den sternenlosen Himmel über der Stadt sahen, blieben sie stehen; steifbeinig, mit kalten Nasenspitzen. In der Nähe der nächtlichen Beleuchtung der Stadt wirkte die Dunkelheit hart und abweisend. Je näher sie den Außenbezirken kamen, umso dreckiger wurde der Schnee und umso dicker die Luft.

Was fanden die Leute am Schmutz der Städte? Vielleicht schätzten sie es, dass sie sich nicht durch Tiefschnee vorwärtsmühen mussten? Bei der Wildnishütte hatte es immer hohe Schneewehen gegeben, die kreideweiß leuchteten oder im Mondschein bläulich schimmerten.

Weshalb wollten die Städter Lärm und Getöse hören? Das dumpfe Dröhnen der Durchgangsstraße wurde stärker, Lauras Herz bäumte sich gegen das störende Geräusch auf, klopfte schneller. Die Schwestern passierten ein von Stacheldrahtzäunen umgebenes Industriegebiet. Autowerkstätten, Sägewerke und weiter hinten die mittlerweile geschlossene Papierfabrik, deren Schornsteine nicht länger qualmten und Produktivität und Arbeitsplätze propagierten. Immer stärker wurde der Verkehrslärm; ein Lastzug nach dem anderen und ein Geflügeltransporter fuhren dröhnend vorbei. Laura konnte verängstigtes Gegacker hören, hielt sich die Ohren zu, verzog gequält das Gesicht, blieb stehen, um das Unbehagen abzuschütteln.

Taumelnd vor Müdigkeit passierten sie drei Kreisverkehre, ein großes Parkhaus.

»*Zentrum*«, las Elga. »Da geht's lang.«

Als die Sozialarbeiterin Ritva Halonen vor dem Sozialamt über den vereisten Gehweg schlitterte, war es noch stockfinster, schneite aber immerhin nicht mehr. Obwohl es im Hinblick auf die Jahreszeit noch etwas zu früh dafür war, hatte sie heute Schneeboots mit integrierten Spikes angezogen, ihre Goldschätzchen. Sie gab ihren Schuhen oft Kosenamen. Sie blieb stehen und wischte sich mit dem Brillenputztuch die Brille ab. Jetzt sah sie klarer. Neben dem Eingang saßen ein paar Leute nebeneinander auf der Bank. Vielleicht Obdachlose, aber normalerweise hielten die sich nicht nachts dort auf, sie hatten ihr Zeltlager neben dem Recyclinghof. Und in einer strengen Winternacht wie dieser sollte eigentlich die Kirche ihre Pforten für sie geöffnet haben.

Ritva stapfte zur Tür und klopfte sich unter dem Dachvorsprung den Steppmantel und die Mütze ab. Sie stampfte fluchend mit den Stiefeln auf und ärgerte sich darüber, dass die Gemeinde die Katze im Sack gekauft und diese unfähige unterbesetzte Firma beauftragt hatte, um die Wege zu streuen. Die

Leute fielen auf den Allerwertesten, zogen sich Handgelenks- und Oberschenkelhalsbrüche zu, während der Vertrag dieser beschissenen Firma noch bis zum Jahresende lief.

Ritva versuchte den durch den Stress verursachten unangenehmen Druck in der Magengrube auszublenden, den sie immer verspürte, sobald sie an den Berg von Erledigungen dachte, mit denen sie sich heute befassen musste. Die Gastritis bescherte ihr ein saures Aufstoßen. Seit der Schließung der Papierfabrik empfanden die Bürger große Ohnmacht, und Ritvas Termine waren nicht selten von hochkochenden Emotionen geprägt, die sich in lauten Wutausbrüchen Bahn brachen. Deshalb wollte sie auch zwei Stunden vor den Kunden im Amt sein, um sich gründlich vorzubereiten. Aber zuerst brauchte sie mindestens zwei Espresso, um wach zu werden.

Als sie ihre Zugangskarte vor den Scanner hielt, standen die Gestalten auf und kamen auf sie zu. Junge, blasse, erschöpfte Gesichter sahen sie aus hochgezogenen Kapuzen an. Sie wünschte ihnen einen guten Morgen und versuchte an ihnen vorbeizugehen. Doch die Gestalten umzingelten sie, sodass sie eine eisige Sekunde lang fürchtete, ausgeraubt und niedergeschlagen zu werden.

»Wir haben am Montag um zehn einen Termin bei Ritva Halonen«, sagte Aune gewitzt.

»Ich bin Ritva. Aber heute ist erst Mittwoch.«

Die Schwestern hatten sie mit dieser riesigen Mütze und bis über die Nase hochgezogenem Schal gar nicht erkannt, und auch Ritva die Schwestern nicht.

»Wir sind sechs Schwestern. Wir brauchen dringend Hilfe.«

»Ich muss mich mit vielen Fällen befassen. Eine ganze Menge Menschen in dieser Stadt haben es nicht leicht.«

»Wir sind die Geschwister Leskinen. Die Töchter von Heikki Leskinen, dem Bärenjäger«, sagte Aune.

»Ach so, ihr seid das! Seid ihr etwa ganz von Kvarnholms Hof hierhergegangen?«

»Von unsrem Hof, unsrem Elternhaus«, sagte Elga.

»Ach, du meine Güte!«

Ritva wurde etwas schwindlig, als sie an die ganze Arbeit dachte, die vor ihr lag. Sie unterdrückte den Impuls, die Mädchen in ihr Büro zu bitten, andere waren vor ihnen an der Reihe. Aber ihre erschütterten Mienen und das Gehetzte, das ihre Haltung ausstrahlte, legte nahe, dass es um etwas Ernstes ging. Also ließ Ritva sie herein und bat sie, am Empfang auf sie zu warten. Da fasste eines der Mädchen nach ihrem Arm; der Griff war stark, unnachgiebig.

»Unsre Schwester ist aus der Psychiatrie geflohen. Sie ist mit Tiina allein auf dem Hof, bedroht sie mit einem Gewehr«, sagte Elga ganz außer sich.

»Sie ist imstande zu töten«, sagte Aune.

»Ich setze einen Notruf ab!«, erwiderte Ritva. »Die Adresse müsste ich doch haben? Macht es euch solange auf dem Sofa hier bequem und wärmt euch auf. Der Waschraum ist auf dem Flur. Ich werde dafür sorgen, dass ihr Kaffee bekommt.«

Sie wechselte schnell in ihre Hausschuhe und eilte eine Treppe hinauf. Die Mädchen sahen sie hinter einer Glastür verschwinden.

Nachdem Aune, Elga und Laura die Saunatür hinter sich geschlossen hatten, legte Johanna sich das Gewehr auf den Schoß und richtete die Mündung auf Tiina. Die war vor Angst wie gelähmt.

»So, so, Tiina. Sogar du hast den Sozialklempnern also den Arsch geleckt … Das hätte ich nicht von dir gedacht.«

Tiinas Beine schlotterten. Ihre Stimme zitterte: »Die haben uns Geld für Winterklamotten und Essen gegeben … Die Frau war sogar richtig …«

»Genau so läuft das … Das hab ich euch doch schon eine Million Mal gesagt … Sie locken einen an, und wenn ihr am Haken zappelt, schlägt – *zack!* – das Beil zu. Kvarnholm ist unser Feind.«

»Der Mann hat dir das Leben gerettet«, sagte Tiina flehend.

»Na wie schön! Und wofür? Ich war in der Klapse hinter Gittern.«

»Wir hätten tot sein können. Wie bist du überhaupt da rausgekommen?«

»Ich hab die Nachtwache ausgeknockt. Um acht Uhr werden sie's merken. Aber bis dahin werden du und ich längst tief in den Wäldern sein.«

»Und Tanja sollen wir zurücklassen?«

»Wir gehen sie holen. Hier können wir nicht bleiben. Wenn das Tollhaus nach mir sucht, werden sie zuerst hierherkommen.«

»Tanja hat Schwierigkeiten mit ihrer Prothese.«

»Los jetzt, lass uns hinfahren!«

»Wir sind doch stockbesoffen … Soll ich etwa fahren?«

»Das hat dich doch sonst auch nie daran gehindert, oder?!«

Tiina seufzte, ihr Blick fiel auf die Gewehrmündung, während ihr Gehirn auf Hochtouren arbeitete, jetzt, nachdem der erste Schreck vorbei war. Ihre Beine zitterten, normalerweise taten sie das aus Rastlosigkeit, aber nun aus purer Todesangst.

»Bist du jetzt auf meiner Seite oder nicht?!«, brüllte Johanna.

»Ich sitz doch hier«, piepste Tiina, wie es sonst gar nicht ihre Art war.

Johannas Augen waren zu Schlitzen verengt, ihr Mund nur noch ein Strich.

Sie stand auf, nahm Tiinas Schläfe ins Visier.

»Du klingst schon wie Elga. Trägst die Nase hoch. Du bist zu Elgas Lager übergelaufen. Gib's zu!«

»Ich bin auf deiner Seite«, sagte Tiina lahm.

»Die anderen sind nur Dreck, hab ich recht?«

»Was würde Vater sagen, wenn er dich so über deine eigenen Schwestern reden hören würde?«

Tiina war von ihrer dünnen Stimme selbst angewidert. Wo kam die her? Johanna presste die Gewehrmündung an Tiinas Schläfe.

»Diese Verräterinnen treten alles mit Füßen, wofür unser Vater gekämpft hat. Da muss ich doch aufräumen. Du und ich, wir werden hier mal so richtig reinemachen. Und ein schönes, großes Feuer entfachen.«

»Du meinst, Brandstiftung?«

»Es geht nicht anders. Und danach hauen wir ab zur Wildnishütte.«

»Aber die Helikopterleute wissen doch jetzt, wo das ist.«

Johanna sank in sich zusammen und schwieg für einen Augenblick. Sie schloss die Augen, krümmte sich.

»Möchtest du dich vielleicht ein bisschen ausruhen?«, fragte Tiina. »Du bist immerhin den ganzen Weg von der Psychiatrie hierhergelaufen … Selbst Krieger müssen ausruhn.«

Johanna klappte ein Auge auf.

»Ist dir bewusst, was ich auf mich genommen habe?«

»Ja. Sag mir, was ich tun kann, um dir zu helfen.«

»Es war nicht leicht für mich, das Rudel zusammenzuhalten … Sechs ungezähmte Seelen.«

»Sieben«, korrigierte Tiina grinsend.

Johanna lachte kurz auf.

»Ja, sieben.«

Tiina stand auf, ging in Richtung Tür.

»Wohin gehst du?«

»Pissen.«

»Wer nachts pissen geht, braucht einen Wächter.«

Tiina öffnete die Tür; eisiger Polarwind schlug ihr entgegen. Sie tappte geradewegs in die Dunkelheit, glitt auf einer vereisten Stelle aus und landete auf dem Hintern. Johanna lachte laut und stupste ihren Po spielerisch mit der Büchse an. Tiina pinkelte in den Schnee, ausnahmsweise in der Hocke kauernd. Ihre Beine zitterten, beinahe wäre sie wieder gefallen. Schließlich richtete sie sich auf und eilte zurück zur Sauna. Nichts wie rein.

Johanna und sie setzten sich wieder, legten das letzte Holzscheit aufs Feuer, machten einen Aufguss.

»Weißt du noch, wie Vater mit 'ner Fuhre Fleisch und Fellen heimkam?«, fragte Tiina.

Johanna erinnerte sich an den Tag, an dem er mit einem ganzen Bären wiederkam, den er aufrecht auf den Karren gestellt hatte. Die Schwestern hatten gekreischt vor Aufregung; der Bär war tot, hatte aber Potenz ausgestrahlt, genau wie ihr Vater, der den Kadaver nach Hause gewuchtet hatte, um ihn an einen Präparator zu verkaufen.

»Er hat uns immer Baumharzkaugummi und Bärentatzen mitgebracht. Damit spielten wir, während er saunierte und dann zwei Tage lang schlief.«

»Mindestens zwei, aber zuerst …«

»… hat er Porter gekippt.«

»Ja, so haben wir rechnen gelernt. Ein Porter, zwei Porter, drei …«

»Er hat den ganzen Vorrat ausgesoffen, bis er umfiel.«

»Auf Mutter drauf. Weißt du noch, wie sie geschrien hat?«

»Wir haben dann immer Ringkämpfe am Bach veranstaltet.«

Tiina schlug sich auf die Brust.

»Ich hab immer gewonnen.«

»Ich habe dich gewinnen lassen, manchmal aus reiner Nettigkeit.«

Immer neue Bilder aus der Vergangenheit kamen ihnen in den Sinn. Sie spürten die Hitze der Glut im Gesicht; ihre Oberschenkel waren vor Hitze gerötet. Tiina schloss die Augen und konnte sich nicht länger gegen den Schlaf wehren. Er überkam sie, als sie Onkel Veikko vor sich sah, wie er ihnen vom Sandmann erzählte.

»He, Tiina, pennst du?«, fragte Johanna und trat ihr gegens Bein.

Tiina sah auf.

»Ich muss schla… Ein bisschen wenigstens.«

Tiinas Augen fielen zu. Sie lauschte Johannas Atemzügen; sie wurden schwerer, röchelnder. Ein Schnaufen. Dann Schnarchen.

Nachdem die drei Mädchen auf der Toilette gewesen waren, sie ihre kalten Hände unter den heißen Wasserstrahl gehalten und ihre blassen, vom Suff gezeichneten Gesichter und die von der Kälte rissigen Lippen inspiziert hatten, schliefen sie nebeneinander auf dem Sofa ein – eine mit den Füßen auf dem Tisch. Als Ritva das sah, schüttelte sie empört den Kopf; ein derart rüdes Benehmen konnte sie gar nicht leiden. Außerdem verströmten die Mädchen in ihren verdreckten Stalloveralls einen abscheulichen Gestank. Und sie schnarchten laut. Ritva ging zu ihnen und versetzte ihnen einen leichten Stoß. Unwillen, sich mit der wachen Welt zu konfrontieren, schlug ihr entgegen; sie wimmerten, sabberten, husteten röchelnd.

Ritva informierte sie über die aussichtslose Lage: »Leider können sie vor Mittag niemanden hinschicken. Die Polizei ermittelt in einem Mordfall, eine Frau wurde getötet. Aber ich habe in der

Psychiatrie Bescheid gegeben. Sie haben zwar auch nicht genügend Leute, schicken aber schnellstmöglich jemanden dorthin.«

Schockiert setzte sich Aune auf: »Mord! Heute Nacht?«

»Tiina!«, riefen Elga und Laura gleichzeitig.

»Gestern Abend. Hier in der Stadt, im Osten.«

Die Schwestern atmeten auf.

»Bleibt solange hier. Ihr übernachtet sicher bei Kvarnholm? Busfahrscheine habt ihr doch bekommen, oder?«

»Tiina befindet sich in Johannas Gewalt«, sagte Aune zutiefst beunruhigt. »Jedes Mittel wär ihr recht … nachdem wir sie verraten haben.«

Ritva streichelte Aunes Schulter.

»Im Augenblick kann ich nichts tun. Ich bringe euch Mittagessen mit. Was möchtet ihr?«

»Pizza, Piroggen, Pfannkuchen, Butterbrote. Egal«, sagte Aune.

Ritva kramte in ihrer Handtasche.

»Hier, nehmt dieses Handy. Und das ist die Nummer von Onni Kvarnholm.«

Feierlich nahm Elga das Geschenk entgegen.

Geduldig erklärte Ritva ihnen alles, und alle drei folgten mit gerunzelter Stirn ihren Anweisungen. Ein Klingelton ließ sie zusammenfahren. Ritva sah auf ihr anderes Handy, murmelte: *Himmelherrgottnochmal, wie hartnäckig manche Leute sind!* Die Sozialhilfeempfänger der Stadt wussten genau, wann Ritva mit der Arbeit anfing.

»Wenn ihr Fragen habt, wendet euch an Laila am Empfang«, sagte sie, holte tief Luft und eilte wieder hinauf in ihr Büro.

Die Schwestern schliefen tief – sehr tief – auf dem Sofa. Wurden auch nicht wach, als andere Leute an ihnen vorbeigingen. Doch als ihnen Pizzageruch in die Nase stieg, schlugen sie die Augen auf. Ritva legte für jede einen Pizzakarton auf den Tisch.

»So sieht die Sache aus: Es wird noch dauern, bis das Dach eures Hauses repariert ist. Die Bauarbeiter wollen bei diesem Wetter nicht solche riskanten Arbeiten ausführen. Sie werden aber zumindest das Loch im Dach schließen. Ihr müsst so lange bei Kvarnholm bleiben, bis ihr umziehen könnt. Ich erkundige mich mal bei der Gemeinde nach freien Wohnungen. Ach, warte mal, bist du nicht Laura?«

Laura nickte.

»Ja, genau, du bist das. Du hast einen Termin beim Optiker am Marktplatz. Am Montag um drei – also am selben Tag wie unser nächster Termin. Danach wirst du von hier aus die Informationstafel am Eingang lesen können.«

»Wow!«, sagte Laura und sah zu dem Buchstabendurcheinander hinüber.

Ritvas Telefon gab einen Piepton von sich. Sie las die Nachricht und sagte: »Die Polizei und Angestellte der Psychiatrie sind unterwegs zu eurem Hof. Ich werde von ihnen auf dem Laufenden gehalten, aber jetzt muss ich weiterarbeiten.«

Sie hetzte die Treppe hoch und verfluchte den Lahmarsch von Elektriker, der längst den Fahrstuhl hätte reparieren sollen. Dann steckte sie sich eine Tablette gegen Sodbrennen in den Mund.

Aune tigerte im Raum umher. Laura stand am Fenster, ließ ihren Blick im trüben Tageslicht über die Stadt schweifen. Eine Frau in dünnen Sportschuhen kam auf den Eingang zu, sie hielt ein kleines Kind an der Hand, es war vielleicht fünf. Vor der Tür rutschte die Frau aus und zog das Kind im Sturz mit sich. Sie blieb liegen. Laura wollte schon lossprinten, um ihr aufzuhelfen, da zog das kleine Mädchen die Frau so energisch am Arm, dass sie aufstand.

Die Frau kam mit dem Kind an der Hand hereingehumpelt und meldete sich am Empfang. Sie pustete in ihre gewölbte Hand, um sie zu wärmen, pustete auf die Hände des Mädchens.

Die Schwestern auf dem Sofa konnten hören, dass sie zu Ritva wollte. Sie klang schwach und ängstlich. Laura sah ihnen nach, als sie die Treppe zu Ritvas Büro hochgingen; den schmalen Rücken des Mädchens in der Herbstjacke, dahinter den breiteren der Mutter. Das Mädchen mühte sich mit seinen kurzen Beinchen ab, die Stufen zu erklimmen, während die Mutter sich aufs Geländer stützte und den Fuß nachzog.

*

Vor dem Sofa stand Laila, die Empfangsdame, und bat um Aufmerksamkeit. Elga sah vom Handy auf, Laura und Aune von einer Zeitungsbeilage über die Weihnachtsveranstaltungen der Stadt.

»Ritva lässt euch ausrichten, dass in den Nachrichten bekannt gegeben wurde, dass zwei Leskinen-Schwestern aufgegriffen wurden. Eine wird der Entführung und Körperverletzung verdächtigt.«

Die Schwestern tauschten beunruhigte Blicke. Laila sprach weiter: »Ritva bittet euch, am Montag zur vereinbarten Zeit wiederzukommen.«

Aune, Laura und Elga zogen sich langsam an und verließen auf zitternden Beinen und mit glühenden Wangen das Amt. Traten hinaus in die Kälte. Der Gehweg vor dem Eingang war frisch gestreut. Unsicher, die Hände in die Taschen geschoben, gingen sie los, den Blick zu Boden gerichtet. Sahen erst wieder auf, als ein Polizeiwagen auf der Hauptstraße Richtung Marktplatz davonfuhr. Ob Johanna und Tiina dort blau geprügelt und in Handschellen auf der Rückbank saßen? Aune blieb stehen und zündete sich mit bebenden Händen eine Zigarette an, Elga und Laura folgten ihrem Beispiel. Es fing schon wieder an zu dämmern, die Straßenlaternen gingen an.

»Fahren wir mit dem Bus?«, fragte Aune.

»Ich bin noch nie Bus gefahren«, sagte Laura.

»Ich schon«, sagte Elga.

»Aber wo steht der Bus, der zu Onni fährt?« Aune sah sich um.

»Wir stellen uns an die Kreuzung und fragen einen Passanten.«

Die Schneewehen waren schwarz mit gelben Sprenkeln von all der Hundepisse. Sie rauchten drei Zigaretten, bis sich eine Hundebesitzerin mit einer Zipfelmütze auf dem Kopf und einem fettleibigen Welsh Corgi an der Leine näherte. Es sah aus, als würde der Köter beim Kacken aufs Hinterteil kippen. *Feiiin, Timo!*, sagte sein Frauchen.

Aune trat auf die Frau zu und erkundigte sich nach der Bushaltestelle. Der Hund schnüffelte an Aunes Stalloverall, ganz aufgedreht von den Gerüchen.

»Wo wollt ihr denn hin?«, fragte die Frau, den Blick auf ihre fleckigen Overalls gerichtet.

»An den Fabriken vorbei, etwa zehn Kilometer raus aus der Stadt«, sagte Aune. »Zu Onni Kvarnholm.«

Ausgerechnet diese Frau reagierte nicht bei dem Namen.

»Kennt ihr die Adresse?«

Sie schüttelten die Köpfe.

»Die Richtung?«, fragte die Frau weiter.

Alle drei zeigten in verschiedene Richtungen. Die Frau gab es auf.

Sie ahnten, dass Elga den besten Orientierungssinn von ihnen hatte, und schlugen dann die Richtung ein, in die sie zeigte. Gingen den ganzen weiten Weg bis zu Onni bei elendem Gegenwind. Irgendwann am Abend kamen sie endlich an.

Nichts als Stille und eine sanfte Dunkelheit empfingen sie.

Über dem See leuchtete der Mond.

Fünfzehntes Kapitel

Onnis Gästehütte war so ausgekühlt, dass ihnen der Atem in weißen Wolken vor dem Mund stand. Die Schwestern schalteten den Heizofen ein, der sofort übereifrig losbullerte. Angezogen legten sie sich in die Betten. Aune nahm das oberste Stockbett, Laura wollte möglichst in Bodennähe schlafen – wann immer sie voller Widerwillen an große Höhen dachte, erschien Simones Gesicht vor ihrem inneren Auge, wie sie hoch oben auf dem abgebrochenen Baumstamm gesessen hatte. Sie litt unter furchtbaren Visionen davon, was Simone zugestoßen sein könnte. War sie von Wölfen zerrissen worden – wie auch Killi und Kiiski, aufgefressen von Wölfen? Jede Faser ihres Körpers war angespannt; sie lag lange wach und lauschte dem Wind, warf sich bald auf die eine, bald auf die andere Seite in ihrer Furcht. Ob Johanna und Tiina in den Knast oder in die Psychiatrie gekommen waren? Sie waren nur noch drei und eine Einbeinige. Was ihr Vater im Himmel wohl zu seiner dezimierten, verwundeten Schar sagen würde?

Elga und Aune lagen ebenfalls lange wach und hingen bis in die frühen Morgenstunden düsteren Gedanken nach. Irgendwann entschieden sie, dass sie sich genauso gut unterhalten konnten.

»Ich hab eine Idee«, sagte Elga.

»Sag schon!«, forderte Aune sie auf.

»Ich weiß, wo die Schlüssel zu Onnis Spirituosenvorrat hängen.«

Die anderen reagierten erstaunlich zögernd.

»Ich hätte nie gedacht, dass einmal der Tag käme, an dem ich Alkohol ablehne«, sagte Aune. »Aber ich habe keinen Bedarf. Das Verlangen danach ist futsch.«

»Lieber 'ne Stulle«, sagte Laura.

»Kommt schon! Eine Flasche russischen Schampus. Lasst uns feiern, dass Johanna eingebuchtet wird.«

»Na gut«, lenkte Aune ein.

Wenig später bekam Aune den hartnäckig festsitzenden Korken aus der Flasche; es war die letzte aus Onnis Vorrat. Elga schaltete die bunten Lampen ein. Elga und Aune stürzten Frühstückschampagner herunter, auch Laura nippte an einem halben Glas. Die Piroggen waren erst halb aufgetaut, aber sie hatten solchen Hunger, dass sie ihnen auch so schmeckten.

Auf dem Küchentisch entdeckte Elga einen Zettel; Onnis Erinnerung, seine Post hereinzuholen. Bis zum Briefkasten war es ein ganzes Stück; den Alkohol merkte sie auf dem Weg dorthin in den Beinen. Die Luft war feucht, der Himmel grau, die schwache Sonne versuchte vergeblich die Übermacht der Wolken zu brechen. Aus Kvarnholms Postkasten quollen Zeitungen und Umschläge. Elga erkannte diese Sorte Schreiben wieder, die ihr Vater immer gleich zerrissen hatte.

Wieder im Haus, knallte Elga den Stapel Zeitungen auf den Tisch und zeigte auf die Schlagzeile auf dem Titelblatt.

Johanna und Tiina Leskinen von der Polizei verhaftet.

Lange betrachteten sie das Bild. Johanna und Tiina waren nackt, ihre Köpfe mit Decken verhüllt. Sie trugen Handschellen. Elga las die Bildunterschrift.

»Die Schwestern wurden in der Sauna aufgegriffen.«

Sie sah von der Zeitung auf und blickte Laura und Aune an:

»Das heißt, jetzt sind wir frei?«

Aunes Reaktion fiel heftig aus: »Hast du denn überhaupt keine Gefühle mehr für deine Schwestern übrig!«

»Tiina ist immerhin mein Zwilling«, sagte Laura. »Als wir klein waren, hat sie mich auf ihren Schultern getragen.«

Elga verspürte keinen Funken Sentimentalität.

»Hier steht ein kurzer Artikel. Sie nennen es ›Der Fall Leskinen‹.« Laut las sie weiter, und die anderen beiden hörten ihr andächtig zu.

»Während des Kälteeinbruchs vergangene Woche fand man sechs wehrlose junge Frauen bewusstlos auf einem Einödhof in der Wildnis nahe der Grenze. Sie wurden mit Erfrierungen und Unterernährung ins Krankenhaus eingeliefert. Eine der Schwestern hat bleibende Schäden davongetragen und wird weiter im Krankenhaus behandelt, eine weitere wurde in die geschlossene Psychiatrie eingewiesen.

Bei den Mädchen handelt es sich um die Töchter des verstorbenen Bärenjägers Heikki Leskinen. Sie haben das Erbe ihres Vaters angetreten und verkaufen an ihrem Marktstand, der eine beliebte Attraktion ist, ebenfalls Bärenfelle. Einer ihrer Abnehmer ist der Pelzhändler Onni Kvarnholm. Die bereits wieder genesenen Mädchen befinden sich in der Obhut der Sozialbehörden.«

»Wehrlos! … Als wären wir nichts als hilflose Kinder«, sagte Aune aufgebracht.

Elga las weiter, kaute Brot und stürzte den Champagner hinunter; plötzlich kribbelten die Bläschen unangenehm im Hals. Laura hatte Papier und Stifte vor sich liegen und malte Schnörkel. Aune seufzte und bat Elga darum vorzulesen, was über das laufende Bärenjahr in der Zeitung stand. Dieses Wort immerhin hatte sie als Beinaheleserin erkannt.

Sie hätten den Champagner nicht öffnen sollen, machte sich nach einigen Gläsern des klebrig-süßen Getränks doch die Lust auf etwas Stärkeres bemerkbar. Nichts ging über Renat. Am liebsten gleich ein paar hintereinander, das beruhigte so schön die Nerven.

»Es ist schlimmer, nur wenig zu trinken, als ganz auf den Alkohol zu verzichten«, stellte Elga fest.

»Morgen kommt Onni ja wieder, bestimmt wird er seine Vorräte wieder auffüllen. Bis dahin sollten wir es wohl ohne welchen aushalten können«, sagte Aune.

Laura berührte fast mit der Nase das Bild des Bären in der Zeitung; sie sehnte sich nach ihrer Brille.

»Hier steht wieder etwas über uns. In einem Leserbrief«, sagte Elga.

Die anderen hielten den Atem an.

»Wenn irgendein Gesindel aus dem Nirgendwo auftaucht, hilft die Gemeinde bereitwillig. Mit gesetzestreuen Bürgern dagegen wird arrogant umgesprungen, wenn sie von Arbeitslosigkeit getroffen werden. Dabei haben wir unser ganzes Arbeitsleben lang Steuern gezahlt. Auf uns zeigt man mit dem Finger, während die wahren Ganoven wie Könige hofiert werden.«

Wütend und rebellisch gestimmt, zogen die Schwestern ihre Jacken an und gingen nach draußen. Tief in den Wald hinein, wo der Schnee weiß glitzerte und die Luft klar war. Sie setzten sich in eine Höhle und sahen zu, wie die Schneeflocken sachte zu Boden schwebten.

»Psst!«, sagte Laura.

»Könnt ihr hören, wie der Bär im Schlaf atmet?«

»Ja, ich kann es«, erwiderte Aune.

»Könnt ihr hören, wie der Biber in seinem Bau Kinder macht?«, sprach Laura weiter.

»Ja, aber man sagt Jungen dazu«, korrigierte Aune.

Elga verdrehte die Augen. »Ihr spinnt doch!«

Sie verbrachten den ganzen Tag dort. Eins mit den schwebenden Schneeflocken zu werden, war das beste Rezept gegen ihre innere Unruhe.

Hundemüde gingen sie schließlich ins Bett, es war noch früh. Elga las noch ein Weilchen bei eingeschalteter Lampe, bis Aune sie bat, sie auszumachen. Gegen drei Uhr nachts wachten sie auf: Eine Autotür knallte, weiterer Radau folgte. Angespannt horchten sie. Eine Frau, die laut auflachte; Onni, der mit heller Stimme etwas erwiderte.

Herrlicher Kaffeeduft und ein Hauch von Moschus strömten ihnen entgegen, als sie Onnis Haustür öffneten. Abrupt blieben sie auf der Schwelle stehen. Die Frau sah aus wie eine russische Hure oder ein amerikanischer Filmstar aus den Fünfzigerjahren. Aber diese Assoziation bildeten die Mädchen natürlich nicht, waren sie doch nie im Kino gewesen oder hatten auch nur ferngesehen. Sie starrten die Frau an: toupiertes, haarsprayvernebeltes Haar und eine dicke Schicht lachsfarbener Lidschatten. Ein Fuß, der in einem hochhackigen, paillettenverzierten Hausschuh steckte, wippte.

»Guten Morgen, Mädels. Kommt rein und sagt Hallo. Es gibt frischen Kaffee und russische Roggenbrötchen.«

Onni trug seinen Seidenmorgenmantel, und auch er wippte mit dem Fuß: Der Fuchskopf erwachte zum Leben. Er zündete sich einen Zigarillo an und reichte ihn der Frau. Der Aschenbecher quoll über vor Stummeln mit Lippenstiftabdruck und halb gerauchten Zigarillos. Sie schienen schon seit ihrer Ankunft hier zu sitzen.

Onni stellte seinen Gast vor: »Das ist Oksana. Eine sehr enge Freundin eures Vaters aus Nowosibirsk. Eure Felle und Pelze landen in ihrem Unternehmen. Die Russen sind ganz verrückt nach Pelzen. Oksana legt Wert auf richtiges Bärenfell; keinen fusseligen Pelz von irgendeinem Vieh, das sich in die Stadt verirrt hat und sich seine Nahrung aus Mülltonnen fischt. Auf die Schweden ist nicht länger Verlass. Die haben nur noch Interesse an Kunstpelz.«

Oksana stand auf und schüttelte ihnen nacheinander die Hand.

»Aune, Laura und Elga. Drei von Heikkis sieben Töchtern«, stellte Onni vor.

»Angenehm«, sagte Oksana.

Onni brachte ihnen Kaffee und schob den Korb mit warmen Roggenbrötchen und die Aprikosenmarmelade vor die Mädchen hin.

Sie aßen und aßen. Zurück blieb nur ein Haufen Brötchenkrümel.

Oksana lachte.

»Ihr seid ihm unglaublich ähnlich – na ja, bis auf dich vielleicht.«

Sie sah Elga an.

»Ich habe aus den Nachrichten von dem Drama erfahren«, sagte Onni ernst. »Was meint ihr …? Johanna … Wird sie in der Geschlossenen bleiben?«

Die Schwestern wechselten einen Blick, wanden sich. Das war eine unangenehme Frage.

»Sie ist … Wie heißt das …«, sagte Aune.

»… im Bau, mehr wissen wir nicht«, sagte Elga.

Onni schlussfolgerte, ganz Geschäftsmann: »Dann ist mir klar, dass ihr mir zum Wintermarkt nichts liefern könnt.«

Oksana erstarrte.

»Das ist keine gute Nachricht. Weihnachten ist mein Hauptgeschäft.«

Onni sah die Schwestern an, die nichts sagten. Vorsichtig formulierte er seine nächsten Worte: »Wäre es nicht schlau, wenn eine von euch den Jagdschein machen würde? Das wäre doch eine gute Gelegenheit jetzt, wo ihr sowieso in der Stadt seid.«

Das war der letzte Schein, den just diese drei Schwestern sich wünschten.

»Gejagt haben vor allem Tanja und Tiina mit Johanna«, sagte Elga.

»Und wer ersetzt sie, wenn sie mal krank ist?«, fragte Onni.

»Sie ist nie krank«, erwiderte Aune.

»Dieser Winter war die Ausnahme«, sagte Elga.

»Wäre es denn nicht sinnvoll, eine von euch würde lernen, wie man Pelze näht? Dann könnt ihr zum Beispiel selbst entworfene Mützen verkaufen. Laura, das müsste doch etwas für dich sein, oder?«

Laura erwiderte nichts, aber man konnte sehen, wie ihre Gedanken ratterten.

»Wer ist eigentlich die Zapfenkünstlerin von euch?«, fragte Oksana und deutete auf die Figuren auf dem Kaminsims.

Aune und Elga zeigten auf Laura.

»Ergreifend. Ein Ausdruck reinster Poesie. Ich habe von deinen Totempfählen gehört. Hast du eine eigene Website?«

Fragend sah Laura die Russin an und überlegte im Stillen, wo man wohl lachsfarbenen Lidschatten kaufen konnte.

»Diese Mädchen leben wie die Eremiten«, erklärte Onni. »Sie haben keine Internetverbindung, keinen Strom. Wollt ihr weiterhin so spartanisch leben? In dem Fall solltet ihr euch ein Solardach anschaffen, dann habt ihr zumindest zum Arbeiten Beleuchtung und Strom für einen kleinen Kühlschrank.«

Oksana ließ nicht locker: »Mach Fotos von den Totempfählen und schick sie mir, auf welche Art auch immer … Schick mir einen gewöhnlichen Brief. Ich bekomme gern Briefe mit der Post, wenn es keine Rechnungen sind.«

»Ihr habt ein Handy von mir bekommen. Damit könnt ihr fotografieren«, sagte Onni.

»Das hat Johanna«, sagte Aune.

»Ich habe das Handy, das uns die Kümmertante vom Amt gegeben hat«, sagte Elga. »Wir befassen uns damit, wenn wir zurück in der Klause sind.« Insgeheim dachte sie: Falls wir überhaupt jemals dorthin zurückgehen werden …

»Hast du Stift und Papier?«, fragte Laura. »Ich kann dir die Totempfähle skizzieren.«

»Ihr seid genauso erfrischend wie euer Vater«, sagte Oksana. »Die Menschen sind heutzutage so schrecklich glatt gebügelt. Roboter, die ständig ›Alles guuut!‹ sagen. Oder?! Und das, obwohl in dieser Welt doch so wenig gut ist.«

»Es gibt nicht mehr viele echte Persönlichkeiten … Doch, dich, liebe Oksana.«

Onni tätschelte Oksanas Wange. Er wusste, dass sie gerne Komplimente hörte.

»Du ahmst nicht die breite Masse nach. Das hat auch der werte Heikki nicht getan, er hatte Stil. Trat elegant auf, wenn wir zusammen ausgegangen sind, wenn er auch arg mitgenommene Kleidung trug. Möchtet ihr ein paar Fotos von eurem Vater sehen?«

Er zog verschiedene Küchenschubladen auf. Legte den Schwestern Farbfotos vor.

»Wir haben immer Fotos gemacht, bevor wir in der Stadt tanzen gegangen sind.«

Die Mädchen willigten zögernd ein; sie fürchteten sich davor, was sie zu sehen bekämen. Da war er, breit wie ein Schrank, in Wolfspelz und Uschanka. Und auf dem Bild hatte er den Arm um Oksanas Schultern gelegt. Auf diesem Bild waren sie zu dritt im Schulterschluss. Oksana in der Mitte, umschwärmt und mit seligem Gesichtsausdruck, schenkelhohe Stiefel und einen Biberpelz tragend.

»Er konnte wirklich tanzen«, sagte Oksana. »Die Frauen umschwirrten ihn, und die Männer ballten im Stillen die Fäuste … Sie waren außer sich vor Eifersucht.«

Onni bemerkte, wie unwohl Heikkis Töchter sich beim Anblick der Fotos fühlten, bei all dem Erschütternden, das sie über ihren Vater erfuhren. Weil Onni aber ein Händchen dafür hatte, für eine entspannte Atmosphäre zu sorgen, lenkte er das Gespräch rasch in eine andere Richtung.

»Ich hebe heute Geld für euch ab. Aber ihr könnt nicht mit dicken Geldbündeln in der Hosentasche rumlaufen. Seit der Schließung der Fabrik sind die Stadtbewohner so verzweifelt, dass sie es riechen, wenn jemand Bargeld lose mit sich herumträgt. Bittet Ritva, ein Konto für euch zu eröffnen. Richtet ihr schöne Grüße von mir aus. Ich helfe euch damit.«

»Mit dem Konto komme ich schon klar«, sagte Elga. »Darf ich bitte einen Zigarillo haben?«

»Setzt euch, liebe Leute«, sagte Ritva. »Ich begrüße euch zu unserem zweiten Termin.«

Tanja, die ins Büro kam, sah Ritva nicht an. Legte ihre Krücke neben den Stuhl, streckte schmerzverzerrt das Bein aus. Sie war zwar aus dem Krankenhaus entlassen worden, aber der Stumpf tat immer noch weh, wenn sie ihn belastete. Aune begrüßte Ritva und setzte sich neben ihre Zwillingsschwester. Besorgt betrachtete sie Tanjas plumpen Schuh, in dem eine Prothese steckte. Elga und Laura nickten Ritva freundlich zu und nahmen Platz. Als Letzte kam Tiina und schmiss sich trotzig auf einen Stuhl.

»Ich habe Neuigkeiten für euch …«, begann Ritva.

Tanja unterbrach sie: »Kommt Johanna ins Gefängnis?«

»Ich weiß nur, dass sie sich wieder in der Psychiatrie befindet. Ermittlungen dieser Art können leider lange dauern. Die Polizei in der Stadt hat einen zu großen Bezirk abzudecken. Bedauere.«

»Finden Sie's raus!«, sagte Tanja zornig.

»Ihr könnt dort selbst anrufen und euch nach den Besuchszeiten erkundigen«, sagte Ritva.

Tiina sah auf ihre Hände hinab, die gerade eine Zigarettenschachtel zerknüllten. Das Polizeiverhör hatte sie beschämt. Johannas bedrohliches Auftreten in der Sauna hatte sie zum ersten Mal erkennen lassen, wie fremd und gefährlich launenhaft ihre Schwester sein konnte. Bislang war Tiina von diesem Verhalten verschont geblieben. Auf einmal sah sie Elga und Laura mit anderen Augen. War es ihnen all die Jahre hindurch so ergangen? Hatten sie eine ewige Angst mit sich herumgeschleppt? Tanja war die Einzige, die Johanna noch nicht in den Schwitzkasten genommen hatte. Aber Tiina wollte sowieso nicht mit einer Fremden über Johanna reden, mit dieser Ritva, die ihnen eifrig etwas anderes mitteilen wollte: »Ich habe auch gute Neuigkeiten für euch: Die Gemeinde will euer Elternhaus kaufen.«

»Dieses Elsternnest!«, entfuhr es Elga prompt.

»Wir investieren bisher zu wenig in die Kultur …«, sprach Ritva weiter, »… und aus dem Haus soll ein Jagdmuseum werden. Mit Bärenpräparaten und Informationen über die Geschichte der Jagd in unserer Gemeinde. Euer berühmter Vater soll das Zugpferd sein. Kulturpolitiker brüten gerade aus, wie das Museum heißen soll, natürlich irgendetwas mit Leskinen.«

Tanja starrte Ritva bohrend an: »Ach, jetzt auf einmal! Unsere ganze Kindheit waren die Behörden und die Polizei hinter unsrem Vater her. Haben ihn als Wilderer und wer weiß was noch beschimpft.«

»Das stimmt«, sagte Ritva, »aber inzwischen ist er nicht mehr am Leben, und in unserer Gemeinde gibt es sonst nicht viele Berühmtheiten.«

»Wir verkaufen nie im Leben!«, brüllte Tanja.

»Willst du denn dort wohnen?«, wandte Elga sich an ihre Schwester.

»Nein, aber der Name unsres Vaters soll nicht vom Feind in den Dreck gezogen werden.«

»Aber euer Vater soll doch im Gegenteil geehrt werden«, sagte Ritva. »Und jetzt möchte ich … als euer sogenannter Feind … ein Bankkonto auf euren Namen einrichten.«

»Wir arbeiten mit Bargeld«, blaffte Tiina.

»Hat man ein Konto, dann bleibt der Gemeinde nichts mehr über einen verborgen«, sagte Tanja.

»Ihr habt also etwas zu verbergen?«, fragte Ritva.

»Wir wollen uns nur um unsere eigenen Angelegenheiten kümmern«, sagte Tiina.

»Und ich will mich darum kümmern, dass ihr überlebt. Danach werde ich keine Zeit mehr mit euch zubringen, das kann ich dir versprechen. Eine andere Frage – die Heimatforscherin hat sich noch einmal gemeldet. Sie hat früher schon mal über euren Onkel geschrieben und mir den Artikel gemailt. Ich habe ihn für euch ausgedruckt.«

Aune streckte eine danach Hand aus und nickte gleichzeitig Elga zu.

»Schwer zu fassen, dass er tot ist«, sagte Ritva. »Wenn Veikko Huovinen aufgetreten ist, habe ich immer in der ersten Reihe gesessen.«

Aunes Miene erhellte sich. Ritva richtete sich vor allem an sie, während Tiina und Tanja grimmig die Münder verzogen und demonstrativ mit den Augen rollten.

»Ja, die Heimatforscherin hat gemeinsam mit eurem Onkel in unserem Landkreis Erzählabende bestritten. Jetzt möchte sie gerne, wie ich schon mal erwähnt habe, über euch schreiben. Vielleicht könnte sogar ein Buch daraus werden. Was sagt ihr dazu?«

»Nein!«, sagte Tanja.

»Sie stellt uns doch nur als Lumpenpack dar …«, sagte Tiina.

»Ich kann mich mit ihr treffen. Veikko hat mir beigebracht …«

Tanja fiel Aune ins Wort: »Wehe!«

Aune funkelte ihre bockige Schwester an: »Willst du etwa verhindern, dass Onkel und Vater geehrt werden? Das musst du dann mit deinem Gewissen abmachen.«

»Das wird böse enden«, sagte Tanja.

»Warum glaubst du das?«, fragte Ritva behutsam.

»Johanna wird ausrasten, und ich bin schon außer mir.« Sie wandte sich ihren Schwestern zu. »Kapiert ihr denn nicht, dass das eine Falle ist? Diese Frau lockt uns mit Zucker. Und dann rauben diese Kümmertanten uns unser Leben.«

»Ihr müsst euch wegen eures Elternhauses, der Kontoeröffnung und der Heimatforscherin einigen«, sprach Ritva weiter. »Dies sind die Kontaktangaben. Entscheidet selbst, was ihr wollt. Ich habe gleich den nächsten Termin. Ihr seid nicht die Einzigen, die es schwer im Leben haben.«

Elga kam ihr entgegen: »Ich übernehme die Verantwortung für das Bankkonto. Aune kann die Heimatforscherin treffen.«

»Der Teufel soll euch holen!«

Tanja sprang auf, schnappte sich ihre Krücke und steuerte mit abgehackten Bewegungen auf die Tür zu. Dann drehte sie sich um und schrie: »Ihr kommt jetzt mit!«

»Bewahre bitte einen anständigen Gesprächston«, sagte Ritva streng.

Tanja zeigte mit dem Finger auf sie: »Stülp du dir doch deine Fotze übern Kopf, dann hast du ’ne prima Pelzmütze!«

Schäumend vor Wut über ihre Schwestern, die sitzen blieben, riss sie die Tür auf. Rammte ihre Krücke gegen die Wand und humpelte aus dem Zimmer.

Ritva musste all ihre Willenskraft aufbieten, um die Beherrschung zu wahren und den Impuls zu unterdrücken, laut aufzulachen. So einen drolligen Auftritt hatte sich bislang noch kein Kunde geleistet. Sie rang damit, wieder zu einem Respekt einflößenden Tonfall zurückzukehren.

»Uns stehen seitens der Gemeinde zwei Wohnungen zur Verfügung. Kommt ihr damit zurecht, bei Kvarnholm zu wohnen? Falls nicht, meldet euch. Ihr seid immerhin zu fünft.«

Tiina korrigierte sie: »Zu sechst. Aber wir sind Wäldler und bleiben Wäldler. Der Wald ist und bleibt unser Zuhause. Fichten bezichtigen uns nicht als Lumpenpack.«

»Wollen wir einen neuen Termin ausm…?«

»Wolln wir nicht«, sagte Tiina und stand auf.

»Nun denn. Dann wünsche ich euch alles Gute. Hier habt ihr Wertmarken, um euch Hosen zu kaufen. Die braucht ihr. Ihr wisst, wie ihr mich erreichen könnt. Passt auf euch auf.«

Die Dohlen gaben ein kreischendes Konzert, der Himmel über dem Shoppingcenter war bleigrau. Aune, Elga und Laura gingen die gestreute Fußgängerzone entlang, in der jedes zweite Geschäft verrammelt war. Vor einem weihnachtlich dekorierten Schaufenster blieben sie stehen; es blinkte, glitzerte und leuchtete in Rot. In einem Spielwarenladen stand ein riesiger mechanischer Weihnachtsmann im Fenster. Er drehte den Kopf und nickte den Passanten zu.

»Haben wir eigentlich jemals Weihnachtsgeschenke bekommen, wisst ihr das?«, fragte Aune.

»Wir haben für die Kühe Kerzen angezündet. Das war unser Weihnachtsfest«, erinnerte sich Elga.

»Vater hat für jede von uns einen Weihnachtsapfel an einem Stock gegrillt. Aber von Onkel Veikko haben wir doch Päckchen bekommen, oder?«, überlegte Aune.

»Er hat einmal jeder von uns einen selbstgeschnitzten Esel geschenkt«, sagte Laura. »Die Ohren waren mit einem winzigen Nagel befestigt.«

»Wo sind diese Esel überhaupt abgeblieben?«, sagte Aune.

»Solche Nägel möcht ich haben«, sinnierte Laura.

»Vater hat Brennholz aus ihnen gemacht«, sagte Elga. »*Esel brennen besonders gut. Bald zünd ich dich auch an*, hat er zu Mutter gesagt. Ich weiß noch, wie er laut gelacht hat.«

»Ihr habt auch gelacht«, sagte Aune.

»Haben wir?«, fragte Elga. »Und du nicht?«

»Nein. Vater war ein großes Schwein. Jetzt ist es raus.«

Sie sagte das keineswegs vorwurfsvoll. Die anderen versuchten, sich an diese Szene zu erinnern.

Elga warf Aune einen skeptischen Blick zu: »Das sagst du jetzt, wo du den Beweis dafür hast.«

»Welchen Beweis?«, fragte Laura.

»Blätter aus Mutters Tagebüchern. Wir zeigen sie dir.«

»Aber sie konnte doch gar nicht schreiben!«

»Doch, konnte sie. Wir lesen sie dir heute Abend vor.«

Laura war perplex; sie ging mit gerunzelter Stirn weiter und wollte die Tür eines Süßwarenladens aufreißen. *Montags geschlossen*, las Elga an der Ladentür. Sie entdeckte eine Kippe davor, nein, zwei, und steckte sie ein. Dann betraten sie das warme Shoppingcenter. Noch waren die Läden geschlossen. Das Sportwarengeschäft, wo sie ihre Hosen hatten kaufen wollen, hatte montags ebenfalls zu. Sie gingen hin und her, sahen ins Schaufenster der Eisenwarenhandlung, drückten sich die Nasenspitzen an der Scheibe des Spirituosengeschäfts platt; saugten den Anblick der vollen Regale in sich auf; all diese Flaschen mit schönen Etiketten!

Anfangs genossen sie die Wärme in der Einkaufspassage, aber es dauerte nicht lange, bis sie in ihren Jacken und Arbeitsoveralls schwitzten. Ihre Wangen glühten, und mit ihrem Schweiß stieg ihnen der Stallgeruch in die Nase. Zu Hause auf dem Hof hatten sie diesen Geruch gar nicht bemerkt, aber hier, in der Stadt, war er deutlich wahrnehmbar. Ein anderer Geruch stach ihnen in die Nase, als ein Mann mit einem langen Bart und riesigen Einkaufstüten voller Geschenke an ihnen vorbeihastete. Irgendein Geschäft musste also geöffnet haben. Der Bart roch so penetrant, als hätte der Alte eine ganze Flasche Rasierwasser darauf ausgekippt. Es verschlug ihnen den Atem, und sie gingen wieder hinaus in die Fußgängerzone.

Aune zeigte auf ein Schild: »Seht mal! Da drüben steht *Café Met… Metro…pool.* Drei Kaffee können wir uns doch bestimmt leisten?«

Im Türrahmen des Cafés blieben sie stehen und sahen sich um: altmodische Sessel mit gemusterten Kissen, Couchtische aus dunklem Holz mit Spitzentischtüchern. Große Blumentöpfe mit Topfpflanzen auf der Fensterbank. Tische, auf denen sich Zeitungen stapelten. Eine grauhaarige Frau in einer Kapuzenjacke saß über einen Laptop gebeugt auf einem Sofa. Auf einer Decke neben ihr lag ein Nackthund in einem neonfarbenen Hundedress. Sie sah vom Bildschirm auf: »Schließt bitte die Tür, es zieht!«

Da betraten sie das Café und wandten sich zur Theke. Ihr Blick schweifte über Kuchen und Torten; sie sahen sich an. Das Wasser lief ihnen im Mund zusammen.

Aune bestellte: »Hallo. Drei Kaffee, bitte.«

Sie reichte der Barista einen Geldschein.

»Wir nehmen kein Bargeld mehr«, sagte die Frau hinter dem Tresen.

»Und wie bezahlt man dann?«

»Mit Karte oder per Mobilpay.«

»Aha, dann können wir nicht zahlen.«

»Wenn ihr für einen runden Betrag etwas nehmt, geht das trotzdem. Ich habe nur kein Wechselgeld.«

Aune und Elga entschieden sich für Prinzessinnentorte, Laura für Schoko-Sahne-Torte. Lechzend starrten sie das süße Gebäck an.

»Zucker?«, fragte Aune.

Die Barista zeigte zum Ende des Tresens, wo mehrere Zuckerstreuer standen.

»Würfelzucker?«

»Haben wir nicht.«

Aune nahm einen Zuckerstreuer in die Hand, warf ihren Schwestern einen Blick zu und schüttelte enttäuscht den Kopf. Sie setzten sich an einen Tisch, tranken Kaffee und schwelgten, die Augen geschlossen, in den Konditorwaren. Am Ende waren ihre Gesichter sahneverschmiert, Lauras Mund schokoladenschwarz. Der Nackthund sprang vom Sofa, nahm neben Laura Platz und sah sie mit einem unwiderstehlichen Bettelblick an. Laura stellte den Teller mit den Tortenresten auf den Fußboden, woraufhin die Frau sich vom Sofa erhob und ihr Hündchen ruckartig zu sich heranzog, als müsste sie ihn vor gefräßigen Wölfen retten.

»Schokolade für einen Hund! Unmöglich!« Sie nahm ihr Neonhündchen auf den Arm, tätschelte es und überschüttete es mit Koseworten.

Elga ging zur Barista, die gerade mit jemandem telefonierte und über den Mordfall sprach.

»Hoffentlich finden sie sie. Bis jetzt keine Spur. Ja, es gibt immer wieder Männer, die ausrasten, wenn ihre Freundin Schluss macht. Sie können das nicht ertragen. Einen Augenblick, ich habe Kundschaft.«

»Ich suche einen Aschenbecher«, sagte Elga.

Die Barista zog erstaunt eine Augenbraue hoch.

»Hier herrscht Rauchverbot.«

»Rauchverbot?!«

»Das ist überall in der Stadt so.«

Elga wurde ärgerlich; laut sagte sie: »Wenn ihr uns nicht in möblierten Räumen haben wollt, setzen wir uns eben auf die Terrasse.«

»Auch da ist es leider verboten zu rauchen. Ihr müsst in den Stadtpark gehen. Links zur Tür raus. Geht die Straße runter, dann könnt ihr ihn sehen.«

Lustlos latschten sie zum Stadtpark und konnten sich des Gefühls nicht erwehren, dass immer etwas schieflief, sobald sie mit anderen Menschen in Kontakt kamen. Im Park waren nur rastlose Dohlen und einige Hundebesitzer mit winterlich eingepackten Schoßhündchen zu sehen. Der Schnee färbte sich immer gelber von ihrer Pisse, und aus den Mülleimern quollen Kottüten. Elstern hielten auf dem Boden Ausschau nach Schätzen.

»Killi und Kiiski hätten uns umgebracht, wenn wir sie gezwungen hätten, solche Hundegeschirre zu tragen«, sagte Aune. »Seltsam, wie sehr man sie doch vermissen kann …«

Laura nickte, ein Kloß saß ihr im Hals. Jeden Tag sehnte sie sich nach den Hunden und den Hühnern. An wen konnte man sich denn noch kuscheln, wenn es sie nicht mehr gab? Die Tiere gaben ihr das Gefühl, weniger durchsichtig zu sein.

In einer Ecke des Parks befand sich eine verschneite Bühne mit einem kunstvoll geschnitzten Baldachin und mehreren Bankreihen. Dort setzten sie sich hin und rauchten. Laura ließ ihren Blick an einem Gebäude auf der gegenüberliegenden Seite des Flusses hinaufwandern.

»Was ist denn das für ’n Palast?«

»Da steht … wart mal … *Bib-biblio-thek* und *K-Ku* …«

»Kuhstall und Bücher?«, fragte Aune verwundert.

»Hetz mich nicht! *K-Kunst-hal-le.*«

»Da gehen wir heute Nachmittag hin, wenn ich meine Brille bekommen habe«, sagte Laura, zog eine Kippe hervor und steckte sie sich begierig in den Mundwinkel. Reichte Aune die zweite.

Schweigend sahen sie abwechselnd zwischen den frierenden Enten und dem stattlichen Gebäude – dem Kulturzentrum – hin und her. Auf der schmalen Brücke über dem Fluss stand ein Angler.

Elga blickte auf die Uhr. Sie zeigte dieselbe Uhrzeit an wie die große Uhr über dem Eingang der Kunsthalle.

»Du musst los, Laura. Da drüben geht's zum Marktplatz, einfach immer geradeaus. Wir warten hier auf dich.«

Sie drehten mehrere Runden durch den Stadtpark. Wühlten in Mülleimern, fanden Pfandflaschen und Kebab-Brotkanten. Eine schwangere Frau in einer Steppjacke watschelte durch den Park. Elga und Aune wechselten einen Blick und sagten gleichzeitig: »Lygia!«

Sie hatten unangenehme Erinnerungen an die Schlägerei im Volkspark. Ob Buster wohl der Vater des Kindes war? Sie setzten sich auf eine Bank, starrten vor sich hin.

»Kann das so lange dauern, in einem Laden eine Brille zu kaufen?«, fragte Aune irgendwann ungeduldig.

Sie vergnügten sich damit, ausgespuckte Kaugummireste zu sammeln; sie waren hart und gefroren, wurden aber irgendwann weich und nachgiebig. Sie bekamen genügend zusammen, dass es für einen dicken Batzen Kaugummi für jede reichte. Wer von ihnen wohl die größte Blase blies?

Dann kam sie. Den Kopf hoch erhoben, mit ungewohnt sicherem Gang, strahlendem Gesicht. Einem seltenen Lächeln.

Aune und Elga sahen sie an: runde Brillengläser mit schmalen Bügeln.

»Es hat Ewigkeiten gedauert«, sagte Laura. »Eine Frau hat mich in einen dunklen Raum gebracht, und ich musste in einen seltsamen großen Apparat gucken.«

»Du hast dich für die Brille des Pastors entschieden«, sagte Elga erstaunt.

»Die hat am besten auf der Nase gesessen – die Optikerin hat gesagt, die Brille würde meinem Gesicht schmeicheln. Ja, so hat sie's ausgedrückt.«

Sie nahm die Brille ab und hielt sie behutsam an den Bügeln in die Höhe, als wäre sie eine große heilige Spinne mit zerbrechlichen Beinen. Dann setzte sie sie wieder auf. Sah ihre Schwestern an. Es war das erste Mal, dass sie sie klar und deutlich sehen konnte.

»Du siehst aus, als gehörtest du zu einem ganz anderen Menschenschlag«, sagte Aune.

»Diese Brille ist nur geliehen. In zwei Wochen kann ich die richtige abholen, die für meine Sehstärke bestellt wurde.«

»Na, dann lasst uns jetzt in die Kunsthalle gehen!«, sagte Aune. Auf der Brücke zum Kulturzentrum blieben sie stehen und sahen hinab in das schwarze von der Strömung verwirbelte Wasser, in dem klirrende Eisschollen trieben.

»Wenn Tiina hier wäre …«, sagte Aune.

»… dann würde sie von Scholle zu Scholle hüpfen«, bemerkte Laura.

Ein Windhauch strich über den Hals der Schwestern. Dunst stieg über dem Gewässer auf. Die Stockenten am Ufersaum schnatterten hungrig, drängten sich aneinander.

»Was sollen wir mit Tiina und Tanja machen?«, fragte Aune.

»Jeden Gedanken an sie verdrängen«, erwiderte Elga.

Nebeneinander gingen sie die Treppen zum Kunstpalast hinauf, im Foyer zierten Plakate die Wände. Elga las, Aune übte lesen, und Laura freute sich darüber, dass die Buchstaben nicht mehr vor ihren Augen verschwammen. Erzählabende. Autorenlesungen. Die Weihnachtsausstellung der Kunsthalle.

»Mein Vater, der Wald«, las Elga.

»Was soll das heißen, mein Vater, der Wald?«, fragte Laura.

»So heißt die Ausstellung«, sagte Elga. Sie deutete auf ein anderes Plakat und las vor, welche Erzählabende es im Frühjahr geben würde: »Das ist doch etwas für dich, Aune.«

Laura stand vor einem Plakat, das ein Gemälde mit kreideweißen Birkenstämmen zeigte, dessen schwarze Flecken wie Fledermausköpfe aussahen. Sie zog es zur Kunsthalle, während Aune und Elga zaghaft die Bibliothek betraten. Laura war allein in dem großen Saal, der so weiß wie das Krankenhauszimmer war. Ehrfürchtig schritt sie von Gemälde zu Gemälde, von Skulptur zu Skulptur, trat vor, streichelte die Werke, befühlte einen grasgrünen Moosteppich, der von einem runden Rahmen aus Birkenholz eingefasst war. Sie übte leichten Druck auf den Teppich aus. Befühlte anschließend die Ölfarbe eines Gemäldes, das Kleinkinder zeigte, die mit Bärenjungen spielten. Jetzt musste sie – ganz ungewohnt – ein paar Schritte zurücktreten, um das ganze Bild in sich aufnehmen zu können.

Die Kinder zogen an einem Tau, das sie über den Ast einer Birke geworfen hatten und an dessen Ende ein Fleischköder befestigt war. Drei Bärenjunge sprangen hoch, um an das Fleisch heranzukommen, scheiterten aber, hüpften wieder hoch und purzelten hin; ein Junges lag zappelnd auf dem Rücken. Im Höhleneingang lag die Bärin und wachte über das Spiel.

Veikko hatte ihnen einmal erzählt, dass ihre Mutter und er mit Bärenjungen gespielt hätten, und dieses Gemälde bildete genau so eine Szene ab. Laura fiel es schwer, sich ihre Mutter beim Spielen vorzustellen, erst recht mit Bären. Veikko hatte erzählt, sie wussten, dass sie keine Hunde – und schon gar kein ausgewachsenes Tier – hätten bei sich haben dürfen, dann hätte die Bärenmutter sie angefallen. Die Kinder aber ließ sie gewähren.

Kinder sind Kinder. Sie sind alle gleich. Kinder wollen spielen, aber was machen Erwachsene, die auch weiterhin spielen und gleichzeitig keine Gefahr für die Tiere darstellen wollen?

Wie konnte Veikkos Geschichte nur hierhergeraten sein? Laura versuchte den Namen der Künstlerin zu entziffern, aber die Buchstaben flossen ineinander. Sie trat noch einen Schritt zurück und betrachtete die Details des Gemäldes. Entdeckte hinter den Kindern ein Eichhörnchen auf einer Kiefer.

Lauras Blick fiel auf eine Vitrine mit Holzfiguren und Tonminiaturen. Sie ging näher und blieb abrupt stehen, als sie den Elch und den Biber erkannte. In ihrem Kopf drehte sich alles. Was taten sie hier? Wen könnte sie fragen? Sie sah sich um, sie war immer noch allein in dem großen Saal.

Das nächste Gemälde mutete an wie eine Fotografie; es stellte den Geist eines jungen Mädchens in einem mit weißen Seerosen bewachsenen See dar. Ein Mann mit langem Bart saß in einem Ruderboot und versuchte das Trugbild des Mädchens festzuhalten, es mit den Händen zu greifen, als wäre es eine Forelle. Sie entglitt seinem Griff.

Laura versuchte den Titel zu entziffern und erkannte Aino in der Mädchengestalt wieder; diese Geschichte kannte sie wahrlich in- und auswendig. Lange tauchte Laura in Ainos Blick ein, *Du kannst mich nicht nehmen*, besagte er. Laura berührte zart ihr Gesicht.

Auf einmal stand ein echter Mensch hinter ihr.

»Verzeihung!«, sagte eine strenge Stimme.

Laura zuckte zusammen. Erschrocken drehte sie sich um.

»Beachten Sie bitte die Schilder!«, bat der Museumswärter.

Der Mann zeigte auf den Text: *Bitte die Kunstwerke nicht berühren*. Er bemerkte jedoch, wie verloren Laura aussah, und ahnte, dass sie eine der sich selten hierher verirrenden Touristinnen oder auch eine Obdachlose sein musste. Noch nicht lange obdachlos allerdings, körperlich noch nicht zerrüttet, dachte er.

Der Wärter wiederholte seine Worte auf Englisch, aber daraufhin sah die Frau nur noch verständnisloser aus. Schließlich verlor er die Geduld. Er trat ans Kunstwerk heran, deutete an, mit der Hand über das Bild zu streichen, und versetzte dieser Hand dann einen Klaps. Laura nickte. Sie hatte verstanden, aber wiederum auch nicht: War in dieser Stadt denn gar nichts erlaubt? Sie nahm ihren Mut zusammen und deutete auf die Vitrine.

»Woher stammen die?«

Der Museumsbedienstete freute sich über eine Frage, war es doch eine willkommene Unterbrechung vom vielen Stillstehen in seinem Beruf.

»Das sind Werke von lokalen Künstlern und Handwerkern.«

Laura zeigte auf den Biber und den Elch.

»Wir kennen den Namen der Künstlerin nicht. Wir wissen aber, dass sie eine der sieben Jägerschwestern ist, die in der Wildnis leben. Eine sehr schöne Arbeit.«

»Sie stammen von mir«, sagte Laura stolz.

»Von Ihnen?«, erwiderte der Wächter erstaunt.

»Von mir, Laura … Laura Leskinen.«

Der Wärter war plötzlich ganz aus dem Häuschen.

»Das müssen wir sofort der Kuratorin erzählen! Haben Sie etwas Zeit? Sie macht gerade Pause, aber wir klopfen einfach an die Tür.«

Das tat er umgehend. Und die Antwort lautete: *Ja, ja, komm rein, wenn's wichtig ist.*

Der Museumswärter spähte in ihr Büro: »Wir haben Besuch. Eine Laura Leskinen, die den Elch und den Biber geschaffen hat.«

Die Kuratorin stellte sofort ihren Geflügelsalat beiseite und begrüßte Laura, indem sie nach ihren beiden Händen griff; dabei strahlte sie bis über beide Ohren. Laura wagte es nicht richtig, diesem fremden Menschen in die Augen zu sehen, obwohl der Blick freundlich zu sein schien. Stattdessen musterte sie die zerschlissenen Jeans der Kuratorin mit den großen Löchern, durch die ihre Knie hervorlugten. Eine übergroße schwarz-weiß karierte Bluse hing ihr über die Hose. Sie trug grobe Schnürstiefel mit Sohlen, die an Autoreifen erinnerten. Lauras Blick schweifte wieder nach oben, heftete sich gleichsam auf einen Punkt auf der Stirn ihres Gegenübers, sie vermied es, in das erschreckend intensive Schwarz der Pupillen zu schauen. Die Frau trug das gleiche runde Brillengestell wie der Pastor und sie selbst.

»Ich bin Tova. Welche Ehre! Setz dich doch. Eine hübsche Brille hast du da übrigens. Kann ich dir einen Kaffee und Baklava anbieten? Ich habe frische vom Griechen ergattert. Setz dich doch, Ove. Du kannst bestimmt auch was Süßes vertragen.«

»Nein danke, ich hatte meine Pause schon.«

»Es sind sowieso gerade keine Besucher im Saal«, sagte Tova.

Der Wärter lehnte abermals ab und schloss die Tür hinter sich. Die Kuratorin wandte sich Laura zu, die scheu auf den Tisch hinuntersah.

»Deine Figuren werden sehr geschätzt, ich würde sogar sagen, die Leute sind ganz vernarrt in sie. Sie haben die Menschen tief berührt; aus einigen wenigen Handgriffen wird bei dir Poesie. Für mich ist das genial.«

Verdutzt sah Laura die Kuratorin an.

»Wir würden gerne mit dir zusammenarbeiten. Möchtest du deine Werke hier ausstellen?«

»Ich habe Hunderte, aber sie sind noch in der Hütte.«

»Bring sie her, dann füllen wir den Ausstellungssaal damit und sorgen für einen Besucherrekord. Wir könnten wahrlich mehr Besucher gebrauchen.«

»Wir kehren erst im Frühjahr wieder dorthin zurück«, sagte Laura.

»Aha …« Tova rückte überrumpelt ihre Brille auf dem Nasenrücken zurecht. Schob dann Laura die Baklava zu. »Nimm doch noch eins!«

Das tat Laura. Hmmm … Honigsüße im ganzen Mund!

»Ich muss los. Meine Schwestern warten in der Bibliothek auf mich.«

»Hier, nimm meine Visitenkarte. Melde dich und erzähl mir von deinen Vorstellungen. Notiere mir deinen Namen hier auf das Blatt, dann kennzeichnen wir deine Figuren entsprechend. Du sollst die gebührende Anerkennung dafür bekommen.«

Laura griff nach dem Stift. Zittrig und mit geröteten Wangen schrieb sie in kindlicher Handschrift: *Laura*.

Die Kuratorin fasste nach dem Blatt: »Leskinen, oder? Der Bärenjäger ist ja jedem ein Begriff.«

*

Elga strich an den Buchrücken der Abteilung Naturwissenschaften entlang und zog ein Buch über chemische Formeln und eines mit Gleichungen aus dem Regal, während Aune sich in einen orangefarbenen Cordsessel setzte und eine Anthologie mit finnischen Volksmärchen durchblätterte. Auf ihrem Stapel lagen auch eine illustrierte Ausgabe des Kalevala-Epos, ein kleines Buch mit dem verlockenden Titel *Kalevala für Faule* sowie ein Werk aus der Feder des Namensvetters ihres Onkels: Veikko Huovinens *Die Schafesser* über ein paar Holzfäller, die Schafe grillen, saufen und dabei die menschliche Existenz erörtern.

Elga hatte beharrlich abends mit Aune in Onnis Hütte lesen geübt. Es hatte Ewigkeiten gedauert, sich durch die Sätze zu buchstabieren, aber, ja, sie konnte lesen. Einigermaßen zumindest. Ziel erreicht. In ihrem Bauch tanzten Schmetterlinge.

Aune sah durch das riesige Fenster nach draußen; es schneite. Die Straßenlaternen gingen an, obwohl es erst zwei Uhr nachmittags war. Ihre Füße in den dicken Stiefeln schwitzten, sie zog den Reißverschluss auf. In dieser Ecke der Bibliothek, wo sie Märchen las, roch es seltsam. Sie war vertraut mit Gerüchen nach Mist, Stall, Hundefell, Kies, Nadelhölzern und Schlachtblut. Nicht nach Staub. Es roch anders. Angenehm. Sie ging mit ihrem Bücherstapel zum Tresen.

Dort saß ein Bibliothekar mit langem Bart und gestreiftem Pulli.

»Was kostet es, Bücher auszuleihen?«

»Das ist umsonst«, sagte der Bibliothekar mit munterer Stimme.

»Umsonst!«, sagte Aune überrascht und musterte die Bücher.

»Aber Sie brauchen natürlich einen Leseausweis.«

»Den hätt ich gern.«

Er händigte ihr ein Formular und einen Bleistift aus und bat sie, ihre Adresse, Telefonnummer und ihre Personennummer einzutragen.

»Ich habe keine Adresse«, sagte Aune.

»Bist du ein Flüchtling?«

»Nicht direkt.«

»Wo schläfst du heute Nacht?«

»Bei Pelzhändler Onni Kvarnholm, bis zum Frühjahr.«

»Onni Kvarnholm! Gib seine Adresse an, das genügt.«

»Ich kenne sie nicht … Wir sind gerade erst eingezogen. Er wohnt nahe dem Waldrand.«

»Die finde ich heraus. Das bekommen wir hin. Einen Moment. Gib auf jeden Fall deinen Namen an.«

Aune erhielt eine Tüte für die Bücher und eine Quittung, auf der stand, dass sie sie für drei Wochen ausleihen durfte.

»Danke!«

Sie suchte Elga, konnte sie aber nicht bei den Naturwissenschaften finden. Fand auch Laura nicht in der Kunsthalle. Sie ging hinaus. Da standen ihre Schwestern im Schneetreiben auf dem Hof und rauchten gierig. Menschen, die die Kunstausstellung besuchten, schienen ihre Kippen frühzeitig wegzuschnippen, lange bevor sie aufgeraucht waren. Ihre Schwestern redeten durcheinander. Lustig, Laura mal so geschwätzig zu erleben, dachte Aune. Mit Kuchen im Bauch, einer Brille auf der Nase und Gemälden vor den Augen löste sich anscheinend ihre Zunge.

Aune hielt die Tüte hoch.

»Drei Wochen lang darf ich die behalten. Für umsonst.«

»Im Ernst? Dann geh ich auch noch mal rein«, sagte Elga. »Wartet auf mich.«

Sie saßen auf der untersten Liege des Etagenbetts und lasen, während der kleine Gasofen glühte und jeglichen Sauerstoff absorbierte, sodass sie Kopfschmerzen bekamen. Onni Kvarnholm hatte wie eine fürsorgliche Mutter zusätzliche Wolldecken für sie herbeigeschleppt. Lautes Oksanalachen und scheppernde russische Rockmusik drangen vom Haus herüber.

»Ob sie bei ihm eingezogen ist?«, fragte Elga.

»Er hat gesagt, er glaube nicht an die Zweisamkeit«, sagte Aune.

»Ein Hammel und ein Hurenbock«, sagte Laura. »Das hat Johanna gesagt.«

»Ausnahmsweise einmal glaub ich, dass sie recht hat«, sagte Aune.

»Aber sie würde sich weigern zu glauben, dass unser Vater etwas mit anderen hatte«, sagte Elga.

»Er war auch ein Schürzenjäger«, sagte Aune.

»Deshalb wurde Mutter also so bitterböse«, meinte Elga. »Und ich war die letzte große Bürde in ihrem Leben. Ein weiteres schwanzloses Kind.«

»Dafür haben wir uns um dich gekümmert«, sagte Aune.

»Ja und wie ihr das tatet!«, sagte Elga anklagend. »Ich weiß noch, wie ihr euch hinter mich gestellt und gesagt habt: *Lass dich zurückfallen, lass dich zurückfallen, wir fangen dich auf*. Und dann habe ich mir den Kopf aufgeschlagen.«

»Ich war nicht direkt Rädelsführerin bei diesem Spiel«, wehrte sich Aune.

»Aber du hast mitgemacht.«

»Daran kann ich mich nicht erinnern.«

»Du warst noch zu klein.«

Als sie so ihre Kindheitserlebnisse Revue passieren ließen, schlug Aune vor, dass sie doch den letzten Teil des Tagebuchs ihrer Mutter lesen könnten.

»Soll ich's versuchen?«

»Ich verstehe nicht … Hat Mutter dir diktiert, Elga?«, fragte Laura.

»Bestimmt nicht, Mutter hat mich gemieden. Die Abneigung beruhte auf Gegenseitigkeit.«

»Sie hat selbst geschrieben, es aber allen, bis auf Simone, verheimlicht«, erklärte Aune. »Unser Vater wollte nicht, dass wir lesen lernen.«

»Dieses Arschloch«, sagte Laura.

»Ja, dieser beschissene Arsch«, stimmte Aune zu. Und dann begann sie zu lesen:

Mein lieber Bruder hat gesagt, dass ich ihnen das Lesen beibringen müsse. Ich dürfe ihnen nicht die Faszination von Geschichten vorenthalten, die einen in eine Trance versetzen können, die einem göttlichen Erweckungserlebnis nicht unähnlich ist. Ein Rausch ohne Reue, der keinen Kater nach sich zieht, jedoch

Erfüllung schenkt. Veikko preist meine Phantasie. Ich habe die Gabe, sagt er. Und natürlich spüre ich das. Doch keine meiner Töchter weiß von meinem Sprachgefühl. Sie wissen nicht, dass viele der Geschichten, die Veikko erzählt, von mir stammen.

Als wir Kinder waren, war kein Taler für Spielzeug da. Ich schenkte Veikko Spukgeschichten zum Geburtstag. Geschichten von kleinen Kindern, bei denen Gespenster auf dem Dachboden hausten und ihr Unwesen trieben. Von kleinen Kindern, die in einer Höhle im Wald bei dem Moor lebten, in dem sie ihre tote Mutter vergraben hatten.

Die Worte schufen ein magisches Band, eine magische Verbindung zwischen Veikko und mir. Warum tust du das deinen Töchtern an, meine Schwester?, fragte Veikko. Aber Heikki sagte immer, dass diejenigen, die zur Schule gehen, nur darauf aus seien, sich Macht über andere zu verschaffen. In jedem Verstandesmenschen schlummere der Unterdrücker.

Und so behielten wir es für uns. Dieses Geheimnis vor den Mädchen zu haben, beflügelte mich. Wenn ich schrieb, fühlte ich mich unbesiegbar, stark wie ein Braunbär. Dann war ich ihnen überlegen. Es war ein Hochgefühl, stärker als jeder Branntweinrausch, den sie sich verschaffen mochten.

Ich habe meine Kinder auf dem Feld, im Stall, in der Dachkammer geboren. Als Elga kam, habe ich sie wie jede x-beliebige Frau auf der Küchenbank zur Welt gebracht. Frau Niskanpää war mir behilflich und zog das unerwünschte Gör heraus. Als das Geschlecht des Kindes zu erkennen war, sah sie mich mitleidig an. Ich tat so, als wäre dieses Kind nie geboren worden, das war meine einzige Rettung. Heikki warf mir vor, jemand anderes habe mich geschwängert. Sie ähnele ihren Schwestern nicht, sei von einer anderen Art. Wer war es? Der Pastor oder der Förster?, brüllte er. Wie konnte ich beweisen, dass es keiner von ihnen war?

Heikki war selten zu Hause, und ich hatte alle Hände voll damit zu tun, den Tag zu überstehen, mit allem, was die Kühe und das Roggenfeld mir abverlangten. Hilfe von den Mädchen zu bekommen, war aussichtslos. Es war, als führten Heikki und unsere Töchter ihr eigenes Leben, ein wichtigeres: Ringkämpfe. Motoren. Saufen. Und sie kümmerten sich um Elga, das kleinste Kind, das ich je geboren hatte. Klein, aber mit einer kräftigen Stimme. Ihr schrilles Geschrei übertönte sogar Tiinas.

Zwischen uns war eine Barriere wie ein unsichtbarer Elektrozaun. Wir gingen Umwege, um Stromschläge zu vermeiden. Meine eigenen Töchter betrachteten mich als ein niederes Wesen. Wenn ich schweißgebadet nach der Ernte zum See ging, um zu baden, lagen sie auch dort, geschlaucht von ihrem Schwimmwettkampf. Wenn sie mich bemerkten, verstummte ihr Gemurmel. Ihre feindseligen, prüfenden Blicke hefteten sich auf mich, wenn ich mich meiner verschwitzten Kleidung entledigte. Sie musterten meinen Körper von oben bis unten, ihre Blicke blieben an meinen runden, delligen Schenkeln haften. Angewidert wandten sie die Köpfe ab und tuschelten miteinander. Wenn ich auf entkräfteten, wackeligen Beinen in den See wankte, statt wie sie hineinzuspringen, vernahm ich ihr dumpfes Kichern.

Mit den Jahren wuchs mein Zorn, aber im gleichen Maße, wie er anschwoll, stieg auch die Angst. Sie fraß mich von innen heraus auf. Ich fürchtete, meine Furcht nicht länger vor ihnen verbergen zu können.

Sieben Töchter.

Eines Tages werden sie mich umbringen.

Sechzehntes Kapitel

Was muss geschehen, damit ein Häuptling seiner Macht abschwört? Viel. Der Anführer will sein Gesicht nicht verlieren, der Anführer fürchtet die einsame Dunkelheit. Eine Stammesgemeinschaft zu verlassen und zum Alleinsein verdammt zu sein, ist schmerzhaft. Doch dann beginnt ein neuer Machtkampf. So war das die ganze Menschheitsgeschichte hindurch.

Johanna erstarrte, als sich die Tür öffnete und der Oberarzt der Psychiatrie vorsichtig ins Zimmer kam. *Steht dort der Henker in der Tür?* Er begrüßte sie und nahm auf einem Stuhl neben ihrem Bett Platz. Johanna sah sich selbst als Gefangene des Feindes in dieser weißen Folterkammer. Sie hatte kurz die Freiheit gekostet, nur um wieder weggesperrt zu werden. *Fühlt sich so der Tod an?*

Wie üblich wandte sie den Kopf ab und weigerte sich, ihn anzusehen.

»Wie geht es dir?«, fragte der Arzt.

»Was glaubst du wohl!«

»Tut mir leid, aber die Polizei musste eingreifen. Du hast sie angegriffen und mit einem Gewehr bedroht.«

»Ich habe mich verteidigt.«

»Du warst verzweifelt und gewalttätig, deshalb bist du hier.«

Stille. Der Arzt schlug ein Bein über das andere. Blieb ein Weilchen so sitzen, bis ihm einfiel, wie schlecht das für die Blutzirkulation war.

»Können wir reden?«, fragte er leise.

»Schnauze! »

»Wenn du Gesprächen zustimmst, können wir deine Isolation aufheben. Denk darüber nach.«

»Ich spreche nur mit meinem Stamm.«

»Du hast eine deiner Schwestern als Geisel genommen und bedroht.«

»Sie hat uns verraten. Alle haben den Stamm verraten. Haben gegen die Regeln verstoßen.«

»Welche Regeln?«

»Die unsres Vaters. Jetzt ist alles verloren.«

»Und was folgt daraus?«

»Das Auseinanderfallen des Stammes. Die ungebremste Vermehrung des Bärenstamms.«

Der Arzt unterdrückte ein Lachen.

»Planst du, die Stammesmitglieder wieder zu versammeln?«

»Ich geb's auf. Meinen Untergebenen fehlt der Mumm.«

»Könnte das nicht vielleicht befreiend sein?«

Schweigen.

»Die Schlacht ist verloren. Ich war zu schwach. Vater wird mich strafen, er ist enttäuscht.«

»Die Worte deines Vaters haben viel Kraft, haben in deinem Leben großen Raum eingenommen.«

»Seine Stärke. Sein Licht. Sein Kampf gegen alles Schwache.«

»Du besitzt eine eigene Stärke. Kannst du dir nicht vorstellen, deinem Vater auf Augenhöhe zu begegnen?«

»Er ist tot! Begreifst du das denn nicht!«, brüllte Johanna.

Der Arzt schwieg; bis auf Johannas Atemzüge war kein Laut im Zimmer zu hören. Nach einer Weile stand er leise auf, ging hinaus und schloss die Tür.

*

Der Arzt massierte seinen schmerzenden Nacken, während er an seinem Schreibtisch Krankenakten studierte. Ab und an blickte er von seinem Bildschirm auf und schaute hinaus in die Abenddämmerung. Die Monstera auf der Fensterbank hing schlaff und kraftlos herab. Draußen stiegen die Temperaturen wieder, der Schnee schmolz; war dieser strenge Winter endlich vorbei? Seine Augenmuskeln zuckten; er trug eine innere Unruhe mit sich herum; er war auf Professionalität und tadelloses Verhalten bedacht und wollte seinen guten Ruf in der Stadt nicht aufs Spiel setzen.

Er fürchtete, sein Personal könnte bemerken, dass es ihm diese Patientin besonders angetan hatte.

Der Arzt stand auf, sah hinaus auf den Hof. Mit Streusand vermischte Schneehaufen, ein grauer Himmel. Für gewöhnlich ging er seinen Gefühlen immer auf den Grund und versuchte deshalb diese Faszination, die ihn erfüllte, zu analysieren. Beruhte sie darauf, dass er so viel von dieser sagenumwobenen Familie, dem Bärenjäger und seinen Töchtern, gehört hatte? Sie waren überall Gesprächsthema Nummer eins, ihre Eskapaden wurden an jedem Abendbrottisch und bei jedem Kaffeeklatsch ausführlich erörtert. Das alles verlieh dem Termin etwas besonders Reizvolles, selbst für einen Profi wie ihn, einen Mann mit hohen Moralvorstellungen. Oder lag es womöglich an ihrem gefährlichen, maskulinen Gebaren, das ihn zunehmend reizte? Sie hatte ihn vollkommen in ihren Bann gezogen.

Er setzte sich wieder, sah auf die Uhr und schluckte krampfhaft, als die Tür aufging. Er begrüßte Johanna so professionell wie möglich. Dann saß sie vor ihm, hing auf dem Stuhl und kämmte sich ihr leuchtend glänzendes Haar. Innerhalb weniger Wochen war sie ausgeglichener geworden; ihre anfänglich mangelnde Impulskontrolle und ihre Schwermütigkeit hatten sehr gut auf das den Serotoninspiegel erhöhende Medikament angesprochen.

Sie wusch mittlerweile sogar ihr rotbraunes Haar, das ihr bis zum Steiß reichte. Aber dass es nie geschnitten werden sollte, daran hielt sie entschieden fest. Er betrachtete ihre breite Stirn, ihre kräftigen Augenbrauen und die ovalen Nasenlöcher.

»Wie heiß es hier drinnen ist«, sagte sie.

»Und ich hatte gedacht, es sei kalt.«

Sie nahm eine Schachtel Zigaretten aus ihrer Hosentasche. Steckte sich eine in den Mund.

»Du weißt, dass hier striktes Rauchverbot gilt.«

»Für mich nicht.«

»Wir haben Regeln zu befolgen, auch hier. Sie gelten ebenso für dich wie für alle anderen.«

Johanna seufzte und stand so hastig auf, dass ihr Stuhl umkippte.

»Dann geh ich wohl besser raus.«

»Du bleibst hier und setzt dich! Bitte.«

Johanna blieb vor der Tür stehen, verharrte eine Weile. Irgendetwas an dem kalten Befehlston des Arztes bewegte sie dazu, sich umzudrehen und wieder vor seinem Schreibtisch Platz zu nehmen. Die Haarbürste verschwand in ihrer Hosentasche.

»Was hast du nach deiner Entlassung vor?«

»Jedenfalls nicht, auf die Jagd zu gehen.«

»Obwohl du so geschickt darin bist?«

»Ich habe keine Lust mehr dazu.«

»Was machst du sonst gern?«

»Nichts … Doch, rauchen, saufen. Das macht Spaß.«

»Sonst nichts? Spielst du ein Instrument?«

»Nein, bestimmt nicht!«

»Liest du Bücher? Hast du einen Lieblingsautor?«

»Keinen. Noch nicht mal meinen Onkel, der in aller Munde ist. Er war ein furchtbarer Langweiler.«

»Treibst du Sport?«

»Nee. Doch – ringen.«

»Hier in der Stadt gibt's eine gute Ringermannschaft. Du kannst dich dort anmelden, wenn du …«

»Mannschaft! Kapier doch endlich … Wir sind Einsiedler, Wäldler und werden das immer bleiben.«

»Du könntest Feldbiologin werden.«

»Verfluchte Weicheier! Ich gehe wieder zu meiner Hütte in den Wäldern und lass mir dort was einfallen. Lebe vom Fischen, von Beeren und Nüssen.«

Sie beugte sich vor; jetzt war ihr Gesicht ganz nahe.

»Kommst du mit mir raus eine rauchen?«

»Nein danke. Ich rauche nicht.«

Abrupt stand sie auf.

»Morgen zur gleichen Zeit«, sagte er sanft.

*

Aus Wochen wurden Monate. Die Gespräche dauerten an. An ebendiesem Morgen schien die Frühlingssonne grell durchs Fenster; die Fensterbank war staubig wie auch die Blätter der Monstera. Der Arzt musste die Jalousien herunterlassen, um nicht geblendet zu werden.

Johanna kam wie immer zu spät, brachte einen Geruch nach Zigarettenqualm mit herein und eine Lebendigkeit, die den ganzen Raum erfüllte.

»Hallo.« Sie winkte.

»Guten Morgen, wie geht es dir heute?«

»Wie dunkel es hier drinnen ist!«

Auch heute setzte sie sich ihm gegenüber und erledigte ihr übliches Ritual: Sie bürstete ihr frisch gewaschenes rotbraunes Haar. Der Oberarzt lehnte sich im Stuhl zurück und betrachtete seine Patientin, die nun nicht länger ihren Blick abwandte. Sie hatte in letzter Zeit Fortschritte gemacht, hatte etwas zugenommen, und ihr Gesicht hatte Farbe bekommen. Ihre Wangen waren nicht mehr eingefallen, die dunklen Augenringe verschwunden. Sie strahlte von innen heraus.

»Nächste Woche Freitag wirst du entlassen. Hast du eine Unterkunft, bis du in der Lage bist, den Rückweg in die Wildnis anzutreten? Kannst du zu deinen Schwestern gehen?«

Entschieden schüttelte sie den Kopf, als sie das Wort *Schwestern* hörte. Stand auf, ging ein paar Runden durch den Raum. Blieb vor dem Fenster stehen und sah hinaus, lächelte, als sie das große Elsternnest in der Krone der Ulme sah.

»Bitte setz dich wieder. Wir haben noch ein paar praktische Dinge zu klären.«

An ebendiesem Frühlingsmorgen drehte sie sich abrupt um. Sah den Arzt ernst an. Blieb lange so stehen. Kam dann zu ihm und setzte sich auf seinen Schoß, legte behutsam und zärtlich die Arme um seinen Hals.

Sachte streichelte er ihren Rücken, spürte das Gewicht ihres Körpers, roch ihren rauchigen Atem.

An diesem Morgen dachte er: Ich bin ein Mensch. Ich bin ein Mann. Kein Mann und kein Mensch kann eine so unverstellte Geste des Vertrauens und der Sehnsucht nach Zuneigung zurückweisen.

Aune verharrte auf der Türschwelle des Cafés Metropol. Ihr Herz klopfte wild; wie schrecklich viele Leute hier auf so engem Raum beieinandersaßen! Stickige Luft schlug ihr entgegen. Sie freute sich, neue Hosen zu tragen und nicht mehr nach Stallmist zu riechen.

Junge Menschen saßen an den Tischen und tranken Kaffee mit Milch aus hohen Gläsern, redeten durcheinander, lachten. Ihr

Blick schweifte umher, fiel auf ein junges Mädchen, das einem Jungen gegenübersaß, ihre Köpfe kamen einander näher und näher, ihre Münder berührten sich. Eine reifere Frau tippte gedankenverloren auf ihrem Handy herum, legte es auf den Tisch, schaute mit träumerischem Blick hinaus. Neben ihr auf dem Boden standen große Tüten mit weihnachtlich verpackten Geschenken.

Weiter hinten, in einer Ecke des Raumes, saß eine Frau und las ein Buch. Sie sah auf, winkte Aune. Als Aune vor ihr stand, erhob sie sich und streckte ihr die Hand entgegen: »Sunniva.«

Aune nickte, sah auf die saubere weiße Hand mit hexenartig langen schwarz lackierten Nägeln hinab. Sie hob den Blick, nahm Sunnivas blasse Haut, ihr sorgfältig gekämmtes, glänzend schwarzes Haar und die roten Lippen in Augenschein, die schwarzen Striche auf den Lidern. Dann schaute sie wieder auf die spitzen Fingernägel. Sie ergriff Sunnivas Hand nicht, sondern streckte ihrerseits die Hand vor, bis sich ihre Fingerspitzen beinahe berührten. Sie lächelte, nickte.

»Wie schön, dich endlich kennenzulernen«, sagte Sunniva.

Woher will sie das wissen?, dachte Aune und setzte sich ihr gegenüber. Von dem lauten Stimmengewirr wurde ihr ganz schwindlig. Ihr Blick flackerte durch den Raum, sie rutschte auf dem harten Stuhl umher, war sie es doch sonst gewohnt, auf weichen Bärenfellen zu sitzen.

»Heute scheinen viele blauzumachen, oder aber sie haben frei«, bemerkte Sunniva. »Die Akustik ist schlecht hier drinnen, aber der Kaffee unschlagbar. Sogenannte Barista killen das Aroma heutzutage mit viel zu heißem Wasser. Oder aber der Latte enthält zu viel Milch, und man fragt sich, was aus dem Kaffee geworden ist … Hast du schon mal die Kokosmakronen hier im Metropol probiert?«

Aune schüttelte den Kopf.

»Himmlisch, sage ich dir. Ich lade dich ein.«

»Ich nehme Kaffee«, sagte Aune.

»Latte? Cappuccino?«

»Kaffee … normalen Kaffee.«

Sie vermisste den Würfelzucker, sie durften nicht vergessen, welchen zu kaufen.

Sunniva ging zur Theke und plauderte mit der Barista. Mit einem Glas Milch, einem Kaffeebecher und einer merkwürdigen Kaffeekanne auf einem Tablett kam sie wieder. Aune starrte das seltsame Ding an. Daneben standen zwei Teller mit Kokosmakronen.

»Sie sind ganz frisch gebacken, hat Marie gesagt«, sagte Sunniva. »Sie ist diejenige hier im Metropol, die wirklich allen Grund hat, sich Barista zu nennen. Aber genug davon … Ich weiß nicht, wie viel Ritva dir von meiner Idee erzählt hat?«

»Nur dass du Heimatforscherin bist und mich treffen wolltest.«

»Eigentlich bin ich Krankenschwester, aber ich habe Stunden reduziert und arbeite jetzt nur noch halbtags. Ich möchte ein einfaches Leben führen und mich stärker meinem Hobby widmen.«

»Hobby?« Aune blickte sie fragend an.

»Lokalgeschichte mit Fokus auf Menschen aus dieser Gegend, die sich für ungewöhnliche Lebensweisen entschieden haben. Wie ihr Schwestern. Ich habe übrigens schon einmal auf dem Markt bei euch eingekauft.«

»Dann haben Sie meine Schwestern gesehen.«

»Ihr ähnelt euch. Sehr sogar.«

Aune lächelte.

»Haben sie sich benommen?«

Sunniva lachte.

»Onni hat mir erzählt, dass du eine genauso talentierte Erzählerin bist wie euer Onkel Veikko. Dein Onkel und ich haben ein paarmal zusammen Veranstaltungen bestritten, sogar hier in der Stadt, auf der Bühne im Stadtpark. Ich bewundere ihn sehr.«

»Kennst du Onni?«

»Er ist eine alte Flamme von mir. *Long time ago.* Damals, als es schon als lange Beziehung galt, wenn man ein paar Wochen miteinander ausging. Heute sind wir befreundet. Er hat mir erzählt, dass du die Literatin von euch Schwestern bist.«

»Ich bin Geschichtenerzählerin.«

»Hast du deine Geschichten zu Papier gebracht? Darf ich sie lesen?«

»Nein, sie sind in meinem Kopf. Wort für Wort, Satz für Satz.« Sie zeigte auf ihre Schläfe.

»Onni sagt, du seist eine Wortakrobatin.«

Aune wollte fragen, was das bedeuten sollte, hielt sich aber zurück. Sie wollte nicht dumm wirken, das war das Schlimmste, was sie sich vorstellen konnte. Jetzt gerade stellte sie sich dumm mit dieser seltsamen Kaffeekanne an; Sunniva half ihr, den Kaffeesatz herunterzudrücken.

»Wir wohnen in Onnis Gästehütte, aber ich kenne ihn nicht besonders gut. Mein Vater hat ihn gut gekannt.«

»Euer Vater ist eine Legende, aber das muss ich dir ja nicht erst erzählen. Ich möchte gern eure Familiengeschichte für die Jubiläumsfestschrift des Heimatvereins aufschreiben. Wie es war, so aufzuwachsen wie ihr, in der Wildnis. Und dafür möchte ich mit dir zusammenarbeiten.«

»Auf dem Hof gab es kaum unberührte Natur … In der richtigen Wildnis haben wir nicht lange gelebt.«

»All das sollst du beschreiben. Es könnte ein richtiges Buch daraus werden, wäre das nicht toll? Ich habe mit einem kleinen, aber feinen Verlag Gespräche geführt, der Interesse daran hätte. Wenn es veröffentlicht wird, werden natürlich unsere beiden Namen auf dem Titel stehen. Wie klingt das?«

Aune runzelte die Stirn und senkte ihren Blick auf den schwarz-weiß gekachelten Fußboden.

»Du wärst dann offiziell Autorin. Cool, oder? Das Honorar teilen wir uns, obwohl das eher symbolischer Natur ist. Im Heimatverein arbeiten alle ehrenamtlich, so ist das nun mal in der Kulturbranche.«

»Was soll ich tun?«, fragte Aune.

»Das, worin du so gut bist: erzählen.«

Aune heftete ihren Blick abermals auf den Boden, vor ihrem inneren Auge sah sie Johannas bitterböse Miene. Wie sie es wagen könne, den Namen ihres Vaters in den Dreck zu ziehen, indem sie gegen seine erste Regel verstieß! Andererseits wäre diese Buchveröffentlichung eine Rehabilitierung. Welche Beleidigungen man ihr und ihren Schwestern nicht schon alle an den Kopf geworfen hatte, beim Tanz, im Tabakladen, überall: *Sumpfhexen. Tümpelärsche. Dreckliesen.* Johanna oder auch Tanja und Tiina könnte sie in dieser Sache nicht um Rat fragen, sie würden es nicht verstehen. Elga und Laura aber bestimmt … Ihr Blick fiel auf Sunnivas volle rote Lippen. Ihr Lächeln offenbarte eine Lücke zwischen ihren Schneidezähnen. Aune ließ ihren Mund geschlossen, sie wusste nur zu gut, wie ihre Vorderzähne aussahen, daheim bei Onni, diesem eitlen Gockel, hingen schließlich genügend goldgerahmte Spiegel.

Sunniva musste sich bremsen, um Aune nicht noch von einer weiteren Idee zu erzählen. Sie durfte sie nicht überfahren. Sie nicht drängen, musste vorsichtig Vertrauen aufbauen, das sagte ihr ihre langjährige Erfahrung, die sie durch frühere Projekte gesammelt hatte. Mit Aune aber wollte sie auf jeden Fall etwas auf die Beine stellen. Der Gedanke daran beflügelte sie richtig.

»Du musst mir nicht sofort zusagen. Lass es dir ein paar Tage durch den Kopf gehen, und dann meldest du dich. So, jetzt müssen wir aber mal diese Kokosmakronen probieren!«

Aune aß sie mit zwei Happsen auf. Hmmm … wie die schmeckten! Süß, knusprig, buttrig.

Sunniva schrieb Aune auf dem Kassenbeleg ihre Handynummer auf.

»Wie kommst du zurück zu Onni?«

»Zu Fuß.«

»Den ganzen Weg, bei diesem Schneematsch?! Das kommt gar nicht infrage. Ich fahre dich. Es hat auch eine Sturmwarnung gegeben.«

Aune hätte am liebsten abgelehnt, sie musste dieses Treffen und alles, was gesagt worden war, erst einmal verdauen, musste versuchen, die stumme Botschaft zu entschlüsseln, die in Sunnivas Tonfall und in ihren Blicken mitgeschwungen hatte. Sie betrachtete Sunniva – ihre strahlenden Augen, den Schmetterlingsohrring an ihrem Ohrläppchen. So etwas zu kreieren, das wäre etwas für Laura.

Aune war überrascht, als sie sich selbst antworten hörte: »Das wäre … schön. Danke.«

Sunniva öffnete die Autotür, nahm eine Bürste aus dem Handschuhfach und fegte den feuchten Schnee vom Dach, den Scheiben und den Seitenspiegeln. Sie trat sich den Schneematsch von den Füßen, bevor sie sich in den Wagen setzte und Aune die Beifahrertür öffnete. Aune starrte auf die Digitalanzeigen des Armaturenbretts, die seltsamen Lämpchen und Hieroglyphen, die in der Dunkelheit leuchteten. Sie drehte den Kopf und musterte die Rückbank mit den drei Gurten. Scheu betrachtete sie Sunnivas schmale kleine Nase. Wen sie sonst wohl mitnahm? Der Wagen sah aus wie neu, nichts lag darin herum. Und wie startete sie ihn bloß ohne Schlüssel? Er machte keine Geräusche. Als Sunniva rückwärts aus der Parklücke fuhr, war kein Motorengeräusch zu hören. Aunes Gedanken wanderten zu

Tiinas knatternden, brummenden, quietschenden, nach Benzin stinkenden Motoren.

Sunniva schaltete die Scheibenwischer und das Autoradio ein, es lief eine Nachrichtensendung.

Sturmwarnung. Der Mörder noch nicht gefasst. Der Bücherbus eingestellt.

»Es ist tierisch glatt, wir müssen Schritttempo fahren. Die Gemeinde kommt mal wieder nicht mit dem Streuen hinterher. Wirst du erwartet?«

Aune schüttelte den Kopf.

Der Wind wurde stärker, Schneetreiben setzte ein, eigenartige Lichter flackerten am Himmel und erschwerten die Sicht. Als sie das Industriegebiet passierten und aus der Stadt fuhren, überließen die Straßenlaternen sie ihrem Schicksal. Schilder, die vor Wildwechsel warnten, tauchten vor ihnen auf.

Sunniva fuhr hoch konzentriert weiter, als sich links und rechts der Straße dichter Nadelwald erhob. Ein Lastzug hatte vergessen abzublenden, und für einen flüchtigen Moment durchzuckte sie Entsetzen, als der Scheinwerfer sie erblinden ließ. Die Senken nach den abschüssigen Straßenabschnitten waren spiegelglatt. Sunniva schreckte zusammen, als rote Warndreiecke vor ihr aufleuchteten; ein verlassener SUV lag im Graben.

Jetzt war es nicht mehr weit, aber der Kiesweg, der zu Onnis Haus führte, war schmal und holprig. Die Scheibenwischer arbeiteten tapfer, unentwegt. Aune blinzelte schläfrig und überlegte, was sie sagen könnte. Ihr Magen zog sich nervös zusammen, wenn sie so dicht neben einer ihr fremden Person saß. Was redeten die Leute miteinander, wenn sie sich nicht kannten?

»Entschuldige, dass ich so wortkarg bin, aber ich muss mich aufs Fahren konzentrieren«, sagte Sunniva.

*

Der Wind heulte, und vom Mond war nur eine schmale Sichel zu sehen. Aune stampfte sich auf der Treppe der Gästehütte den Schnee von den Stiefeln, klopfte die Jacke ab und trat ins Warme; der Gasofen bullerte, die Luft war schneidend dick.

Elga saß auf dem Bett und hielt das mobile Telefon in der Hand. Ihre Finger wischten über den Hörer oder wie man das auch nannte, Aune hatte keine Ahnung.

Elga hob die Nase, schnüffelte wie ein witternder Wolf: »Du riechst nach Kaffee und Parfüm.«

»Ich habe die Seife im Metropol benutzt.«

»Wie bist du bloß nach Hause gekommen? Draußen schneit es schon die ganze Zeit.«

»Die Heimatforscherin hat mich hergefahren. Was machst du?«

»Bald kenne ich mich mit diesem Ding aus. Ich weiß, wie man telefoniert und wie das Online-Banking funktioniert. Morgen können wir mit der Karte Geld abheben. Was hat sie gesagt?«

»Sie möchte über uns schreiben.«

»Über dich und mich?«

»Über die sieben Schwestern und ihren berühmten Vater, den Bärenjäger.«

Elga lachte schallend: »Als würde das wen interessieren!«

»Den Heimatverein. Die Einheimischen. Wir sind ein großes Gesprächsthema. Vater ist allen ein Begriff. Sie kennt übrigens auch Onni.«

»So, so!«

»Sie waren mal ein Paar.«

»So ein Hurenbock, wir haben's doch gesagt!«

»Als sie noch jünger waren.«

»Ach, so lange ist das her! Dann sag ihr doch zu. Vielleicht wirst du die Erste von uns sein, die eigenes Geld verdient.«

»Die Arbeit an dem Buch für den Verein läuft so gut wie

ehrenamtlich. Sunniva sagt, wir können uns das Geld des Verkaufserlöses teilen.«

»Trag dick auf! Lass uns so richtig spannend dastehen. Sodass die Leser Schnappatmung kriegen. Wir brauchen uns ja nur irgendwo zu zeigen, und schon machen die Leute drei Schritte rückwärts vor Schreck. Ist sie denn so weit ganz okay?«

»Was weiß ich. Wir haben Kaffee getrunken.«

»Du musst doch wissen, ob sie eine blöde Kuh war. So was merkt man doch gleich.«

»Ich glaube nicht, aber wir werden sehn. Ich war nervös.«

»Geht ihr noch mal Kaffee trinken?«

»Sie hat mir ihre Handynummer gegeben. Ich soll sie anrufen, wenn ich mich entschieden habe.«

Elga hielt ihr das Handy hin.

Aune wehrte ab: »Ich muss zuerst darüber nachdenken.«

Ihre Wangen brannten. Sie schaltete den Heizofen aus. Öffnete die Tür einen Spalt, um zu lüften. Der Sturm zerrte mit ganzer Kraft an der Tür, riss sie auf. Der Wind pfiff. Es schneite wie verrückt. Wie schwer es doch war, einen Entschluss zu fassen, wenn andere andauernd für einen bestimmt hatten, dachte sie. Wieder tauchte Johannas erboste Miene vor ihrem inneren Auge auf. Ob sie noch immer in der Psychiatrie war? Und wo schliefen Tanja und Tiina? Auf dem Heuboden daheim auf dem Bauernhof?

Aune schloss die Tür wieder und setzte sich neben Elga auf das Bett.

»Ich werde zuerst Laura um Rat fragen, dann die anderen. Wo steckt sie?«

»Sie ist drüben bei Kvarnholm und seinem Kollegen; sie lernt, Pelze zu nähen. Sie hat 'ne rasche Verwandlung durchgemacht, ist gar nicht mehr so verschlossen, sondern zeigt richtig Biss. Manche Menschen brauchen nicht viel, um glücklich zu sein.«

»Wen könnten wir wegen Johanna fragen? Wir müssen zumindest wissen, wie es mit ihr weitergeht.«

»Sie ist ein Arschloch, aber sie ist auch unsre Schwester. Ich rufe morgen bei Ritva und in der Klapse an.«

Aune steckte die Hand in die Hosentasche, um sich zu vergewissern, dass der Kassenbeleg mit Sunnivas Handynummer noch da war.

»Und Tanja und Tiina?«

»Tja, wo sind die überhaupt hin? War nicht sonderlich schlau von der Sozialtante, uns nur ein einziges Handy zu geben. Was soll man mit einem Telefon, wenn die einzigen Leute, die man kennt, keines haben?«

Sie schliefen dicht aneinandergeschmiegt, um sich zu wärmen. Den Heizofen hatten sie nicht wieder eingeschaltet, sonst würden sie in der Nacht ohnmächtig werden. Sie schlummerten auf den Büchern und Stiften ein, die noch auf dem Bett lagen, aber sie waren es ja gewohnt, auf unebenem Untergrund zu nächtigen. Unter Aune lag ein Buch über russische Operndiven, das sie in Onnis Bücherregal entdeckt hatte. Bevor sie endgültig in den Schlaf glitt, sah sie Sunniva vor sich, und alles, was Sunniva im Café gesagt hatte, ging ihr wieder und wieder durch den Kopf.

Der Sturm heulte – als wollte er die Hütte abreißen und sie in den Wald schleudern –, die Schwestern aber waren müde und schliefen jetzt tief und fest. Mitten in der Nacht wurden sie davon wach, dass jemand auf der Treppe stampfte und in die Hütte polterte. Jemand mühte sich damit ab, die Tür wieder zu schließen. Trug einen eisigen, beißenden Wind mit hinein.

Siebzehntes Kapitel

Epiloge haben mich immer gestört. Dostojewski hätte keine verfassen sollen; die abschließenden Worte glätten alles, bringen die Dinge allzu sehr in Ordnung. Aber nun sitze ich selbst hier und schreibe ausgerechnet einen Epilog. Es erscheint mir richtig. Meine abschließenden Sätze mögen hart klingen, aber die Schwestern sind jung, wir wissen nicht, wie sie sich entwickeln, ob sie sich im reiferen Alter nicht doch noch umentscheiden.

Wäre das Buch über die Töchter des Bärenjägers interessanter oder weniger interessant geworden, wenn sie es selbst geschrieben hätten? Das werden wir nie erfahren. Ich habe angeboten, meinen Stift mit ihnen zu teilen, meine Ideen und Gedanken, habe vergeblich mit Kokosmakronen geködert. Doch was die Familie Leskinen betrifft, siegt immer die mündliche Überlieferung.

Es ist schon ein klein wenig seltsam, eine Geschichte in Worte zu kleiden, die nicht die meine ist, mich in die Erfahrungswelt einer Familie hineinzuversetzen, die so weit von meiner eigenen entfernt ist. Eines aber steht fest: Mutter Louhis Texte hatten einen ganz anderen Charme als meine; sie ist die wahre Schriftstellerin. Dennoch wollte ich es versuchen: Louhi ist nicht mehr am Leben, und ich war es, die man gebeten hatte, die Geschichte dieser eigenwilligen Familie aufzuschreiben. Ihr absonderliches Leben hat die Kulturgeschichte unserer Region geprägt.

Der Anfang vom Ende – *The End!* – muss selbstverständlich der Frühjahrsmarkt sein. Hiermit schließt sich der Kreis.

Die Schlange vor dem Eisstand war mindestens dreißig Meter lang. Die Menschen strömten in Scharen zum Frühjahrsmarkt, und nachdem der Winter so lang und grimmig gewesen war, litt man nun unter einer plötzlichen Hitzewelle. Eine ältere Dame, die sich auf einen Gehstock stützte, brach im Gedränge zusammen und sackte ins Gras.

Innerhalb von zwei Tagen waren die Temperaturen um fünfzehn Grad gestiegen, und viele Einwohner der Stadt liefen in zu leichter Kleidung umher – enge Shorts und Trägershirts. Hatten sie denn keinen Spiegel zu Hause! Waren sie sich denn nicht ihrer birkenrindenblassen Haut bewusst? Die nicht an die Sonne gewöhnten Gliedmaßen wurden schockartig den brennenden Strahlen ausgesetzt. An dem Stand, der Pflanzen und Setzlinge verkaufte, hatten die Händler alle Hände voll zu tun, ihre jungen Pflänzchen zu gießen.

Ich hielt natürlich vor allem nach den Leskinen-Schwestern Ausschau; mich interessierte, welche neuen Verkaufsmaschen sie sich seit ihrem letzten Marktbesuch angeeignet hatten. Ich hoffte natürlich auf etwas Extravagantes, Gewagtes. Eine farbenprächtige Schlussszene wäre doch das perfekte Ende für dieses Buch! Hier auf dem Markt hatten die Stadtbewohner schließlich die Ehre, sie zu sehen, ihr Kontakt zu den Sozialbehörden im Winter war ja nur vorübergehender Natur gewesen.

Viel ist seit dem Treffen mit Aune im Metropol passiert. Es war nicht so gekommen, wie ich es mir erhofft hatte – vielleicht ist das auch gut so, denn so musste ich meine eigene Phantasie bemühen. Während des Schreibprozesses Umgang mit den Schwestern Leskinen zu pflegen und zu versuchen, mich in ihre Denk- und Argumentationsweise hineinzuversetzen, war sicherlich nützlich für mich und mein anpassungsfähiges Wesen. Jetzt träume ich davon, dass die Käufer für das Buch genauso anstehen werden wie dafür, die Schwestern live zu erleben. Die

Leute scheinen nicht genug von diesen eigenwilligen, unbestechlichen jungen Frauen bekommen zu können – gefährlichen jungen Frauen, würde sicherlich so mancher hinzufügen.

Das Marktangebot dieser Saison war vorhersehbar, und ich war leicht gelangweilt, als ich an den Ständen vorbeischlenderte. Die ewig gleichen Lakritzschnüre, die ewig gleichen Rhabarbermarmeladen. Doch dann wurde das Stimmengewirr lauter, und in einer Menschentraube erblickte ich die roten Haarmähnen der Leskinen-Mädchen. Mein Herz machte einen Satz, Gott sei Dank! In diesem Jahr waren sie mit zwei Ständen vertreten, standen an jedem zu zweit. An einem führte Tiina ihren berühmten anstößigen Fuchsschwanztanz auf und scharte ebenso viele Besucher um sich wie der Eisstand. Tanja bot ihren Kunden wie üblich einen Schluck Branntwein aus dem Flachmann an. Die Leute tranken, pfiffen laut und applaudierten.

Die Sonne brannte nur so vom Himmel. Tiina und Tanja zogen Jacken und Hemden aus und tanzten schließlich nur noch in Jeans und den Unterhemden ihres Vaters. Das Publikum starrte auf das buschige Achselhaar der Schwestern, als sie den Kunden geräuchertes Elchfleisch verkauften. Das war mittlerweile die gefragteste Ware; die Kunden zogen es dem schwer verdaulichen Bärenfleisch vor, das die Schwestern vor allem für ihren eigenen Bedarf verwendeten. Mit den Fellen sah es allerdings anders aus.

Zwei Frauen mit frisch erworbenem Jagdschein befühlten lange die Bärenfelle, entschieden sich schließlich jedoch beide für Biberfelle. Als sie bezahlten, bestätigte man ihnen, dass dies ein gutes Schneehuhnjahr werden würde und die Bärenpopulation weiter zunehme, weshalb die Geschäfte auch gut liefen – obwohl Kürschner Onni Kvarnholm seine Geschäftstätigkeit völlig überraschend nach Nowosibirsk verlegt hatte. Bedauerlich, war er doch für das Zustandekommen dieser Geschichte unverzichtbar. Es hätte nicht viel gefehlt, und unsere alte Leidenschaft wäre wieder aufgeflammt, als ich ihn über die Schwestern interviewte.

Ein paar Marktstände entfernt von den athletischen Leskinen-Töchtern konnten die Besucher die zarteren Schwestern finden. Hier fesselte Aune ihr Publikum mit ihren Geschichten aus der Wildnis und bat die Zuhörer darum, ihr ihre eigenen Geschichten zu erzählen. Neben ihr stand die einsilbige, künstlerisch begabte Laura, die ihre gefragten Stöckchenfiguren, ihre Zapfenkunst, neue Tonfiguren mit herzzerreißend gequälten Mienen sowie hermelinbesetzte Pelzmützen verkaufte.

Ich bahnte mir einen Weg nach vorn, um Aune zu lauschen. Sie besaß ein phänomenales Talent dafür, einer Geschichte mit ihrer Stimme Ausdruck zu verleihen, sie aufzuladen und Dramatik zu erzeugen, manchmal indem sie flüsterte, manchmal indem sie laut wurde. Jetzt erzählte sie gerade von einem Mädchen, das sich dafür entschieden hatte, auf einem Baum zu leben und niemals mehr einen Fuß auf den Boden zu setzen. Aune winkte, als sie mich sah, und ich ging zu ihr und begrüßte sie, nachdem sie ihre traurige Geschichte beendet hatte. Seit unserem zweiten Treffen im Metropol – auch wieder mit Kokosmakronen –, als sie eine Zusammenarbeit entschieden abgelehnt hatte, hatten wir uns nicht mehr gesehen. Ich musste dieses Nein respektieren, auch wenn es bitter war. Das Jahrbuch des Heimatvereins kam ohne Aune Leskinens Mitwirken zustande. Sie wollte Zuhörer in den Bann ziehen, keine Leser. Sie davon zu überzeugen oder dazu zu überreden, dass das eine nicht unbedingt das andere ausschließen müsse, war vergebene Liebesmüh. Aune war jedoch einverstanden gewesen, dass ich die Geschichte der Schwestern aufschrieb, allerdings ohne ihr Zutun, ausschließlich mit Mitteln der Befragung Dritter oder der Phantasie.

*

Ich schäme mich ein klein wenig dafür, dass ich sie benutzt habe – was weiß ich schon darüber, was ihnen draußen in der Wildnishütte durch den Kopf gegangen war? Aber irgendwann hörte ich auf, darüber zu brüten, was richtig und falsch war, und ließ der Geschichte über die Bärenjäger-Töchter freien Lauf. Die Menschen wollten sie schließlich lesen. Die Leute wollten erschaudern und sich daran ergötzen. Das Jahrbuch des Heimatvereins hat sämtliche Verkaufsrekorde gebrochen, und ich bin damit in der Gegend auf Lesereise gegangen.

Wann ist eine Geschichte zu Ende? Nie. Sie geht weiter bis ins Unendliche. Deshalb auch dieser unvermeidliche Epilog.

Die Lebensgeschichte der Schwestern fesselt die Menschen nach wie vor und ist weiterhin ein beliebtes Gesprächsthema, ob bei Kaffeekränzchen oder abends in der Kneipe. Sobald der Boden getaut war, kehrten Tiina und Tanja zurück in die Wildnishütte, wo sie ein gutes Leben führten. Sie bauen Kartoffeln und Erbsen an, und es ist ihnen gelungen, in ihrem Gewächshaus Hopfen zu ziehen. Ihren selbstgebrauten Porter, der himmlisch schmecken soll, verbrauchen sie selbst. Für den Markt und die Schneehuhnjagd chartern sie mittlerweile einen Helikopter.

Aune und Laura nahmen Ritva Halonens Angebot an, auf ihren – vergleichsweise weniger abgelegenen – Einödhof umzusiedeln. Sie haben Solarpanels auf dem Dach montiert und gewinnen so Strom für einen Herd, einen Kühlschrank und für Arbeitslampen. Sie haben eine weitere kleine Schlafhütte zimmern lassen, sodass jede ein Häuschen für sich allein hat.

Laura hat sich einen großen, breiten Arbeitstisch gebaut und ihn vor ein Panoramafenster gestellt. Hat fein säuberlich sämtliche Werkzeuge vor sich aufgereiht; sie ist manchmal so vernarrt in ihre Arbeitsmittel, wie sie es in ihre Tiere ist. Ihrem Dremel hat sie den Kosenamen *Schätzchen* gegeben.

Mit der Brille hat die Welt für sie Konturen bekommen, ist fassbarer geworden: Von ihrem Fenster aus kann sie Eichhörnchen, Füchse, Eichelhäher und einen verlorenen, Anschluss suchenden Elch von Nahem sehen, ein umherstaksendes Kalb aus dem letzten Jahr. Die Tiere führen vor ihren Augen ihr alltägliches Leben, und wenn Laura ihre täglichen Aufgaben verrichtet hat und zum Waldsee geht, folgt ihr der verlorene junge Elch. Einmal im Jahr treffen sie Tanja und Tiina, von denen Laura Felle und Pelze für ihre heiß begehrten selbstgenähten Pelzmützen erwirbt. Mützen, die sie nicht nur auf dem Markt verkauft, sondern auch im Jagdmuseum Leskinen – ihrem vollständig sanierten Elternhaus –, wo Elga inzwischen als Kuratorin arbeitet.

Elga hat während der Jahre, in denen das Museum gebaut wurde, den mittleren Schulabschluss und die Hochschulreife erworben. Vor einiger Zeit hat sie Laura gebeten, Totempfähle für das Museum zu erschaffen, die sehr geschätzt werden, nicht nur von den Kindern der Besucher.

In der Dachkammer des Museums hat Elga sich eine komfortable Wohnung eingerichtet. Hier erholt sie sich nach einem langen Tag mit vielen Besuchern und laut plappernden Schulklassen. Danach macht sie sich an den Papierkram, befasst sich mit den Zahlen, was sie als entspannend empfindet. Dann schweifen ihre Gedanken zu Matti dem Mathegenie, der in den USA studiert. Auch Aunes Erzählveranstaltungen im Museum sorgen meistens für ein volles Haus. Den Leuten gefällt das bodenständige Flair des Museums, es ist, als wäre man irgendwo privat zu Besuch. Ja, es steckt viel Geschichte in diesen Wänden, und die Besucher lieben sogar das Stallcafé. Zwar ist der Stallgeruch noch immer leicht wahrnehmbar, aber diesen eigenartigen Städtern gefällt's.

War es Elga gelungen, durch die Renovierung den Geruch ihrer Mutter aus der Dachkammer zu tilgen? Oder … saßen ihre Schreie noch in den Wänden?

Elga liegt in ihrer kleinen Schlafkammer und wackelt mit den Zehen; ihre Füße stecken in den Socken, die ihre Mutter seinerzeit voller Grimm gestrickt hatte. Sie versucht sich in ihre Mutter hineinzuversetzen, wie gerädert sie nach dem Ende des Arbeitstages gewesen sein muss – nach der Plackerei auf Feld und Hof und mit den Kindern. Hatte sie sich zu Tode geschuftet? Die Zeilen im Tagebuch ihrer Mutter sind ihr noch deutlich im Gedächtnis: ihr Grauen und die Glückseligkeit ihrer Töchter, wenn der große Jäger und Partylöwe auf der Schwelle des Hauses erschienen war.

Auf eine für Elga überraschende Weise gibt ihr die Kammer Kraft. Sie versucht nachzuempfinden, wie ihre Mutter sich wohl gefühlt haben mochte, als sie ihr siebtes Kind gebar; als sie inständig hoffte, dass dieses Kind endlich ein Junge wäre.

Das unerwünschte kleine Mädchen kam aus dem Loch, das dicht neben jenem gelegen war, aus dem die Exkremente hervorgepresst werden. Bei dieser Vorstellung überfiel Elga Ekel. Doch nicht nur die unerwünschten Armeleutekinder wurden abscheulich nahe der eigenen Mündung der übel riechenden Ausscheidungen geboren, selbst die Neugeborenen königlicher Hoheiten kamen aus der gleichen Öffnung.

So war das mit Kindern.

Schreiend und ängstlich kamen sie zur Welt.

Die Erziehung prägt ein Kind; ein gesundes Kind versucht, den Regeln zu trotzen und das Leben nach eigenen Vorstellungen zu gestalten. Eines schönen Tages werde ich ganz allein bestimmen, sagt seine innere Stimme. Endlich ungezähmt und frei, denkt es, wenn aus ihm ein junger Erwachsener geworden ist. Doch das Kind kommt rasch zu der Erkenntnis, dass es jene Regeln verinnerlicht hat, sie bilden einen Käfig, der sich jedoch zugleich nach zu Hause anfühlt. Als Erwachsener ist das Kind wegen dieser Erkenntnis zuerst am Boden zerstört, bis es dies akzeptiert und seiner Prägung entsprechend handelt.

Das Gewohnte gibt einem das Gefühl von Sicherheit. Man steht morgens auf, weiß, was man zu tun hat und was nicht.

Und Johanna, was wurde aus Johanna, fragt ihr euch? Tja, was wird aus Johanna … Es erschließt sich mir nicht. Für mich bleibt sie ein Rätsel. Sie ließ ihre Familie schändlich im Stich. Besucht niemals ihre Schwestern, nicht einmal Tiina und Tanja in der Wildnishütte, und erscheint nie auf dem Markt. Wenn sich die übrigen Schwestern treffen, unterhalten sie sich aufgewühlt darüber. Sie wollen verstehen, können es aber nicht. *Die Letzte, von der man das angenommen hätte.* Sobald ein Mann sie wollte, bot sie sich ihm an und setzte sich ihm auf den Schoß, wie Elga bemerkt hatte.

Und das Eigenartigste von allem: Johanna lebt in der Stadt. Sie lebt sogar dort, wo die Begüterten mit ihren riesigen Häusern und ausladenden Veranden wohnen. Die Schwestern fahren manchmal aus reiner Neugier dort vorbei. Die Jalousien sind immer heruntergelassen. Nie haben sie eine Menschenseele im Garten gesehen, bis auf einen Gärtner, der die hohen Rosensträucher schneidet.

Im Winter fahren Aune und Laura mit dem Scooter in die Wildnis und besuchen Tiina und Tanja und ihre neuen Jagdhunde. Sie gehen zu Simones Grab, das neben dem einstigen Lieblingsplatz der Hunde Killi und Kiiski liegt.

Niemand möchte Genaueres darüber wissen, wo Tiina Simones Überreste gefunden hat.

Tanja und Tiina leben nach den Regeln ihres Vaters und treffen, bis auf ihre drei Schwestern, keine Menschenseele. Johanna ist mit der Zeit zu etwas Unaussprechlichem geworden.

Der Stamm ist zerfallen, aber es gibt eine Gemeinsamkeit, die

die fünf Schwestern verbindet: Keine von ihnen denkt auch nur im Traum daran, sich jemals mit einem Mann zusammenzutun und Kinder zu bekommen.

Keine von ihnen hat je einem Kind das Leben geschenkt.

Denn sie sind felsenfest davon überzeugt, dass sie zum selben Schicksal verdammt wären wie ihre Mutter:

Ausnahmslos Töchter zu gebären.